流河北的

考察体味风物人情

黄石林——著

中国文联出版社

图书在版编目（CIP）数据

北流的河 / 黄石林著 . -- 北京：中国文联出版社，
2024.6
ISBN 978 - 7 - 5190 - 5524 - 0

Ⅰ . ①北… Ⅱ . ①黄… Ⅲ . ①散文集—中国—当代
Ⅳ . ①I267

中国国家版本馆 CIP 数据核字（2024）第 105449 号

著　　者　黄石林
责任编辑　王 斐
责任校对　乔宇佳
装帧设计　中联华文

出版发行　中国文联出版社
地　　址　北京市朝阳区农展馆南里 10 号　　　　邮编　100125
电　　话　010 - 85923025（发行部）　　85923091（总编室）
经　　销　全国新华书店等
印　　刷　三河市华东印刷有限公司

开　　本　710 毫米×1000 毫米　　1/16
印　　张　19
字　　数　290 千字
版　　次　2024 年 6 月第 1 版第 1 次印刷
定　　价　89.00 元

目录

第一章　北流的河　·················· 1

第二章　再度相逢，邂逅昭化　·················· 21

第三章　天降大祸，结缘剑门　·················· 42

第四章　拨开古道迷障，穿行川北陕南　·················· 73

第五章　他乡石泉，秦巴风情　·················· 87

第六章　界分巴蜀，嫘祖故里　·················· 103

第七章　倦鸟归林，再探故里　·················· 126

第八章　河谷险径，迢迢填川路　·················· 153

第九章　追随匠心，回馈国宝　·················· 169

第十章　茫茫人生路，不懈求索中　·················· 193

第十一章　与赵长庚先生一起学习、工作　·················· 217

第十二章　凝想诗仙路，追寻太白迹　·················· 253

第十三章　历史的俯瞰与现实的穿插　·················· 263

第十四章　懊悔与回归展望　·················· 284

第一章　北流的河

1

故乡的地形宛如一枚略长的树叶，纵贯其间的河流为其叶脉。

从城里赶汽车到树叶最东北角的顶尖部位，就到了平均海拔1000多米的雁门大山区。距城约莫百多公里，再到枫橡乡，还要走将近百里山路。

1965年，我高中毕业，因为家庭缘故，没有考上大学，也没有被安排工作；而我们这一届，当时又不要求上山下乡，错过了当知青。没事做，困居一年，闷得发慌。1966年暮春，便想到故乡远在枫橡乡供销社工作的一个亲戚处小住一段时间，打发闲散而又漫长的时光。

一大早赶公共汽车，在尘埃弥漫、凹凸崎岖的泥结碎石路面，足足颠簸了七八个钟头，下车时已是暮色苍茫时分了。

雁门镇坐落于雁门坝，大山环峙，群峰合围。它背靠云罗山，依偎青江，在大山之麓，青江之畔横陈着几抹孤寂陈旧的老街店铺……

雁门古称汉德阳亭，《三国志·邓艾传》载："艾上言：今贼摧折，宜遂乘之，从阴平由邪径经汉德阳亭趣涪，出剑阁西百里，去成都三百余里，奇兵冲其腹心……"《钟会传》载："邓艾追姜维到阴平，简选精锐欲从汉德阳入江由左担道诣绵竹，趣成都。"我在寂寞冷清的雁门街上走着，一边在枯肠中搜索有关雁门的历史迹印。

……

草草地在街上吃了点饭，然后登记了个简易的旅店；我往场头的一条河流蹀躞而去。暮霭下的河流，水汽氤氲，烟波浩渺；潺湲的波涛呜咽穿行在

1

满河的巨细石隙之间，山岚飘忽，炊烟四布。晚归的农妇、荷重的樵夫，踩石渡水来往两岸……一种莫名的惆怅弥漫在周遭和我稚嫩而孱弱的心胸。我读书较早，小学时又跳过级，时年尚不足 17 岁，无事可做，无人可依。

我在山岚飘移的河流边上发呆。忽然之间，我发现这竟是家乡这片树叶叶脉中一条北流的河。

流经故乡一共有 21 条主要的河，最大的自然是涪江，老一辈人称其为大河。稍次的为青漪江，也叫平通河，过去有别于涪江，称为小江、小河。还有的如盘江，也称通口河；梓江，也称潼河；方水，也称方水河、芙蓉溪……它们都是由北向南流或由西向东流。

故乡的地形是西北高东南低，西北部临近北川、青川、剑阁，全是崔巍嵯峨的崇山峻岭。东南部则与梓潼、绵阳接壤，不是浅丘就是盆地、平原……

发现一条北流的河，令我有些错愕和不解。

当时，我还不知道它的名字，便向涉渡的山民打听，得知这就是青江，一条穿岭劈峡，响一壑怒涛流经雁门镇拐弯，向北方流去的河。

我无言地眺望那北去的青江，看它蜿蜒消失在烟水迷离的夜色之中后，良久，方怅然离去。

第二天，我步行去雁门山区西北角的枫橡坝。一打听，天哪，就是抄近道，翻垭口，也足足 45 公里山路！

我几乎是天不亮就动身，小心翼翼地行走在羊肠小道之上，往下看，陡坡悬崖，青江如练，行人如蚁。往上看，层峦叠嶂，乱峰凿空，野云飞渡……我从谷底爬上山巅，又从山巅下到谷底，如此往复，似乎无穷无尽……到枫橡坝时已是掌灯时分了，山野漆黑，夜鸟嘹空，不禁怅然。

记得入枫橡场口当时尚有一个廊桥，黑黢黢地矗立在夜色中，场镇上的微弱灯光映衬出街坊的轮廓，人语狗吠，混合着桥下的涧水喧哗流淌。

场很短，爬坡上坎，连缀几痕低矮的店铺民居而已。

当夜，亲戚安排我住进了供销社街坊的一处阁楼。

亲戚供职的供销社在场中间的一排铺面和房屋中。和街面上的其他建筑一样，小青瓦屋盖，清末或民初的穿斗木屋架，依河一边呈吊脚楼样式。

进去一看，俱为老屋，烟熏火燎，黧黑如漆。稍不同的是，店面和办公室打了水泥地坪，壁头有领袖像和应时的宣传画和标语。亲戚安排我住在临街一个小阁楼上，平素寂寥安静，逢场时推窗可见山货云集，人头攒动。

亲戚也就是比我大两三岁的一个小伙子，按辈分我该叫他表舅。我母亲家是个大家族，母亲为严家四房长女，亲戚是五房次男。严家各房拉通了在排行，比方我母亲被同辈呼为"四姐"，则是由大、二、三房的女性按长幼排序而来的。而我这位男亲戚，从大房长子排下来，我就应当呼其"十一表舅"。不过这喊法有点拗口，像清廷呼十一阿哥似的，我很不习惯。兼之我们年龄差别不大，从小下河钓鱼、洗澡，爬树捉迷藏，都在一堆玩耍，彼此情同手足，便省了礼数，含糊称谓，整日黏在一起，亲热如故罢了。

亲戚和我是一个高中毕业的，他比我高两届，是 1963 年的毕业生。十分幸运的是，他有工作。虽然仅是被分配到县供销社最边远、最艰苦的雁门山区枫橡乡供销社，做了一名售货员，也兀自兴高采烈地去了。

那时候工资极低，刚参加工作的亲戚每月才 18 元。

小城对刚参加工作才 18 元的工资很是瞧不起，有童谣传唱：

> 那娃那娃你莫踮，
> 你的工资十八块。
> 结个婆娘点点矮。
> ……

川西北方言中的"踮"，有骄傲、显摆的意思。这首童谣，诙谐幽默，但也颇有点打击、挖苦的意味。不过，身处枫橡坝的亲戚尚乐观豁达，对于未来婆娘的高矮、长相，似乎也还并不萦怀。便上班售货、收货，下班打球、玩扑克、争上游，总之嬉笑如常。尤其难得的是，知道我快毕业了，居然在信封中用复写纸包了 5 毛钱，随信寄来。这举动使我大受感动，要知道，当时我妈伙食费除外，每月给我的零花钱，包括洗理费，只有 2 毛。

我先去信说要去见他，去山区看看，很快，就动身去了。"有朋自远方来，不亦乐乎？"

供销社那个时代还算忙碌，收山货、收药材、卖百货、卖布匹、卖化肥农药……只是生活太枯燥，没有其他娱乐。场尾有一处水电站，准时将各处的白炽灯泡点亮，又准时将它们熄灭，我贪读，只好又将煤油灯点燃，就着昏暗的灯光看书、画画。

山夜漫长，听涧水流淌，听夜鸟鸣叫，听远处不知名的野兽嘶吼，凄厉的声音随风穿谷，久久回荡。

好些天，我躲在阁楼上看书，喝茶，练素描。

亲戚按时叫我到伙食团吃饭，又端来一箩筐核桃，说慢慢吃，多的是。枫橡坝产一种山茶，名老鹰茶，是本地野生的一种古树山茶。老鹰茶虽然粗粝干硬，但泡出来的茶水却浓烈而劲道，回味悠长，且消食解渴，清香回甘，很受山民喜爱，我自然也乐在其中。

过些日子，亲戚又找来一部手摇留声机和一大堆唱片，说这是他们单位多年唯一的娱乐玩意儿，都是旧片子，他们都听厌烦了，让我独自享用。哎呀，才安逸哟！于是我从四川民歌《槐花几时开》听到《天上星星排对排》，从黄梅戏《天仙配》听到川剧周企何的《迎贤店》、《秋江》、《做文章》……陈书舫的《下游庵》、《柳荫记》、《送行》……

要知道，这正是"文化大革命"开始的时候，山外，已然是山雨欲来风满楼了。我高中的同学、低年级校友、初中学生，不是纷纷成立兵团，大破大立。就是忙于各处造反、南北串联；总之心怀鼓荡，浮躁奔忙。

我家底不靖，有自知之明，断不敢混淆其中，参与其事。只好到这世外桃源般的深山老林，躲进这落伍时代的偏僻之乡，学学古人遁入山林，远离尘嚣的归隐乐趣，揣度在这个特殊的期间，或不至于给自己带来麻烦。

我为这个举措暗自窃喜。能如此悠闲度日，吃住舒适；又意外可以欣赏到手摇留声机中悦耳的民歌、赏心的戏曲，还能随意地读书和绘画，感到十分惬意和满足。

但静下来一想，又有些害怕。我知道，在当时，毕竟这些都属于"四旧"

了，本该予以销毁。可我，不但没有这样做，还听得沉溺其中，如痴如迷，便多少有一种担惊和负罪之感。同时，也十分讶异，不过隔着几座高山，二百多里崎岖山路，居然有如年代穿越，恍惚回到 20 世纪 60 年代前一般，不啻天方夜谭般荒诞吗？

我回味着，思索着。庆幸自己能有这一段难得的山居闲情时光。

交通的不便，消息的闭塞，居然造就了这么一方安谧的净土！

......

后来，利用护送一个枫橡坝学生到雁门镇的机缘，我再次来到那晚暮霭之中我拜访的那条北流的河。

其间，经请教当地人我已经明了，枫橡坝的五道河，与枫橡相邻的六合沟的河，都是青江的支流，它们在六合乡一个叫河石坝的地方牵手汇合，进入青江主流，抵达雁门场尾，方拐弯北上，形成了这条北流的河。

我再来时，恰逢一个晴好的上午。凝视清粼粼的北流之水，良久的迷茫中，不禁幻化出一种时光倒流的错觉来……

是啊，千百年来，人们都习惯用流水来比喻时光，时光就像一条流动的河，一去不返。可是，故乡的河向东流、向南流，我看到雁门的青江，却是向北流呀，向北流的河会流到什么地方呢？北流的河，不是在倒流吗？会带走什么样的时光呢？而时光可以倒流吗？可以由我目前的处境回到过去平静而安详的日子吗？

......

多年之后，我才知道，这条北流的河，是北上奔去了白龙江，在昭化地界进入了嘉陵江。那不是水往高处走，而是河流在山谷中下切，依然是循着低的山涧在自己的目标中前进。

我流连驻足的枫橡坝河流，是青江的上游，在雁门场拐弯的反方向，源头从崇山峻岭后的西北方而来。

枫橡，又名枫橡坝、枫橡场。这个处于雁门山区最西北最偏远的场份，实在是很小、很闭塞的老林山区了。除了山陡林密，野兽出没之外，还有一片天然枫橡树，一到秋冬，涧水结冰，寒霜浸骨；枫橡树就像被北风点燃了一般，刹那之间鲜艳夺目，漫山遍野红得像火。枫橡坝，便以此得名。

我沉浸在漫无边际的遐想之中。

2

在阁楼上待久了，静极思动，就到各处去走走，帮亲戚站站柜台，在供销社篮球场打打篮球，和亲戚及他的员工们玩玩扑克牌、斗地主、争上游。随亲戚下乡爬坡、收山货……

场尾的小学老师有事，回故乡县城里去了，我把他的课代得山里娃儿直不放我走，娃儿们说："就让他在城里办他的事，我们喜欢你上课……"

三五十个孩子的枫橡小学宛如一处乡居，恬静淳朴。唯一一名校长兼老师的教书匠好像是姓梁吧，高而清瘦的个儿，气色很是不佳。

他来找到我的亲戚，说："听说你那儿来了个刚毕业的高中生？"我亲戚说："是呢，是呢。"梁老师便低着脑袋，上了我的阁楼。

"帮我代两天课吧，我家里有点事儿。"

"可以。"我爽快地应承，又问他，"好久来这儿教书的？"

"晾在这鬼地方快5年了。"梁老师幽幽地说。看来，梁老师在枫橡乡已经快被晾成"凉"老师了，迫切希望回城里去润泽润泽。我充满同情。

"复式班啊，一拨三年级，一拨五年级。"

"好的，放心去吧。"

梁老师一回到县城里，自然就不"凉"了。先是参加了兵团，后是加入了司令，轰轰烈烈了好一阵子，终于落实了调离，离开了枯燥乏味的大山，这自然是后话。

……

我在枫橡坝开始了代课生涯。

下课了，学生们各自回家，学校里空荡荡的，我便又感到寂寞孤单。这时我往往爱买一瓶果酒、一点零食，涉水坐在场边五道河中的大石头上，石上眠云，水中巡天。看夕阳染红山林，看轻岚弥漫崖谷……抿一口酒，望着流水沉思，发呆。

……

闲居无聊，山涧寻幽趣，野林识鸟音。

我开始辨别周围的奇花异卉，什么鸢尾、野蔷薇、七里香……甚至药用植物钩藤、杜仲、天麻……

空谷中远处传来的鸟鸣，比如鹧鸪、杜鹃，都吸引着少年的我。我体味到"江晚正愁余，山深闻鹧鸪"的意境；也辨析着各种杜鹃叫声带来的欣喜或哀愁。其中，小杜鹃发出的"阴天打酒喝"，俗名"狗饿鸟"的噪鹃发出的"狗饿啊"，叫人忍俊不禁。当然，鹰鹃呼唤"李贵阳"的哀伤，中杜鹃（山郭公）那敲竹帮般空谷传响的"空东——空东——"之音，又叫人忍不住掉下泪来……

后来，我上课之余，曾溯着五道河的峡谷溪流，漫无目的地往上游走去。

枫橡乡位于雁门山区的最西北处，是故乡紧挨着东北面青川县的大山区，为盆地边缘西北走向的龙门山脉的深山腹地。这里地广人稀，危岩四布，野涧荒凉。五道河流淌在一个幽长的老林峡谷之中，除了一些地段冲积平坝，有少许的原住山民以外，峡谷的大部分还处于荒无人烟的原始状态。在当时，大约95平方千米的广袤山野，不过散居着1000多人而已，枫橡坝是五道河冲积形成的一个稍大的坝子，便作了场份，设了乡政府、供销社、铺面、商户……

那天，我走得很远很远，有一点探究山外之山的情绪冲动，有一点不信千山万壑爬不完的愤懑和不平……然而，一路之上，我竟然没有遇见一个人。我独自思忖："踽踽独行的我，真是来到'空山'了！"

王维的诗句说："空山不见人，但闻人语响。"闻得见人语响，还不算真正的空山。我正走在一段绝对的空山路段，阒无人迹，仅与鸟兽为邻。

小路愈来愈窄，一边是危岩，一边是深涧，峡谷两边的坡脚，黑压压的老林密不透风。偶尔穿越森林，只见大尾巴的松鼠、麻格格的金花鼠"吱吱"乱叫，上蹿下跳，忙个不停。

不远处，闪过一头黄麂子，瘦小的身躯警戒地探过有角的脑袋。那一对玻璃般的眸子还没来得及望过来，便有如一抹黄褐色的闪电，倏然逝去。

画眉啦、阳雀啦、斑鸠啦，纷纷扬扬，吵吵嚷嚷地唱着华美的歌儿。不时会看见一只艳丽绝伦的锦鸡，拖着长长的尾羽，潇洒从容地在头顶的树干间滑翔掠过。

毫不惧人的戴胜鸟，顶着花冠，三三两两，在林荫中忙碌地展翅飞跃。

……

远处，不时传来野兽的嚎叫，隐隐约约、此起彼伏，在层层叠叠的山峦间久久漂浮、回荡。

…………

终于走出了密林，脚下的路不过尺把来宽，依然陡峭险峻，迂回曲折，望不见尽头。

骄阳似火，我干脆脱掉了衣服，顶在了头上，光着上身继续朝前走去。

后来，我来到一个名叫窄卡子的悬崖边。我遇见了一个本地山民，他背着沉重的尖底背篼，包着城里不常见的白布头巾，一脸山核桃般的皱纹中嵌了一张咧得很大的嘴，问道："歪，城里娃儿咋跑到这山卡卡里来了？"我告诉他我在枫橡场亲戚处玩儿，在枫橡小学教书代课，学校放暑假了，我没事干，到处走走、看看。今天是顺五道河流往上游走，来到这里的……

"这是到哪儿了？"我趁机打问老伯。

老伯将一个丁字状的木杵支在背篼下歇气，他没有马上回答我，顺势长声吆吆的一声"啊——吹"，震得山谷嗡嗡回响。然后揩了下如雨般的汗珠，不无惊讶地告诉我：

"噫——歪日的，前面就是窄卡子了，是个从前出土匪的地方，刚解放的时候，青川县的土匪头儿贾秃子就藏在那儿的山洞中，残杀了很多百姓和解放军……费了很多周折才将他消灭。这儿离枫橡坝已好几十里路了，你一个细皮嫩肉的城里娃儿，快跟我回枫橡坝去吧。"

"不，道谢了。我还要往前面走走。"

"歪，留心啊，把细点啊。"山民模样的老伯叮嘱着。

也许正由于山高林密，道路崎岖，这儿的人们几乎全是原住民。就连湖广填四川那样宏大的移民活动，可能也未大规模地波及这儿。他们散居各处，以打猎、种旱粮为生。偶尔出山，一个尖底背篼，用猎物、皮毛、山货、药材，换回盐巴、布匹；又安然平静地蛰伏在这些大山的褶皱里，多以独家村的形式与鸟兽为邻，日出而作，日落而息……

天长地久之后，他们形成了自己的语言特色，开口声音就很重，带着向上的声调，而首先发出来的就是一个"歪"，或者"歪日的"。这种形式的开言答语，也许就是因为不常遇见外人，为了表达惊奇的说话方式吧。

那前置的"歪"，或者"歪日的"，没有实在的意义，只是为了引起对方的注意。大体等同于"那"或"那家伙""那地方"之类的意思，而在前面再加一个"噫——"就是强调语气了，就是表明他所说的"那"地方、"那"人或事的重要，需要你重视或小心的意味了……

我继续朝五道河的上游走去。

我在壁立峭拔的河流两岸来回穿梭前行。河流不宽，有时要踏过河中的跳蹬石或天然的河中岩石，只见水流激荡，浪花飞溅，湍急轰鸣。有时候，河道又变得开阔平静。水流潺湲、澄明，会看见清花亮色的鹅卵石、硕大圆润的源头石，河中有鱼群游弋，将身影投射在石上，一动不动。

这是青江支流的野鱼，黑背白腹，细鳞尖喙。我停下来，呆看着鱼群。这些冷水鱼类，生长较慢，但肉质细嫩，特别鲜美。

早年，故乡的涪江里也有，当地人称其为"青波鲤鱼"，我想起了用它清蒸或做成豆瓣瓦块鱼的滋味，不禁咽着口水，有点怦然心动的感觉。可能我这坏心思被鱼儿知晓了吧，倏忽之间，鱼群箭一般地逃走了，水面顿时平静下来，没有留下一丝涟漪。

河流在转弯的地方，在流速变缓的地段，往往形成深潭。水面呈墨绿色，平静而神秘。岩腔中，有时会游出一只乌黑肥硕的大鲵，俗称"娃娃鱼"，往往有扁担长，呆头呆脑，颟顸迁缓，阔大的身躯前端，有一副大扁嘴，一张一翕地。划动着四肢，慢悠悠地游荡一圈之后，再隐没到岩腔之中。

乌龟啦、团鱼啦，时不时地爬到石头背上来，晒晒太阳，又"扑通"一声跳入水中，伸着脑袋划着水，渐渐消失在远方。

背尖底背篼的老伯说的没错，我已经走到窄卡子了。窄卡子又叫贼卡子。这地方与邻县青川交界，旧社会，匪患不绝，多有盗贼、强人在此剪径、打劫，危害一方。

山路至此，两岸绝壁高耸，抬头只看得见一线天空，路是绝壁之上凿出来的脚板宽的錾印，稍不留神就会跌下深涧危崖……

　　我再也无心于鸟兽虫鱼了，恨不得脚趾变成尖利的爪子，抠着岩石提心吊胆地前进。

　　突然，刚转过一个悬崖，一条青竹标拦在了我的前面。青竹标正安闲地卧在我脚边一张硕大的凤尾蕨叶片上。听到响动，它警觉地竖起头来，一对小红眼珠恶狠狠地盯向我。

　　它打量着我，我打量着它。它似乎生气了，火飘飘的信子（舌头）一伸一伸的。我抠着岩壁的手心沁出了冷汗，动都不敢动一下。良久，它似乎觉得这样对峙下去也没意思吧，便缓缓地、懒洋洋地梭起走了。看见它消失在荒草密林中良久，我的心还在"扑通扑通"跳个不住。

　　我强撑着发软的脚站起来，觉得此处不是久留之地，还得往前走。

　　刚刚转过一个山嘴，我又大吃一惊，吓得一屁股跌坐在山路上。

　　这回倒不是什么毒蛇猛兽，而是一个少妇脱光了裤子在清水中专心地捞她掉下去的一把砍刀。

　　我刚从学校里走出来，哪见过这阵仗？咋搞？又是"一妇当关"之地，别无他路可走，只好悄悄退转来，等她铺排完了，穿好衣裤再往前行。暗自庆幸的是，总算遇到人家户了。

　　少妇此刻虽穿戴完毕，却又解开她的青丝头帕（这里的山民，年轻的男女一律包白布头帕，结婚的妇女包青丝头帕，男子则到老都是包白布头帕），把她的头发浸在溪水中飘散冲洗。我只好忍住饥渴、炎热，穿好衣服，等她洗净拧干头发。然后惴惴地上前去问道："大姐，从这儿到百草还有好远？"

　　她回过头来，见是个年轻的后生，便和颜悦色地说："噫——歪日的，还远得很咧，只怕今天你这个单薄身子是走不拢啰……"捞砍刀的农妇说话的腔调与先前背背篼的老伯如出一辙，只是声调软和了许多。我听完之后，不禁愁容满面，浑身酸软起来。

　　她瞥了我一眼，继而热情地告诉我，说是翻过对面那个垭口，下坡坡就是她家，要请我到屋坐，喝足茶，吃饱饭，歇一晚再走。我自然是暗自欢喜，但表面上却装出一副平淡的样子来，道过谢，然后鼓足力气向对面垭口翻去。

　　我想，她所居住的家又是一个与鸟兽为邻的独家村，由于这方圆几里内看不到任何人影，她捞砍刀的方式才显得那么从容不迫、无所顾忌。

"唰——唰——"老远就听到解匠锯木头的声音。

这是一个筑在半山腰的宅院，周围是茂密的青杠林、马尾松，门口有一大片斑竹。

"唰——唰——"转过一个山嘴，锯木头的声音愈来愈响了，我的脚下也仿佛添了力气。

突然，一条狗跳了出来，我忙躲在一个旱碾子后面，真是咬人的狗不叫哟！狗把我逼得好惨，绕着旱碾子东躲西闪，好一阵"磨盘战"。主人被惊动了，一声呵斥："歪瘟牲，豹壳子拖的！回去！"才算解了围。主人训斥起狗来是相当严厉的。那意思是你这害瘟症、遭豹老倌（豹子）咬的畜生，不识相，快滚开！

包着白布头帕的主人见到我，又是兴奋高亢的一声："歪客客来了吔，快到屋坐。"

咋说呢？道过谢，迈着酸软的步子跨进院子，我局促着。总不能开口就要饭吃，要水喝吵，我机敏地瞥了一下两个拉锯的，都是四五十岁一把年纪了，身子骨也不算硬朗。那光着上身的肋骨突暴暴的，肋骨下面的胸腔，像牛皮风箱一样鼓荡着，发出声声喘息。我寻思，老山里的湿木头又绵又硬，够他两位拉哟。

我不禁心生怜悯，跨上一步："师傅，歇会儿吧，我来当帮手。"

先前，我听说五匠（泥、木、石、漆、解）中，解（音改）匠最好学，有"一碗米的解匠"之称。此刻，我想来个冒充里手，帮忙拉一会儿锯，吃饭不就显得理直气壮了吗？

"唰——"解匠停下来，我这边的那个解匠上下打量着我："小伙子，年纪轻轻也来闯山河吗？"解匠把我看成同他们一样，是闯进大山河谷来求生存的手艺人了。

一听口音是山外人，顿时觉得亲热起来。

我点着头："师傅，出门3天了，还没找到事做咧。"

解匠用巴掌抖了一下胸腔上肮脏的锯末："来，试试。"

我竭力装得老练的样子，两把把衣服一脱，也来个赤条条上阵。哎哟，还没拉到一线，我汗都吓出来了，那在别人手上运用自如的解锯，一捏在我手中就像着了魔似的，老往墨线外面跑。

我对面的联手急得眼鼓鼓的，终于嚷出声来："嗨！小师傅，你啷格手这么犟哟！"

原来，解匠这活儿，看似容易，实际难。两人端着一把硕大的解锯，分站两边，将吊墨弹线的大木头解成木枋或木板，既是力气活，又必须手端平、互相配合默契，否则一不留神，涩锯，跑线，就坏大事儿了！

那个被我换下的解匠一听，忙在鞋底上弄熄烟锅，奔上来一看，急得捶胸顿足，他一瞅主人走远了，压低嗓门吼道："嗨哟！你这充行事的哟，你解得了个狗球哇！生拉活扯格老子弯了几个水瓢，搁倒，快搁倒！……哼！"

我一抹额头上的汗水，沮丧地坐在一堆锯末上，此刻真是毫无办法了。

"喝口水嘛，小伙子。"不想，解匠的口气又温和下来，侧过头，朝茶盅努努嘴。

我也不客气了，忙端过老鹰茶盅来，"咕嘟咕嘟"一气将凉茶喝下肚儿，觉得心里好受多了。

吃饭啰，玉米面馍馍有拳头大，一瓦钵干菜汤，一小碟辣酱，一海碗酸菜，我敞开肚皮大嚼起来。

当夜同解匠歇一屋，睡前，捞砍刀的少妇来看了我，原来她正是女主人。她端详我一番后夸赞一句："歪，也到屋了？我兹怕你走舍（失）了嘞，看不出，细皮嫩肉个娃儿，还是个匠师嘞。"然后笑眯眯地去了。

我生怕两位解匠揭我的老底，但他们抽着旱烟，只看着我笑笑，没有搭白。

我羞愧难当。

第二天，告别二位解匠师，告别主人，我继续朝深山进发。出门刚走出一段，骂我"解得了狗球"那个解匠气喘吁吁地撵上来，塞给我2元钱，说是工钱。我忙推辞，解匠师傅坚持说，这是闯山河的规矩，还叮嘱我，一定要学好手艺，才能求得到吃。我忙点头应承，再三致谢而去。

要学好手艺，才能求得到吃。多么朴素，多么恳切，又是多么实实在在……

多年以后，饥疲交加，萍水相逢于枫橡坝深山老林的那位解匠师傅的谆谆告诫，还依然在我耳边回响，催我深思、催我回味。

3

我到底没有勇气再于荒山野谷中独自行走，吃饱喝足之后，原路而回，直到天黑定时分，方回到枫橡坝，钻进了供销社临街的小阁楼之中。

……

随着在枫橡坝居留的时日，我渐渐和周边的山民有了接触。

我教书的小学在上场口，和故乡其他边远地方的小学一样，学校是由原来的寺庙改建的。正殿改作了办公室和教师宿舍，偏殿则作了教室。校门上依稀看得见昔日镇庙门神的迹样，教室、办公室的墙壁上也同样看得出一些佛祖诞生、称王、出走、开悟、证果等经历的壁画……

孩子们的课桌很是破旧，上面有许多划痕和墨迹，甚至空洞。坐凳更是样式杂陈，有原来的长条凳，也有各家带来的粗木独凳、祖传的木架编篾凳，篾块面已被岁月磨得红亮发光……

不过，这里的孩子生性安静，不像城里的那样浮躁。大抵因为居住分散，缺乏交流，显得有些孤僻。讲起课来，专心听课的瞪大眼睛思索着课文，不专心听课的也瞪大眼睛思索着别的事情，绝少起哄的。

我尽量把课文讲得浅显生动，还经常在课堂上给他们讲点励志有趣的故事，渐渐地，思索着别的事情的同学，也被我拉到诸如"凿壁偷光""囊萤映雪""牛角挂书""头悬梁、锥刺股"等古代苦读上进的故事中；拉到黄继光堵机枪、杨子荣智取威虎山、邱少云严守纪律……之类的革命故事中，听得他们如痴如迷，心驰神往起来，略显迟钝的目光终于闪烁出了灵动、倾注的光芒。

当然也闹过一些笑话，比方上音乐课在教唱样板戏"……我家的表叔数不清……"时，五年级一个大块头莽子就冷不丁一下立起来发问："老师，她家的表叔数不清，是啵她妈有很多相好的？"于是全咧嘴嘻嘻地望定莽子笑。山里娃儿偏偏在这些事情方面醒世得很，搞得我哭笑不得，脸红筋涨地。只好强做恼怒状："不可啰唣！这是革命样板戏，乱说要追究责任！"

班上便立马安静下来，重新回到严肃认真的样儿。

体育课以往也是校长兼老师的梁老师在上。同学们告诉我，梁老师说，他上体育课时最感到自在轻松。原来他在简单的吹哨集合、稍息立正之后，就端来一个盛着篮球、足球、排球、皮球、乒乓球、羽毛球、跳绳之类的体育用具大簸箕，"呼嗵"一声，天女散花般地倒在操场之上。

啊哟！只见孩子们如获至宝，争先恐后、撅着屁股各取所需地抢去，忙得灰头土脸，气喘吁吁；得手之后便三五成群忙乎去了。

梁老师见状，乐得抚掌挠腮呵呵大笑，独自在树下抽烟歇息，观瞻取乐。

然而也有一宗，玩疯了的孩子们往往就丢失了时间观念，下课的时间到了，任凭梁老师狠命地摇着铃铛，呼天抢地、红脸巴赤的，孩子们也一时半会儿停不下来。闹得梁老师只好吼着，一一抢去玩得正欢的篮球、皮球……弄得疲惫不堪，方逐渐消停下来。

我代课的当儿，一开始也沿用此法。后来我变通了，一是教他们做军事游戏。走出校门，来到山岭河滩边，分成红方蓝方，设防、攻坚、埋伏、出击……变化多端，兴味盎然。孩子们顿觉新奇、刺激，便沉溺其中，不再仅指望哄抢体育器具，疯闹狂玩一种方式了。

在此基础上，我更进一步，对他们灌输了军事纪律。

我以邱少云宁肯被活活烧牺牲也不肯挪动一下、哼叫一声为例，对集合在一起的孩子们发问："英雄邱少云全身着火，咬着牙，把手深深地插入土中，他痛不痛呀？"

"痛！咋不痛？"

"火烧火辣地痛！"

"钻心挠肺地痛，又疼又痛！还要命嘞！"

"有一回，我妈把火塘的麸炭火不小心落在我的光脚背上了，哟！歪日的疼得我跳了起来，又哭又叫……"

……

操场上，孩子们一片惊呼，七嘴八舌地连连回答。

我把双手伸出，向下按了按，示意大家停下发言。

"人的身体都是肉长的，当然，被烈火烧着那是痛彻心扉、痛断肝肠哪！

可英雄邱少云为啥不吭一声，纹丝不动呢？"

…………

一番细说，一番整饬之后，枫橡小学的体育课，开始了军事队列。至此，纪律严明，走步、跑步，孩子们精神奕奕、目光坚定，步伐整齐有力，喊声震彻山谷。

更为重要的是，但凡需要体育活动，一律集合整队，由体育委员分发球类、其他器物，有序进行，按时交换，下课前按时收回，渐渐成了规矩。

这真是一个奇迹，要知道，此刻，在山外，就是小学也停课闹革命了。这些秉性耿直、落寞散居、不涉争讼的山民子孙，居然能如此学习上进，不啻有如看见一道逆流而淌的清水之渠扑面而来般畅快。

……山民是实在的。这些孩子从远近不同的深山老林来到学校，带着干粮火烧馍，中午就着白开水，放学之后，还要走到天黑夜静方能回家，为的就是读书识字，守法明理。哪能如山外般闹腾，白白晃荡珍贵的光阴呢？

下场口水电站的张清明也是一个奇人。枫橡场的上场口到下场口约莫半里路光景，课余饭后，我总爱散步到水电站去找老张摆龙门阵。说是老张，也不过四十七八岁的样儿。清瘦，颀长，一张略窄的颜面上嵌着一对精明狡黠的眼眸。

他也是本地大山中人，从小喜欢打猎，有一只至今与他形影不离的撵狗。张清明还是枫橡场颇有名气的一个木匠，远远近近的筒车、水磨、风车、拌桶，娶媳妇嫁女子的全堂陪奁、家具，都仰仗他和一帮徒弟们去置办、打造、修理，深得一方山民折服、好评。

张清明也就是个高小文化，却不知怎的对水电起了兴趣。前几年，他和几个枫橡场有威望的人一合计，觉得枫橡场一到晚上就是黑灯瞎火的，场份上的照明就是飘曳如豆的油灯，一旦走出门，还得举个亮油壶子、火把啥的。而场份旁边就是一条奔流不息的五道河，何不建一座小水电站，让枫橡场亮起来呢？

一番筹措、集资，取得领导支持，便在下场口筑起了水坝，修起了导流渠。老张除了会木匠，扎围堰也是一把好手。很快，电站的水头就弄好了。他开了乡上的证明，下山到城里水电局请求帮忙，半年之后，在地方政府的资助下，一个主要解决场份上照明的，装机容量不过 1000 千瓦的水电站就建成了。

那是 1964 年，我还在高中读书。乡上嘉奖这个能人，委派他作了电站的站长，我到枫橡后，供销社阁楼上的那盏白炽灯，就是在他手下，决定光明和黑暗的。为了贪夜读，我曾去求他，可这个站长不徇私情，说是电站制度、管理不可违抗。但他给了我一个不错的马灯，叮嘱我记得拭擦干净玻璃罩，没煤油时，就到电站找他。

在枫橡坝那些日子，我常常和他一起去逮鱼。他找好一处河段，就忙着招呼我和他一起搬石头，垒泥土扎围堰。然后就在附近将麻柳树连枝带叶地捋上一大背篓来，就着河滩的卵石将其砸碎杵融，形成绿色的汤汁之后，倒入围堰。然后再从上游一阵搅荡，将鱼赶入。麻柳树学名枫杨，其枝叶汁水味臭，带有轻微毒性。不一会儿，围堰满塘就浮起了鱼儿，我俩嘻嘻哈哈一阵忙活，便装满了一笆笼。

枫橡坝缺调料，平素连酱油也买不到。老张就在河边把鱼剖了，仔细地清洗干净。带回电站寝室后，从酸菜坛中捞出泡菜，有青红辣椒、姜、老酸青菜……一一切细之后，再在附近摘来青花椒、挖点老鸦蒜、掐点蒿葱子（都是山间野生），放入锅中用油炸香，再用石臼一捣鼓，满屋竟飘满了奇香。

老张慢条斯理地将鱼切片，下锅合着酸菜煮，熟后端上桌来，热气腾腾的一大盆，蘸着他现做的调料，哎呀，鱼肉鲜嫩，调料麻辣辛香，吃起来爽口味美，硬是别有一番风韵。我们喝着他自个儿勾兑的蜂蜜玉麦酒，这酒是本地酿的纯粮食酒，好喝不打头，兑上蜂蜜温热后，特别下口，只是后劲儿厉害。很多时候，我就在电站烂醉如泥，直昏睡到次日上午，才急急忙忙地跑到学校上课。

乡政府在供销社的对门，也是一排穿斗木架瓦房，记得那时节几乎就没人上班办公。有一部电话，没人看管，经常处于闲置状态。张清明有好几次邀约我，再喊上供销社的亲戚，用那部电话去五道河电鱼。他径直进去，取走电话，带我去河中，一端放下分叉的裸铜芯线进入水中，一边狠命地摇，不一会儿，就有无鳞的鲢鱼、黄辣丁浮现出来，急得在水面打转。（应该是不当行为）老张就吩咐我和亲戚："歪日的搞快、速嘛、网嘛！莫站到发憨吵！"……直到玩得尽兴后，才送回电话，安放如初。

公社党委书记姓卢，高个儿，圆盘脸，见人时总是和善的样儿，他也是县城中人，来枫橡比小学的梁老师还要早。

在当时，他的确要算全县最幸运的当权派了。没人给他贴大字报、刷画红叉叉名字，写打倒他的大标语，更没有人批斗他，这在当时，应该是奇迹了吧。李白曾写过一首《赠江油尉厅》的诗：

> 岚光深院里，傍砌水泠泠。
> 野燕巢官舍，溪云入古厅。
> 日斜孤吏过，帘捲乱峰青。
> 五色神仙尉，焚香读道经。

看将起来，这位卢书记比那个"焚香读道经"的五色神仙尉还要闲散一点。我曾经问他："你晾在这儿比梁老师还久，何不像梁老师那样，下到县城去，活动活动，争取早点回县城去？"

卢书记一脸苦笑："我现今回到下面哪个单位去？回去干啥？"

……

的确如此。

卢书记在这儿管着95平方千米的深山老林，平素，就枫橡场那一点人花花，局面一乱，上级会议、电话、通知都消失掉了，清风雅静，音讯全无。

场份上的人，见面就是客气的问候，亲热的寒暄。其余的千多号人全都隐没在广袤的山林之中或耕或猎（当时还存在狩猎行为），自食其力。

三天一场，只有逢场天，各方小路，才见背背篼，或提口袋、竹篮的赶场人。赶场人来去匆匆，买卖之后，就快速离去。

山民们见到卢书记，几乎将一脸皱纹笑开了花，那个亲热劲儿，完全就把他当成了舅子老表一般，哪里有啥子隔阂生分呢？

山民们生性耿直，说句开玩笑的话，两个人龙门阵摆对了，耳朵割下来做下酒菜都要得。人与人之间很少有争吵、纠纷发生，至于闹到要断道理、打官司上法庭之类事件，那更是凤毛麟角般稀罕了。

我亲见过一回离婚的案子，闹到公社司法所来，卢书记也出面调解，不过那一回调解失败了，只得办理了离婚。

那天，公社开了个临时法庭，由雁门区来了个法官，要求陈述案由。起初，被告和原告都不开腔，闷起。

法官说："闷起做啥？闷起啷个判？"

"反正是要离，歪日的没法过。"原告是个30多岁的妇女，半晌冒出一句。

"总要有个理由，有个说法嘛……"法官作古正经地发问。

"歪日的，我一天使牛耙田，砍柴挑水，忙里忙外……"被告一脸委屈，咕哝着陈述。

"莫说那么多，反正要离。"女人干脆起来。

"你总要有个理由嘛……"法官依然是老话一句。

"莫慌，莫鼓气，慢慢往好的说，年纪轻轻的，离啥子婚哟。"卢书记轻言细语地插话了。

……

这天碰巧逢场，临时法庭上挤满了看客。见到审案子这等稀奇事，都不走了，希望看出个结果来。可这个结果就是紧出不来，便吊上了大家的胃口。

"说嘛……"法官又在催。

"反正……歪日的，人家说的话，女人家30如狼，40如虎啊，他那码子事情不得行，一晃几年，也没得个崽崽。"原告被逼急了，甩出了一句连她自己也脸红心跳的话语来。围观的赶场人都似乎听明白了点什么，"啊哈哈哈"笑得一塌糊涂。

"肃静，肃静。"法庭有人使劲地摇着带来的铃铛，招呼着。

"你究竟说的啥子嘛？没得娃儿，也不全怪他一个人嘛……"法官要的是明明白白的案由，不去猜度啥子言下之意。

"老高嘞，歪日的你就是个隐卵子蛮，原来不晓得，结了婚，才慢慢发觉的，我没法跟你过了。"忽然，女人看了他男人一眼，无可奈何地陈述道。

"啊哈哈哈哈……"一句明白话把大家又全笑翻了。

山民把性事乏力的人像去了势，骟了的猪、牛一样，直撇撇地呼为"隐卵子"。

"肃静，肃静。"铃铛再次响起。

"就是他失去性能力，你们不能过正常的夫妻生活，是不是?"

"对头，对头，歪日的我不晓得啥子性能力，反正就是那活儿不得力，没球法。"女人鸡啄米一般点头应声，一边述说。

男人没了主张，霜打蔫了一般，缩作一堆。

沉默。

依然不时响起克制的笑声。

……

接着，法庭宣布休庭，说是择日宣判。

事后我问卢书记，说是庭下调解仍不成功，女人说药也吃了，到处也医了，不见效。原来她这个男人小时候挺牵犯（就是匪，顽皮的意思），一回母猪下了小猪，他翻入圈中，老山里的母猪特别护崽，一口就把睾丸给咬坏了……山高路远，一时间得不到治疗，敷点子草药止疼结痂了事。后果自然是没生育、也不中用，女人挺不下去了，几番折腾之后，最后协议离婚，好来好散而去。

山下的风声紧了起来。说是要押解两个县里最大的"走资派"来最边远、最艰苦的大山区批斗，要这两个昔日的书记和县长，尝尝边远山区的厉害。枫橡坝的卢书记也要挂上牌子，戴上高帽子陪斗……

消息虽然传过来了，但枫橡场依然没有动静，因为这里既没有群众组织，也没有造反派头头，所以，是一点斗争气氛都没有。

那天，标语是下面来人写的，会场也是下面来人布置的，从四面八方通知了山民来开批斗会。由于地广人稀，交通不便，一直等到晌午，连同场份上的干部、供销社的员工、社会商业的店员也只有百来号人。居住得远的，既没法通知到，也实在没法赶拢会场……

批斗会在枫橡小学的操场上举行，中间搭了临时的台子。书记和县长早已被弄上了台中央，跪着，挂了牌子，反了手，做了"喷气式"。卢书记也被通知了来，上台后，一顶高高的纸帽子被戴在了头上，颈项上也被挂起了画红叉叉的牌子，然而卢书记没有恼怒，依然是一脸和善的笑容。这番滑稽打扮和他如常的笑容与会场的气氛极不协调，自然引得山民们围观和哗笑，任凭主持会场的人威胁、推搡、吼叫，秩序也总维持不起应有的效果来。

总之，批斗会很不成功。筹措此次批斗会的人没想到的是，这里的人根本没有批斗自己平素都难得一见的领导干部的意识。赶了远路而来的山民，听说是一县的书记和县长都来了，争先恐后地要挤上前去看一眼昔日难得一见的"父母官"究竟长得什么模样。一时会场秩序大乱，怎么也没法把气氛调整过来。嘈杂，喧哗，主持批斗的人讲话也压根儿就进行不下去。

还有一宗，临时被通知来开会的山民，无论如何也不理解为啥要批斗他们难得一见的"父母官"，还遭受如此不堪的待遇。年纪大的山民们议论说，他们只见过斗争当年盘踞窄卡子残害百姓、作恶多端的贾秃子，哪有叫他们来批斗共产党干部的道理啊？

于是，台上讲话没人听，喊口号没人响应，下面却躁动不安，人声鼎沸。

最后，还是卢书记戴着高帽子走到前台来，招呼大家安静。看到他笑眯眯的样子，听他说了这次运动的大概情况，方才消停下来，草草结束了枫橡场首屈一指，也是唯一的一次"走资派"批斗会。

往后，只要说是要将县上任何一个挨批斗的人弄到枫橡坝去，挨批斗的人就十分乐意。说其实就是路上艰难一点，到了那儿就松活了，很愿意在枫橡场接受群众的教育和改造，直到运动结束。

而筹措批斗会的人一回去，就再也没兴致把挨批斗的人和开批斗会的人再带来，因为事与愿违，没有批斗会的氛围和气势，倘若硬要来此地搞批斗会，就像自己在被批斗一样，很是没了脸面，煞了风景。

很多年之后，我在故乡小城里见到卢书记，他已从一个什么局的位置上退了下来，握着我的手，言谈之间，仍然对枫橡场那一段岁月充满了美好的回忆，对那一方乡亲山民赞不绝口，情真意切……

第二章 再度相逢，邂逅昭化

4

我和当年那条在雁门山区暮色苍茫中相遇的北流的河，真是缘分不浅。

改革开放之后，我参加了工作，再后来，又如愿以偿地考上了大学，学习了文物保护、古建、园林专业，在体制内的岗位上默默奉献了自己的才智和青春，兢兢业业、勤勤恳恳地一直干到了退休。

弹指一挥，距我当年流落、滞留的枫橡场，竟有 40 来年了。

退休后，身体还算硬朗，趁政策开放，不甘寂寞，我组建了民办非企的古建园林研究所，从事旅游文化和古城古镇研究、规划设计工作。

然而，想不到的是，忽然一天，那条我年轻时在故乡雁门山区相逢，令我在暮色中怅惘良久，北流而去的青江河，又一次扑进了我的脑幕，搅动了我的心绪。

那段时间，我刚做完一处文保单位大殿的维修方案，方案通过后，去现场技术交过底。回来后，觉得稍有闲暇，便入迷般地构思起《老宅》这个长篇小说来，可谓心无旁骛、专心致志。

忽然有人来访，来访者二人，经自我介绍，一为广元市元坝区（当时，元坝区尚未更名为昭化区）政法委书记，一为昭化古城旅游开发管理委员会主任。简单地介绍和寒暄之后，他们单刀直入地说道：

"石老师，我们昭化古城准备开展保护整治、恢复重建，省上某某介绍我们来请你去给昭化古城规划设计，说你对川北民居颇有研究，地域文化也很熟悉……"

"不去不去……"还没等来人说完,我就一口回绝了。

"你们肯定又是打造,又是搞假古董……"我极不耐烦地补充道。

……

一段时间,各地古城古镇打造成风,我很反感这种急功近利、见利忘义的做派,并曾在一篇文章里写道:"这年头有关古镇折腾的闹剧实在太多、太烂。老实说来,我对此类举措是不感兴趣的。好端端的许多地方,对人们生活、居住了千百年的乡场、小镇、传统村落……漠视糟践得无以复加之后,忽然,一股风,热起来了。"

我私下思忖,这好比被冷落得已成过时黄花的女人,顷刻之间又被应景,拉过来描眉涂脂地推上了卖笑接客的风尘,那份别扭和尴尬,直叫人酸鼻动容。

"不会,你来看下嘛,昭化的青石板街面,老房子都还在……"来人并未生气,而是极为平和地继续补充道。

"我们那里是你的家乡雁门坝之地,流出青江河的下游,就是雁门坝向北流去的那条河方向,流淌过来……"

哦,北流的河……

仿佛一只无形的手,一下子拨动了我内心深处的琴弦,仿佛一束璀璨的火焰,突然点亮了我那段风华年代的记忆!

啊!北流的河!从故乡滔滔北去……雁门、剑门、昭化……我禁不住轻微地发出了一声叹息。

原来,当年使我错愕不解的那条北流的河,竟是于故乡雁门拐弯北流,去了蜀北广元的历史名关剑门,历史名城昭化!

剑门、昭化,在地理位置上是在故乡的北方,是历史上北去陕西,经蜀道金牛道的两个重要关隘和名城,是而今蜀北重地广元的一个县、区所在之地。

其中,昭化在历史上开化尤早,根据记载,其建城史距今已有 2300 余年,曾经也是"巴蜀咽喉、川北锁钥",历史上具有极为重要的地理、军事、经济、政治地位。

……

"走嘛，我们的车在下面等你……"

二位领导仍然耐心地催促着。

我动心了。

2007年5月2日，我应邀到了昭化古城。昭化负责恢复重建的领导同志就是那个来办公室找我的元坝区政法委书记，他很热情、敬业，从江油接到我以后，一路都在滔滔不绝地给我介绍昭化古城，介绍有关地域的历史名人、逸事、历史文化……

然而，百闻不如一见。虽然有4000多年历史的昭化让我心仪已久，但径直来到昭化古城的面前，真实的昭化令我眼前豁然一亮，原来昭化竟是处于这样一种形胜势旖之地！

清江、白龙江、嘉陵江，三江从万山丛中奔袭而来，先是清江汇入了白龙江，而白龙江又一头冲进了嘉陵江的怀抱，水力丰沛，水势开阔的嘉陵江用她丰腴的臂膊自西向东而南地挽定住昭化古城。而她来之前，白龙江已先展臂自西朝东流来；汇入嘉陵江后，在古蜀道著名的桔柏古渡交汇、回澜，形成一个直径约5千米的反S形曲回，抱定昭化、土基坝。

山环水绕，迤逦天成。昭化古城与土基坝故城互为鱼目，形成了一个有"天下第一山水太极"之美誉，面积直达20平方千米，驰名天下的昭化古城风景名胜区。

……

昭化四面环山，三面临水。大江大山之中，小城静卧。而城墙之外，嘉禾绿畦，阡陌纵横，一派田园风光。光这一点，就叫人着迷佩服，这外部环境，不正是一个古城必须具备的原乡氛围吗？

我被眼前的景色迷住了。

……

接下来，从梳理三江之水着手，我开始了昭化前期规划设计的文案工作。

首先，我开始查阅嘉陵江的有关资料。嘉陵江为我国长江上游重要的支流，古代又称为"阆水""渝水"。阆水又名阆中水，阆水因嘉陵江通过阆中而名，唐代大诗人杜甫有《阆水歌》七言古诗：

嘉陵江色何所似？石黛碧玉相因依。

正怜日破浪花出，更复春从沙际归。

巴童荡桨欹侧过，水鸡衔鱼来去飞。

阆中胜事可肠断，阆州城南天下稀！

而渝水之名，则因为隋开皇初年，曾在今重庆设渝州，嘉陵江通过此地而得名。合川以下嘉陵江，因与渠江合流，古时亦通称"渝水"、"宕渠水"。嘉陵江因源出陕西凤县东北嘉陵谷而得名。不过，历史上颇有名气的《水经注》在卷二十《漾水》中亦载："汉水南入嘉陵道而为嘉陵水。"大概因为，嘉陵江在陕西省内的河段称为"古道河"，流入四川才称为嘉陵江（《凤县县志》），故亦存一说。

嘉陵江发源于秦岭北麓凤县的代王山。流经略阳县北，纳西汉水，经陕西阳平关入川。再由广元下行，达昭化古城北土基坝后，白龙江汇入。嘉陵江全长1345千米，干流流域面积16万平方千米，是长江支流中流域面积最大，长度仅次于雅砻江，流量仅次于岷江的大江河。

白龙江，古称"白水"。郭璞注《山海经》谓："色微白浊。"故称白水。发源于甘肃省甘南藏族自治州碌曲县与四川若尔盖县相交的郎木寺一带，为岷山山脉北麓。白龙江流经甘南州的迭部县、舟曲县，陇南市的宕昌县、武都区、文县玉垒镇附近后，纳白水江，水量更为丰富。南流入四川后在昭化汇入嘉陵江。河道全长576千米，流域面积3.18万平方千米。

白龙江发源后流经的地段森林茂密，植被良好，故而江流清澈，水质色白明净。流至昭化古城东门桔柏渡后，汇入嘉陵江，嘉陵江途经陕南、蜀北红壤地带，故水流浑浊色赤，两股江流，一白一赤，良久未能融合，形成"清者自清，浊者自浊"，"清浊不共"的奇观。恰恰于此，历史演绎了一位著名清官与贪浊之官的故事。

相传，唐懿宗年间，有利州刺史崔朴，欲于嘉陵江顺水游春至辖下的益昌县（即昭化）。正值麦黄春耕、青壮妇姑大忙时节，崔朴的龙舟画舫启航之前，已将文书火速发至益昌县衙，命其备足水手役夫前往官船拉纤。时任益昌县令的何易于，接文书之后寻思，此刻正是乡民春荒艰困之时，焉能劳民伤财满足私欲？然官命难违，如何是好？略加思忖之后，待官船至，何易于奋然挽衣捞袖，腰插笏板亲自前往嘉陵江，跃入江水中，与几个民夫一起为崔朴及船上的众多宾客拉起纤来。

刺史发现县令何易于亲自下水拉纤，很是吃惊，问他为何如此。何易于答道："春耕之际，百姓不是忙于耕种，就是忙于蚕桑，不违农时，一刻千金。卑职忝为大人属下，此时衙中无事，正好可以前来承担这个差遣。"刺史崔朴和众宾客听后，羞愧难言，一时游兴顿消。遂舍舟上岸，骑马悻悻而归。

一股官场清流激浊扬清于嘉陵江畔、桔柏古渡，流传千古，传为佳话。"唐县令何易于腰笏拉纤碑"也成为桔柏古渡三十余通碑记中最为引人传颂的口碑逸事。

可贵的是，这股清流，泽被至今，长盛不衰。我在昭化古城工作期间，接触的区、镇领导，普遍能够勤奋自守，廉洁奉公；而何易于的故事，也在昭化成为范例和警策，成为一个地域的廉洁文化风尚。

昭化古城如前所述，民国末期已经衰败了下来。因为偏离了交通要道，失去了原先水陆码头的人气和经济优势，本来就经济薄弱，财力不济。中华人民共和国成立后，1959 年，经国务院批准，昭化并入广元县。1985 年广元设市后，于 1986 年撤原广元市市中区所属的昭化、虎跳、王家三个区，所属乡镇并入市中区卫子区。1989 年，撤销广元市市中区卫子区，建元坝区，属广元市，昭化镇属元坝区。

2007 年 5 月，我应邀到昭化古城工作时，昭化镇仍属元坝区管辖。

2008 年 5 月 12 日以后，面对灾后重建、财政困难，建设昭化古城资金匮乏、千头万绪、百废待兴……昭化的领导和群众迎难而上，乘势而为，在上级党委、政府和震后外援单位的强力支持下，开展了昭化古城的恢复重建工作。

2013 年 3 月 12 日，经民政部、四川省、广元市有关部门批准，做出决定，将元坝区更名为昭化区，恢复了昭化的称谓。不能不说，这是一个相当明智的决定！一个沉积了 2300 多年的古城遗址，终于与同名的县级单位接通了历史的脐带，承接了地脉，理顺了人脉，延续了文脉。

清江，又名清江河、青竹江，古称"醍醐水"，发源于四川省青川县摩天岭南麓及龙门山北端，现唐家河国家级自然保护区境内。清江分布在青川县境内西部和中南部，由西北向东南，流经青溪镇、桥楼乡、曲河乡、前进乡（今属安乐镇）、关庄镇、凉水镇、七佛乡、马鹿乡，于竹园镇汇入下寺河，在广元市利州区宝轮镇注入白龙江，境内流长 154 千米。

我在雁门所见的那条河，名字实际上叫青江。

青江，位于川西北，又名西游河，为白龙江支流清江（下寺河，又名黄沙江）的支流。青江上源有两支，正源发源于江油六合乡西南龙池村纱帽岩北坡秦家院子，另一支发源于枫顺乡西南小坝村轿子顶东坡，流至六合场西汇合后，向东北流，至河石坝后，与发源于青川县朝阳乡流经枫顺乡的五道河汇合，东北流至敬元乡海拔 690 米的熊家沟口，汇合龙池河，形成青江主河道，河面宽 70—100 米，流至干口（当地音缸口），转向东南，经雁门与会龙河、柳坝河相汇，至石元乡转向东北，至广元竹园镇黄沙村附近注入下寺河。

如此一捋，我明白了，我在雁门看见的那条北流的河就是青江。不过，此青江非彼清江。此青江流到剑阁的下寺后才加入清江（此段又名下寺河、黄沙江），再北流汇入白龙江，经至昭化古城抵达嘉陵江。

我豁然开朗，当年独自在枫橡坝的水中大石上酌酒发呆、仰天怅憾的五道河，正是青江的源头之一，当然也是清江的源头之一，它从枫橡坝轿子顶和青川朝阳乡的涓涓细流启程，最后流向了那条通往昭化北流而去的清江河。

……

自己当年在雁门坝河边暮色苍茫中望着逝水眺望的夙愿，不就是希望探索这条北流之河吗？

我的心绪顿然鼓荡起来。阴差阳错，居然会有机缘被邀请到这一方来，去追溯她的历史与文化，去研究她的现状与未来，我为此洋溢着兴奋和激动。

翻阅同济大学所作的《四川广元昭化古城修建性详细规划》文本，我进一步发现，以嘉陵江作为纽带，很长一段历史时期，昭化和阆中彼此联系紧密。作为先秦时期的入蜀重要关隘，昭化比阆中的历史更为悠久，因为早在公元前 400 年左右，昭化就是古蜀国苴侯的封地了。而被杜甫誉为"阆中胜事可肠断，阆州城南天下稀！"的阆中，系战国时巴国因楚国相逼，方于公元前 330 年左右迁都阆中。秦灭巴后，于公元前 314 年置巴郡及阆中县，郡置阆中（后移至江州即今重庆）。

不过，在以后的历史进程中，阆中作为嘉陵江水道中重要的戍守要津，凸显了其重要性。从元代至民国初，阆中一直为保宁府所治。

元代，保宁府辖阆中、苍溪、南部、广元、昭化、剑州、通江、梓潼、巴州、南江 2 州 8 县。此外，明代还于阆中设川北分巡道。明洪武四年（1371）至崇祯十七年（1644）以及清顺治八年（1651）一直到民国五年（1916），川北道（民国三年改为嘉陵道）亦治阆中。

清代设川北兵备道和川北镇总兵署。清顺治年间，四川省会设阆中 20 年，四川总督、巡抚、监察御史均驻节阆中，并在此举行了乡试五科。

清代，川北道辖保宁府、顺庆府、潼川州等共 25 州县，保宁府除减少梓潼外，原辖州县未变。

民国初，川北道（嘉陵道）辖阆中、苍溪、南部、广元、昭化、剑阁、通江、南江、巴中、营山、蓬安、仪陇、邻水、岳池、广安、南充、西充、三台、射洪、中江、盐亭、遂宁、蓬溪、安岳、乐至、潼南 26 县。

因此，从元代到民国时期，很长一段时间，昭化都是在阆中的管辖之下。

我到昭化古城后，发现在遗存的龙门书院、考棚、怡心园等地的匾额、梁架上还多有特授四川保宁府、钦加某某衔某某年某科进士（或举人）署理昭化县知县（或训导）等题记。

我曾到过阆中古城，它的名气远大于昭化。阆中有 2300 多年的历史，保留的老城区面积达 2 平方千米。阆中拥有众多的文物保护单位及丰富的历史文化遗存，1984 年 6 月被四川省人民政府批准为历史文化名城。1986 年 12 月，中华人民共和国国务院发文，批准阆中为中国历史文化名城。

阆中从元代起就成了川北政治、文化的中心，它不但比较完整地保留了唐宋时期的街巷格局和明清时期的古城风貌，而且其山水地形极为符合传统人居环境的龙、沙、气、脉、水的风水构造，被建筑学专家誉为"天人合一的最高境界"，历史上被称为"阆苑仙葩"。

近年，随着文化旅游事业的进一步发展，阆中获得了诸如国家 AAAAA 级旅游景区、千年古县、中国春节文化之乡、中国四大古城（平遥、徽州、安居、阆中）之一等光荣称号。

然而遗憾的是，阆中古城的外围已被高楼大厦、柏油马路团团围住，价值不菲的 2 平方千米古城区，已然被现代城市的氛围包裹。而近年，旧城区内局部人为破坏时有发生，如青石板路被改为水泥路，一些住户擅自改变房屋的布局、色调……造成难以弥补的毁损，以至于报申遗时，专家们要求尽快将古城"恢复原状"，进行整治修复。

而我见到的昭化古城外部环境居然还没被干扰、破坏，不禁让人暗生庆幸！

后来才听说，这是有原委的。

据说抗战时期，国民政府退居四川，改修历史上的金牛道为行驶汽车的车道，以加强四川与各省的联系。川陕公路作为进入四川的交通要道，处于关键的战略重要地位，经国民政府决定，由当时的四川省公路局规划扩建川陕路。川陕公路起始于四川绵阳县，途经梓潼、剑阁、昭化、广元，越过交界线七盘关，经陕西省的汉中市到西安市止。

昭化县城当时正是在今昭化古城原地，昭化的士绅们闻听要扩建公路，生怕公路从家门口经过，破了这三江汇合、水陆码头以及"金线吊葫芦"格局的风水宝地，断了昭化的气脉，伤及一地的财源。于是推举代表，备好土特财礼，去到当时成都四川省公路局，游说贿赂，意图保全一方，改线规划设计。

哪知，川陕路扩建的规划压根儿就没有打算经过昭化老县城，而是径直由剑门关外清江河边的下寺镇（现剑阁新县城所在地）经宝轮镇直奔广元嘉陵江边的明月峡、朝天峡出川而去。

其实，宝轮一地早在古蜀时期就和昭化（葭萌）一起，都是苴侯的都邑属地，后来秦灭巴蜀一直为葭萌县、汉寿县、昭化县地。宋时，因于此建佛寺宝轮院，方因寺得名。1950 年，因宝轮镇处于川、陕交通要道，昭化县人民政府迁宝轮。1956 年宝成铁路通车时，因当时昭化县驻地还在宝轮镇，故设有昭化车站。1959 年，昭化县被撤销，并入广元县。

公路局做了顺水人情，昭化的士绅们暗自庆幸，松了大大的一口气。而昭化老县城就从此被撂在了一边与繁华无缘，被冷落了下来。

真是祸福相依啊，昭化古城因一时被冷落而被保护了下来。然而，1935 年国民政府新开辟的川陕公路却不仅毁坏了沿嘉陵江的古蜀栈道，尤其令人痛心的是，还大量地毁坏了精美的广元千佛崖石刻造像。

千佛崖摩崖石刻造像肇始于南北朝，兴盛于唐。它集六朝、隋唐、五代、宋、元、明、清各时期的造像于一体，时长约 1500 余年，具有极高的历史价值、科学价值、艺术价值。清咸丰四年（1854）碑文记载，"造像一万七千有奇"。

可惜在 1935 年修路以后，一半以上造像无存，仅剩龛窟 848 余个，造像7000 余躯！

被冷落在一旁的昭化每况愈下，随着公路的发展，中华人民共和国成立以后宝成铁路又基本沿川陕公路而去，故一度将昭化县城迁于宝轮镇（至今铁路的昭化站仍在宝轮）。

因祸得福的是，我来到昭化一看，城内的变化不大，青石板道路尚存，许多文物建筑得以保留，新修的房屋不多，高度不过两三层而已，再结合遗留的古城墙、城门，一个大致的昭化古城依然犹在……

昭化古城有救！我便欣然应承了它的恢复设计事宜。

5

2007 年 5 月 2 日，昭化古城所在的元坝区政法委书记、景区管委会主任陪同我游览了昭化古城，从它的外围环境、大山大水、田园风光，保留的明代城墙、城门，街巷肌理及老街铺面、龙门书院、怡心园、益合堂、文庙、考棚……一直看到室内梁架、地面铺装。

总的来说，昔日的昭化县城即使被冷落一旁、沉寂多年，也产生了很大变化。譬如说，老百姓的民居、政府机关、供销社的经营场所、办公地点等，都有大量改变原状的现象。好在由于经济、工业、交通等因素的制约，昭化的变化从体量、规模上来看，还不算严重。

旧街坊被拆除了，新建的砖混楼房矗立起来，鹤立鸡群般地傲视着低矮的青瓦木柱铺面。好在层数不高，二三层居多，也不连片，像高个儿插入队列，显得缭乱不协调而已。从色调上来看，较为严重一些，比方楼房的外表面贴上了亮白的瓷砖，与黛瓦木柱青石板的古城主调形成了鲜明的对比，显得有点突兀和刺眼，亟待整治和改造。一些文物建筑遭到了不同程度的毁损，譬如文庙的大殿改作了学校的礼堂，考棚作了党校，有许多不当撤除……亟待保护，整治修复。

……

那天，昭化古城的领导还驱车带我到了牛头山。牛头山距昭化古城西约7千米，挺立于清江河南岸、嘉陵江西岸，海拔为1214米。

牛头山横亘于嘉陵江和大剑山之间，山势崔巍、崖壁陡峭，有著名的天雄关设置其上，素称"牛首雄关"，历来为兵家必争之地。

昭化的领导一边解说着，一边带我参观了三国时期蜀汉名将姜维，率领3万将士面对魏将钟会20万大军，凭险固守留下的半池水、姜维井、牛王观等千年遗址。

随后，我们来到牛头山上的"太极拜水台"。极目远望，见昭化周边的翼山与笔架山被奔腾而来的嘉陵江水蜿蜒分割，形成一幅气势磅礴的硕大无朋的太极图。传说姜维当年困守牛头山时，营中缺水，万分焦急，向丞相祷告，诸葛亮托梦姜维，要他祭天拜水，姜维就于此祭天拜水，方得半池井水解了军渴之危。

在太极图中，建城于2400余年前的古蜀国苴侯都邑土费城遗址，坐落于与昭化隔江瞩望的土费坝。与2300多年前秦灭巴蜀后，蜀郡郡守张若以苴侯而名葭萌建县于今址的昭化古城互为掎角之势。

……

阳光明媚，烟波浩渺。山河大势，兴废家国，宛在眼前。

我沉下心来，决定参与到昭化古城的保护整治与重建工作之中。

在昭化的具体设计对接工作中，我有幸结识了同济大学的阮仪三教授和他的研究生林林博士。

昭化古城的保护整治、恢复重建工作，其总体修建性详规是同济大学完成的。这期间，上海同济大学阮仪三教授牵头，由国家历史文化名城研究中心、上海同济城市规划设计研究院派出林林博士为首的专业技术人员，组成《四川广元昭化古城修建性详细规划》设计团队，对昭化古城的街景整治、重点建筑、重要地段做出了详细的修建性规划设计。

正如规划中所指出的："修建性详细规划的目的在于指导昭化古城保护整治工作的开展，统筹安排地段内的各项建设工程，保护古城的风貌特色，为古城人民的生活和特色文化旅游的开展创造一个良好的环境"。

考虑到昭化古城目前尚缺乏控制性详细规划层面的规划控制，故本规划在对古城资源环境深入研究的基础上，强化了对古城整体环境的保护建设控制的进一步调整安排，内容包括昭化镇域范围内历史文化遗产和自然生态环境的保护，古城范围内的用地布局、道路交通调整，各级保护范围的划定、建筑高度控制和建筑保护更新模式等，从而更加有效地指导修建性详细规划设计工作的开展。

2006年10月9日，广元市元坝区人民政府主持召开了《四川广元昭化古城修建性详细规划》评审会。西南交大、四川大学的专家，广元市建设局、旅游局、文化局，元坝区人民政府等有关部门负责人出席了会议。由7位专家组成的专家论证组，在听取方案介绍、审阅规划文件后进行了认真讨论。最后，会议做出以西南交大季富政教授为组长的专家组成员一一签字的会议纪要。会议做出决定，同意昭化古城修建性详细规划，要求设计单位根据专家论证意见修改后，报政府审批。

很快，2007年，昭化古城修建性详规得到政府批准。

我仔细阅读、消化昭化古城保护整治修建性详规后，结合昭化古城的历史文献，尚存的明清衙署、民宅、街坊的风格风貌，存留的历史文化符号，以江油市古建园林研究所为主体，与成都文物考古研究所、四川绵阳创艺建筑设计研究有限公司合作，开展整个古城的风貌整治，重点建筑、地段的施工设计工作。

其中，最难以忘怀的是与阮仪三教授在昭化会面畅谈交流的时光。

阮仪三，江苏省苏州市人，1934 年 11 月出生。我在昭化与他见面时，阮先生已经是 73 岁高龄了。他中等身材，四方脸，温雅和善，精神矍铄。

阮教授年轻时曾在海军服役，是一名光荣的中国人民解放军海军战士。退役后，1956 年，他考入上海同济大学建筑系，1961 年毕业留校任教。认识他时，阮教授任建设部同济大学国家历史文化名城研究中心主任，同济大学建筑城规学院教授、博士生导师，中国历史文化名城保护专家委员会委员，建设部城市规划专家委员会委员和历史文化名城学术委员会副主任。

昭化的决策者们眼光不低，他们的古城修复规划，一开始就有幸找到了高手，找到了上海同济大学阮仪三教授的历史文化名城研究中心的团队，由他们研究制定完成了昭化古城的修建性详规。

昭化古城的修建性详规被政府批准后，当年就进行了实施。2007 年 8 月，按照进度，第一期 29 项内容要首先完成，它们是修复东、西城楼，修建葭萌、汉寿、瞻凤门及临清门广场，修复石牌坊、过街亭、接官厅等街景建筑，整治费祎墓等文物遗址遗存。时间紧，任务重。

2007 年 5 月接手设计任务以前，昭化的有关领导曾去某地设计单位联系过瞻凤、临清两个城楼的设计任务，回答是要先打 20 多万款项去才动笔。经商议，最终没有选择这家设计单位，按照有关推荐，才来故乡找到我。

机缘巧合，因为一个突然的来访，唤醒了我年轻时期的记忆，因为一条北流的河，我有幸邂逅了远方的昭化古城。

青江流入清江，同饮一江之水。青年成为老年，追寻一个过往的诗意、梦和远方，虽已年高，但热情不减，壮心依然。

我没有犹豫，很快就开始按照同济大学的《四川广元昭化古城修建性详细规划》的要求，做出了两个城楼的木结构恢复修建设计方案。方案获批后，进入了施工设计。

在昭化工作期间，除了和负责古城恢复重建的元坝原区委书记冯安富同志、元坝区原政法委书记罗世发同志、昭化古城管委会主任欧文中同志密切接触，倾听领导们的意见，按时、按质、按量完成昭化古城恢复重建的设计任务外，还随时随地与上海同济大学派驻规划设计现场的林林博士联系，交换意见，领会同济的规划原则、设计意图，力求达到同济大学《四川广元昭化古城修建性详细规划》的设计目标。

更使我激动的是，经常会见到专程前来昭化参与规划设计会议的闻名全国的古建专家——同济大学建筑城规学院教授、博士生导师、中国历史文化名城保护专家委员会委员、享有"古城卫士""古城保护神"美誉的阮仪三教授。

研讨图纸之后，我喜欢在昭化寻一处幽静的小院与阮教授品茗茶叙，听阮教授讲述他的人生经历，摆谈他有关古城古镇抢救保护的故事。

从20世纪80年代以来，阮仪三教授开始倾其所学与精力，努力促成平遥、周庄、丽江、同里、甪直、乌镇、西塘等一系列古城的保护与整治，恢复与重光。

谈到城市、交通等建设项目中的古城、古镇、古街道被从隆隆的推土机下挽救下来，得到维修保护，一处处极有价值的景区、景点获得恢复和新生，阮先生特别兴奋。

"……我痛心哪，城市、乡镇、民居都要有自己的一种韵味、一种美感。过去我们的江南古镇，诗情画意，魅力无穷……西塘婉约，乌镇秀美，南浔疏朗……几年前，有人要修苏州到周庄的公路，乌镇也要在镇上修公路，这不是要在美人脸上划一刀吗？"谈到过往的历程，阮先生依然激动和充满惋惜。

"……人要耐得住寂寞，刚开始的时候为了准备抢救保护这些古城古镇，我必须要查阅有关的资料——翻县志、看文献，常常是一个人待在档案馆、图书馆看古籍。坐下来之后，先用竹刀缓缓地、轻轻地将线装书皮上一层厚灰尘刮去，再开始翻开来阅读……"

阮教授一边说，一边用手小心翼翼地比画着清除文献积尘的动作，他那专注的神情，使我深深地沉浸在他那探究民族文化、保护传统瑰宝的急切、坚定、仔细、求真的心绪中，使人特别感动。

末了，话锋又转向他的老师陈从周先生，以及我追随过4年的重大教授赵长庚先生。

陈从周先生为浙江杭州人，出生于1918年11月27日。原名郁文，晚年别号梓室，自称梓翁。陈从周先生1938—1942年就读于之江大学文学系，获文学学士学位，先师从著名国画家张大千，为其入室弟子，后师从著名古建专家刘敦桢，开始古建研究，是我国著名的古建筑园林艺术学家，上海市哲学、社会科学大师，同济大学教授、博士生导师。著有《苏州园林》《说园》等专著。

赵长庚先生为四川崇州人，出生于 1920 年 3 月。1939 年考入燕京大学文学系，1943 年获得文学学士学位。后又考入中央大学建筑系，1947 年取得建筑学学士学位。是迄今为止唯一获得文学、建筑双学士的城市规划、古建园林专家。赵长庚先生为重庆大学资深教授，我国西部地区城市规划学与风景园林学的首席专家，重庆大学建筑城规学院城市规划及园林景观专业的创始人之一，山地人居环境理论探讨的发起者，西蜀历史文化名人纪念园林研究的绝对权威。著有《园林绿地规划基本原理》、《西蜀历史文化名人纪念园林》等专著。著名的建筑学与城市规划专家，中国科学院、中国工程院两院院士吴良镛先生评价赵长庚说："重庆建筑大学赵长庚教授是我尊敬的学长，对西南一带建筑文化有深湛的研究……"

二位先生均以学习文学并获取文学学士为首，其次二人均自幼喜欢中华诗词、中国绘画、中国园林，最后二人又都喜欢建筑、古建筑，先后师从古建专家、建筑教育家刘敦桢先生。（赵长庚系 1943 年在中央大学建筑系学习，刘敦桢为教授。陈从周系 1950 年结识刘敦桢，开始古建筑学习、教学工作。）二人惺惺相惜，成为至交好友，并曾一同到美国西雅图讲学。

聊到大师们，我们充满了崇敬与思念，因为他们都先后离世了。陈从周先生病逝于 2000 年 3 月 15 日，赵长庚先生病逝于 1998 年初春。

我们一边啜饮着昭化的清茗，一边漫谈着岁月的往事。

不觉夕阳西斜，暮色合围，依然意犹未尽。

6

在昭化工作期间不仅与同济大学在规划设计上进行了对接式的业务合作（他们搞修建性详细规划，我搞具体的施工设计），还与阮仪三教授畅谈了人生经历、敬慕的师长和往事，更重要的是学习了他勇于担当、敢作敢为的战斗精神，接受、学习并领悟他关于古建筑、古文化、古城古镇、传统村落、传统民居的维修、保护及合理利用的理念和方法。

被誉为"都市文脉的守护者""历史文化名城的卫士""古城的守望者"的阮仪三教授，自20世纪80年代以来就奋战在古城、古镇、古村落、古民居的保护上。

按他自己的说法是：他是一个重行动的知识分子。

的确，作为教授，待在象牙塔中教教书、做做学问、搞点项目研究，是平安的、没有风险的。但阮仪三有一种强烈的使命感，这促使他走出书斋、进入社会，在保护民族文化遗产的斗争中冲锋陷阵、斗志昂扬、毫不退缩……

这个过程一开始就是激烈的、尖锐的，不仅要遭遇冷落、拒绝、推诿、呵斥，还要在无人理解、无人支持的情况下坚持主见，甚至要自己贴钱承担差旅费、研究费……

一不小心，还会危及生命！

譬如，在制止九华山发生毁林事件时，就发生了险情。当他得知情况前往九华山调查时，正遇到当地山民蜂拥而至，对森林乱砍滥伐，阮仪三见此，勃然大怒。

为了制止这个事件，情急之下，他和同行小胡拿了锣，去到九华山现场，鸣锣为号，通知砍树的村民下来开会。村民只好停止砍伐，下山来开会。在会上，他除了当面批评教育毁林者外，还和小胡对乱砍滥伐者一一进行登记，收缴了他们的斧子、工具，要他们停止砍伐、等候处理。在情绪激烈的状况下，坚持训话教育，直到散会，才放他们回去。

然而当晚，事情发生了意想不到的变化。他们睡到半夜，突然被老和尚叫醒，拉起他们就往后山跑，他们气喘吁吁地爬上山头往下一看，只见火把、电筒照亮了夜空，人影憧憧、喊声鼎沸……

原来，白天那些村民认为包产到户了，无人管理山林了，就一哄而上地来砍伐庙产山林，他们人多势众，有干部有群众，弄了滑索、溜道，将大量的木材运往山下。阮仪三一看，肺都气炸了，为了保护九华山的生态环境，便二话不说地拉上小胡前往制止。

想不到的是，收缴了斧子、工具，开完会后，被激怒了的山民当晚就集合起来，上山抓他们兴师问罪来了。

……一时之间，来人到处搜寻，庙里庙外，指明要找到给他们开会的人，他们弄清楚了，不过一个什么大学的教书匠，一个学生，没有得到任何当官的指派，居然气势汹汹地召集会议，训他们，还敢没收他们的工具，登记了名字，企图秋后算账。

在没弄清楚二位的身份之前，村民们的确被唬住了，虽有怨气，一时间，也不敢贸然行事，但……一番打听之后，居然是这样，岂有此理，这还了得！村民、干部一合计，便直接闹上九华山来了。

"唉，想想都后怕，要不是老和尚报信，跑得快，将他们隐藏于寺后的深山密林中，真不知道会发生什么事！"阮仪三先生感触万端地述说。

实在说来，在阮仪三的家族血脉之中，本来就有传统的知识分子那种勇于担当、刚正不阿的精神和正气。

阮仪三家学渊源深厚，出身于名门，书香世家。阮仪三高祖阮元，为清嘉道时期名臣，进士出身。祖父为前清秀才，父亲阮昕，大名阮德传，学业有成，是江苏省机电技术先驱，苏州发电厂的早期建设者，曾任苏州市政协副主席。

而在考入同济大学之前，阮仪三曾是一名中国人民解放军海军战士。

于是，在他的身上兼具传统知识分子正义凛然的气质，而在行动上，他又像一名合格的战士，疾恶如仇、勇猛顽强。

的确，在保护古城古镇的事业中，他就像一个百折不挠的斗士。从"刀下留城救平遥"，首次提出了我国"古城保护规划"这个课题；到自带资金搞周庄的保护规划遇到强烈的阻力，喊出"要在周庄开路，请从我的身上轧过去！"这样惊世骇俗的壮烈口号；如此等等。终于以一介书生之躯，阻挡了许多城市开发的鲁莽行为。

接着，他带领同济大学的专家学者，为周庄编制了《周庄古镇区详细保护规划》，详尽周到的规划，使周庄在文物保护、建筑体量高度、继承传统民俗文化、污水处理等方面都得到很好的发展，有效地取得了良好的经济和社会效益。

逐渐，阮仪三的古城、古镇保护见到了实效。平遥、丽江、周庄、乌镇……通过抢救、保护，焕发出民族文化瑰宝的魅力，吸引了大量游客，轰动了全国，一时间各地争相效仿。但许多地方东施效颦，吹乱了调子，忽略了保护、整治是抢救历史文化精髓的这一根本目的，舍本逐末，急于求成，掀起了一股打造、兴建古城古镇的热潮……

于是，拆毁原建筑、拓宽旧街道、新建仿古街，借壳上市般地铺展开来，一大批假古董以发展旅游、振兴经济为由头纷纷粉墨登场……

阮仪三再一次愤怒了。

他一针见血地指出：

"现在一些地区的古城保护出现了误区！……古城保护是为了延续城市的文化，是让古城'延年益寿'，而不是让古城'返老还童'；……许多地方错误地理解保护古城就是恢复历史遗迹、重建古建，以致拆了真古董去建假古董。"

"对古建筑要整旧如'故'，而不要整旧一'新'！"

"古城留下了一些城市建筑、过去人们活动的场景，这些物质实体，蕴藏了城市历史文化，是对城市文化的最好延续……"

"保护城市文化遗产不只是卖门票！"

"……一些地方将保护城市遗产错误地理解为发展旅游资源，出现过度接纳游客，以及盲目造'古'、搬'古'现象……"

"建筑物就是我们留下来的历史的重要记忆，而这些历史的记忆跟我们的生活密切相关，正是它留存了这些历史的记忆，才使我们有乡愁。乡愁乡愁，没有乡哪来的愁？留住这些历史建筑物，不光是留下高楼大厦，留下那些皇宫别墅，更是要留住我们自己真正的房屋……"

…………

在昭化完成同济大学《四川广元昭化古城修建性详细规划》施工设计的过程，就是有幸全面理解和全程沟通、体现、实践阮仪三教授关于保护古城古镇的主张和理念以及实施方法的过程。

从此，我在古城古镇风貌整治设计中便牢记了阮先生有关古城古镇保护的四个原则：

一、遵循整体性的原则：要从整体上来保护古城古镇，而不是支离破碎、断章取义地来对待古城古镇的保护整治。整体性对城市非常重要，一个历史文化遗存是连同其环境一同存在的，不仅要保护建筑本身，还要保护周围的环境，特别对于城市街区、地段、景区，要保护其整体环境。

二、遵循原真性的原则：就是保护历史文化遗存原先的、本来的、真实的历史原物，保护它们遗存的全部历史信息，即阮仪三教授所主张的"修建如'故'以存其真的原则。修缮时要保持'原工艺''原材料''原式样''原环境''原结构'的'五原'约束"。

三、遵循可读性的原则：历史遗存留下了它历史的痕迹，我们可以直接读取它的"历史年轮"，这就是古城古镇保护中要注意的"可读性"，可读性就是在历史遗存上应该读得出它的历史，就是要承认不同时期留下来的痕迹。大片拆迁和大片重建不符合可读性的原则。

四、遵循可持续性的原则：要清楚地认识到，保护历史遗存是长期的事业，不能急于求成，我们这一代做不完，下一代人可以而且能够接着做，也许在将来又会找到更合理更优秀的办法来继续保护和整治历史遗存。同时，主张原生态地保留古城古镇的原则，即保存建筑物的同时保存其原居住人民的生活方式，经营管理，地方风味小吃、手工艺……使保护、整治后的古城古镇既有物质文化遗存，也有非物质文化遗存，借助旅游文化，使古城古镇可以持续生存下去。阮先生特别反感那种借保护整治古城古镇，将原住户统统搬走，再引进千篇一律的旅游商业活动的假繁荣行为。

就这样，我在具体的设计实践活动中，坚持按阮先生认定的四原则去处理昭化遗留的文物保护单位、古建筑遗存、传统民居街坊的保护、整治问题，去设计、恢复已经荡然无存的建筑、构筑物，力争做到修建如故、以存其真。

比方一开始就接手的两座城楼，我们按照详规的要求，结合昭化文献记载，做出昭化本地风貌的方案来。经同济大学、昭化政府审定认可后，再采用现存昭化梁架结构、样式，斗拱的材契、做法来设计，要求梁架回到传统的全木结构。

瞻凤、临清两个城楼很快出了施工图，进入了施工阶段。紧接着，我们开始设计昭化的石牌坊。昭化古县城内原有石牌坊，可惜在过去的岁月中被毁掉了，仅保留了部分残件。我们就以残件作参考，来决定它的尺度，它的样式、花纹以及石料的材质。在此基础上，我们在昭化文化旅游部门的支持下，又考察了昭化现存的清代石牌坊，进行拍摄、现场测绘，形成参考资料，力求做到新设计的牌坊保留、再现昭化当时的地域特色。

牌坊进入施工阶段时，我们配合昭化政府、昭化景区管委会，在全川寻找制作石牌坊的老艺人，最后在德阳的中江县寻访到一位廖姓的祖传石匠，当时他已近 60 岁了，有一个得力的儿子，继承着父业。经昭化有关人员考察，最后确定聘请廖氏父子进场，按照我们的设计，以传统手艺制作昭化的石牌坊。

昭化古城一共恢复重建了 6 座石牌坊，位于古街入口处有一座地标石坊，为葭萌坊，是一座新建的石牌坊。牌坊高 8.6 米、宽 6.8 米。浮雕图案分别是"费祎开府"、"山水太极"和"古城临清"、"牛首雄关"的画面。两面明间两旁石柱各有一联，分别为："蜀道三国重镇"、"天下第一太极"和"巴蜀第一县"、"蜀国第二都"。

位于古街上的有贞节坊，它原建于清道光十九年（1839），为皇帝御批贞节女吴梅氏所建石坊。复建牌坊高 7.8 米、宽 5.6 米，浮雕图案精美细腻。两边分别雕刻有"孟母三迁"、"岳母刺字"和"涌泉跃鲤"、"唐氏乳姑"等传统贞、孝图案。两边的额枋上分别刻有"冰清""玉洁"和"竹香"、"兰馨"等赞美品行高洁的文字。牌坊上的碑文，记述了吴梅氏的事迹。按照古城保留遗址遗迹的要求，贞节坊仍然设立于原处，并将该石坊残件安置固定于其旁，以怀思古之幽情。

另一座位于古街上的石坊是孝友坊，孝友坊原建于清嘉庆二十三年（1818），为皇帝御批邑人王杏舒所建。复建牌坊高 8.48 米、宽 5.8 米，浮雕图案镂空精细，多与孝、友相关。两面分别刻有"千里负米"、"芦衣顺母"和"孝感动天"、"亲尝汤药"等孝道故事。两边的额枋上分别刻有"山高"、"水长"和"风和"、"月朗"等赞颂文字。牌坊上的碑文，记述了王杏舒的事迹。

此外，在恢复整治和重建的文庙内还有 3 座牌坊，中间的棂星门坊稍大于两边的石坊，背对大成门两旁的石坊左为德配天地坊，右为道贯古今坊。

文庙的石坊参照文庙石坊样式，全为重建，为四柱落脚冲天柱石坊。

昭化的原县衙早已被拆除，成为供销社的办公单位。重修恢复时，在撤除供销社的原建筑后，我们对遗址进行了详细的勘测和清理，力求找到原清代县衙的遗迹遗址，以此作为依据来推断新修县衙的布局、尺度和样式。

对于应恢复的脊饰和屋面，先在昭化现存的古建筑上搜寻花纹样式、古瓦样式，勾头、滴水、瓦当样式，然后就近找寻当地工匠和窑口就地仿造，并力求在尺寸、样式、质地、色泽诸方面，保持和恢复昭化古建筑的地域特色和风貌。

在保护整治原昭化考棚这处文物上，我们设计方除了注意"修旧如故，以存其真"外，还同时体现了遵循"可读性原则"的做法。

昭化考棚原建于清道光十九年（1839），重建于清同治十三年（1874），由当时邑令毛士骥筹款修建。当时为满足昭化和广元、青川、剑阁四县乡试，规模颇大。计建有考舍322间，并置桌凳322号，同时设有听事房（值班）、管房（监考休息室）、照房（档案）、致公堂（主考官议事、阅卷堂）等设施。

考棚功用早废，历经学校、党校，多次被使用、改建，除大门外，内部分隔、变动较大。此次除按照遗留的原貌保护、整治修复外，还重建了已毁不存的致公堂。对于大门两侧墙上党校时期留下的过时红色标语"团结、紧张，严肃、活泼"八个大字，则按照原状完整地保留下来，体现其"可读性"原则。因为这一标语本身，就体现了这个建筑经历了不同的历史时期，是为该建筑的"可读性"。阅读这些时代的痕迹，也就仿佛步入了这个历史建筑的过往……

在昭化工作期间，我除了有幸结识阮仪三教授、林林博士外，还有幸与从事昭化古城文物保护的众多匠师们广泛接触、交流，感受到他们质朴、认真、智慧、坚韧、勤劳的美德和敬业、专一等传统匠人的优良品质。

在川北，广元、旺苍、昭化、苍溪、剑阁……分布、存留着许多的传统工匠，他们一批批涌到传统建筑修复工程中来，默默无闻地辛勤劳作、艰苦奉献。

昭化古城的建设中，几乎每天都会遇到工程中的疑难问题，于是"三堂会审"，同济方面的规划意图、保护原则，我这边的设计规范规程、风格标准，施工方面的具体问题、处理办法，都要在一起碰撞、研究，沟通、解决，落实、完成。

世人流传："手艺人有翰林院之才。"此话不假，很多看似无解的疑难杂症，最后都会被老木匠、老泥瓦匠、老石匠点破、通融，迎刃而解。既不违背原则，又符合规范、标准……我确信，大匠、哲匠，永远在民间。

民间的确散落、匿藏着大量有如繁星耿耿般的智者、人才……

我就这样在昭化忙碌着，在昭化和江油两地穿梭来往着。我庆幸这一段忙碌，感恩这一条北流的河，它的波涛使我一颗年轻的心浮想联翩，鼓荡激越，进而有缘邂逅了昭化，邂逅了阮仪三教授、林林博士，邂逅了昭化的主要领导、分管昭化古城恢复重建的部门同志，邂逅了广元、昭化众多勤劳、智慧的能工巧匠。

第三章　天降大祸，结缘剑门

7

一晃之间，就是一年。

这期间，我还接受四川省古典建筑设计院的委托，应邀到眉山市洪雅县柳江镇做"曾家园"的修缮方案设计。川南川北地跑了一阵之后，遂宁广德寺普正法师邀我去看他们大雄殿的险情。我去广德寺时，见有横幅"欢迎了幻法师来我寺讲解佛教与生活"，颇感兴趣。

释了幻是我原来的一位朋友，俗姓陈。这位朋友在遁入空门前，曾在故乡民族宗教局副局长任上做事，国家干部，成都人，白净高挑，风流倜傥，大学民族宗教系毕业。他佛学造诣较深，我闲暇之时，也喜欢看点佛教书籍，我俩见面，常谈"法"辩"色"，论"空"说"相"，彼此投缘。

他有一个年轻漂亮的妻子，一个读书上进的儿子，工作顺利，前途无量……按说，在滚滚红尘中，他算混得不错的佼佼者了，可一念之差，竟抛妻弃子，迷恋于黄卷青灯，矢志不渝。

据说，刚开始的时候，其妻尚未决绝，留给他一把钥匙，谓："若想归家，随时可来，一切如故。"不想，这位夫君却再无回心转意之举，二人就此长别，恩情两断。我曾在天涯博客中发过有关他的一篇博文《寻访了幻法师》：

时光是最能使人淡忘的漂白剂，很多鲜活的人、事都在岁月的流逝中有如轻岚薄雾逐渐散去。

小城中依然不时有惊世骇俗的故事在演绎着，但大率是男贪女腐、鸡鸣狗盗之属，随大势而生灭，不足挂齿，无须置喙。

然，10 多年前一事，却老拂之不去，那就是了幻师突遁空门之举。

了幻法师俗姓陈，名毅杰，成都人，毕业于某民族学院民族宗教系。了幻生得高挑白净，一看就是成都小伙那种灵动洒脱而又温文尔雅的模样。初识他时其身份为故乡某镇党委副书记。我与他因工作相识，感觉他处事沉稳，大度随和，便自此成朋友。我当时管窦圌山，他大概分管文化、宗教之类，便有机缘与他谈禅说佛，侃经论道，彼此很是契合。

后，他回市，做了民宗局长，依然有会议、工作、出差之类接触。见面，必长谈。

忽然，听得他离家出走的消息，令我错愕不已，且百思不得其解。

其时，他有娇妻，有一子，工作顺当，夫人年轻貌美，家庭和顺，前程无量。何来此举？小城一时哗然，各种猜度纷然而至，各种版本不胫而走。

了幻默然，小夫妻默然。

时光轻轻一抿，这段说辞就渐渐有如涟漪一般，兀自平静下来。

但我这头并不像市井噱闻那样，把这事淡了，我要探个究竟呀，一个朋友有此非常之举，且事涉人生大事，家庭存亡，其因为何？

贪腐？不涉。情破？无据。

搜寻平素与他交谈的只言片语，也仅朦朦胧胧觉得有些对世相灰心的感觉，如他爱说“人心坏了”“诚信、善心从根根上烂了”“除西藏外无净土了”……之类。

人心一死，无力挽回。了幻不再归家，四处云游，偶尔回来，也住居士处，开始办离婚手续。其妻望他回头，甚至一再地要他带上家中的钥匙，殷殷嘱咐，若一念生归，开门就是……了幻再未开过家门。

这是 1949 年以来，我所见首屈一指不为任何原因、不因任何过错，只为信仰生变而弃职毁家、自拒温情、自断前程的第一人。

了幻先后游历了西藏、尼泊尔、泰国，会见了许多喇嘛、和尚、隐居修行者，也先后住过许多寺庙，给海山法师当过秘书，研究佛学，体验修行……虔诚笃信，再不回头。

20世纪90年代末，终于剃度受戒，由一名标致的黑发青年，变为袈裟着身的光头和尚，得法名了幻。我想，这大概是了却了梦幻人生之意吧。

"空门何如？"合十具礼后，我劈头便问。"我入空门，定下三规，不管钱，不管事，不管人。""你居庙何皆小？""我专拣小庙居住，不爱去大庙挤闹热。"，"你这样如何度人？""这是一个不出高僧的时代，我先自度。"

僧房干净、狭小，了幻说："现在有些寺庙像暴发户，却不解佛法。"我看书案之上，两台电脑，其一为笔记本式。了幻说，他有博客，名"了幻视界"，专谈佛事。有著作问世，名《佛法与婚姻》。

俄尔，有客来访，我等合十道别。

一去杳杳，云游无踪之后，传闻曾于德阳海山法师处剃度，获赐"了幻"法名。真是缘分不浅，不期又于广德寺瞥见其法踪，且居然开堂说法，足见几年不见，其法名大振矣。

便按图索骥，前往普正法师处打听，望能晤了幻一面，可普正法师告诉我，实在不巧，了幻师两天前已弘法后离去，无缘一晤，怅然间，遂回故乡小城。

返家后，做点手头工作，与故乡诗人、作家陈大华、蒋雪峰、庞泽云小聚一次。

不经意间，就到了5月12日。

中午的小憩之后，下午2点左右，我正在电脑上整理资料，考虑着遂宁广德寺和已全面铺开保护整治的昭化古城，想着把两边急用的资料整理之后，从电子邮箱给他们发过去。突然，地板、墙面、窗户一起摇晃起来。我意识到，这是地震来了。

我没有慌张，因为这情形以前也经见过，因为川西北江油临近平武、松潘，本来就处于断裂带上，地震时有发生，譬如1976年的松潘、平武7.2级大地震，江油的动静也够大的，不过最厉害的情况大致几秒钟光景吧，地震便停止下来，似乎也没啥不得了的。可这一次不同了，竟是越摇越厉害，越摇动静越大起来，我不禁有些怵然。

我原来的住房面积较小，又是顶楼，为解决漏、热的问题，便自己设法在屋顶上加了一层，做了书房和电脑工作室。

此刻，我正在这个添加的楼层上，忙关了电脑，拔了电源。顷刻间，水、电、气、通信全断了，房屋依然在摇，且愈加剧烈。两台大电视从柜上被摇了下来，碎了，家中的瓷瓶、瓷罐，一切易碎的东西纷纷坠落，跌得粉碎。人是站不稳了，地板像踩在滑水板上，墙壁、家具、门窗统统像醉汉，东摇西晃，挤眉弄眼，让人看不真切弄不明白他们想干什么。

我想，我大概面临我这一生中最严峻的时刻了。好在当初加这一层时，虽然墙壁都是砌的空斗墙，屋面却是与顶层圈梁打了一个整体现浇，且用足了钢筋、打够了标号，一时半会儿估计不会破碎坍塌吧。但墙体就难说了，保不准会倾斜、会垮塌，那虽是现浇的屋面，但也会随之滑动、偏移，甚至压垮空斗墙，塌落下来。

我默算它垮塌的临界，观察着屋顶的变化方向，打算朝倾斜的反方向跑，只有那样，我才能趋利避害，在一个较高的角落低下身子求生保命。若楼房全塌，我就平躺下来，总会有高一点的断垣残墙支撑屋面。

一横心，大不了一死吧，我定下心来，干脆走到顶层的卫生间去，因为觉得卫生间空间最小，总不至于很快垮塌。我变得异常冷静，甚至设想起种种变幻莫测的死法来：被甩下 6 楼，被屋面压成肉饼？被墙体打昏，窒息而亡？……

总之，人总有一死。记得曾与出家前的释了幻聊过生、死概念，他说"人生无我，只有我所依"。我说"对头，生之前没有你，死之后永远没有你，只有你当下所依存的物质世界和精神世界"。他说"你出生的信息，是你知事后，你爸妈、你亲人告诉你的"。我说"你好久死，以何种方式死？死于疾病、战乱、意外种种……你绝对不知，永远是迷……"

我又想起另一个朋友丹雨。丹雨文雅蕴藉，好翰墨喜书画，曾任李白纪念馆副馆长。我与他常在李白纪念馆下象棋、喝茶，度过了许多惬意的辰光，不想一不留意，他患病了，得的喉疾，很快扩散，病入膏肓。在病榻上，已骨瘦如柴，奄奄一息。我去看他，彼此握手，他哀叹，将去也，泪如泉涌。

我知道他实在难舍这美好的世界，一时语塞，不知道如何来安慰他，蹒蹿一阵，只好说："这是无可奈何的事，我也很不情愿离开你，不过，你且安心去吧，几十年后，人家问起你我来，会说我们是好友，是差不多在某某年代先后去世的，先走和后走几乎没区别啊……"我似乎瞥见他双眼露出了一丝感激的光芒，又涌出两滴泪来，我的心深处也在悲泣，但我还是浮出了亲切而淡然的笑容……

我想到这里，觉得释然多了。我不跑，跑也无用。我将不过是在重复其他地方地震灾害中的某种死法罢了。我整理了一下衣物，头脑反而异常清晰、冷静起来。

渐渐地，四周的景色终于定格，一切都停止了晃动。我想，我大概是躲过这一劫了，便穿好鞋，缓缓从6楼而下。

出宿舍一看，围墙、风火墙、高高的塔楼、整面的围护墙……统统垮了。瓦砾、碎砖、摔坏的物件、门窗，狼藉遍地。一条街一条街的建筑千疮百孔，凄厉长久的警报汽笛划破长空。死于非命、骇人听闻的灾变消息不胫而走，惊人的噩耗陆续从四面八方潮水般地涌了过来。

慌忙寻妻，妻回说适才也与同事藏在卫生间了，很害怕，但没事。又一同找尚在中学的女儿，女儿说和同学在操场上，一颗心方安顿下来。

……

我好后怕。

稍微平静之后，我写下了第一篇《震中杂感》：

1. 突如其来，容不得准备，来不及思考，顾不上判断，这就叫不可抗拒。

2. 各种情况在各种身体状况和智商高低的差别下发生：反应灵活，机敏矫健，偏偏在最快跑出楼房时，被垮塌的围墙殒命；不紧不慢，沉着镇静，恰恰被摇垮的屋面砸中；已到了安全地带，正庆幸逃过了一劫，却不料那楼房顶上仿佛准备了几个世纪的一块石头或瓦砾（仅仅比汤圆大一丁点儿），不偏不倚地击头致命；没命地骑上摩托逃离，路面忽然隆起，车祸顿生，死于非命……这似乎有点宿命，只好听天由命？地震，不可惊慌，但不可不小心！

3. 悲壮！不似战争，胜似战争！

4. 透明！媒体比唐山透明，比所有的灾变透明！这胜似任何光焰，它点

46

亮的是盼望施救的生命之灯！是民族坚韧信念的灯！是上下共赴时艰的灯，火在光存，希望不灭！

5. 说点本行吧，一看建筑，还是传统的木架穿斗经震。仅仅把瓦摇落了，仅仅歪了，但是震不垮的。啥道理呢？中国传统木构建筑以间为单位，组合形式是平行四边形，基本不用三角铰接，是弱点更是优点，歪了，牮正就是。斗拱仅仅是为好看吗？非也，其一它克服梁架的剪力，其二就是抗震减震了。每一组斗拱都有很多的弹性节点，它们的组合也是可动的，层层相压相叠，不用钉销，地震一来，它们一起弹动，抵消了对梁、柱的破坏。所以，唐代的木构建筑尚存，仅做好防腐而已。

6. 中国建筑是民族思想和文化的产物，它的不垮，昭示着民族的柔韧性、凝聚力，但腐败可使它们一起消失，一定要做好防腐才行啊！

7. 由于木材紧张，近年来流行钢筋混凝土仿木建筑。此次地震，经考察，值得改进。钢筋混凝土仿木仅能仿其形，结构上的优越性是不能仿制的。非但如此，尚有加害：其一，大屋顶改用钢筋混凝土加筒瓦、脊饰、鸱吻，比原屋面木基层远重数倍，地震中摇晃对梁架的破坏力倍增；其二，沉重的钢筋混凝土斗拱，非但不具有弹性节点，在摇晃时，其重力加速度加大了破坏力度；其三，木制榫卯有如人体的关节，有活动的余地，钢筋混凝土仿榫卯结构，实为不可动铰接，地震力度一大，铰接点若受力不支，定会拉裂，脱落。（1982年开馆的江油李白纪念馆仿唐钢筋混凝土仿木建筑群，毁坏程度达90%，本研究所正研究之。）

8. 看来，结构和体制的问题，是要下大力气研究的。仿制，只能仿其皮，不能仿其骨；只能仿其形，不能仿其性。否则，尚有加害焉。

9. 中国建筑讲究骨架，立木为骨，设梁为架。骨架者，今现代化建筑框架是也，框架既立，稳定性自然强得多。经计算配筋后，立于牢固地基上的框架建筑，此番未见有好多倒塌变形者，最多是后填之轻质围护墙被拉裂、倒塌，殊不知这正是从中国传统建筑借鉴来的。所谓"墙倒屋不塌"，所谓"中坚挺立"，正是谓此。

10. 挺起民族的脊梁，竖起社会的中坚。那么，即便有不测风雨，即便有天灾人祸，中华民族依然会立于不败之地！

47

这以后很长一段时间，"5·12"特大地震的各种消息、报道，依然毫无止境，雪片般地飞扬着、传播着。汶川、北川、青川……甚至毗邻陕西的青木川，好像四川盆地西北边缘与陕南宁强这一带，凡是沾了个"川"的地方，以及它们广袤的周边地域，都一同经历了山呼海啸、天崩地裂般的灾难，墙倒屋塌、伤亡无数，哀鸿遍野。

我永远难以忘怀，那些在地震中失去亲人的悲恸伤痛，永远难以忘怀那些妇孺老幼长埋地下或伸手蓝天（求救被埋）的惨烈场景……

我永远难以忘怀，那些在地震中不顾安危、抢救人民的部队战士。他们永远战斗在灾难的最前线，他们永远是民族的希望，是最可爱的人。

我永远难以忘怀故乡、周边，"5·12"特大地震中众多丧失亲人的幸存者，他们含悲忍痛，抿紧嘴唇，握紧拳头，撸起袖子，坚强地面对生活，奋发前行！

我永远难以忘怀，那些在经历灾难后艰苦卓绝、努力奋斗重建家园的父老乡亲，以及引领他们战胜灾难、抗震救灾的基层带头人，各级政府废寝忘食、日夜奋战的工作人员、领导干部……

我永远难以忘怀那些来自祖国各地的救援人员，他们胸怀天下、急人之难、倾力相助，不吝财力人力的助人精神使李白故里、昭化古城、剑门雄关、天下蜀道、翠云廊、青木川古镇等一批批蕴含丰富历史积淀的历史文化名城、名镇、名胜景区、人文与自然交相辉映的历史古迹区，从几近废墟的境地重新站立起来，进而凤凰涅槃、浴火重生、华丽转身，重新焕发出巨大的历史文化魅力！

这种一方有难八方支援的情怀，不正是一种胸怀天下的家国情怀吗？不错，这正是在中国共产党领导下，家国同构、共生共荣的砥砺前行模式。所谓"多难兴邦"，就是指这种在不可抗拒的灾难降临时，大家同赴、不分彼此、发愤图强，从而战胜困难、重建家园、兴盛富强起来的状况。

《左传·昭公四年》载："邻国之难，不可虞也。或多难以固其国，启其疆土；或无难以丧其国，失其守宇。"唐陆贽《论叙迁幸之由状》："多难兴邦者，涉庶事之艰而知救慎也。"这里有居安思危、常备不懈、戒奢戒逸、勤奋兴旺的意思，反之，就会贪图享乐、乐不思蜀、丧失斗志、丢失江山……

就是说，我们在灾难降临的时候，通过国家的凝聚力量，视艰难困苦的现实为磨砺全民意志的机遇，从而振奋国家和人民，通过支援帮助，不仅救援了一个个家庭、一个个单位、一处处城市农村……也警醒了全国大众，起到居安思危、常备不懈、共同奋斗的积极意义和作用。

……

在稍微平静一点儿之后，我驱车来到昭化古城，刚刚全面铺开的古城保护整治项目，在这次地震中也遭受到了强烈冲击、破坏。

砌的墙垮了，架起的梁歪了、塌了……还没来得及修缮的古建筑、古民居，大量的文物建筑、遗址遗存，更是雪上加霜，残破之状，不忍卒睹。

然而，要命的是，余震尚未结束，险情时有发生。

我在昭化，亲眼目睹了昭化古城保护整治中工匠们突遇强震，伏于屋面，抓紧檩椽，随地震波动摇荡而坚持着工作的感人画面……他们是古城保护火线上的卫士，是传承工匠精神迸发出的耀眼光芒。

8

昭化古城从 2007 年 5 月接手，一直搞到 2010 年方基本完成，历时 3 年。其间还应四川古典建筑设计院委托、眉山洪雅县之邀前往柳江镇，做了当地镇上的曾家园保护修缮设计；应绵阳市政府之邀，做了绵阳南山南塔震后修缮保护设计。

曾家园在洪雅柳江古镇，柳江古镇历史上很有名，是四川十大古镇之一。柳江开化较早，历史悠久，地灵人杰。明代此地张鹏、张可述父子"一门双进士"；清代有著名书法家张带江、诗人袁文藻、帝师曾璧光；近现代还产生过爱国进步人士杨茂修、抗日英雄唐公亮等杰出人物。

柳江镇位于眉山市洪雅县城西南花溪河支流柳江两岸，南宋绍兴十年（1140）为明月镇，明末为三溪场，清雍正十二年（1734）柳姜二姓改建之后易名为柳姜场，屡经兴废，距今已有 800 多年历史。柳江场又名柳江古镇，柳江古镇背依峨眉、瓦屋仙山；侯家山、玉屏山左右拱卫，杨村河、花溪、柳江河拥护环流而过，山环水绕，景色优美，有"烟雨柳江"之称谓。

曾家园为民国十六年（1927）由曾氏兄弟耗时 10 年巨资修建而成。该园前枕杨村河，背靠玉屏山。靠山面河，水环山绕，古木参天，甚是清幽；享有"半潭秋水一房山"的美誉。风格中西合璧，布局呈寿字，占地约 3270 平方米，为省内罕见的民国庭院建筑。

曾家园坐西朝东，原占地 11621 平方米，总建筑面积 5402 平方米，为四进四合院布局，其中内设三个戏楼。院内有观景台、八字龙门、小姐楼、书房、石牌坊等建筑，还有牡丹园、荔枝园等景观园林及休闲亭、廊等设施。曾家园气派豪华富丽，2013 年 5 月，曾家园被公布为全国第七批重点文物保护单位。

南塔在绵阳南山之上，位于涪江、安昌江南山东麓交汇之处。始建年代不详，明代尚存，毁于明末兵燹。清乾隆元年（1736），重修竣工，为砖砌楼阁式风水宝塔，记载为绵阳风水财位。后又毁损无存，清雍正十三年（1735），在州牧屠用谦的倡导下，乡人募捐在原址重建。南山中学与烈士陵园亦设南塔附近。

南塔在"5·12"特大地震中损毁严重，顶部、塔刹垮塌。接受委托之后，赶赴绵阳勘察、设计，保护整治修复之后，写《地震灾区砖石结构文物修复的抗震措施——以绵阳南塔为例》一文，2010 年 5 月 21 日发表于《中国文物报》，以供震后文物修复参考。

稍后，我又写了《蔚文聚财话南塔》一文：

塔，中国传统建筑一种点式建筑物，以其修长的身姿、秀丽的风韵装点山川、润饰风物。塔分诸种，从形式上来说，有楼阁式、密檐式、单层式；从材料上来分，有砖塔、石塔、木塔、琉璃塔；从功能上来分，有佛塔、舍利塔、宝塔、风水塔等。绵阳南塔，属于楼阁式砖塔，为风水宝塔。

南山向为名胜地。

南山，挽三江之水，屏绵州之南，历来为名贤荟萃、古刹存留之地。《方舆记胜》载："郡之南山上有南山寺。"《绵阳县志》载："考太平楼南山寺古碑，南山古刹郡志有二：一在延贤山今为宜春苑，久废；其旁有塔、寺前建文星楼。绵州治南三里有延贤山，即古榜山。上有南山寺，近接十贤堂，呼为南山十贤堂。"根据记载，南山十贤堂内祀涪翁、李仁、尹默、文儒、文轸、程德隆、范辰孙、方衍任、范仑、张世则、万辉。

此外，南山还有大禹望乡台遗迹、郭玉读书台遗迹。《后汉书·郭玉传》："郭玉者，广汉雒人也。初有老父，不知何出，常渔钓于涪水，因号涪翁。乞食人间，见有疾者，时下针石，辄应时而效，乃著《针经》《诊脉法》传于世。弟子程高寻求积年，翁乃授之。高亦隐迹不仕，玉少师事高，学方诊六微之技，阴阳不测之术。和帝时，为太医丞，多有效应。帝奇之，仍试令嬖臣美手腕者与女子杂处帷中，使玉各诊一手，问所疾苦。玉曰：'左阴右阳，脉有男女，状若异人。臣疑其故。'帝叹息称善……"可见郭玉是涪翁的再传弟子，是居留南山的汉代名医。南山除了以上胜迹外，人民政府为了纪念为革命和建设牺牲的烈士，又在山岭西北部建有恢宏大气、庄严肃穆的革命烈士纪念馆，陈列烈士们的遗物和可歌可泣的事迹。周遭花木扶疏，苍松翠柏、奇花异卉环绕，四处湖泊醴泉分布，修竹幽径、馆舍回廊齐全，使南山成为一处凭吊先贤、对青少年进行爱国主义和革命传统教育的风景名胜之地。

南塔兴废说风水。

绵阳古称绵州，其四围皆山，号为东旗、西鼓、南蛇、北龟，即富乐山（旗山、东山）、西山（鼓山、凤凰山）、南山（古名蛇山、榜山、塔子山、槐林山、太平山、延贤山）、北山（龟山）诸山对峙呼应，环绕绵阳城。而涪江、安昌江、芙蓉溪，宛若襟带，飘拂在绵阳的胸前。

南山，位于涪江与安昌江的汇流之处，与龟山相望，呈龟蛇锁江之势。雍正十一年（1733），绵州刺史屠用谦"升南山之巅、览全绵之胜，见千峰竞妍，万壑争流。四神八将，三吉六秀，类知者之所设施。美哉！宝贵福寿毕萃于此矣。特文章少府，少灵秀气耳"。所谓状元笔宰相笔也。在风水上说来，南山塔既是绵阳的文风之位，又是绵阳的财气之位，兴建宝塔，这在古人看来，就是势所必然之举了。

南山自古有塔，清同治《直隶绵州志》记载："南山塔，参《旧志》，乾隆元年建。"知州屠用谦《重修南山塔引》一段记述："州人士告予曰：左绵古名胜地。元宋以来弗深考，有明之代，人文蔚起，甲第联镳……煌煌盛矣……相传张逆（张献忠）攻城不下，有谓巽方一塔合郡所关，去之则如破竹，逆从之果验，而绵遂委顿至今。急请所以复焉。"

可见，南塔应该是明末被张献忠毁掉的。那么，南塔的兴建至少是明代或者更早一些的年代了。攻城不克，毁塔则势如破竹，这又是一种心理调适而已罢！

总之，南塔是屡兴屡废。除了人为因素外，自然因素也是南塔或兴或废、或残或全的主要原因。早的不说，据记载，南塔第九层和塔刹于1956年地震中被毁，残塔共八层，高22米。2000年修复南塔第九层和塔刹。在2008年"5·12"汶川大地震之中又被地震震毁倒塌，并连带六、七、八层被撬翻在地，荡然无存。

巧的是，建于南塔的南山中学，的确为绵阳培养了不少的人才。曾居于涪江之畔、南山之近的涪翁、程高、郭玉等汉代名医，要是还能再度造访南山，一定惊羡此地规模宏大、设备齐全，且有一大批莘莘学子的四川中医学院，慨叹中医后继有人。

南塔重辉。

地震之后，绵阳市人民政府极为重视南塔的修复工作。绵阳市文物局、绵阳市园林局，先后发文强调南塔的维修要做到排除隐患、修旧如旧，尽快让古塔重辉。在南山公园管理处的直接组织下，笔者所属的江油市古建园林研究所承担了南塔的恢复重建设计，笔者有幸借此研究南塔的历史沿革，从文化的角度审视南塔的历史演变和现实地位，再以"敬畏"的心情开始南塔的修复设计。

而今，一座经过抗震加固措施，用原材料烧造青砖，原工艺砌筑的南塔屹立于南山之巅，倒映于三江水面，与湖光山色交相辉映，使这座历史文化名城增色不少。

借用绵阳德高望重的高显其先生一首诗作为本文的结尾："凌霄宝塔浅澹烟，影入双江映碧涟。水魄山魂存浩气，化为卓笔写云天。"

实际上，昭化古城保护整治的工作还没有结束，我又承担了剑阁县剑门景区的灾后文物名胜保护整治设计，依然是与同济大学合作。

我和剑门是有缘的。

首先，雄奇的剑门关是我心仪已久的向往之地。

历史上，李白、杜甫、陆游等一大批文人墨客在经过此地时，都为她的雄奇、险峻而拜倒，引为浩叹，生发幽情，留下瑰丽如珠玑般的诗句，奉献清新隽永、绕梁不绝的美文。

故乡江油，唐代大诗人李白，一首惊天地泣鬼神的《蜀道难》，更是成为剑门回响千年的绝唱。

剑门蜀道、翠云廊，可谓铺满了历史的传奇和与天下交融通连的异彩华章。

站在剑门关前，我心潮起伏，感慨万端。

……

我深深地明白，关于剑门、剑门蜀道，要再用笔墨来赞美她，来描绘她，来抒发对她的兴替感喟，来萌生对她的思古幽情，恐怕有些多余和累赘。

因为在这之前，上自帝王，下至骁将良臣、迁客骚人，甚至山野村夫、贩夫走卒，莫不将剑门对他们的感情震颤，付诸奇文佳句、良诗美赋，或者山歌俚谣、俗语白话。至今，倘你在向晚的寂静中去倚崖聆听，那如歌如潮的有关剑门的诗情佳话、传说歌咏、民谣小曲等也会和着阵阵松涛，在峭崖和幽谷中澎湃回荡。不信，你就去听一听吧。

然而，我对剑门的初次感受却是极其独特而又深刻朴素的。

我对剑门真实的感受是在踽踽独行中获得的。

那些难能可贵的剑门印象，更像戴笠披蓑的荷锄老农，不因岁月蹉跎，始终深深地烙在我的心扉之上，使我怀想得心痛，怀想得痴狂。

1966 年秋天，高中毕业的我在雁门枫橡乡小住了一段时间以后，为了生计，开始了打零工和流浪。在剑门关外、清江之畔一个叫沙溪坝的地方，我很辛苦地筛了好一阵砂。那是一个绵阳地区办的专区水泥制品厂下属采砂石基地，所谓水泥制品厂，就是当时用钢筋混凝土来制造电杆、水泥管道之类的工厂。厂子不大，就几百号人，作为临时合同工，我被分在砂石场，这个水泥制品必需的材料来源地。

这是我沿着从雁门北流而去的青江，向下游而去的第一次进发。

我是乘绿皮火车北上的，在距雁门坝 4 千米远、名字叫斑竹园的小站上车，下一站就到了江油的石元，小站名石拱坝站，继续坐绿皮火车向北而去。

火车上推窗一看，青江就在车旁，依然是那条北流的河，依然陪伴着我漂泊的生命，向北流去。

火车经过青川的竹园坝后，在剑阁县的下寺停下来，就到了沙溪坝车站。那时候，新剑阁县城还没有搬迁到这儿，老县城还在普安镇。当时的下寺镇沙溪坝还是一片河滩草地，周围一派自然风光。

……

在心力交瘁的时日，我在沙溪坝劳作，日复一日地筛砂，挑连砂石。从春到夏，从夏到秋，单调而枯燥，乏味而沮丧，眨眼之间，又是一年秋风将至。

河对岸就是剑门大山，仰望隐隐约约的剑门群峰，充满了崇慕与向往。我请了一天假，想休闲一下自己的身心。那时的休闲可不像现在这样潇洒，可以驱车远游，可以卡拉OK，可以垂钓搓麻……我怀想剑门许久了，我沿着那条扬着尘埃，灰带子似的土公路朝她慢慢爬去。

晨雾弥漫的剑门显得异常幽深和矜严。公路上车辆稀少，人行罕至。两旁的山岩上林木翁郁，藤蔓交错，一派浓绿，使我的心境不禁为之一爽。在如洗的空蒙滴翠山色中，有红叶初醉，有山鸟婉转鸣唱，有彩蝶纷飞……这动静交织的画面，在当时无异是秀色可餐的享受，我贪婪地朝这旖丽幽美的剑门关深处走去。

不知过了多久，蓦地，我的眼帘映出直插云霄的剑门七十二峰来。那时胸中涌起的雄壮之美简直就像七十二记定音鼓敲打在我的心扉之上，什么沮丧、什么颓败……全让它击碎了！

这就是剑门！

这就是剑门在一个以一颗孱弱的心胸探索着捉摸不定前程的年轻拜访者的心扉留下的最初印象！

记得我脱下了汗湿的衣衫，在山风中摇摆着，忘情地呼喊着："剑门，我来了！"

我继续向上走去。

我处的位置大概是在志公寺一带吧，但见山野开阔，清流中泻，怪石嶙峋，古柏苍苍。一座苔痕斑驳的拱桥横卧在山溪之上。左边，清一色的几幢青瓦木柱民居，给人以世外桃源之感，好一派原始古朴、纯情隽秀的山林古道，我一下子就沉浸在周围的诗情画意中。

再往前走，路旁有一水车，鳞鳞轧轧，缓缓转动。水势丰润，水流清澈，粗木为轮，巨石做盘。完完全全可以嵌入山林，融入空谷，不留一丝浮躁，一丝斧凿痕，真是天人合一啊！自然与人工相处融洽，在旷古亘年的轮转中达到了极致，或许，它竟是从三国转到了现在？

⋯⋯

一阵轻岚从群峰幽谷中飘起，倏然间，下起秋雨来。这雨丝细绵、缥缈，如烟似雾，给行将到来的剑门关罩上一层神秘的面纱。是淋过陆游的那种细雨吗？可惜我连驴也没得骑，不但要遭遇泞滑之苦，且顷刻之间雨渐渐大了起来，湿透了单衣，山寒袭来，便瑟缩发抖，腹中也感到饥饿异常。

于是我躲在就近的山居屋檐下，看着渐大的檐流凝目发呆。

兜里有 1 元钱，但是要走到剑门场才能消费以求果腹。剑门场现在何处？不是和眼前的雨雾一样渺茫吗？而天色却在我奢侈浪费般地欣赏林壑间，早已悄悄地暗了下来。

此刻，一个戴笠披蓑荷锄的老农缓缓走入了雨幕之中。这老农的装束时下恐怕已难寻见了，但在当时，我油然觉得和剑门的细雨之景是那样合拍合度、入情入理。

忽然，我猛醒过来，觉得这不光是欣赏和品味的问题，应该求助于他。便开口叫他老伯，诉说我的困境之苦。老伯看了我一眼，立刻漾满了慈和的微笑，随即脱下蓑衣披在我的肩上，一边说，"看把这娃淋的"，便拉我而去。

不远处是他的家，进屋之后已是掌灯时分了。老伯拨燃火塘，叫我烤火暖身，并递来滚烫的老荫茶。随即呼妻使媳，下厨做菜。不一会儿，酒菜齐备，老伯说客人请。我顾不得推辞和礼让，忙坐下从命，吃将起来。醇美的苞谷酒，喷香的老腊肉，以及"白牛滚水"的细嫩、清爽可口的豆腐，吃得我胸腹俱暖，细汗直冒。老实说，不管是现在的"六娃子"、"七娃子"，还是其他什么名店的剑门豆腐，永远也不及那一日我感受到的美味佳肴，体味到的浓烈乡情，我简直醉了。

当夜宿老伯家。

第二天，我谢过老伯，并将我仅有的 1 元钱递将上去。不想老伯动怒了，说我在笑话他，他们虽穷，但一顿饭食钱还是不缺的，坚持不予收受。我只好将其存于囊中，接过老伯递来的火烧馍，喝了茶，辞谢而去。

终于登上了剑门关口。记得关隘倚石临溪，有一小轩，轩旁有一石碑，上镌"剑门关"三个大字。只是觉得眼下的剑门关与想象中的雄奇壮美、一夫当关万夫莫开的剑门关有点差距，有点盛名之下其实难副的感觉。或许是因为川陕路的开辟已使它失去了许多险峻的缘故吧，更重要的原因恐怕是我已登上了剑门关隘口，是"身在此山中"了。

那时的剑门场也显得幽古宁静。记得是清一色的青瓦木柱，矮屋低檐，铺板门，雕花窗。有几家饭店，不像现在这样抢眼扎目，再就是颇为冷清的街坊商店……那瓦楞上的瓦松长得丰茂苗壮，昭示着此地尚未热闹发达。

那天，我沿着剑门蜀道走了好远好远。石板驿道两旁古柏翁郁苍翠，高浮云天，逶迤莽莽，如亭如盖，使我感慨良久。

先前，我翻阅过一本徐悲鸿的画册，册中有他画的剑门蜀道古柏。那可能是徐悲鸿先生抗战时期寓居蜀中于剑门写生后画的吧，那古柏画得曲枝虬结，浓荫覆地，人临其境，显得渺小、细微，给人以极深的生命感悟和艺术魅力，十分令人震撼！

站在古柏之下，仰头望去，我忽然有了强烈的心灵冲动：同是生命，人类与古树比较，实在是微不足道，这荫护千年、绵亘百里的古柏，经见过多少历史的烟云和人间的冷暖沧桑啊！

想不到的是，40 年后，当年的那个游子，再次来到了剑门关前，开始了震后整个景区的修复重建设计工作，而首要的，就是令年轻时期的我梦绕魂牵的剑门雄关！

李白说："剑阁峥嵘而崔嵬，一夫当关，万夫莫开。"

杜甫说："惟天有设险，剑阁天下壮。"

岑参说："双崖倚天立，万仞从地劈。"

陆游说："剑门天设险，北乡控函秦。"

……

因缘巧合，我竟能再度置身其间！

这里的因缘巧合，不仅仅是因为我年轻的时候只身前往拜谒过心仪已久的剑门关，还有一宗原因，那就是我在昭化接触过的一位领导——原元坝区委书记冯安富——调任了剑阁县的县委书记。他一直给我打电话，希望我到剑阁参与整个剑门关景区的震后恢复重建规划设计工作。

冯安富同志，广元市朝天区人。1961 年 4 月，在剑门古蜀道著名的朝天驿，川、陕交界之地，秦巴山南麓一个农家的孩子呱呱坠地。命运将他降生在 2300 余年前明月峡古栈道之侧，似乎暗示了他将为蜀道承担新的使命。

1983 年 7 月，年轻的冯安富毕业于四川农学院农经专业。短暂的甘肃工作之后，即回到了乡梓，在广元市政府工作。

2007 年 5 月，我受元坝区之邀，由区政法委书记罗世发、昭化古城管委会主任欧文中带领前往昭化古城查勘并接受古城设计任务时，冯安富同志时任元坝区委书记、区人大常委会主任。

如前所述，昭化古城在"5·12"汶川大地震之后，满目疮痍、百废待兴。处于任上的冯安富同志，在团结一班子人迎难而上的工作中，可谓废寝忘食、疲于奔命。

在昭化工作期间，总是见到冯书记忙碌的身影，不是开会研究，就是亲临现场。许多棘手的问题，许多待办的急事，都见他一一化解，推动着昭化古城的恢复重建、抗震救灾工作奋力前行。

而在昭化古城的建设有所完善之后，冯安富同志又临危受命，前往剑门蜀道剑门关旅游区所在的剑阁县担任县委书记。

电话传递信任，邀请满含真情。

于是，我放弃了省内外一些纷繁的工作，奔心仪已久的剑门关而去。

风中、雨中，剑门雄关、巍巍层峦中，我又见到冯书记的身影。许多休息日，甚至于病中，都见他在工地上踽踽独行，端着水杯、药盅，躬身察看，仔细询问……

参与重建剑门关关楼设计是一次多么难得的缘分和机会！

对于我来说，不啻一次精神的回归和神往的圆梦吗？

讨论方案的时候，竞标阶段，有很多人参加，有人说，重建关楼是500年一遇的机遇。有人说，关楼名冠天下，不要费用也要参与设计！

……

我暗暗下定决心，一定要珍惜这次机遇，珍惜这个缘分，为回报那位雨中施助的剑门老伯，回报给我青春带来灵魂震撼的雄关剑门，回报以县委书记冯安富同志为代表的剑阁人民的信任！我这个沿故乡青江投奔天下雄关剑门而来的游子，竭尽全力，一展才华，献给巍巍剑门！

9

同济大学做了修建性详规，提供了剑门关关楼效果图，为此，他们曾找到1921年的旧关楼照片，据说是当年日本人来川偷拍的。我们也查阅了许多历史资料，有关剑门关关楼的照片，不是模糊不清，就是残缺不全。而要找到的文字说明更是凤毛麟角或语焉不详……

一时间，先后有全国16家设计单位在竞争关楼的方案设计。

阮仪三的研究生林林博士发来了有关剑门关景区的调整规划，我们仔细研究和阅读。

剑阁县有关方面还提供了一本清华大学所作的《剑门关景区主游线规划方案》，供我们参考查阅。

熟读、消化、理解之后，我们开始了剑门关关楼的方案设计。

古人谈建筑风水时，有一句名言，叫作"千尺为势，百尺为形"。其说的是成功的营造，除了应该满足形和势的基本尺度外，同时还要满足其近距离的形态视觉美和远距离看时的气势美。

远在汉、晋时期出现的风水要集，如《管氏地理指蒙》《郭璞古本·葬经·内篇》等著作，谈到形、势和远观、近察之间的关联，阐释得非常明了：

> 远为势，近为形。势言其大，形言其小。
>
> 势居乎粗，形在乎细；势可远观，形须近察。
>
> 远以观势，虽略而真；近以认形，虽约而博。
>
> 近相住形，虽百端而未已；远求来势，得九条而可弹。

千尺为势，百尺为形；千尺为势，非数里以外之势。

百尺为形，非昆虫草木之形。形者势之积，势者形之崇。

势之积，犹积气成天，积形成势也。

势为形之大者，形为势之小者。

形即在势之内，势即在形之中。

其又云：

势言其大者，形言其小者。

势如根本，形如蕊英，

英华则实固，根远则干荣。

形以势得，无形而势，

势之突兀；无势而形，形之诡讹。

……

实际上，我国风水理论中形与势的基本关系，全在于把握好建筑物近与远、小与大、个体与群体、局部与总体、细节与轮廓等对立性的空间构成。应该说，这些要素都是相辅相成、相互转化的。在组群性空间中，形与势共存，统筹其关系，则尤须以空间构成在群体性、整体上的大格局及其远观效果上的气魄或性格特点立意，即以势为本、以势统形，通盘权衡而展开个体、局部、细节性的空间构成及其视觉感受效果。

灾后重建的剑门关关楼在剑门关景区组群建筑空间中是极为重要的建筑主体，不仅要有形态端庄典雅的中国古建之美，还要有气势！一定要有"一夫当关，万夫莫开"的雄浑气势！这就要求，关楼不仅要与景区建筑相辅相成，还要与周边的环境、崖壁、岩石相互呼应、相得益彰。

应该说，颇费周折的仍然是建筑的尺度。

关于尺度的概念，中国传统建筑首先是以人为本来考量的。所谓"适人"，所谓"便生"，就是讲建筑要适合人的活动，要便于人生存。同时，中国古代建筑尺度还浸染着浓郁的儒家理念，它的等级尊卑，它的对称有序，它的内敛和合……

尺度，首先来自身体。古人用身高、手指或脚步决定了尺寸的长、宽、高及其舒适感。著名诗人、学者流沙河先生在解说古文字时就说："古人造字并不是要很多学问，许慎在《说文解字序》中就说'近取诸身，远取诸物'。古代的一尺，就是食指和拇指张开后的长度，叫作一拃，拃就是尺。"他进一步说明，湖广人现在说吃饭，还是叫"拃饭"，"拃"就是"吃"（与"尺"同音），是保留了"吃"的古音。

除了来自人体的适应外，还来自天籁。古人发现了音律与长度的关系，不管是管乐还是弦乐，其宫、商、角、徵、羽五音，都要相距一个特定的间隔长度，而音律的完善，全赖音阶和音域的变化搭配。也就是说要把握好音律的尺度，才能创造出优美动听的乐曲来。

西南交大张宇教授在其《中国传统建筑与音乐共通性史例探究》一文中，从嵇康的《琴赋》着手分析其照应的建筑审美，他指出，"通过各方面比较《琴赋》及同时或较早的汉晋文献，可以看到多层次照应的音乐审美与建筑审美"。显而易见，中国传统建筑空间感观融入了音乐审美体验。由此，正好回应了李允鉌《华夏意匠》中的见解：人在中国古代建筑群中运动时，在视觉上就会产生一连串不同的印象，从一个封闭空间走向另一个封闭空间时，景物就会完全变换，正如……音乐一样，一个乐章接一个乐章相继而来。

应该说，中国古建筑同时遵从了其建筑韵律的和谐合度关系，是一种天人合一的哲学理念。具备了这些，中国古代建筑就合乎了儒家的礼、乐、仁、义、智、信等要素。

……

我在剑门关的山隘峡谷中踉跄徘徊，研究剑门关关楼与剑门关景区的关系；剑门关关楼与山谷两边形成的隘口，以及与即将形成的城门、门洞建筑物的关系；研究迎面矗立的关楼与倚旁而立的山崖和临流奔腾呼喧而去的剑溪的关系；研究那些宛如硕大音符般突兀山崖的巨石、石峰、坠岩，其随意散处的高度、远近与新建关楼的关系……

当然，最重要的，是加进了人，人在这一段古老而天成的军事交通隘口对行将兴建起来的关楼有什么样的感受呢？

人站在关楼之前，由远到近，再由近到远，从各个角度去看关楼，关楼给他的感受是什么呢？

登上关楼后，站在关楼上俯瞰北南两面的坡道、远山、河谷平川，给他什么感受呢？

就这样，我在关楼的原址徘徊思考，足足一个礼拜的推敲，反复修改未来兴建的关楼应该拥有的阶梯、城门、通道，以及上面的敌楼、雉堞、下檐、上檐、屋顶、鸱吻……

终于，我的方案完成了。

如果说，建筑是凝固的音乐，那么我以为，新建的关楼应该是一曲穿越历史，连接古今，混合着山风、松涛、呼喊、驿铃、鸟语……集天籁与人声，集呼号与悲鸣于一体的交响曲。

集雄浑壮美与凄哀婉约于一体的交响曲。

……

剑门关关楼方案完成后，广元市有关领导和专家在广元召开了一次初评会。四川省建设厅又召集省内的规划、景观、建筑、文物等方面的专家在成都开了一次评审会。与此同时，省建设厅又组织有关专家到剑门关现场进行了实地勘察和研讨。

剑门关的尺度最后定了下来，按照方案用钢管搭制关楼一比一的线条轮廓后完成。这个用施工的钢管搭建的关楼外部轮廓线，在现场考察专家们的审视下，尺度才获得了基本认可。

省建设厅最后表态，我们设计的方案，可以继续进行下去。

在大家的关怀下，终于完整地设计出了剑门关关楼的建筑施工图。

关楼在"5·12"地震重建的背景下，在黑龙江省无私援助下，经过剑阁县党政部门和有关单位的努力工作，于2010年4月初，剑门关关楼竣工。4月29日剑阁县在剑门关古镇举办了隆重的剑门关关楼重建竣工开关仪式。

剑门关修建过程中，也有一些遗憾。前面说过，新建关楼的施工现场决定回到1935年因抗战需要修建川陕公路时拆除原关楼的古道原址上。施工开挖之后，也确实传来发现剑门古道遗迹的消息。

听到这个消息后，我很兴奋，心想，要是能保护好遗址现场，做好考古发掘，再按照考古原貌，揭示一小段金牛道原状，包括道路走向、铺砌石材及样式，甚至遗留的车辙、马蹄痕、工具、兵器、古人的行旅物件……那该多好啊！

根据灾后的地质状况，新建关楼的基础下面存在破坏性裂隙，为保证灾后重建的新关楼满足龙门山断裂带抗震 7 度设防的要求，必须对位于施工地面以下 17 米处的基岩破坏性裂隙进行混凝土浇灌整合，再于其上设置钢筋混凝土筏式基础。

然后在筏式基础上做框剪结构出露地面，再砌筑青条石关门、关墙。这就有可能从关楼下设楼梯，抵达古遗址现场，在考古揭示区，设置玻璃覆盖、灯光照明的古蜀道遗址考古陈列。

就像成都草堂揭示的唐代成都草堂地层，水井坊揭示的成都水井坊古酒窖地层那样，将一地的历史地脉直接直观地与现代建筑、与现实生活联系起来，发思古之幽情，产生巨大的精神文明效应和社会物质文化文明效应。

可惜！由于灾后重建的紧迫性、时效性，无法精雕细刻般地来实现这一重大的文化旅游设施的重建需求。

我们说，历史传统的建筑，历史遗迹遗址，应该是乡愁不可替代的载体。

那么，这个建筑本身，倘若是原物，是具有丰富历史信息的古建筑、古遗址，那么，它给予我们的感受，给予我们的精神震撼，无疑是最直接的，最强大的。因为看到它，触摸它，我们仿佛见到那一段特定的历史，联想起那一段特定历史所产生的爱恨情仇、喜怒哀乐，以及绵绵不绝的家国情怀……

当然，这些感触不会凭空获得。它是基于我们的学识，我们的教养，我们对于历史、艺术的深刻理解之后，融会贯通，触景生情而产生的共鸣。

然而，文物、传统建筑的保护和存留实在是不容易的。后来，我在谈到故乡江油市枫橡乡小院溪村上下贡生院子的损毁衰败时曾说道："……每一阵山风的吹袭之下都会陈旧一点儿，每一回山雨的冲刷之后都会剥落一点儿……更何况，还有社会的风暴，他那荡涤一切，摧枯拉朽的气势是改变世态和江山的宏伟动力。清代、民国、新中国……"

四川气候潮湿多雨，以木构建筑居多的古建筑容易糟朽腐烂。与此同时，白蚁的危害、地震、风雨、洪水等，人为的拆卸、改建、"善意"的添加、彩绘，无不消融和降低着文物、古建筑、古遗址的历史、艺术、科学的综合价值……

说得直白一点，对于文物，人类是无法让它们再生的。我们所做的全部努力，仅仅在于更多地保留一些它们的历史信息，延续它们的文化生命，延续它们的存在价值……

在这些认识的基础上，我们在修缮它们的病害时，遵循了诸如"修旧如故，以存其真""必须遵守恢复原状或保存现状的原则""……在进行修缮、保养、迁移的时候，必须遵守不改变文物原状的原则"，以及修缮采用"原材质、原工艺、原样式"三原则等。

近年来，与国际接轨，将1964年国际会议通过的《威尼斯宪章》作为许多国家共同遵守的文物保护与维修的法规。宪章首先强调保护和修复古建筑，既要当作历史见证物，也要当作艺术品来保护。对于修复工作，应是一件高度专门化的技术，必须尊重原始资料和确凿的文献，不能有丝毫臆测。任何一点不可避免的增添部分，都必须与原来建筑外观有明显的区别，当传统的技术不能解决问题时，可引用新技术，但必须经试验证明是有效的。

就是说，在修缮时，不能凭空想象，所添加的东西，后人必须能区别出来。这个添加的东西，必须能够在将来修缮时，取得下来。可以引用新技术，但必须经过试验证明，这样做，才是可行的、有效的。

总之，只有遵循以上这些原则，我们所保存的古建筑、古遗址才具有它考古学的意义！

何谓考古学的意义？换句话说，一见到这个物件，就能判断出它的年代，牵引出许多那个年代的历史、事件、生活状况、感悟感受等情愫来。

我们知道，考古学上有"标形器"一说，譬如说六朝的"盘口壶"、隋唐的"短流壶"、宋代的"笠形碗"，等等。

举个例子吧，由于隋唐时，人们对连通器的原理尚未认识，误以为将"流"（即壶嘴）设在底部，若流短，则会溢水；若流长，则会倒不出水来，便统统把壶嘴安在壶肩上，很短，是为"短流壶"。而到了明、清时代，由于已掌握原理，"流"的位置就下移到壶底附近，而壶嘴也变得长长的，呈优美的弧线而达壶肩部以上，这就变成了"长流壶"。那么，一看到短流壶，就知道那是隋唐时代的，一见到长流壶，肯定就知道那一定是隋唐以后的样式了。

建筑也一样。明以前，斗拱的尺寸较大，在支撑屋盖时杠杆作用明显。同样，梁枋下的雀替亦较粗大，克服剪力的作用明显。而明以后，檐下普遍出挑，来解决檐下支撑受力，斗拱的尺寸变得细小而精致，装饰作用替代了受力作用，与此同时，雀替也成了装饰构件，克服剪力的作用大为降低。

再如斗拱下施"普拍枋"，南宋时开始出现，南宋以前，斗拱直接放在阑额之上，看到这个区别，犹如看到了那个时代……

为了保持这种考古学上的意义，我们在修缮上必须遵从原则，尽最大努力来保留文物、传统建筑的考古学意义。

而对于历史上已消失不存的建筑，又处于认定的历史文化名胜区，譬如剑门关关楼这样的重要建筑，这就涉及文物保护建筑工程中的"复原工程"项目。

罗哲文先生在其《中国古代建筑》一书中关于复原工程说道：……又称复建工程，有时为了某种特殊的需要，将仅存遗址的重要古代建筑，按它原来的样式、结构、质地和工艺重新建造起来的工程被称为复原工程。近年来由于旅游事业的开展，在重要古代建筑保护单位里，有选择地恢复一部分过去塌毁仅存基址的古建筑。在有充分科学依据和缜密研究的情况下，进行了一些实验性的复原工程，此种性质的工程必须要在对基址进行周密的考古发掘后才能进行……

在同一书中，谈到设计图纸时，罗哲文先生又指出：……这是仅存基址，依据科学资料在旧址上重新建筑的工程。这种工程的图纸与修复工程类似，只是没有实测图，按一般程序，分为方案设计和技术设计。

……

退而求其次，我们在重建恢复时，就是要找准原关楼基址，首先进行考古发掘，再寻找合理的样式，从资料、照片、口碑中，反复推敲，设计出人们认可的关楼方案形象来。

然后，用"原材质（譬如木结构城楼、石条砌筑关门洞城墙）、原工艺（大木作、石作）、原样式（譬如穿斗梁架、重檐歇山式）"来强化它历史建筑的认可度，以及回归历史文化的重建重塑过程。

当然，如果能同时揭示一小段地层历史原貌，强化原真性，丰富地域历史文化氛围，无疑是再好不过的了。

其实，剑门关关楼方案的审定还有一段小插曲，究竟是按明代还是清代的样式恢复？檐下设不设斗拱？专家们争论纷纷，莫衷一是。

然而，文物保护法的规定是"必须遵守恢复原状或保存现状的原则"（1961 年公布），"在进行修缮、保养、迁移的时候，必须遵守不改变文物原状的原则"（1982 年公布），以及修缮时还必须遵守"原材质、原工艺、原样式"的三原则。

对于灾后重建的剑门关关楼，将它恢复到原址，这是正确的，也是没有异议的。但究竟恢复到什么样式？什么才是它的原状？

有人主张按照"垒石为关"的最初状态来设计，被大家否决了。觉得那太原始，也与景区存留的建筑物风貌不相吻合，不利于旅游事业发展的需要。

统一的意见是恢复到 1921 年照片上的那座关楼，木结构重檐歇山式，灰筒瓦屋面，川北民间手法捶灰雕塑脊饰。然而，照片老旧发黄，檐下模糊不清，看不清有无斗拱。

根据屋面举折、脊饰的处理，饯脊的翼角起翘弧度、高度，看起来清代的特征多一点。然而，有一说法是可能清代换过屋面和脊饰，这倒是极有可能的事，因为处在关隘谷口的古建筑，最容易损毁破败的就是屋面和脊饰了，为了防漏，使其不致危害屋面木基层甚至木构梁架，凡在狂风暴雨之后，都得翻盖补漏、修缮脊饰。

几年下来，修修补补不行了，维持不下去了，就得来一次大拆大换，重新盖瓦，用捶灰按地方手法重做脊饰。

这时候，省内著名古建专家，时任省文化厅文物处处长的朱小南一锤定音，提出意见：明代所存的省内所有关楼，几乎全被清军入川时放火烧掉了。

剑门关是闻名全国的关楼，素有"入川要道，一夫当关，万夫莫开"的盛名，像这样重要的关楼，既攻下来，岂有不被烧掉之理！

接着，朱处长举了蜀中许多重要的城门、关楼，包括原县城普安镇内也没留下明代城楼，均遭清军攻城烧毁的例子……终于，这最后的意见统一了，就确定了按清代早期，即雍、乾时期的样式决定其屋面的样式来修建关楼的重檐和屋顶的样式。

大家一致认为，尊重历史事实，按照最后事实上延续下来的样式作为"原状""原样式"。

这也就是我们前面所探讨过的，尽量赋予这处建筑的考古学意义了。

檐下取消了明式斗拱，以穿斗出挑，上放檐檩出檐飞椽，同时，按照清代的举架之法使屋脊显得高峻挺拔，屋面曲线更为灵动圆润，舒缓刚健；加以檐口的反曲，形成明显的"反宇向阳"的功效，而屋面的翼角又高高翘起，一下子，整个屋面变得风姿飘洒起来，给人以"凌空欲飞"的空灵轻快感觉。

莫要小看中国古建筑的屋面曲线！中国的屋面美感让不少外国朋友如痴如迷，他们觉得，这一美妙绝伦的曲线处理，使得庞大重硕的屋面立刻轻盈飘洒起来，与天宇亲密融合起来，这不正是东方哲学的融入自然之法吗？

它与西方那些以石材为主的建筑坚挺、僵硬的几何、三角线条屋面形成了鲜明对比！一个是规矩、呆板的，一个是灵动、活跃的。一个是过于理性苍白的，一个是充满感性亲和的。这就是中国"施法自然""虽自人工，宛若天成"的妙法！

其实，这也是中国建筑将建筑艺术与建筑功能相结合的例证。屋面陡峻使檐流快速下泻，屋面曲线又适当减缓其下泻速度，而檐口的"反宇向阳"又恰当地将檐流抛洒得远一些，不至于直冲檐下伤溅檐柱，引起柱脚糟朽腐蚀，而"反宇向阳"的做法又使檐下变得阳光充足，光线明朗起来。

兼之花雕正脊、鳌鱼鸱吻、雕花垂脊、卷草戗脊、围脊、排山滴沟、山花悬鱼等古法捶灰雕塑装饰使整个屋面庄重沉稳、富丽堂皇起来。

2009 年 9 月，关楼建设成功完成。

剑门关关楼景区的设计成果是获得肯定的。其工程占地面积约 12 万平方米，其中仿古建筑面积 21035.4 平方米，园林景观面积约 10 万平方米，项目总投资 1.5 亿元。

2013 年，我所承担的关楼原址恢复重建设计，获得当年四川省工程勘测设计省优二等奖。同年，该工程获得四川省优质工程"天府杯"金奖。

10

我站在剑门关城楼上，极目眺望。

……

当年我躺在沙溪坝那个采砂场辽阔的草坪上仰望剑峰的地方，已完全消失了，变成了剑阁新县城，高楼林立，车水马龙，一片繁华。

清江如带，烟水迷离，逶迤流去。

清江的正源是从青川的竹园坝注入下寺河的，而来自故乡雁门的青江，也从当年我流落的五道河上游河谷枫橡坝，经雁门、石元、青川的竹园坝流入了下寺河，至此，它们都归入清江了。

往事如烟，沧海桑田。

我从青江上游河谷枫橡坝，溯梦而达古城昭化，又顺流而上忙碌于剑门关，探索着生命的意义，践行着短暂岁月中灵魂的淘洗和升华……

这期间的我，殚精竭虑、冥思苦想，往来奔波、淬炼筋骨……

蜀道明珠剑门关的恢复重建工作完成，我处于激动、兴奋之中。我不敢奢谈什么成就感，但这个成功的确来得不易，给了我较大的慰藉。

不过，完成剑门关关楼，只是确立了剑门关景区的重要地标。剑门关景区是国家风景名胜区，是"蜀道三国文化旅游国际精品战略"中极为重要的节点。蜀道，历史悠久，风貌奇特，是四川文化与自然精华的集中体现，面对这个厚重而艰巨的任务，我不敢有丝毫懈怠。

除关楼外，剑门关景区的构成，首先要完善的是其主游线路。按照清华大学所作的《剑门关景区主游线规划方案》统计，关前 2100 米，关后 2500 米，全长 2830 米。在这个主游线上，要完成石板路 2500 米，带拦马墙的石板路 270 米，悬崖阁道 50 米，亲水栈道 30 米，悬索桥 3 座，仿古石桥 9 座。

除了满足旅游交通和景观需要的路、桥等交通设施外，沿途尚有众多的景观、景点、雕塑、石刻，以及广场、小品、停车场和必要的入口建筑、功能用房等等。

与此同时，还是昭化古城的原班人马，上海同济大学以项目主持人阮仪三教授为主，以林林博士为首的编制人员团队，按照剑阁县人民政府的委托，作出了《四川剑阁剑门关关楼景区修建性详细规划》。按照详细规划，剑阁县委托我除完成关楼的设计外，还承担了沿途的：1. 管理房与景区卫生间；2. 剑门关景区游客接待中心；3. 仙云客栈一号院；4. 仙云客栈二号院；5. 剑门关民居汉风整治改造；6. 剑门关粮站建筑汉风整治改造等建筑设计项目。同时还要求设计一些主游线上的栈道和亭阁。

相对于清华大学规划方案仅限于剑门关景区的主游路线规划，同济大学的修建性详规似乎还要宏大一些。同济的详规在规划范围中表述：剑门关关楼景区不是单指关楼，而是指体现"天下雄关"内涵的相关区域，应该包括关楼，关前北至钟会故垒的大剑溪峡谷，关楼东西两侧的梁山、营盘嘴、后关门、七十二峰，关后南至剑门关镇的大剑溪两侧、金牛峡的整个自然地理与人工环境。

不过，详规也界定了本次的规划设计范围：以关楼为核心，现 108 国道南北隧道口之间，沿大剑溪、金牛峡、后关门两侧的区域，关楼北至隧道口约 450 米，关楼南至姜维墓约 900 米，面积约 35 万平方米。

大剑溪是嘉陵江流域白龙江支流清江的支流，古称剑溪、剑水、大剑水，在水会渡下游与小剑溪河段又称剑溪河、剑门河，发源于剑阁县剑门关镇南部的黑山观，海拔 800 米。流经剑门关场镇，由南向北流出剑门关隘口到水会渡汇合后即流入清江河。出口高程 569 米，落差 231 米，流域面积 50 平方千米，河道长度 11 千米。

瞧，大剑溪也是一条北流的河！也是流入清江的支流。

金牛峡就是剑门关景区西南面姜维守关处的西端。相传战国中期，蜀国五丁开通金牛道后，金牛行经此地，忽然，一头牛受惊狂奔，入此峡隐没，故名。

同济大学的规划设计，站在"天下雄关"的审美高度来网络剑门关景区的最终内涵和相关区域，显然是有道理的。因为剑门关隘的构成，离不开以大剑溪、金牛峡为主的整个自然地理和历史、人文遗迹遗址为主的人工环境。

这使我再一次瞩目河谷文化和隘口文化。

实际上，河谷是古代人们交通和生活理想的地理环境。首先，河谷具备水源，水是人类生存和发展的必要条件。其次，河谷可以形成许多冲积平原，它带来了深山老林的腐殖土，沉积下来，形成肥沃而平坦的土地，为人们提供粮食、牲畜等生活必需品，成为宜居的生存环境，形成村落和人口发展的基本条件。

河谷在人类交通和往来方面更是凸显不可替代的优越性。在古代，最便捷迅速的交通方式，莫过于水运了。只要能通水运，顺水可行舟千里，逆水可负重拉舟。或水浅河窄，不能通行舟楫，沿河开路辟道也是最容易成功的方式，只要挖山掘石，推岸成道，就可以行人、走马，车辚辚马萧萧而去了。

至于隘口，也就是无水的峡谷吧，一方面它是古人出山入山的重要孔道；另一方面，它也是古人拦腰开山辟道的选择之一，或修明路，或造栈道、阁道，总之"地崩山摧壮士死，然后天梯石栈相钩连"，也要与外界通人烟。

正因为如此，时至今日，亦还可窥见河谷绝壁与峡口危崖，留下古人的栈道孔、天梯路、手爬岩……它们的存在，永远昭示着历史上，我们的先人们在生存、交通、经贸、战争……这些为管控河谷、峡口活动中艰苦卓绝的努力，惨烈剧烈的抗争……

河谷、隘口（垭口），更是冷兵器时代依险据守、凭险设关以拒强敌的重要手段。剑门关天下闻名，长留青史，就是最好的明证。

那么，我们在天下雄关，罗列它曾经的遗迹，强化它历史的辉煌，再现它天梯、石栈、危阁、险道，再现三国的烽烟、历代的兴替……它的意义，就绝不停止于旅游层面的悦目览胜上了。它在审美层次上，站得愈高，愈能警醒、激励、教育我们，向着中华民族的未来，睿智思索，刻苦努力，奋勇前进！

……

浮想联翩，心潮澎湃，"往事越千年"。

从公元前316年，秦走石牛道伐蜀，蜀国覆灭，到三国蜀汉建兴五年（227）诸葛亮命于大、小剑山凿石凌空以架飞梁阁道三十里，设剑门关。

从蜀汉炎兴元年（263），邓艾偷渡阴平，破江油关，蜀汉亡，到晋太康二年（281），张载经剑门关，作《剑阁铭》，晋武帝遣使刻其铭于剑门关东向一里岩壁。

……

唐开元二十九年（741），李白作《蜀道难》千古绝唱，到唐乾元二年（759）杜甫咏《剑门》"剑门天下壮"，千古名句。

从唐天宝十四年（755），安禄山之乱唐玄宗李隆基第一次避蜀，到唐中和元年（881），黄巢起义，唐僖宗李儇第二次避蜀。

从宋宝庆二年（1226），在剑门关外大剑溪旁修建志公寺，到宋端平三年（1236），蒙军敢死队攻破剑门关。

从元至元二十二年（1285），在剑门、武连、三江口置驿站，到明洪武五年（1372），重置剑门关。

从明洪武十五年（1382），全面修理川、陕、黔三省驿站、驿道，到明洪武三十一年（1398）设利州卫，废剑门关。

从明景泰三年（1452），重立剑门关，置100户守之；明正德十年（1515）、正德十三年（1518），知州李璧整治官道、补植柏数十万株，形成规模宏伟的"翠云廊"，扩建剑州城墙、重修剑门关并建飞檐三重城楼，到顺治十三年（1656），驻守广元朝天关的刘进忠背叛大西军，引清军自嘉陵江水道入川，到清康熙二十九年（1690），清廷对四川驿道扩充、调整，设置梓潼、武连、柳沟、剑州、剑门、昭化等驿站，全面恢复了剑门关驿道。

从清乾隆二十五年（1760），四川总督令新修剑门关楼，次年3月完工，到民国元年（1912）剑阁县知事，前清江油举人张政主持，对剑门关进行了最后一次大修。

民国二十四年（1935）中国工农红军第四方面军，在总指挥徐向前、副总指挥王树声的直接指挥下，攻破剑门关，消灭川军守敌。同年，国民政府因抗战需要，修筑川陕公路，拆毁剑门关关楼。

……

1992年7月，国家投资修复了钢筋混凝土仿古剑门关关楼，为不妨碍川陕公路，关楼移至原址剑溪对岸。

2009年9月,经历了"5·12"汶川特大地震,原仿古关楼已成危险建筑,在中央抗震救灾的号召下,在黑龙江省的无私援助下,经过剑阁县上下同心协力,在古剑门关原址上,按照文物保护中复原工程的修建原则,按照原样式、原结构(木结构)、原质地(木、砖、石)、原工艺的四原则,重新完成了剑门关及关楼的恢复重建工作。

俱往矣。

剑门关彻底从历史上的一座县城、一个兵家必争的关隘、一条入川重要的驿道蜕变升华为一个旅游特色县城,一座享誉千年、震惊中外的蜀道关楼,一个著名的旅游景区,一条充满传奇色彩、翠云荫护、展示绚烂历史文化特色的旅游路线……

我大致是2009年5月接受剑门关景区恢复重建设计任务的,历时2年,到2011年5月,我基本完成剑门关景区所有设计。

除关楼获得四川省勘测设计省优二等奖、四川省优质工程"天府杯"金奖外,剑门关游客中心、管理房与卫生间、仙云客栈一号院、仙云客栈二号院等仿汉风设计建筑,利用山地,彼此依托,互借景观,都收到一定的设计效果,建设出具有特色的院落、休闲旅游设施,形成了剑门关景区新的风景线。

当剑门关关楼竣工以后,我在景区巧遇了时任剑阁县委书记冯安富同志。握手问候之余,他向客人介绍了我。然后充满真情地感谢我为剑阁人民做了件好事,为剑阁设计了这么雄伟、崇宏、古色古香的关楼,为灾后重建的景区做出了宝贵的奉献。我内心深处感到了一份沉甸甸的信任、厚爱和嘱托。它真诚、厚重,源自巍巍无言的剑门,源自世代绵延的剑门百姓,远胜于任何奖状、奖杯、媒体溢美。

我继续忙碌于震后重建的文物保护工程。

……

这期间,我还应平武县所邀,担任平武县震后文物保护、恢复特邀技术顾问成员,并承担了恢复平武县城明城墙及西门城楼的设计。

平武县西门城楼,兴建于明洪武二十二年(1389),时龙安府治所由青川青溪迁于平武盘龙坝箭楼山(北山)之麓。共筑门四个,东门名迎晖,西门为通远，南门曰清平，北门称拱宸。现仅存西门，西门城楼即通远门。主城三面濒涪江，北枕箭楼山，因山就势，气象雄伟。明清时期，氐羌民族与龙安府土司之间冲突不断，经常犯边平武，故龙安府设关楼于此，警戒、御敌，故又称"镇羌楼"。

城楼早圮，地震前，平武县政府曾请有关规划设计单位，做了一个钢筋混凝土仿木城楼设计方案。地震后，乘灾后重建之势，按照文物维修的原则，在原城门之上，按照原址恢复重建的原则，修旧如旧恢复重建明城墙、城楼的同时，一并委托我做了重檐歇山式全木结构西门城楼恢复重建设计。

与此同时，我还应陕南宁强县所邀，承担了宁强县西门城楼设计。宁强县西门城楼，在陕西省宁强县城西大街，兴建于明洪武三十年（1397），原名通惠门，也是仅存城门，城楼早毁。因昭化城楼修建之后，紧挨四川广元市的陕西省南部的汉中市宁强县来人邀我前去，委托我设计的。

我计算了一下，连同广元昭化的瞻凤、临清两座城楼，剑阁的剑门关城楼，在"5·12"汶川特大地震后的抗震救灾文物保护工程设计中，我一共完成了5座古代城楼和城墙的相关恢复重建设计工作，均是按照文物保护工程中复原工程的设计规定和要求，用全木结构设计，传统木结构榫卯结构来完成的。

这些复原工程，必将与文物建筑一起，保留和体现它们固有的历史价值、艺术价值、科学价值。为激发爱国热情和民族自信心，为研究历史科学，提供实物例证；为新建筑和新艺术，为一地的地域历史文化，提供重要借鉴；为人民文化游息，为发展旅游事业，提供重要的场所和丰富的物质基础。

第四章 拨开古道迷障，穿行川北陕南

11

就这样，从青年时代起，从故乡的雁门到昭化，再从昭化到剑阁，其间还北出剑门，到陕南。又南去川中、川南，再返川北盐亭，终于回故乡，再探故乡的雁门。

各地的奔波跨越了 41 年的时序，我做着人生路径的探索，漂泊和流离，零工和磨难；再经过求学和砥砺，到学成归来，回报社会；复经历特大地震，震后历史文物的保护，古城、古镇的恢复重建等一系列的追寻、学习、思考和工作。

尤其是在灾后重建中，因为工作的需要，触摸到蒙尘的文献、感悟到资料的渊薮厚重，思考起时空、地域变幻的倥偬无常……

自然，也有幸从蛛丝马迹中，探索到历史的迷雾烟瘴掩盖下，一处处过往的史实、真相、原委……

人生苦短，鸿爪雪泥。

……

颇为萦怀的是，我再三瞩目、思考着故乡的雁门。

是的，我在本文的开篇中就曾提到，雁门，古称汉德阳亭……我依然在一边奔忙，一边思考着故乡雁门一地的历史渊源……

如前所述，众多文献记载，汉德阳亭在今江油市雁门坝，而现在的雁门，不过是一个边远的大山区。可在古代，当时为啥设亭于此呢？经过来回爬梳勘察和思索求证，再经过亲历沿着这条北流的河的闯荡、工作，研究探索，我恍然大悟，原来这一段历史迹印，正是因为有这一条北流的河。

其实，从历史的天空俯瞰一下青江的流向，便会知晓其中的原委。

……

依偎雁门场的青江从大山密林流出之后，没有顺着山势南下进入潼江或涪江水系，而是拐了一个弯儿朝东北方向流去，进入了嘉陵江水系。

这仿佛倒流一般的青江，经石拱坝、竹园坝、沙溪坝，与发源于四川省青川县摩天岭南麓及龙门山北端，现唐家河国家级自然保护区境内的清江河正源，在竹园坝汇合，形成新的清江，在今广元市宝轮镇安全坝村，注入白龙江，到原昭化县，清江、白龙江汇合，进入了嘉陵江。

三江汇合处，嘉陵江水在此回澜，水系宛然，太极天成，形成了昭化古城胜地。

昭化古称苴侯邑、土费城、葭萌、汉寿、晋寿、益昌……总之，这一地理位置在古代的入蜀要道上具有极其重要的战略意义。得到了它，南可控剑门，北可连襟南郑、汉中，中能守嘉陵水驿，通金牛、米仓二道，自然成都无险，巴蜀天府之国在握。

正因为如此，战国时期，蜀王封其弟为苴侯，将葭萌定为都邑，时名土费。秦灭巴蜀后，即在土费设葭萌县。著名文物专家、古建筑专家罗哲文先生生前曾为昭化题写了："巴蜀第一县，蜀国第二都。"

而剑阁，其剑门关地势险要，有"天下第一险关"的美誉，正如李白所咏："剑阁峥嵘而崔嵬，一夫当关万夫莫开。"早在西汉，文学家张载在其《剑阁铭》中就写道："岩岩梁山，积石峨峨。远属荆衡，近缀岷嶓。南通邛僰，北达褒斜。狭过彭碣，高逾嵩华。惟蜀之门，作固作镇。是曰剑阁，壁立千仞。穷地之险，极路之峻。"三国时期，蜀汉丞相诸葛亮于此凿石凌空、建飞梁阁道，设关置尉守之。至此，巍峨险峻的关隘，可谓扼入蜀的咽喉，历来为兵家必争之地。

梳理到这里，我恍然大悟。正是故乡雁门的青江，将重要的三个古代的入川战略要地联系了起来，一个是昭化，一个是剑阁，另一个便是汉德阳亭——雁门。

如前所述，《三国志·邓艾传》载："艾上言：'从阴平由邪径经汉德阳亭趣涪，出剑阁西百里，去成都三百余里，奇兵冲其腹心……'"《钟会传》载："邓艾追姜维到阴平，简选精锐欲从汉德阳入江由左担道诣绵竹，趣成都。"

雁门坝控青江源头，水路下行剑门、昭化，直通嘉陵江。重要的是，其河谷、山谷，直通马阁、青川、平武。

入青江上游河谷，可达阴平古道，直抵陇、陕。下潼江河谷平坝，可抵达剑门关后的金牛道，直达成都。而邓艾当年偷渡阴平，极有可能是抄捷径，进入青江河谷走马阁后，于河谷隐蔽前行，再出其不意，攻下江油戍的。

雁门的重要位置，在于通过河谷小道，可将阴平小道与金牛道直接联系起来。直到清道光版《龙安府志》依然载道："雁门场：在县东二百四十里。东为昭、剑、平、陕要路。"你看，就是到了清代，雁门的关隘地位依然如此重要；无怪乎远在两汉，就在这里设亭了。

关于故乡的雁门，还另有一说，谓，东汉时，还曾于此设立德阳县。那么，汉德阳亭与德阳县有何联系呢？

在汉代，郡、县以下的机构有乡、里、亭、邮等设置。其中，乡和里接近，偏于民政；亭和邮接近，前者管理交通治安，后者管理驿站和公文信函传递。它们的设置，更接近于军事，尤其是边关之地，更是如此。

雁门山区已是大山，它毗邻青川、北川（清代名石泉）、平武。

青江河谷的支流，穿插切割于千山万壑，山头垭口又互通小径。历史上，青川、北川、平武长期为氐羌民族聚居之地。《龙安府志》在建制沿革中谓："《禹贡》梁州之域，周、秦，氐羌地。汉为广汉郡刚氐道……"可见，一直到两汉，龙安府所辖的平武、青川、北川（石泉）、江油的边缘大山地带，仍然为氐羌民族主要居住地区。

《汉书·百官公卿表》云："县有蛮夷曰道。"《续汉书·百官志五》与《汉书》说法一致，也认为一地辖境内有蛮夷，则设"道"。并进一步认为，"皆秦制也"，即表明，设道从秦代就开始了。长期以来，历代注释者皆从此说。

近来，据苏家寅先生《汉代道制政区的起源》（《史学月刊》2021年第5期）一文研究认为，汉代甚至从秦时起，"道与县的区别，或许仅在于一者名'道'，一者名'县'而已。也正因为如此，作为同级政区，两者之间存在着相互转换的可能"，并不存在因为少数民族聚居而专设"道"之举。该文同时提道，"……还有部分学者主张，道制政区的设立主要是出于维护和管理交通要道的需要"。

如上所述，由于民族矛盾，统治阶级的压迫、征战，这些地区实际上处于汉民族的郡县与少数民族的道（刚氐道、阴平道、甸氐道等）交界的内关之地，守卫交通、缉捕盗贼，防范氐羌进入川、陕要路，确定了于此设亭防控之必要。

苏家寅先生在同文中还指出："……我们还可以从与道大约同时起源的亭的发展过程中得到佐证。亭亦为起源于战国时期的一类交通检查设施。设于内地的，盘查往来行旅；设于边境者，更兼军事候望之重任。"这就进一步说明了雁门一地设亭的缘由和必要。

我们知道，从地望上看，汉德阳亭与德阳县是毫无瓜葛的。德阳、广汉二县也从未有迁徙和乔置的历史记录。关于汉德阳亭设于江油雁门坝（今雁门镇）一事，历来就颇具争议。

德阳在今成都与绵阳之间，历史上属于蜀郡。江油，夏、商为梁州之域，周为氐羌之地，汉为广汉郡置刚氐道。蜀汉为江油戍兼置广武县，属阴平郡。可见，在地望上，江油所属的汉德阳亭是不可能与蜀郡的德阳、广汉沾上边的。

问题在于，晋人常璩所著的《华阳国志》中，在《汉中志》旧本中将梓潼郡记为属县六，即梓潼县、涪县、晋寿县、白水县、广汉县、德阳县。同书又记录：广汉县、德阳县，有剑阁道三十里，至险，有阁尉，桑下兵民也。这就直接把广汉县、德阳县归到梓潼郡来了。

然而，这二县哪里去找至险的剑阁道三十里呢？况且，这二县一直在蜀郡的成都平原，没有更名，也未乔置，显系有误了。

事实上，关于这段《华阳国志》的存疑，早已有之，在廖寅本《华阳国志》中已将其更为：汉德县，有剑阁道三十里……汉德县，应为梓潼郡属县。

但廖本直接将梓潼郡的属县六改为属县五，即梓潼县、涪县、晋寿县、白水县、汉德县，将原本广汉县、德阳县合并为汉德县，则似又有所不妥之处了。

果然，吴增仅在《三国郡县表·卷六》考证说："按《洪志》（即洪亮吉《三国疆域表》）有昭欢县。《晋志》作'邵欢'。今考《沈志》邵陵郡之昭阳县，建安郡之昭武县，晋武帝皆改曰'邵'。盖因避'昭'字而改。"可见，应该还有一个昭欢县，确切地说来梓潼郡还是有属县六。

杨守敬《三国郡县表补正》、任乃强《华阳国志校补图注》都同意吴增仅的看法。五、六二字字形殊异，误五为六的可能性很小，所以改"属县六"为"属县五"甚不妥。加之《晋志》《沈志》所载佐证，广汉县、德阳县作昭欢县、汉德县是比较适当的。

那么，汉德县又建于何处呢？相当于现在何地呢？

汉德县的疆域大体位于今四川省剑阁县中北部、青川县南部一带，管辖的范围含今江油雁门、马角山区地带，原名当德县。蜀汉丞相诸葛亮改当德县为汉德县，治地在今剑阁县汉阳镇境内，故城又名黄芦城。此地比邻大小剑山，故"有剑阁道三十里，至险……"就显得合情合理了。

《龙安府志》道光版《舆地志·山川》载："马阁山，在县东南接梓潼界。《环宇记》：在阴平县北六十里。北接梁山，西接岷峨。昔魏将邓艾入蜀，从景谷路到龙州江油县，至此悬崖绝壁，乃束马悬车，作栈阁方得通路，因名。"

马阁山地处岷山山脉，为龙门山系前山带的边缘。大剑山，古称梁山，位于四川盆地北部、剑阁县城南，与小剑山合称剑门山。剑门山是盆地北缘的断褶带，亦为龙门山脉剑门山干支，为龙门山麓的剑门洪积堆，形成巨厚的砾岩，出露地表，称为城墙岩群剑门关组，亦称剑门关砾岩。

岷山的余绪在平武县朝东南方向奔来，与梓潼交界。查《江油县志》是找不到交界确切地带的。因为在清末、民国，甚至中华人民共和国成立初期，现文胜、马角一带还是由梓潼管辖的，所以道光版《龙安府志》说马阁山接梓潼界是较为确切的。

然而，地名中"马角"一词颇为蹊跷而不合常理，经查核，原来"马角"一词实为"马阁"之误。马阁得名于马阁山（附近还有潼江的源头马阁水），而从平武发脉而来的马阁山就横亘于马角境内。

这一地名之误，始于1952年四川修筑宝成铁路期间。当时筹建宝成铁路马角站，修建单位询问地名，当地百姓报之于"马阁"，然而当地人口音是"阁""角"不分的，至今江油人也是这样发音。于是，竟将一处流传近2000年的地名"马阁"荒诞不经地谬传成马要长角意思的"马角"了。数十年来，一误再误，车站站名、浩繁的公文、如山的公章、车拉船载的报告文件……

唉，这事竟未改，也难改了！

还有，错误依然重复犯，小时我去彰明（原彰明县，现彰明镇）读初中，步行要经过一处叫"沙棠村"的村落，该处是因为有一株遮天蔽日的沙棠树而得名的，如今居然变成了"沙堂"二字，既不管其来历，也不管其文意通否？情理顺否？沙能造得堂否？居然又谬种流传起来，且无人问津……

其实，沙棠树是名木，其干、叶类棠梨，其果实有点像枣，但稍小无核，沙甜可口。《山海经·西山经》载："昆仑之丘有木焉，其状如棠，黄华赤实，其味如李而无核，名曰沙棠；可以御水，食之使人不溺。"

《山海经》说吃了沙棠果以后水淹不死，毕竟带点神话色彩，无人试过。不过，用沙棠木来造船，倒是有文可稽的。晋郭璞《沙棠》诗："安得沙棠，制为龙舟，泛彼沧海，渺然遐游。"出生于江油的唐代大诗人李白的《江上吟》中也写道："木兰之枻沙棠舟。"可见，古人用沙棠木来做舟，一是取其木料防水功效，二是该木做舟，高贵华丽。由此可见，这棵沙棠本属古树名木，不应毁之斧钺。倘若尚存，不仅地名可证，且这株活的文物，又有故乡大诗人李白诗句为例，不也是诗仙故里一段佳话吗？

就算树毁名错，纠错更名，再续诗人乡情，不也悦乎？

……

马阁山、大小剑山其实相距不远。邓艾偷渡阴平从龙门山系的摩天岭下来，行至此处见悬崖绝壁，就把马四脚捆起来抬到车上，再用绳索拴牢，同时修造栈道、飞阁，运送部队和军需，这就是地名的来历和其文意了。

然而，四川大学教授刘琳在《华阳国志校注修订版》（2007年6月）中注道：德阳县，东汉分梓潼置，原在梓潼县北界。邓艾建议自阴平伐蜀，由邪径经汉德阳亭趋涪，出剑阁西百里。所谓汉德阳亭即东汉德阳旧县，在今江油东北之雁门坝一带（参卷二平武县下注）。县境当有今剑阁县及江油县东北部。故《续汉志》注引《华阳国志》：德阳县有剑阁道三十里（参卷二汉德县下注）。大约在东汉末，县移于广汉县南界，旧县遂废为亭。《蜀志·张裔传》：建安十九年，张飞由垫江（今合川）入，刘璋派张裔率军拒飞于德阳之陌下（地名）。可见其时德阳县已南徙。此德阳故城，即今遂宁县治《环宇记》卷八六谓遂州为"德阳旧垒"，又卷八七云："德阳，遂州方义（按：今遂宁）是也。"民国年间在遂宁县城南十八里、龙凤场北二里涪江边犹有德阳陌，即张裔拒张飞之处（见民国十八年（1929）《遂宁县志》，又参本书卷五注）。张飞系溯涪江而上，张裔迎战，兵败于此，张飞遂定德阳，则德阳城当在德阳陌之北不远，定于今遂宁正合。德阳县辖今遂宁、蓬溪二县及潼南、安岳一部分。

按照刘琳教授的注释，说明汉德阳亭就是东汉所设德阳旧县，地点在今江油市东北雁门坝。

不仅如此，网上查德阳、遂宁、江油等地方资料，均载明："东汉，光武帝元年（25）分梓潼县地置德阳县，隶广汉郡，治地在今四川江油市雁门坝。""东汉末年（220），置德阳县，治所在今城区内，境内置县也由此开始""……东汉设置的德阳县……"

可见，东汉于雁门坝设德阳县仍存一说，东汉末年徙治今遂宁地界。关于这一变迁，网上关于德阳县的历史沿革记载颇为详细，兹摘录如下：

唐朝以前

东汉，光武帝建武元年（25）分梓潼县地置德阳县，隶广汉郡，治地在今四川江油市雁门坝。

东汉，安帝元初四年（117）迁治于龙凤场（今遂宁市船山区），原治地废为德阳亭。

东晋穆帝永和三年（347），德阳县隶属于东遂宁郡，郡、县治所同为一地。

南朝梁时，德阳县更名小溪县（今遂宁市船山区），仍隶属于东遂宁郡，郡、县治所同前。

唐朝以后

唐高祖武德三年（620），始析雒县（今广汉市）部分地区置德阳县（今德阳市旌阳区），属益州。武后垂拱二年（686），析益州置汉州，德阳县属汉州。

五代王孟据蜀，仍唐制。宋德阳隶汉州德阳县军事。

…………

此后，德阳县及以后的德阳市治所就再也没有迁徙过了。

这就出现了个问题，按刘琳教授的说法："汉德阳亭就是东汉所设德阳旧县"，但它为啥要加个"汉"字呢？汉德县是蜀汉主蜀后将原当德县更名为汉德县的，一种说法是雁门坝这个亭，实为汉德之阳亭，简称汉德阳亭。否则，若因为蜀汉立，就将德阳亭前加一"汉"字，岂非如汉寿改为晋寿一样，到了晋时，要改为晋德阳亭？

综上，揣度如下：

1. 东汉初（25），的确在今雁门坝设置过德阳县，东汉安帝元初四年（117）就迁治于今遂宁市船山区（龙凤场）了。原治地先废为亭，后汉德县亦设亭于原地，就改称汉德阳亭了。

2. 两个亭均在原地，后德阳亭废了，汉德县设立时，因蜀汉军事需要，重设汉德阳亭。

笔者倾向于第二种揣度，毕竟东汉末进入三国，建立蜀汉，蜀汉政权在军事、行政方面又有一番新布局，新考量了。于是，便在既是毗邻氐羌民族聚居之地的刚氐道，又是紧挨青江谷道，可通去剑阁、昭化入蜀重要关隘之地的重要交通要道——雁门设亭，即汉德阳亭。以"盘查往来行旅；设于边境者，更兼军事候望之重任。如《墨子·号令》曰：'诸城门若亭，谨候视往来行者符，符传疑，若无符，皆诣县廷言，请问其所使；其有符传者，善舍官府。'在这里，亭的职责类似于城门和关隘，实际上是后者向乡野之地的延伸"（苏家寅《史学月刊》2021 年第 5 期）。

12

我在忙于昭化、剑阁的震后恢复重建中顺便了却了当年的迷惘，梳理了一些地理变迁和地名的误谬，感到也是一种快意。古人说，"读万卷书，行万里路"；又说，"世事洞明皆学问，人情练达即文章"。弄清楚了，记录下来，对自己，是做了学问，解决了自己的疑惑，奉献出来，以求方家校正。对社会，是希望纠正错误，查明真相、原委，以作今后教训。

我就这样忙碌着，思索着。

忽然之间，又接到陕西宁强县的邀请，说是他们县内有个青木川古镇，希望我前去做古镇的震后保护整治规划设计工作。

震后，百废待兴。我二话没说就答应下来。先前，我利用在昭化工作的间隙，给宁强县做过县内西门城楼的恢复重建设计，当时到过宁强县。记得也不太远，从川陕路出去，经过广元，过七盘关，到陕西地界，第一个县就是宁强。

实在说来，宁强和昭化是颇有渊源的。因为在两汉时期，宁强尚为葭萌县地，当时也不叫宁强，称为宁羌，大概也是因为平定了氐羌之乱以后得其县名的。现在这个县名，据说是国民党元老于右任先生取的。民国三十一年（1942），于右任来访宁强，曾赠题"安宁强固"给县府，并给他们说，可做解释新县之名，故而，宁羌县就改名为宁强县了。

宁强的建制沿革，早期有点和平武所在的龙安府相似，商和西周时期亦为氐羌所据。春秋战国时期，白马氐据其西境，蜀据其东境。到了秦代，就划归于蜀郡管辖，两汉为葭萌属地，蜀汉归汉寿、晋归晋寿。隋属绵谷县，唐武德三年（620），分绵谷县，在通谷镇（今大安）置金牛县，此为境内设县治之始。武德四年（621），再分绵谷置三泉县和嘉牟县，后撤，并入三泉。天宝元年（742）县治向东北移60千米，治今唐渡擂鼓台地。

宋时，三泉隶京师达137年。至道二年（996），在县西500米置大安军，后废。元初，在金牛镇（现大安）设大安州，后废。明初并入沔县（今勉县）。洪武二十七年（1394），阶、文军乱，太祖遣宁正为平羌将军讨伐，翌年乱平，置宁羌卫于徽州，是为宁羌名之来由。明成化二十一年（1485），建立宁羌州，州、卫并存。

清代废卫存州，民国后降州为县。

中华人民共和国成立后，宁强县隶属汉中地区，1996 年，汉中撤地设市，宁强县属汉中市。

宁强县青木川古镇，距宁强县城 108 千米，位于川、甘、陕交界之地，青木川西连四川省青川县，北邻甘肃省武都县（今陇南市武都区）、康县，实为鸡鸣三省，一脚踏三县之地。

记得第一次到青木川，是驱车到宁强县城，再沿宁青公路去的。沿途要经过阳平关、燕子砭、广坪三个乡镇，阳平关和燕子砭是两个较大的镇。

阳平关位于宁强县西，为陕西省省级重点镇。它东邻代家坝镇，西依燕子砭镇，南接太阳岭镇，地处嘉陵江河谷川道区。

阳平关北濒嘉陵江，南倚鸡公山，地理位置极为重要。历史上，阳平关为蜀北门户。西汉、三国时期就名为阳平关，唐时，一度为中央直辖，于此设三泉县，镇西擂鼓台至今遗址尚存焉。

阳平关隔嘉陵江东北，有子龙山。山势突兀挺拔，高百余米，其顶平旷，状若覆斗。传说三国蜀汉名将赵子龙曾驻军于此，故名。

蜀道险阻，交通多赖河谷、水道。蜀军北伐中原，必将溯嘉陵江而上，进陇南、战箕谷，于此驻守，扼关控江，鱼鸟难渡。此诚可信然。

阳平关交通便捷，有宝成铁路经过，设阳平关车站。有阳安铁路，设阳平关东站。宁青公路从镇上通过。

燕子砭位于阳平关以西，地处川、陕、甘交界处，依嘉陵江而居。宁强到青木川公路从境内穿过，与康燕公路、千大公路在嘉陵江袁家坪大桥交汇。宝成铁路过境，设有燕子砭、丁家坝两个车站。

燕子砭历史悠久，所辖燕子砭老街古名青鸟镇，至迟在唐代初年已成街市。依山傍水，可通陇入蜀，曾为一方水路码头。

燕子砭因曾降落过太阳系最古老的天体样品而闻名中外，被命名为宁强陨石，是研究天体文学和天体形成史珍贵稀有的实物标本。

宁强到青木川约 108 千米，但在 2010 年的时候，公路还是泥结碎石路，凹凸不平，尘土飞扬。我和王景全王工一起去的。按照委托，不仅要对青木川古镇做传统建筑保护整治设计，还要做管线下地规划设计。这显然是明智之举，因为但凡古镇，最混乱的就是民用的管、线随心所欲，胡拉乱牵，密如蛛网，形似乱麻。兼之水管、排污，常年的设施落后，问题成堆，亟待整治解决。

王工原是上海人，父亲为上海某区文化局局长，他毕业于上海一个中专工业学校，专业是工、民用电气。因支援三线建设，被分配到设于故乡江油的航空航天部涡轮研究所，退休前是单位的高级电气工程师。单位地点原在江油大康松花岭一带山区，为保密起见，先名 305 信箱，后又改为 624 信箱。王工在松花岭山沟恪尽职守，耗尽青春年华。退休后，被我邀请来古建园林研究所，他专门做有关民用电路的设计和管线下地敷设方面的规划设计工作。

我们两个老头和开车的司机颠簸了半天，才撵到青木川古镇。

果然名不虚传，我们见到的青木川老街，静静蜿蜒在金溪河畔。青瓦木柱，栉比鳞次的街坊有如一条卧龙，横陈 860 余米，街宽 4 米。它随坡就势，依水而去，当地百姓呼其为回龙场。

回龙场古街，始建于明成化年间，总建筑面积达 4 万余平方米。历史上水患频仍，后街下半部分，曾遭水毁。清咸丰年间陆续修复。民国时期，青木川因地僻人稀，三省交界，匪盗横行，地方豪强魏辅唐趁机而起。

魏辅唐系本镇大姓魏家后人，他勇猛好斗，豪爽义气，广交朋友，终于为霸一方，在这个三省交界之地，建立起一个山高皇帝远的独立王国。

读初中的时候，我看过著名的苏联时期文学作品——肖洛霍夫所写的长篇小说《静静的顿河》。书中的主人公葛里高利当过红军，当过白军，是个正直的哥萨克骑兵，又是一个叛逆者，有一个温柔美丽的妻子娜塔莎，又偷情于狂热野性的阿克西尼亚……是个好人，又是一个坏人，做过许多好事，同时也做过许多坏事、糊涂事……

当我漫步青木川老街，听到人们介绍一方豪强魏辅唐时，不禁联想起葛里高利来，这不活脱脱一个葛里高利似的人物吗？

魏辅唐称霸横行、杀人夺位、为所欲为，却又开沟凿堰、兴修水利、造福一方。

魏辅唐勾连军阀、收罗歹徒，却又剿灭强盗、保护乡梓。

魏辅唐广种鸦片，牟取暴利，又从不吸食烟土，并严禁乡民嗜毒、涉毒，否则，严惩毙命。

魏辅唐开烟馆、设妓院，当袍哥、开码头，却又兴场镇、修街道，建学校，爱人才。

魏辅唐建公馆、好美色，妻妾成群，却又惜贫济穷，乐善好施。甚至于给各房姨太每人一枚金戒，嘱其月事即佩戴，见此，他便退回，免于房事云云，如此细致入微，怜香惜玉……传为佳话。

当地人说，这是个最坏的人，也是个最好的人。

这个人做了很多坏事，也做了很多好事。

……

然而，当新中国成立时，尽管他维持一方秩序，杜绝匪患，然后自己收缴武器，带领队伍，投诚新政权，却因大势所趋，依然被处决。

不过，历史终究会澄清一些误会，还原真相。1982年政府为魏辅唐平反，定性为开明绅士，于青木川立碑纪实，这自然是后话。

我来此地时，魏辅唐这个复杂的传奇历史人物还尚未闹得沸沸扬扬，仅在坊间、口碑，有关史料传播、记载而已。

刚刚经历了"5·12"汶川大地震，回龙场老街、魏氏宅院等一大批古建筑，大量屋面损毁、屋脊垮裂、木柱歪斜、墙壁崩塌亟待抢救、整治，保护维修。

宁强县有关部门在青木川召开了老街保护整治规划设计会议，我们江油市古建园林研究所在会上介绍了自己的保护整治理念，对初设方案和街景保护效果图一一在屏幕上进行了展示和说明。

会上还对老街修复后的业态，进行了一番探讨。

我们坚持了阮仪三教授的观点，即在保护整治修缮后，应遵循可持续性的原则。同时主张原生态保留古城古镇的原则，即保存建筑物的同时保存其原居住人民的生活方式，经营管理，地方风味小吃、手工艺等，使保护、整治后的古城古镇既有物质文化遗存，也有非物质文化遗存，这样借助旅游文化，使古城古镇可以持续生存下去。

实际上，这个边远的三省交界之地小镇，自有它的特色，它的风味，它的特殊氛围。而镇上人的生活方式,衣着、风俗、言谈举止,也正是他们本身不可替代的秉性。我们可以将他们的日常生活,他们的饮食习惯、开饭铺、做生意、理发,甚至聊天、吃茶、晒太阳……通通看成一种原生态的表演,而其中的每一个人,都是一个难得的演员。

和沈从文湘西小说中的边地人物一样,这一方的风情活灵活现、原汁原味地保留下来,就是弥足珍贵的非物质文化遗产,是难能可贵的,也是可持续下去的。

当然,会议上也有不同的观点,有设计单位的年轻设计师提出了许多新的建议和主张。比较引起争议的是,主张实景再现当年青木川的形态,再现民国时期青木川的回龙场实景——穿长衫,戴瓜皮帽,山民赶场包青布帕子头巾……甚至主张在荣盛魁装扮民国商人,买土、广、洋货。在洪盛魁旱船式建筑设赌场、掷骰子、吆五喝六。在烟馆再现吸食鸦片(当然是扮演)的烟鬼、瘾痨病人,在妓院装扮妓女、嫖客……

不过,还没等说完,也不听解释,就遭到了一致反对和否定。其中特邀宁强县大概属于政协、人大部门的一些老先生、老同志,更是按捺不住深恶痛绝、义愤填膺的表情,言辞激烈地予以斥绝,纷纷表示决不能出现这样的实景表演,这种提示性的演出,是有悖于社会主义核心价值观的。质朴、健康,而别具边地风味的山区集镇,毕竟是青木川一地的主调。

业态有无数,种类也可以庞杂,但应该是宣扬和展现社会主义精神文明的,而不是其他任何腐朽、落后的东西。

我们的风貌整治和保护修缮方案,由我解释,取得了评审会议的基本共识。管线下地,强、弱电,给排水、消防管网配置,由王工宣讲解释,在会上获得了肯定和一致通过。

交完施工图,青木川的老街保护和整治恢复重建就轰轰烈烈地开展起来。为此,我们做了古街整治后的实景效果图,要求在色泽、氛围上保留老街的原汁原味,不主张随意彩绘,或崭新的、大面积的重新油饰行为。特别对于街道宽度、弯度,严格按原规制处理,不得随意扩宽或变窄,一定要保留古街蜿蜒回龙的肌理和气韵。对于古街的街沿石、梯坎,铺路石,一律按原样修复,尽可能地保留原件,保留一个边远古镇特有的朴拙粗犷风貌。

　　为此，我们对回龙场老街分段设计了风貌保护施工详图。对魏辅唐的几处宅院和老街上的诸如旱船房、辅友社、烟馆、荣盛魁、乡公所、洪盛魁、辅仁中学等，均须严格保留其民国建筑的风貌。

　　就这样，陆续又跑了好几次后期服务。到青木川恢复重建快完成时，我们到青木川的公路已经有了很大的变化，再也不用去宁强县跑冤枉路了。新的高速公路可以从京昆高速金子山下，去青川境内，绕白水湖转悠，直达青川的姚渡镇，也就是3个多小时光景，就抵达目的地了。

第五章 他乡石泉，秦巴风情

13

回忆起来，我初到陕南，实际上应该是 2009 年 2 月。当时，正忙于昭化古城的设计工作，大概因为陕南的宁强县距广元最近吧，昭化的两座城楼恢复重建之后，宁强县当时也希望恢复他们县城的西门城楼，宁强县文化旅游局就以参观考察的名义到昭化来了。宁强来人看完昭化古城的两个城楼以后，就决定邀请我给他们县城的西门城楼做恢复重建设计。再进一步，又邀请我对青木川古镇老街做保护整治设计。

青木川的工作，是我在昭化设计的间隙去做的。至此，我从四川跨省来到了陕西省南部，开始了汉中、安康两地的古镇、古城保护整治，恢复重建的规划设计项目。

2007 年 5 月，我应邀去昭化，2010 年昭化古城基本完成。而 2013 年我又应邀去陕南的石泉县，到了 2018 年年末，石泉县的老街修缮复原设计方案基本告一段落，完成了老城文化旅游街区的全部施工设计。

记得石泉县来的是建设规划局一个名字叫王发兵的总工。他受石泉有关领导的指派，带领一批工作人员到昭化考察古城保护整治工作，大概是 2012 年年底吧，我在昭化忙完现场，刚回到江油。第二天，王总工就到我的办公室来拜访我了。王总高个儿，年轻干练，一脸诚恳地代表石泉的领导邀请我去石泉，说是他们在昭化看了，满街的古建筑、传统民居都是我设计保护整治的，昭化的领导、古镇的群众对我评价很高……

我被王总工一席话逗乐了，顺口一句："你们那儿，风俗、口音、建筑风格和川北差不多……"

"对对对……"没等我说完，王总工一个劲儿地赞同，他接着说，"先前，我们也去过关中，找到西安的大设计院，可他们一出方案，就是个唐风味儿，什么斗拱、大屋顶的，和咱们原来的会馆、寺庙、街坊那些样式根本就沾不到一块儿，总觉得格格不入，到昭化一看，就差不多了，和我们留下的东西差不多，有一种亲切感，样式也八九不离十……"

呃，说将起来，陕南和四川缘分不浅哪，远在汉代、三国，陕南这一块就和天府之国的巴蜀大地联系密切。东汉建安二十四年（219），刘备占据汉中，自立汉中王于沔阳（今勉县）。蜀汉章武元年（221），刘备称帝，以巴、蜀、汉中、犍为为蜀汉国。设汉中郡，隶属益州，郡置南郑。辖南郑县、褒中县、沔阳县、城固县、南乡县。其后，增设黄金县、蒲池县、兴势县。当时，蜀汉武都郡辖有沮县（今略阳），梓潼郡辖今宁强县地。两地都属蜀汉政权，保住了汉中、陕南，就安定了天府之国，可以北进中原，以图大业。

我和石泉来的王总工聊着，愉快地答应了前去陕南的石泉工作。

石泉建县始于西魏废帝元年（552），其得名据说源于"因城南石隙多泉，径流不息"。它北依秦岭、南枕巴山，地处秦巴腹地、汉水之滨。

石泉，是陕南安康的下辖县。所谓陕南，也就是陕西南部，实际上由三个地级市组成，它们由东向西，分别为汉中市、安康市、商洛市。我先前去的宁强县，就是汉中下属的一个县。这次去石泉，是往陕南的东边去了。

石泉开化较早，远在新石器时代，已有先民在这汉江之滨劳作生息。考古学家将其划为"仰韶文化"的范畴内。夏代，属梁州之域。殷商时期，属庸国。春秋战国时代，庸国处于楚、秦、巴之间，疲于应对。鲁文公十六年（前611），庸灭，归楚。秦更元十三年（前312），秦败楚于丹阳，夺取汉中，石泉归秦。

秦始皇统一六国后，划汉水中上游置汉中郡，辖西域等六县，石泉属西域县。汉袭秦制，仍设汉中郡，石泉属安阳县。三国时期，石泉先属魏，后属蜀，孟达叛蜀后，复属魏。晋时，于石泉境内设晋昌郡，下辖长乐、新兴、吉阳、东关四县。南朝时期，改晋昌郡为新兴郡，复改为魏兴郡。石泉东南部属安康县，西北部置长乐县，属魏兴郡。北魏时，于原梁州东部，设东梁州，治所金城（今池河），下设直城县（池河老街）、安康县（今石泉东南部）、永乐县（今石泉西北部）。西魏时，废帝元年（552），因永乐县城南有石泉数眼，泉水清洌不涸，遂将县名改为石泉，是为石泉得名。时，石泉南部属魏宁县，县城设梅湖（今喜河）；东北部属直城县，东南部属安康郡的宁都县。隋朝时，撤直城并入石泉，辖今石泉、汉阴二县北部。宁都县于隋大业三年（607），改称安康县。

唐圣历元年（698），将石泉改名武安县。神龙元年（705），复名石泉。大历元年（766），撤销石泉县，辖地并入汉阴县，永贞元年（805），复置。北宋时，石泉县境内仍置石泉和汉阴二县。南宋绍兴二年（1132），汉阴县迁至新店，即今汉阴县城。石泉归属利州东路。

元代，金州为散州（不设县），石泉改设巡检司，辖地划金州，归兴元路总管府辖。明洪武二年（1369），恢复石泉县建制。洪武十年（1377），撤汉阴县，辖地并入石泉。嘉靖三十八年（1559），石泉划归汉中府管辖。万历十一年（1583），改金州为兴安州后，石泉归兴安州。清代嘉庆年间，石泉属汉中府，后又属陕安道兴安府。

民国初，石泉县归属汉中道。民国二十二年（1933），裁道制，石泉属第五行政督察专员公署（今安康）所辖。

中华人民共和国成立后，属陕南行署安康公署。

1958年12月，石泉、汉阴、宁陕三县合并为一县，称石泉县，驻石泉城关镇。

1961年10月，恢复石泉、汉阴、宁陕三县建制。

巧合的是，远在千里之外的家乡——四川绵阳市所辖范围，历史上也有一个县曾名石泉县，那就是现在毗邻故乡江油市的北川羌族自治县。

北川，夏商时期，县境属《尚书·禹贡》梁州之域。北周武帝保定四年（564），置北川县，因县西北有北川城而得名，一说是因汶川又名北川而名。唐太宗贞观八年（634）析北川县地置石泉县，唐高宗永徽二年（651），并北川县入石泉县。

北宋徽宗政和七年（1117），于石泉县置石泉军，辖石泉、龙安、神泉三县。隶成都府路。南宋理宗宝祐三年（1255），石泉军迁治龙安县。

元世祖中统五年（1264），升石泉县为安州，石泉县隶安州。

明太祖洪武七年（1374），降安州为安县，石泉县直隶成都府。明嘉靖四十五年（1566），石泉县改隶龙安府。

民国时期，1913年石泉县隶川西道（后更名西川道）。

1914年，因与陕西石泉县同名，且彼县设置在先，乃复名北川县。

中华人民共和国成立后，1950年1月，北川隶剑阁专区。1952年，北川县驻地由治城迁曲山。1953年3月，北川隶绵阳专区。1985年5月隶绵阳市。2003年6月，国务院批准撤销北川县，设立北川羌族自治县。

真是有缘，一个105年前毗邻石泉县的蜀西北李白故里人，来到远隔千里之外仍名石泉县的小城，为它修缮、恢复老街，维修文物、传统建筑。做一点微薄的努力，做一次梦境的回访，做一点轻浅的奉献。

自此，我带着一帮人，出没、滞留在石泉老街和其传统建筑中。

石泉老街虽不长，但保存完好。尤其是东、西两座城门，不但完整地保留了石砌券拱、城门洞，甚至古老的城门、包锻铁皮，布满生铁泡钉的厚重门扇，依然原模原样地安放在那儿。

石泉县城始建于明洪武二年（1369），得天独厚的汉水从秦岭、巴山两大山麓间流过，这样的水运交通状况，使得石泉自古以来就既是交通要道、水驿码头，又是关津口岸、屯兵防务之地。

明代洪武年间筑城以后，由于临水负山，地势险要，城墙"寻筑寻圮"，至明弘治年间，重修城门城楼。最后一次重修，已是清道光二十四年（1844）。

这样看起来，现存的城门、城墙显然是清道光二十四年（1844）留下来的原物了。

根据记载，石泉县城原共设四座城门。分别是东门、西门、南门、北门。道光二十四年（1844）知县慕维城"劝捐重修"，直至道光二十八年（1848）在知县舒钧的督导下，才完成了修建城池的任务。

城围2千米252步，城高一丈五市尺（合今5米）。有东、西、南、北四个城门，并新开小南门，共五个城门。

东城门上建有魁星楼一座，高三层。城通身昆石，石上以灰土合筑，外

90

加砖碟，城门刻"远瞩金州"。西城门上建有重檐城楼一座，城门刻"秀挹西江"。南城门刻有"雄临汉浒"。小南门刻"康济"二字。

中国古代筑城的要素有以下几个方面：其一为据关防守；其二是具有商贸之利的通都大邑；其三是水陆交通要道，兵家必争之地。

石泉县显然是属于第三种原因。

石泉处于去西安即唐长安的要道子午道途中，唐玄宗爱妃杨贵妃要吃的新鲜荔枝，就是用换马、换人的驿马直接从千里之外，巴蜀之遥的涪陵经此道飞速送入京城长安供其享用的。

正像唐代诗人杜牧《过华清宫绝句三首》描绘的那样：

> 长安回望绣成堆，山顶千门次第开。
> 一骑红尘妃子笑，无人知是荔枝来。

子午道得名于穿越其间的子午谷，且从长安南行时的一段道路方向为正南正北，即处于子午线上，故名子午道。子午道历代均有修缮，路线也略有变化，但从东汉至唐代这一段时间，子午道都曾是国家驿道。

历史上的子午道，从全线来看并非全是正南正北的走向。从长安到秦岭的正脊后稍折西南，其后转为由东南向西北，最后一段基本转为东西方向，即由关中到秦岭后，经安康、石泉、西乡，到汉中。

其实，在先秦、汉初时期，由蜀地、汉中向京都咸阳或长安运输物资、商贸往来，多取褒斜道、故道，而不走子午道。汉高祖刘邦去汉中，派张良烧子午栈道之后，到平帝元始五年（5）时，王莽方下令修凿子午道，并设置子午关。自此以后，子午道就经常被以关中为根据地的政权用作进攻安康、汉中以至四川、湖北等处的通道，以及后来被以南方为根据地的政权用作攻打北方咸阳、洛阳、长安等中原政权京都的通道。

然而，经子午道来到汉江河谷，再由汉江河谷转至嘉陵江河谷，直至金牛道（剑门蜀道），它不仅是军事要道，还是交往、商贸的必经通途。由此向西南经南方丝绸之路（即身毒道）可以达缅甸、印度、波斯等地，可以与中原甚至世界进行交往、商贸。

……

我在石泉足足工作了5年。

其间，我深深陶醉于秦巴腹地、汉水之滨——这一方古老而深富历史与艺术魅力的古建筑、古道、古城、古镇之中。

石泉是我在昭化之后，又一个全面把握并完整主持设计修缮复原的历史文化名城。

不同的是，昭化是在阮仪三教授为首的同济大学历史文化名城研究中心做出的修建性详细规划基础上完成全部施工设计的。而陕南的安康石泉县，就全凭一己之力了。没有修建性详细规划设计，只有一本由西安建大城市规划设计研究院编写的《石泉县城关文化旅游街区建设规划》，属于概念性规划设计。

我只能依据石泉方面提供的这本粗略的规划设计来进行石泉旧县城的修缮复原施工设计。

于是，按照自己的工作习惯，寻找行将遗失的石泉老街的文化符号，就成了当务之急。

……

好在，在石泉县住建局的协助下，在厚道热情的王发兵总工的支持下，我们在汉江边找到了一些濒临拆除的街坊建筑，这些临江建筑都有高高的马头墙，在马头墙上还有手绘的花卉、人物、图案、题记。

这不就是溯水而上的江南徽派风格的遗风吗？

赵长庚教授谈起各地建筑、园林风格时，曾概括性地告诉我：北方有帝王之气，江南有书卷之气，巴蜀有仙家之气。

这种喜欢显露才华，挥洒笔墨的风韵，不正是江南的书卷之气吗？

根据探讨，湖广填四川，是先填了陕南。明末清初，战乱之后，人口锐减，沿汉江而上的湖广、安徽、江西等南方移民，带来了他们的建筑风格、建筑习惯。

与此同时，在老街遗留的文物禹王宫、江西会馆、关帝庙等建筑中，也遗留着大量的雕刻、绘画、撑弓、吊瓜等建筑手法风貌。这些都是修缮恢复所必须借用的地域建筑文化符号。

有了这些元素，结合遗留的街坊、文物建筑，我们把握石泉老街的修缮复原就有了底气、有了调门，也就如前所说，对于恢复石泉老街的考古学意义我们就找到了依据。

有意思的是，通过对石泉老街的踏勘调查，我们发现：石泉老街是一条鱼，是一条横陈于秦岭山麓、汉江之滨的一条鱼！

这就是古人临水设城的仿生学意义。

先前，我在研究故乡江油城区中坝的筑城时，发现它处于涪江、昌明河之间。因水设城，有两个东门，两个西门（四个龟脚），一个北门（龟头），一个南门（龟尾），是为龟城。

而东西走向的石泉老街呈长条形，有如鱼状。而老街两旁密布的街巷，或去北奔陆路卸货、归家，或下南去江边水路上船出走运货，均由这些宛如鱼骨般的通道消散流通，合理而便捷。

鱼，自古以来皆是汉民族追崇的吉祥之物，它和龟一样，寓意了一地一城的繁荣、长寿、美好。

早在 6000 多年以前的仰韶文化时期，半坡的彩陶装饰纹样就出现了鱼纹。专家认为，鱼纹不仅含有祖先崇拜，还含有巫术、生殖崇拜，以及吉祥、喜庆、飞跃龙门等寓意。汉唐以来，以"鱼"的形象作为图案和装饰物的器物层出不穷。在故乡的汉代崖墓出土物中，就曾发现"双鱼铜洗"这样纹饰的实用铜器。显然，以鱼形布局石泉，应是盼望该城将来能如鱼得水般祥和富足、繁茂兴盛、延绵不绝。

在基本找准石泉老街的文化内涵之后，结合尚保留的传统建筑的风貌，我们在拍摄、测绘的基础上，开始了石泉老街的勘测实测和具体的方案规划设计工作。

按照石泉县的委托，我们首先对石泉老街东门口的禹王宫广场进行保护整治。

禹王宫广场是石泉老街一个重要的节点。由于是临水设城，石泉县城除了将"鱼"的形象作为石泉老街的平面布局形象外，另一个重要标志就是兴建祭祀水神的寺庙。

禹王宫，俗称禹王庙、泗王庙，亦称涂山祠。禹王宫据传初建于汉代，史载："禹会诸侯于涂山。"为纪念这位"三过家门而不入"辛劳治水的夏朝开国明君，后人于大禹劈山导淮的涂山顶峰建庙祭祀，这就是最初的禹王宫。以后，大禹成为治水英雄、抗洪神灵。各地为战胜洪灾、护佑生民，纷纷兴建禹王宫、泗王庙，以祈祷禹王灭洪佑民。而泗王庙主要祭祀杨泗将军。杨泗将军，是为镇江王爷，又称平浪王、平水明王和杨泗菩萨，道教尊号为"九水天灵大元帅紫云统法真君水国镇龙安渊王灵源通济天尊"，又系水运船帮行业供奉的祖师爷。据传杨泗为神禹孙，实为大禹治水传人。

明清以来，会馆鹊起。会馆，又称公所，是我国历史上颇负盛名的一种公众场所。会馆起源很早，在汉代的京师，就开始有了外地同郡人修建的邸舍，为同乡提供食、宿之便，为同乡谋公益之利，此时的邸舍，应为会馆的原始雏形。

随着商品的流通、交通的发展，会馆开始逐渐成为同乡、同行、同业一种不可或缺的组织形式。在漫长而悠久的封建社会中，会馆是同乡的纽带，是利益的共同体，是行帮的组织机构。

会馆的正式名称出现，大体在明代。此时，在杭州、南京开始修造同乡人会馆。到清代，可能是满民族入主之后，汉民族的同乡、同族联络形式表现色彩更渐浓烈的缘故，会馆也愈渐盛行起来。会馆在形成过程中，逐渐有了各自的特色。如在京城中，会馆大都是外地官僚、士绅在宦海沉浮的港湾，为谋职位、争权势麇集在一起，相互举荐、抬捧，探听朝野消息，打通关节、宴饮同僚，以利提携、帮衬，共襄兴旺之举的他乡故里。

在商贸发达的城市，会馆开始有了浓厚的工商、行帮特色。商人——作坊主、手工业者，为了利益的需要，相聚于会馆，制定一些帮规、公约，既保证了商业信誉，又可防范业外人士的欺行霸市，从而免遭外地、外行人的欺凌。

清代以来，由于人口迁徙力度加大，异乡异族的陌生感强烈，迫使同乡的外地人认同感加倍剧增，凝聚力空前提高，于是同乡会馆一时间大兴，成为一种时尚风气。

会馆一开始，主要是募集同乡人的捐款作为经济来源。在经济富庶之后，兴建会馆成为家族头等大事，往往尽其所能，做到煊赫宏敞，能赫赫威名于乡梓，使他们共享安全、光耀之感。

于是，族人不吝付出，商家乐于解囊，会馆便迅速在各地膨胀壮大起来，渐渐拥有了大量的田地、房屋、铺面……会馆有了实力，大兴土木，纷纷建起了雄伟的殿堂、精美的戏楼、牢固的仓廪、曲折幽深的庭院……形成蔚然大观的各家族公益建筑。

会馆的管理也比较谨严有力，一般是推选德高望重的人士担任会首，以极强的宗法原则管理会馆的会产、会务工作。

各省会馆有各自的简称，有各自供奉的主神、菩萨，作为会馆的象征和护佑标志。如江西会馆，一般又称"万寿宫"，奉祀真武主师、观音、药王等神位。湖广会馆简称"楚"馆，由于荆楚之地水患频仍，因此对治水之神格外崇奉，其主神为大禹，会馆又称"禹王宫"。陕西会馆或称"陕馆""秦馆""西秦会馆"，其主神为"关圣大帝"。他们将关公的忠义作为其标志，不管是为人处世还是做生意，都讲究侠义心肠，童叟无欺、忠心不二，所以他们的会馆又称"忠义宫"。

其他如广东会馆简称"粤"馆，奉祀南华真人，亦称"南华宫"；福建会馆简称"闽"馆，奉祀盖天古佛、妈祖女神，故又称"盖天宫""妈祖殿"；等等。

石泉濒临汉水，湖广之地，少不了顺水而来的楚地之民，在石泉出现禹王宫，自然是顺理成章之事。

此外，禹王宫广场内包容了各地移民。因为在现存的古建筑中，除了禹王宫之外，还有江西会馆和关帝庙。它们分别是江西人和山西、陕西人的祭祀场所。

为了统一禹王宫广场的建筑风格和完成广场内外建筑的过渡，我们在禹王宫广场设计了一处卷棚，采用歇山式屋面、全木结构大门。一方面，不与禹王宫、江西会馆、关帝庙、古戏楼、博物馆这些重要的文物建筑争辉斗艳，另一方面又显得开敞大气、气宇不凡，既作为老街低矮传统明、清民居的融合过渡，又不失其作为大门应有的气派。

作为大门的入口三间，屋面设垂脊、戗脊，四个翼角为灰陶定制烧造风格卷草纹饰，两旁的铺面，全部处理为卷棚顶圆背，无脊饰。这样主次分明，进一步使大门高耸，雄浑轩昂，显得简朴又不失华美绚丽，统率了广场内所有其他古建筑。

接下来，对于广场内的古建筑，全部采用修旧如旧的原则进行保护和修缮，恢复其原有的风貌。全面保护整治了关帝庙前后殿，完善了相关天井等设施。对于新建的钢筋混凝土博物馆建筑，则采用本地仿青砖建筑风格进行整治，覆盖小青瓦屋面，硬山做法与乐楼、禹王宫、江西会馆、关帝庙保持一致，统一了明清石泉建筑风格。

位于禹王宫广场内，有两座乐楼，一为新修的钢筋混凝土仿木新建乐楼，可能与东门城楼上的钢筋混凝土仿木魁星阁修于同时，都做了彩绘。但该新建乐楼尺度稍欠妥当，略微显高。而与古街街坊连为一体，尚有一座遗留的木结构清代乐楼，梁架、台口虽有破损，但基本还算完整。只是屋面、脊饰损坏严重，看上去很是破败荒凉。一打听，原来这个"真古董"在原先的规划中正打算拆除。我立刻找到石泉的领导，给他们说明，这是古街所剩不多的清代原貌建筑，必须应予保护抢救。后来，石泉的领导同意了我的意见，委托我对木构乐楼做出保护修缮方案，进行恢复重建工作。

修缮复原的木构古建筑乐楼为歇山与硬山相结合屋顶，深灰陶筒瓦屋面，施正脊、中堆、垂脊、戗脊。正脊华板、中堆、戗脊翼角均为定制烧制灰陶纹饰，临街面及两侧为硬山砖烧纹饰，再现了清代石泉戏楼华丽风貌。

特别值得一提的是，这一段工作中，江油市古建园林研究所还得到成都文物考古研究院古建研究所、西南交通大学建筑学院的协助。成都古建所的汤诗伟、陈晓宁、李林东等均曾到石泉考察研究。西南交大的张宇教授，是天津大学的博士，著名古建专家王其亨教授的研究生，也利用暑假带领学生考察实习、拍摄测绘，给予了很多协助。

"5·12"汶川大地震后，北川损毁严重。灾后重建中，北川的恢复重建是中国规划设计研究院在具体搞规划设计。北川新县城对口重建是辽宁省，每次北川新县城的方案，中规院都要邀请全国著名的建筑专家前来北川，讨论、审定重建设计方案。

当时，中规院下派了贺旺同志，担任地震灾后重建时期的北川县副县长，负责规划建设工作。方案讨论会就由贺旺同志主持。我作为地方专家来到讨论会，会上谈论意见，有机会认识到王其亨先生，得知他研究古建筑，对建筑风水和"样式雷"方面造诣颇丰，便很钦敬、心仪于王先生。

有幸聆听他对北川恢复重建工作的意见后，我认为很多地方见地独特，十分佩服。可巧的是，后来又结识到他的弟子，通过成都古建所汤诗伟搭桥，获得他的合作和支持。

相逢就是缘，除了以上的合作缘分，在石泉，我还认识了一位喜爱古建、园林的四川人。他的名字和石泉县住建局的总工就差一个字，总工叫王发兵，他叫王统兵。

我常思忖，他们就像两个兄弟一样，姓氏、辈分都同，然而却互不相识，隔省而居。不是因为工作项目聚到一起，简直就毫不相干，老死也不会相往来呀。再者，这名字咋取得跟一对将军似的？一个统兵，一个发兵？不禁叫人哑然失笑。

这还没完，我一听王统兵的口音，发现他是四川人。他来陕西有些年份了，在这边做古建筑、园林方面的工程，先前在西安干过，来石泉也一两年了，在旅游景区做古城古镇的修建工程，喜好绘画，迷恋于古建筑和园林方面的工程。再一细谈，方知他不但是四川相邻县份——涪江下游射洪县的人，而且是江油师范学校的中专毕业生，在江油市的师范学校读了3年，这不就是半个老乡了吗？正是有缘千里来相会嘛。王统兵毕业后曾教过几年书，是美术老师。改革开放之后，因爱好绘画，对古建、园林有兴趣，便逐渐放弃教书育人的工作，做起古建园林工程来。

在石泉老街的保护整治恢复重建中，这位王统兵师傅，承担了大量的老街恢复重建工程。他有一定的审美能力，悟性好，又有绘画功底，再结合知人善任，能挑选、任用传统工匠，将石泉的项目做得比较到位，优质、细致，起到了很好的效果。

中国自古有"文人造园"的传统，只要理会、审美层次到位，具有传统文化的知识分子是会在古建、园林方面做出成功的作品来的。后来，我离开石泉后，这位王统兵老师，在石泉池河镇明星村，自己投资，建立了四合院等大量园林、庭院建筑，起到了很好的传统文化示范、推动作用。

石泉老街于2018年终于完工。2019年2月27日，中央电视台《记住乡

愁》第五季 20190227 第三十九集播出了《石泉老街——古风厚道》，2022 年
1 月 9 日，国家文化和旅游部公布《关于国家级旅游休闲街区名单公示》，石
泉秦巴风情老街榜上有名，一时间好评如潮，游人如织。

14

在石泉工作期间，我有幸去拜访了熨斗古镇，并接受县、镇两级政府的
委托，对其进行传统建筑保护和风貌整治设计。

这个古镇名字奇特，以裁缝用来熨烫衣服的熨斗命名。其位置比较偏远，
但旁临石泉著名的风景名胜燕翔洞。

燕翔洞位于石泉县南熨斗古镇西侧、富水河上游河岸陡峭的崖壁下，是
一处溶洞群。据考，燕翔洞为寒武纪古生碳酸钙岩溶洞，距今已 5 亿多年了。
燕翔洞景区占地 80 平方千米，北依秦岭，南接巴山，溶洞全长约 16 千米。
景区依托汉江，将汉江三峡、熨斗古镇、富水河谷、灵雀山等景区连缀起来，
具有鲜明的秦巴腹地、汉江流域自然风光和人文特色。

熨斗古镇位于石泉县城汉江以南 50 千米，与汉阴县、西乡县、镇巴县相
邻，被誉为"鸡鸣四县之地"。熨斗古镇距今已有 1400 多年的历史，是川楚
古道上的一座驿站古镇，属于子午道的分支。现存的古街，多为明、清时期
的建筑，为川、陕、楚商道上的重要集镇。

熨斗古镇历经变迁，清嘉庆二十三年（1818）前，熨斗镇名为永兴场。
道光年间，当地遍布 60 多架筒车，浇灌着 2000 多亩良田，故该地更名为筒
车坝。后因其地形酷似熨衣服的熨斗，清道光二十三年（1843）后，将筒车
坝更名为熨斗坝，故以得名熨斗镇。

熨斗镇是石泉县历史上有名的古镇之一，这里濒临西乡县的高川，大半
天便可出陕入川。顺富水河能入汉江，可直抵古代楚国境内的江汉平原。

据祖居熨斗镇的老人们讲：新中国成立前在镇下街头立有一个栅子门，
门额上书"川楚通道"四个苍劲有力的大字，落款为道光二十年（1840）。
明清时期每逢集日，熨斗街上川陕客商云集，商贸兴隆，古戏楼上演的汉剧
韵味悠长。当年熨斗街上有 10 多家百年老字号，如源茂盛、天成祥、天成
福、天成和、义顺和、金盛堂、义顺鑫、德懋鸿、昆泰丰、常兴久、荣寿堂

等，生意兴隆，客源旺盛。这些老字号大多是药铺和旅店，生意十分红火。当时有一句民谣叫"白龙下川，黄龙入陕"，白龙指棉花，黄龙指黄表纸。也就是说，通过熨斗镇将陕西的棉花运往四川，将四川的黄表纸和食盐运入陕西。由此可见，熨斗镇在当时是十分重要的商旅要道。距熨斗镇15千米的喜河镇，位于汉江边，交通便利，市场繁荣，早在西魏废帝元年（552），就在此设立魏宁县，古有"小汉口"之称。

早年，川陕的客商赶着骡马将货物通过熨斗镇运到喜河码头，再装船走水路运抵汉口，同时马帮又将从船上卸下的货物运回四川以及汉中的西乡、镇巴、洋县等地，可谓水陆通畅，繁华一时。

燕翔洞就在熨斗古镇，两个景点紧邻，游玩燕翔洞顺便免费游览熨斗古镇，感受这里的风土古韵，领略此处的秦巴胜景。

我们接受委托之后，来熨斗古镇，立即做了深入细致的实地踏勘和详尽调查，我们发现：古镇保留相对完整，街坊民居仍然以原貌居多，街道宽度、坡度基本保留原样。新建、改建的建筑以一至二层为主，空间尺度没有大的破坏。依山傍水的空间格局还在，周边的自然景观、森林植被、田园风光与古镇保留的城镇肌理的有机契合尚未完全破坏。近年，当地政府采取保留古镇、另修新镇的方式，让现代建筑及尘嚣远离，避免了古镇继续被破坏。毗邻石泉4A级旅游风景区燕翔洞，可以带动熨斗古镇的人气和发展潜质。

与此同时，我们发现，熨斗古镇也存在大量缺憾和改变原貌之处，经总结，主要有以下三个方面。

一、不当修造：古镇经过维修和打造，添加了许多与原貌不相符合的元素，如几处官式彩画牌坊。熨斗古镇本是秦巴腹地、汉水之滨一处山货药材集散地，重在体现秦巴山地民居聚落风貌，应该恢复本地集镇古朴的栅门子，就地取材的石头干砌门洞入口，从而保留乡土文化，与现存的民居街坊铺面风格相适应。

二、不当修缮：街坊多处房屋经过修缮，或变一层为二层，在风貌上有许多变化，使原有特色丢失。以古戏台为例，此处戏楼，两边有云墙，灰塑本地特色纹饰，小青瓦覆盖。这本是一处地域特色很浓的公众文化建筑，但加了水泥柱，现浇钢筋混凝土屋面，官式檐椽飞子，再加以彩画，就与原有的山地建筑风貌格格不入了，甚为可惜！其他很多民房铺面也存在乱添钢筋混凝土挑梁、挑板，任意加设栏杆、大面积改建，色调混乱等现象。

三、不当铺装：熨斗古镇的街面铺装是近年所为，像很多古镇那样，将原有的老石板全部丢弃，铺装成统一的光面薄形机改板，这是古镇风貌丢失的重要因素。须知旧石板经过上百年的脚走车碾形成的磨痕，正是古镇历史沧桑的写照，古人就地取材，随山就势铺筑路面、梯道，正是古镇独具特色的魅力所在。在浙江以乌镇为代表的古镇风貌整治中，形成了一股搜寻老旧石板的风潮，特别是车痕深、脚印显著的石板被争相看好，被当成证明此镇古老、历史悠久的铁证！一时间，老旧石板成了宝贝。自己放弃老石板街道、石板铺筑的梯道，改用现代机改石板，是花了钱而又降低古镇核心价值的不当做法。

此外，在基础设施和地理位置上也还存在一些问题，主要有如下两点。

一、管线下地尚未进行：一处古镇的管线下地和路面原真性铺装是相当重要的基础工作，不踏踏实实地走好这一步，古镇的原真性氛围很难再现。

二、地处偏远，人气不旺：熨斗古镇尚处于缺少人气的低端旅游线路阶段，虽有燕翔洞景区带动，但毕竟游客稀少季节性较强，难于一时形成目的地游和热线，故投资回报时间滞后，影响引资投入。

针对熨斗古镇存在的现状，以及勘察之后发现的优势和缺憾，我们提出了熨斗古镇风貌整治的措施：

其一，为整体性原则，即在全面保护熨斗古镇历史文化、自然景观风貌的前提下，整治突出古镇的历史人文与自然景观特色、陕南山地民居的建筑特色，综合考虑发展旅游与改善居住环境的关系，为熨斗古镇的保护更新提供技术指导。

通过整治，其功能性质应符合《石泉县熨斗古镇旅游建设规划》、交通组织应遵循交通规划；空间景观应以空间景观规划为指导，疏密有致地设计布局；控制性地段应严格遵循保护控制的各项指标；历史建筑的保护与整治应严格按照建筑保护与更新模式规划管理实施。

其二，为维护熨斗古镇原真性的原则，即保护老街的原貌格局、城镇肌理、空间布局、街巷尺度、古树绿化、文物与历史建筑等真实的历史信息，保持熨斗古镇丰富的历史文化内涵。

其三，为保持熨斗古镇可持续发展和永续利用的原则，即完善功能、整治景观、改善居住环境，运用多种保护和利用方式，使历史建筑及其环境既保持风貌特色又符合现代生活需求，提升本保护区的整体品质。

其四，为采取分类保护的整治与实施的原则，即依据历史建筑不同的历史、科学和艺术价值、现状不同的完好程度、城镇空间不同的类型和环境特征，采用分类保护的方法，制定相应的保护规定和整治措施，保持历史风貌的多样性并使整治方法具有可操作性。

其五，为采取传统与现代相协调的规划设计原则，即传统建筑的修复以及新建建筑的设计，应建立在对本地建筑文化深入研究的基础上，在建筑组合关系、结构体系、细部装饰、色彩形式上充分体现地域民族文化真实而独特的魅力。生活与公共服务设施、建筑物内部设施与使用功能等的设计要符合现代发展的需要。

具体实施中，我们在规划修编中首先强调了强限。

其一，在原有规划的基础上，着重强调步行街的规定，严禁机动车辆进入，以便逐步恢复老街石板梯道，找回历史沧桑。

按照规划法，确定熨斗古镇所有街道全部为步行街后，任何人不得因要求通行机动车辆而改变古街铺装格局，就有条件逐步恢复石板街面、石板阶梯。

其二，进一步强限街宽，檐高一层高度、两层高度、总高高度，进而按照设计进行立面整治，任何人、单位不得变更，确保整治成功有效。

其三，必须推进管线下地，包括强弱电、通信网络、给水排水，只有这样，才能找回熨斗古镇失去的古朴与宁静。

其四，做好风貌引领示范，即在新开辟的路口，按照陕南风格修造熨斗古镇栅门子，最好能找到题有"川楚通道"，道光二十年落款的栅门子的老照片，或用粗石条干砌出朴拙粗犷的门洞来，逐步取代官式彩绘味太浓的牌坊，在条件成熟时，重点恢复古戏楼原貌，将水泥仿木柱换为实木，恢复山地地域风格戏楼屋面和脊饰。

同时，利用熨斗古镇较多的荒废闲置房屋，投入或引进一定的资金引导和示范性地修筑具有秦巴腹地民居特色的客栈、脚店、茶楼、酒肆、土菜饭馆，做出特色，吸引眼球，吸引消费，逐步分摊、吸引燕翔洞的客源消费，提高人气，聚集财气。

另外，熨斗古镇明清时期会馆林立、寺庙众多，可考虑适当修复一些会馆，开放或修建一两处寺庙，满足游客思古猎奇的心理，提升熨斗古镇历史况味。

在坚持以上原则、做好以上工作的前提下，开始全面对现有的街道进行立面整治设计。按照熨斗古镇的特色和风貌找出共性，进行风貌整治设计。计划采取分门别类的手段，全面进行立面整治设计，通过风貌整治，强化熨斗古镇的整体效果，做出引导与示范，从而找出修缮与新建熨斗古镇的范例和模式，有利于古镇的保护和永续发展。

总之，熨斗古镇从空间环境、市镇肌理、山水植被来说，都有开发的优势和潜质。只要有效地保护与整治，就会为陕西、陕南奉出一个乡土味极浓之地。

我们在熨斗古镇的工作，基本上是在石泉老街工作的间隙去的，很多时候都是忙完了石泉的现场工作就赶往熨斗。去熨斗的方向是沿汉江南下，顺公路而去。一路汉江澄碧，两岸青山如画，风光旖旎。途经厚柳古镇，水面辽阔平静，一派江南水乡风光。厚柳旅游资源丰富，有 3A 级景区厚柳水乡和 4A 级景区中坝大峡谷。

车过喜河镇后，便西去上山，进入去熨斗古镇的公路。喜河镇毗邻西边的熨斗古镇，如前所述，历史上它是熨斗通往汉江的水运码头。如今的喜河镇江岸辽阔、水域深广、水陆通畅、经贸繁荣。

经过半年的努力，我们终于完成了熨斗古镇的保护整治规划设计，交付石泉县熨斗镇人民政府。在熨斗古镇恢复整治、修缮建设的过程中，我们追踪服务，多次前往指导、勘察，确保建设工程符合设计理念和要求，为他乡石泉、秦巴风情奉献出一份浓浓的思念和心意。

第六章 界分巴蜀，嫘祖故里

15

2010 年左右，我接受了四川盐亭县的委托，承担了部分古民居、石坊、摩崖石刻等古遗址、文物的震后保护整治、恢复重建方案设计工作。

印象中，盐亭是较为贫瘠的，但在绵阳乃至四川省内，盐亭却人才济济、名人辈出。

譬如与李白亦师亦友的赵蕤，受司马光、苏轼敬重的文同，杰出的历史学家蒙文通，有"长春笔"之誉的诗人、散文作家王尔碑等。

坊间有一个有趣的传言：盐亭人当官的多，还有什么"盐亭帮"之说。无非是讲盐亭的读书人、当官的，不仅分布各地，还互相提携、多有照应之类。当然，传言无忌，姑妄言之，姑妄听之。

凡此种种，不免令我对盐亭一地的工作和探访多了一份兴趣和期盼，想在触摸它历史的底蕴中，看出一点端倪，得出一些感悟，进而获得一些收获。

……

我向来以为，考察一地的人文风情、古物建筑，除了考察其历史积淀外，离不开对该地"三脉"的探索、研究。

所谓"三脉"，一曰"地脉"，即它的山川河流、山形地貌、自然资源等。

二曰"文脉"，即一地的文化传承，也就是一地的文明史。它是历史延续、发展的根基，决定着一地的文化品位、品质，诠释着一地的特色、属性。

三曰"人脉"，即一地出类拔萃的人物，他们出现、闪耀在一地不同的历史阶段中，熠熠生辉，承前启后，激励、影响着一代代的后人，有如无形标杆、无声呼号，推拥着后来人发愤图强、效法前进。

将顺三脉，回望过去，着眼未来，是继往开来的起点。

于是，我又一头栽进盐亭的故纸堆中。

……

盐亭，因盐得名。《元和郡县图志》载："以近盐井因名"。《太平寰宇记》载："盐井亭故名盐亭"。

这里说到两个字，一盐，二亭。

盐，是古蜀之地的著名产物，古蜀有盐铁之利。早在春秋战国时代，煮盐、冶铁都是决定国家经济命脉的大事，故有管仲的"寓税于价"之法，实行盐铁专营，可见盐之重要。

亭，本意为古代道路所舍，供路人停、集所用，如驿亭、邮亭等。《墨子·号令》曰："诸城门若亭，谨候视往来行者符，符传疑，若无符，皆诣县廷言，请问其所使；其有符传者，善舍官府。"（苏家寅《史学月刊》2021 年第 5 期）从这个意义上来说，盐亭之亭，在古代和故乡雁门所设之汉德阳亭在功用上应该毫无二致，都是在边境之地起着盘查路人、以防不测的警戒作用。

在秦汉时代，亭又是古代的一级基层行政单位，《汉书·百官公卿表上》载："大率十里一亭，亭有长，十亭一乡。"

汉高祖刘邦，早年就曾做过泗水亭长。

那么，盐亭一地，何来边境之说，为何需要设亭呢？

新编《盐亭县志》载："《汉潺亭考》记述，战国末期，巴国、蜀国，两相对峙，经常争战，蜀领今盐亭地，位巴、蜀两国分界处，故于此置亭，名潺亭，以资候望，后易县名时，以'潺''盐'一音之转而取名盐亭。"

考亭在古代，还有一种设在边关观察敌情的岗亭作用。《墨子》载："百步一亭，高垣丈四尺，厚四尺，为闺门两扇。"从上述情状看来，所置潺亭之亭，地当巴、蜀边关之地，设亭"以资望候"多半是岗亭之用吧。

有意思的是，在古代，盐亭的确是边关之地，不过，它只是古蜀国和古巴国之间的边关之地。

巴蜀分分合合，时而融合，时而分治，是四川盆地两大古老民族在斗争中求发展、求交融、求互鉴的长期历史过程。

然而在秦汉以前，这种争斗尚属剧烈，彼此的界线划分还十分明显。《汉潺亭考》载："自西水县以东，南迄东关，凡水之入涪者，悉为蜀地，亦即潺亭之域。"

在古代，水道是非常重要的，谁控制了水道，谁就赢得了交通，赢得了经济，赢得了战争。故而，水道的划分、把守，就决定了其生存和发展的关键。此外，盐亭紧邻剑门关，也是金牛东道、米仓道北上中原、南下川西平原的重要通道，具有巴蜀陆路锁钥之功能。

盐亭一地，位于四川盆地中部偏北，嘉陵江支流西河与涪江支流梓江及其西侧，县境海拔350米至650米，地势自北向南倾斜。地质构造简单，皱褶轻微。

盐亭境内河流众多，但除东北角的石科河及东部的宝马河流入嘉陵江支流西河水系外，其余的梓江、猕江、湍江、榉溪、雍江均属于嘉陵江支流涪江水系。

由此可见，当时的潺亭之域，其范围已涵盖了如今盐亭一地大部分的河谷和浅丘。

在先秦时代，盐亭是巴、蜀两国的边界，必然要发生许多民族的碰撞与互鉴、交好与征伐。所谓潺亭，实际就是建置于弥江边上的烽火守望亭。

盐亭弥江，古称潺水。

《水经注·卷三十二·涪水》载："涪水出广魏涪县西北……县有潺水，出潺山。水源有金银矿，洗取火合之，以成金银。潺水历潺亭而下注涪水。"可知该守望亭系以潺水命名为潺亭的。

这个远古盐亭的地标，后来结合其地盛产的井盐，在历史中将"潺"一转为"盐"，最后形成了盐亭一名，沿至今日，可谓绵延甚久矣。

1987年5月，盐亭县麻秧乡蒙子村一位村民在山上栽树，锄头所触，挖出了10件石璧。何谓石璧？石璧即石雕之璧。璧为古代礼器，形圆而中穿孔。璧在古代是用来祭天之物，用石或玉打磨雕琢而成，著名的和氏璧即以荆玉雕琢而成。

盐亭出土的这批石璧，为商周时期的礼器，是石质，经打制成形以后，再磨制钻孔形成的。

在盐亭一地出土了这么多石璧，可见远古时期，盐亭的古代民族已与中原的礼器融合一致，很有可能于此进行了祭天之类的仪式。

农民挖出商周时期礼器石璧的盐亭县麻秧乡，位于盐亭县城东的梓江河畔。

出现商周石璧以后，考古界、学术界便把目光投向这片梓江流域，觉得在远古，古蜀与古巴交界之处，必然有重要的文化遗存。

果然，在梓江流域大坡山一个叫张家坝的地方，考古工作者发现了屋基、灰坑、墙体等古代遗迹，同时出土的器物有石璧、陶罐、陶豆、鸟头形勺把等古代遗物，这些出土的遗物，与广汉三星堆文化二、三期文化面貌基本一致。

值得一提的是，盐亭发现的张家坝遗址，是目前涪江流域规模最大、保存最好、遗迹最丰富、遗址性质最明确的三星堆文化时期大型聚落遗址。

初步勘查，该遗址距今 3600 年，分布面积上万平方米，为古蜀文明研究提供了新范围、新材料，具有重要的意义和极大的价值。把三星堆文化从广汉鸭子河延展到了四川盆地中北部涪江水系的河谷地带。

……

前面说到，盐亭是较为贫瘠的，这是它的自然环境使然。在四川盆地，盐亭处于中北部丘陵向高山的过渡地带。这个地带，既享受不到成都平原天府之国土地肥沃、水旱从人的便利，又不如周边有高山形成的地形雨带来的润泽、护佑。同时，还欠缺茂密的高山森林形成的腐殖土冲积小平坝那般丰足、安乐。

和四川盆地其他过渡带差不多，这些地方土壤形成的母质为极易风化的紫色沙泥岩层，发育成的土壤都属紫色土，黏性极高。民谣讲这类土是"天晴像钢叉，下雨像糍粑"，极难耕作。

靠近河谷地带，第四系冲积层则发育成紫色水稻土，但相对较少。在水利工程较差的年代，基本就是靠天吃饭，难以为继。

种植状况大致是：靠近河流，有水灌溉，就种水稻，形成水田；山坡上就只能产玉米、红薯了。

如前所述，盐亭虽然河流众多，水系发达，水资源总量达 11.798 亿立方米。但难于利用的洪水流泄竟达 8.47 亿立方米，仅有 3.328 亿立方米可资利用。

加之，年降水量变化大，月际分配不均，使县境屡屡位列"川中老旱片"之中，难解旱情，虽努力耕作，犹生存不易，故在过去很长一个时段，农家苦寒家境颇为广泛。

16

盐亭传说是嫘祖故里。

司马迁《史记》载："黄帝居轩辕之丘，而娶于西陵之女，是为嫘祖。"

晋人常璩《华阳国志·蜀志》载："蜀之为邦⋯⋯故上圣大禹生其乡，媾姻则黄帝婚其族。"

唐代著名韬略家赵蕤曾撰《嫘祖圣地》碑文，其中写道："女中圣贤王凤，黄帝元妃嫘祖，生于嫘邑之嫘祖山（今盐亭金鸡镇嫘祖村），遵嘱葬于青龙之首（今盐亭县金鸡镇）⋯⋯谏净黄帝，旨定农桑，法制衣裳；兴嫁娶，尚礼仪，架宫室，奠国基，统一中原，弼政之功，没世不忘⋯⋯"

西陵，应该是古蜀范畴中的一个部落古国，据传其地在今盐亭一带。

蜀人，原居陕南汉中盆地及岷江上游，相传黄帝后代，与中原夏商多有交往。其先王蚕从，纵目而善养蚕。他曾经教导当地百姓栽桑养蚕，抽丝织绢，蜀地养蚕业遂逐渐发达起来。而蜀字的本意，就是蚕的意思。

谈到蜀人的原居地，提到陕南汉中盆地及岷江上游，我又联系到陕南石泉出土镏金蚕的考古发现，这一发现，实际上佐证了蜀人早年活动地域的依据。

根据有关记载，1984 年 12 月，陕南安康石泉县池河镇池河畔的谭家湾河边，农民谭福全，在河中淘金时，突然发现了一枚镏金蚕。该蚕铜制镏金，形象逼真，金光闪闪，同时出土的还有数枚五铢钱。经鉴定，该蚕为汉代制作，属于国家一级文物。

根据史料记载和专家学者的考证，陕南先民的蚕桑活动可以追溯到商周时期。令人欣喜的是，最近，在四川广汉三星堆遗址的考古发掘中，考古工作者在地层土壤样品检测中，发现了蚕丝蛋白的残留物，证明当时有丝织品存在，蜀人善养蚕，会抽丝织绢，所言不虚。

蜀人会养蚕，自然古蜀西陵部落的女子也善于此道。由于蜀人本来就与夏商往来频繁，而居于今天河南省新郑一带的黄帝，迎娶西陵之女为元妃，就是顺理成章的事了。

元妃嫘祖将蜀地栽桑养蚕、抽丝织绢的技艺带到了中原，自此，始蚕制衣，泽被华夏子孙，创立了千秋功德。而那一枚位于子午道上的汉代镏金铜蚕的出土，证明了华夏民族古丝绸之路南北商贸的繁荣昌盛。

结合考古中出土的祭天石璧，结合近年陆续发现的大型聚落遗址，西陵古国，自然也是所言不虚了。

在盐亭一地出土了这么多石璧，可见远古时期，盐亭的古代民族已与中原的礼器融合一致，很有可能于此进行了祭天之类的仪式。

在盐亭的短暂工作期间，我随处感受到的是浓郁的蚕桑文化。

盐亭一地，祭祀先蚕的活动长盛不衰，连绵不辍。譬如舞蚕龙、献红鞋、点天灯、烧遍香、唱大戏、祭蚕神庙会等民间祭祀活动繁盛普遍，隆重虔诚。

工作考察期间的文物，也体现了丰厚的农桑文化积淀和传承。在安家镇鹅溪村，我们考察了著名的鹅溪寺。鹅溪寺以鹅溪为名，始建于唐。蒙文通先生所著《汉潺亭考》记："鹅溪在城北，流入溪，溪上人家以绢为业，坚洁异他处，即文与可所云鹅溪绢也。"

所谓鹅溪绢，就是产于四川省盐亭县鹅溪的绢帛。唐时梓州太守献于皇上，质量上乘，富丽洁白，坚固异常。皇上爱不释手，乃命岁岁朝贡，并赐名为鹅溪绢。

到了宋代，宋人书画尤重之。

鹅溪寺建于金鹅山上，金鹅山风景秀丽，梓江与鹅溪两水绕山环抱，据说唐代已有寺庙。宋代大诗人苏轼是诗画家文同的从表弟，二人常于此吟诗作画，交往甚笃。他们流连于此地的美景，也特别青睐此地所产的鹅溪绢，曾一起吟诵鹅溪绢的洁白与美丽，并以此绢设色作画，书写诗篇，留下一段佳话。

现存的鹅溪寺重建于清康熙四十五年（1706），为第二十四代和尚广成率僧众再度重建的。位于安家镇鹅溪村 5 社，坐北向南，定位为北纬 31°24′49.9″，东经 105°16′31.3″，海拔 450.1 米，占地面积 756 平方米，原有庙宇多重，现仅存正殿及左右厢房。正殿明间前有五级踏道，正殿面阔三间，通面阔 24 米，进深 6 米。前厅房面阔三间，通面阔 9 米，进深 6 米。正殿为抬梁式梁架，单檐悬山式顶，上覆小青瓦。正殿内有壁画 28 幅，绘民间故事人物画。20 世纪 90 年代，在寺后十余米的台地上，重建金鹅殿一座，面阔三间，通面阔 12 米，进深 9 米，通高 6 米。

盐亭的自然、地理环境使我想到求生的不易，而偏偏我们的先民竟然在这里做好了农桑，并织出了誉满天下的鹅溪绢，这实在是勤劳、智慧的结晶。

鹅溪寺所在的安家镇，位于盐亭北端，与梓潼、三台接壤。入川南顺梓江河而下，即可达此地，出蜀北越七曲山而上，即能过剑门。这样优越的交通条件，在古代应该是与外界交往贸易的黄金地段。

据说，远在唐代，就兴丝帛市于此。原来，在金鹅山现存的金鹅寺一地，曾经有一个繁茂的交易市场，即金鹅寺原为金鹅市，是真正的集市，而非寺庙。

蜀中以盐亭金鹅山一地为主，形成了一个北丝绸之路的丝帛生产基地，交易集市。一时间南来北往，人声鼎沸，车辆辐辏。

而金鹅山也成了生产、交易丝帛的重要场所。在金鹅山的罗织坪，曾兴建过巨大的纺织场地，不分夜晚白昼，机声札札不绝于耳。梓江、鹅溪之中，濯绢涤帛的妇女、姑娘，络绎不绝。

而四面八方的蚕茧、缫丝，也纷纷涌入此地，进行交易、纺织，形成"日中为市"，交易茧、丝、绢、帛的繁荣盛景。

正是由于鹅溪绢的美名、鹅溪市的繁盛，吸引了大批的文人雅士纷纷前来流连观景、吟诗唱和，一时风雅之气甚炽。先后有左思、李白、杜甫、黄庭坚等文人学士留下了诗韵足迹。

鹅溪绢广受宋人书画钟爱，如前所述，同为蜀中才子，又系表亲的诗、书、画大家苏东坡和文与可一起在此流连、嬉戏，研习书画，切磋诗文，自然是更为密切和脍炙人口的佳话了。

......

说到盐亭的农桑，还必须提到一个人，那就是盐亭的先辈、名宦董叔封了。

董叔封，生平不详，籍贯无可考。隋开皇四年（584），奉调盐亭县令。董叔封履任后，深入乡里，考察入微。结合盐亭县情，在境内广兴农桑。其在任上，一方面训导民众修文习礼，纯化风纪，安靖社会；一方面教诲百姓勤务农耕，栽桑养蚕，充实民财。与此同时，董叔封每于政事之余，率仕宦游城东凤凰山，借赏玩之便，漫谈治县之方，广纳施政良策。（引《盐亭县志》四川文艺出版社）。

自此以后，盐亭农业丰收，蚕桑大振，蚕茧生产一时跃居新城郡所辖郪、射洪、盐亭、通泉、飞鸟五县之首位。

后人感其德政，于凤凰山筑亭纪念，名"董叔亭"。凤凰山亦名董叔山，或称董政山。董叔亭屡经修葺、重建，至今犹存，为县民登临怀思敬颂。

正是因为隋一代名宦董叔封，盐亭的农桑事业得到长足发展和进步，才有唐时著名的鹅溪绢面市。而有宋一代，鹅溪绢又以宋人的书画文风作为载体，在蜀地成就了一批诸如苏东坡、文与可等诗、书、画齐名的大家来。

在盐亭考察工作期间，我们还接触到有关民间农桑文化的另一种形态的文物，那就是藏丝洞。

嫘祖故里农桑文化源远流长，蚕桑事业兴盛不衰，沿至清代，依然是方兴未艾，生机勃勃。

清同治八年（1869），盐亭被列为全川蚕桑业重点州县。其时，县内各处桑树成林成片，道旁、宅周、堤岸、河边，遍植桑树。官府定出规章，民间乡规民约，保护蚕桑，严禁毁损。

然而，有清一代，匪患频仍，尤其是在中后期，表现尤为激烈。匪患来临时，平素勤扒苦做的农民便遭了大难，颠沛流离，田园荒芜。更为严重的是，苦心经营的农桑一时尽毁，不是被付之一炬，就是被劫掠一空。

于是，一种凿岩为洞，开扩深广，用以藏丝的洞穴，便依岩据险，应运而生。匪患来临时，掩藏丝绸，保护财帛，留得一份家底，以待匪退时再图生计。

我们测绘、考察的龙泉乡藏丝洞位于龙泉乡金凤村十二社石马沟，该洞东边 150 米处是王吉祥住房，西边 130 米处为赵香定住房。村民散居，多以种植传统农作物为主。据现场考察，洞口处于山岩之腰，大洞口距地面 7.9 米，岩壁光滑，平素无人能攀爬上去。

从正面观察，除大洞口外，尚有一小洞口，一观察口，一通气孔。藏丝洞分为两个，分别由大洞口和小洞口进入，两个洞有通道相通。藏丝洞内全部是用岩石开凿的石柜，计大洞有石柜 11 个、小洞有石柜 5 个。石柜开凿的方法为在岩体上平地下挖，形成长方形的凹坑，再于其上部下坎，以安放木板加锁固定。柜与柜间呈不规则间壁，以所凿洞穴面积安排下为宜。岩壁上有题刻，书写简陋欠工，计有：1. 保密有功，泄密有罪。2. 咸丰九年壹月十二日开洞，十年二月卅日止。3. 石匠赵、何、曹，共五人。4. 有用。5. 先祖功德黄帝诏，王成林姑丝绢藏此。此外，在大洞石柜内壁，多刻有王姓字样。小洞石柜内壁，多刻有马姓字样。

藏丝洞题刻有"咸丰九年壹月十二日开洞，十年二月卅日止"字样。表明该洞开凿时间为清"咸丰九年壹月十二日"，一直开凿到次年的"二月卅日"，方大功告成。这个时间正是当时云南、四川发生李永和、蓝大顺农民起义的时候。咸丰九年（1859）春，云南昭通爆发李永和为首的反清农民起义。李永和外号人称李短鞑，云南昭通人。同年夏，李永和与同乡蓝大顺（蓝朝柱）、蓝二顺（蓝朝鼎）等人在家乡牛皮寨歃血为盟举事。是年九月攻入四川。十月，起义军集结于自贡、富顺一带，连营百余座，人数达三十余万。攻城略地，势如破竹，巴蜀大乱。

可以看出，该地辟藏丝洞，正是蚕农百姓为应对李、蓝起义，躲兵燹、保丝绢而采取的举措。

藏丝洞建筑形制为岩体挖凿之法的人工洞穴。为了防匪盗，当地蚕农选择岩壁光滑，不易攀爬，且有一定高度的地方，架设脚手架，开凿岩洞。规制是入口较小，在纵、横、上三个方向开拓，有如汉代崖墓开凿之法，凿出一个较大的洞穴来，急难来临之时，将辛苦生产的丝绢匿藏于此。

······

盐亭的农桑文化，是中国农耕文化的重要组成部分。

在中国，农耕文化具有悠久的历史和浓厚的传统。中国的农耕文化，经过漫长的发展，具有一种独特的哲学意蕴，即"应时、取宜、守则、和谐"八个字。

应时，就是不违农时。最直接的理解就是应时节、物候而务农，同时也意味着要抓紧时序和机遇，否则就不会获利，进而造成失误和损失。

取宜，即适合。这就是要因地制宜，不仅善于掌握天时，还能发挥地利，因地而农，才能在农耕生产中获取主动，得到颇丰的收益，而盐亭的因地而蚕桑，也是因地制宜的结果。

守则，就是遵守法则，遵从经验和自然规律。守范当位，从不逾矩，方能体现其责任与担当，才能取得丰收和成功。

和谐，是统和起来达到一种中庸、平和的状态。天时、地利、人和均被把握在一起，为我所用，焉有不取胜获利的道理？

如前所述，盐亭的有识之士着眼发展蜀地特有的蚕桑，形成卓越昭著的农桑文化，正是运用了中国传统农耕文化的丰硕成果。

还是以鹅溪绢为例。蜀地盐亭气候温和，降水丰富，四季分明，光热丰富。鹅溪、梓江水质清洌，水运畅通，其河谷冲积平坝，山坡台地，土壤深厚，宜于蚕桑。尤其难得的是，金鹅山地当蜀北要冲，交通方便，可连接南、北丝绸之路。

于是，盐亭做到了"应时、取宜、守则、和谐"，不仅产出了享誉盛唐的鹅溪贡绢，还成就了大宋蜀地熔诗、书、画于一炉的杰出人才，并留存下了宋词、宋文、墨竹等隽永瑰丽的文脉积淀。

自然，谈到农耕文化，不可避免地要涉及同样悠久丰厚的耕读传家或耕读文化。在盐亭工作和考察期间，我们接触到许多遗留下来的山乡民居大院。这些民居大院，留下了丰厚的耕读文化痕迹，比较有名的如程家大院、张家大院、田坝子民居、王氏宅院等。

程家大院又名鼓楼城，位于柏梓镇青山村十三社。坐西北向东南，建筑坐标定位为东经 105°19′0.77″，北纬 31°19′40.8″，海拔 456 米，占地面积 1800 平方米，建筑面积 920 平方米。原为复合式四合院布局，四个小四合院呈东南西北方向围着当中的大四合院，俗称"五岳朝天"。现存前门房和四合院，房屋台基由条石砌成，宽12米，台基高1.6米，台基边有木质护栏，正房前置三道石梯踏步，中为七级垂带式踏道，宽2米，高1.6米。左右踏道5级，宽1.2米，面阔三间，通面阔14.2米，明间宽5.8米，左右次间各宽4.2米，进深8米，为穿斗抬梁混合式梁架。左右厢房对称布局，左厢房面阔五间，通面阔31米，进深6米。前厅房面阔三间，通面阔11.2米，进深5米。穿斗式梁架，单檐悬山顶，上盖小青瓦。天井用长1.2米、宽0.8米的石板铺设，宽9.38米，进深14米。前门房面阔三间，通面阔12米，进深5米。东侧房间已拆。该宅建设规模较大，前檐柱础和驼峰枋等艺术构件制作尤为精美，是盐亭县境不多见的古建民居院落。

廖家桥张家大院修建于清代，位于金孔镇廖家桥村四社古儿堡山脚下的一块台地上，坐北向南。建筑定位坐标为东经105°39′33.5″，北纬31°03′43.5″，占地面积1800平方米，建筑面积1200平方米，平面呈凸形，四合院布局。前中置垂带式踏道5级，宽1.3米，穿斗式梁架，单檐悬山顶，面阔五间，通面阔23.1米，通进深10.0米。屋面覆盖小青瓦，瓦当与滴水上有花卉、几何图形，前墙采用木门窗及木裙板，山墙为编篾夹泥墙，柱础上浮雕动物、花卉等图案。东西厢房均为二层小木楼，上廊有木栏板，面阔三间，通面阔12.6米，通进深10.0米。前厅房前中置13级石踏道，明间两扇木质门，宽1.7米，高3米。中有小青瓦石板铺成的天井，长17.2米，宽11米。整个建筑结构紧凑，用材合理实用，以上构建较为精美，具有盐亭县清代一般民居的典型特征。

该大院较好地保存了清代川西北木结构传统民居的建筑风貌，具有很鲜明的地域特点，是研究四川不同区域传统民居的重要实例，是乡村农舍现存的不可多得的历史文化瑰宝。据老百姓介绍，当年乡人民政府曾在此开办过人民公社大伙食团，正房明间墙上仍保存有"毛主席万岁"等标语。这些历史标语，是该处体现历史可读性、证实岁月沧桑流变过程的重要迹印。

难能可贵的是，张家大院还有一副家族团聚时书写的族规类对联："诗书继世名耀祖，勤俭持家业光宗。"字迹工整，章法有度，笔力遒劲，极具书法功底。访问当地老百姓，言说此字可能是祖传家风族规遗留下来，今人重书的。

看来，张家后代在吃"清明会"时，依然将具有浓烈耕读传家意味的文化赋予新意承继下来，作为一种血脉纽带，警醒、哺育着代代后来的家族传人。

廖家桥张家大院清末以来，一直为张氏家族的居住地，由当地居住家族群众对其进行管理、维护。中华人民共和国成立以来，由于家族同居的现象逐步消失，张家大院先后被用作公共食堂、村委会办公地等，后竟空置，无人居住。难能可贵的是，这些历史的变化痕迹，被完整地保留了下来，成了特定的历史时期存留的真实的历史信息，对于保护张家大院的历史文化内涵起到了极其重要的注解作用。

近年以来，张氏家族每年于此进行家族团聚活动（俗称吃"清明会"），成为张氏家族团聚场所，也保留了此种非物质文化活动现象。

张家大院建筑结构基本完整，基础采用传统灰土夯筑，梁架为四川穿斗木结构，布局因地制宜，随山就势。建成以来至今未见不均匀沉降、梁柱歪散等现象。采用本地天然石材砌成的大门台阶、台基，正房和厢楼的台基、踏道几何形状保留完整，未见大的垮塌现象。整铺的石板天井、阶沿、地面，大致平整严实，无松动塌陷现象，梁架、屋面也算完整。

张家大院装饰较为朴素无华。前廊檐下除简单的驼峰雕片、檐檩彩绘、座瓜线口外，既无吊瓜，也无撑弓。但门窗种类较多，计有细条格子窗、花式圆窗、花式推窗等数种，门以三抹装板为主，也有带细格亮子的双扇门。门窗基本完整，但普遍存在破损、脱落现象，修缮复原时，应按原样式原工艺，采用原材质木料制作修补。

木龙湾王氏宅，是现代作家、诗人王尔碑的故居。王尔碑原名王婉容，曾用笔名海涛、非非、浮草、王念秋等。1926 年农历冬月十一日生，1949 年肄业于重庆南林学院外文系，1951 年于北京新闻学校毕业后，曾在《川北日报》及《四川日报》担任文艺部编辑、记者、副编审。1946 年开始发表诗作，作品深受读者喜爱。其中部分作品被收入《中外散文诗鉴赏大观》等多种选本。部分小诗被收入《中国四十年代诗选》《中华诗歌百年精华》等多种选本。1986 年成为中国作家协会会员。目前是中国黄河文化促进会顾问、微型诗联谊会会员。

王氏宅为清末举人王明金修建，近代王家后代王剑清、王尔碑均出生生长于此，王剑清青年时期即投身革命，赴延安学习、工作，后成为作家，曾经担任湖南省文联副主席、河北省社会科学院文学研究所所长，是中国作家协会会员。王氏宅产生革命知识分子和作家的历程，体现了传统的封建家庭成员朝近现代变化和追求光明进步的例证，为研究现代史、文学史提供了实证，同时，也是盐亭县宝贵的人文资料和文化传承瑰宝。

木龙湾王氏宅一、二号院落为典型的川西北盐亭农居大院。由正房、厢房（楼）、大门组成，全为木构穿斗建筑，随山就势，错落有致。其中一号院为三合院，正房面阔三间，明间宽 6.22 米，次间为 4.45 米，总面阔 15.12 米。进深二间带前廊，总进深 11.06 米。台基分为两级，一级台基高 1.60 米，二级台基高 1.0 米，共高 2.60 米。正房附属房屋共五间，左为二间，右为三间。左边面阔依次为 3.86 米、3.75 米，右边面阔依次为 4.41 米、3.20 米、4.90 米，正房及附属建筑总面阔为 35.24 米，进深二间共 11.06 米。在二级台基拐角处左右各一间，汇同正房，形成凹字形。正房为两层建筑，檐高 5.58 米、脊高 9.66 米，为 10 檩房，前后檐等高。与正房相连接左右各有一间转角厢房亦是两层建筑，檐高 5.58 米、脊高 7.85 米。除正对堂屋有垂带式踏道外，两侧廊前亦各有踏道上正房前廊，但两侧的踏道不分阶，直上二阶台基，无垂带。正房前廊设 2 根檐柱，柱径 0.35 米，廊宽 1.75 米，檐柱到阶沿宽 1.10 米，共宽 2.85 米。与正房相连的左右厢房无廊柱。左、右厢房各二间，在二级台阶上与正房相连的一间组成左右各三开间。明间左厢房面阔 3.90 米，北次间为 3.95 米，总面阔在二层各为 13.00 米，进深带前廊各为 5.79 米。由于地势高差，左右厢房在一级台阶下和第三层实各为二间，与正房拐角一间在顶层出檐上，矮下了 0.74 米。此外，右厢房在三层出檐变为歇山屋面，且有两个反举的翼角，左厢房却为悬山出檐。从现状看来，周边所有不对称、面积不等、风格不统一的建筑均应为改建、添建。

木龙湾王氏宅三合院显然受到了西方建筑的影响：其一，它不拘泥于传统的四合院格局；其二，它不讲究严格的对称布局关系；其三，在木栏杆使用上，它大量采用了木质车旋加工出来的栏杆柱，明显是受泛西洋化建筑影响的产物。结合该建筑为清末举人王明金修建的史实，可以肯定三合院建筑应是清末民初的遗构。

有意思的是，盐亭还有一个王氏家族，不知道和作家王尔碑这个王家有没有关系，其修筑的大院规模远大于木龙湾王氏宅。这就是位于盐亭林山乡青峰村、龙泉村的王氏家族古建民居群落。

在盐亭工作考察期间，我们拜访了这处清代大院群体遗址。

青峰村的山地民居大院有三处。其一为青峰村四社洞口湾的王家大院，其二为青峰村五社正方湾的王家民居，其三为龙泉村的王家坝老屋。

2002年1月30日，盐亭县人民政府将王家大院、正方湾王氏民居、王家坝老屋公布为县级文物保护单位，立碑保护。

2016年11月，青峰村又被国家住建部公布为第四批中国传统村落名录。

相较于前面所述的廖家桥张家大院来说，这处王氏家族院落群规模更大、延续更广。它们共同的特点是，均很好地保留了大量的时代印记、过时标语。不同的是，张家大院基本空置，仅在家族聚会时，团聚在此，宴饮庆贺一番，以示族规，延续血脉。而王氏家族院落群则一派常住生活景象，充满平常农家日常生活气息。

据传，青峰村王氏家族群落起势于明，王氏先祖原是明朝开国元勋，先祖王弼曾被封为定远侯，起初落户于富村驿。

所谓富村驿，原是一个古驿站。据史料记载：古时汉中翻米仓山入蜀，或翻秦岭入蜀，为避剑门险恶，军民、商旅多选择南至阆中后西行，由金仙驿、柳边驿、富村驿抵达盐亭，再到潼川（今三台），最后到达成都。

富村驿也就是如今盐亭的富驿。可见，王氏先祖就是在成都至阆中的驿站，停留了下来。后来，王氏家族逐渐向现盐亭县林山乡青峰村紫金山下扩展延续，慢慢形成了百户以上的规模。

清初康熙三年（1664），族祖王灵溪将王氏世袭禄地户口粮册上交盐亭县，受到冷遇。一气之下，便舍近求远，转交于100多千米以外的果州南部县，被授修职郎衔。自此，青峰村东南界牌以东，含今复明、富驿、雄关一线，便成为南部县的飞地，也即现今的王家坝地盘，作为南部县的辖地被花插到盐亭县中。这种现象，在古代的行政区域中，是屡见不鲜、颇为普遍的。

康熙五十五年（1716），王氏家族投入巨资，开始修建现龙泉村王家坝的王家老屋头（含盐亭县公布的王家坝二房头）。

清乾隆年间，王氏家族在现青峰村四社洞口湾修建了王家大院古建民居群落。

清道光年间，王氏家族在现青峰村五社正方湾修建了正方湾王氏民居古建群落。

龙泉村王家坝老屋头是王氏家族最早修建的群落建筑，规模宏大，一时达到百户。据粗略估计，总占地约 9000 平方米，建筑面积现存 2300 余平方米，因修建时间较早，为清康熙五十五年（1716），当地俗称"老屋头"，其保护单位为王家坝老屋。据说，老屋头所在的王家坝，紧邻正方湾，其民居群落旁原有一个人头模样的张着大口的石碑，因为这座石碑，人们就将这处民居群落称为"张口石"，该石碑因修路被毁，不可辨别其为何物。

初步估计，所谓张口石，应该是老百姓根据其形象所取的名字。一般放在道旁村口的张口石碑很有可能为石敢当，四川俗称"吞口石"或"张口石"。石敢当是汉民族古老的辟邪之物，常置于古民居群落，辟邪吞魔，保一方平安。

盐亭县林山乡青峰村、龙泉村的王氏家族古民居群落中，其四合院有"五岳朝天"一说，我们考察期间，也接触到这一说法。"五岳朝天"本是中国传统文化中有关"面相"的说法。古人把人面的两颧、额、下颏、鼻，合称"五岳"。"五岳朝天"又称"五岳朝归"或"五岳朝揖"，意思是说，五岳欲其朝拱丰隆，不宜缺陷伤破。

张行简在《人伦大统赋》中写道："五岳必要穹与隆。"薛延年注道："五岳者，额为南岳衡山，鼻为中岳嵩山，颏为北岳恒山，左颧为东岳泰山，右颧为西岳华山。"

五岳是中国古代的神山，五岳朝天、丰隆有序是国土稳定的象征，是东、西、南、北、中五方安定富足的景象。同时，也暗合金、木、水、火、土五行运行无碍、相生相和的气韵生动态势。

这显然是把面相学说运用到建筑中的产物。

在我国徽派建筑中，也有"五岳朝天，四水归堂"的说法。徽派民居对外以高墙为主，窗口较小，山墙采用马头墙形式，高低错落，变化有致，俗称"五岳朝天"。而四水归堂,则是指天井四面的雨水皆落入天井之中,从而取得敛财聚财、肥水不落外人田的效果。这一点,与盐亭的天井含义相同。

然而,具有川西北山地民居四合院特点的王氏家族古民居四合院的"五岳朝天",显然与徽派建筑不一样。我们初步认为,盐亭称为"五岳朝天"的四合院多为复合四合院,其一般有五个天井,最大的天井被围在中央,其余在纵、横两个方向延续出四个小四合院来。

形成这样的平面布局,显然是家族繁衍、主次有序的产物。

关于这一点,我们也听到不同的说法,其一是这类院子朝门多,最多可达到五座朝门,所以叫"五岳朝天"。不过,在盐亭工作和考察期间,我们尚未寻找到留存下来五个朝门的范例,有多一点的,例如两个、三个。

何谓朝门?

朝门,原是指天子宫殿中的应门。由此门进入正朝,以朝见天子。用在民居,就是指进入堂屋之门,也即朝堂之门。

盐亭古民居所称的朝门,就是四合院的大门,一般外形处理成八字,四川俗称"八字龙门、龙门子"。实际上就是入户之门,即大门了。

复合四合院最多能达到五个天井,房屋之多,住户之多,当然要多开一点朝门。不过,此类四合院各个院落是互通互联的,居住在一起的大家族必然要相互照应、相互来往,从一个门进出,必然都会进入主天井的堂屋,都会进入各自的住房,也都可以出得门去。

那么,为了方便,有可能多开一两道门,但也大可不必对应每个天井都开一道朝门吧。

四川常见的四合院,基本遵从了主次有序的对称格局,不管是坐北朝南,抑或是坐西朝东,都分个上房、左右厢房、下房。

值得一提的是,四川的四合院与北方四合院稍有不同。其一它较多采用坐西朝东的朝向。四川阴霾多雨,宅院朝东,一早就能照到太阳,通风除湿,十分敞阳,是为阳宅。

再有一点,四川是道教的发祥地之一,道教有"紫气东来"之说,宅院朝向东方,承接瑞利之气,有利家族生发,从这一点来说,四川的四合院,一般不忌讳将朝门开在正中,因为要迎接东来紫气,但有时,考虑避免与堂屋对冲，就设照壁回避一下，或稍微偏离下中轴线，意思意思。

中国文化的尊崇有序、主次分明，在四川四合院中表现得非常明朗。大抵是正房最高，堂屋位于正房中央，厢房次之，下房再次之。

自然，在拥有五个四合院的复合四合院中，居中的四合院最为宽大，其余四个四合院小于中央四合院。这样，主次分明，拱卫有序，使五岳各得其所，丰隆适宜，譬如人面一般，无所缺陷破伤，堂堂正正安身立命世间。

在复合四合院中，除天井小于大天井外，所设各院堂屋也应在体量、高度上小于大天井。同时，在脊饰的高度、精美程度上，门窗的规制、装修规格上等均稍逊于大四合院。

由此看来，盐亭林山乡王氏家族四合院的五岳朝天，很可能是就其平面布局来说的。

17

谈完了盐亭的农桑、耕读传家、农家大院，就要谈及盐亭的文风、字库现象了。

在盐亭的考察工作期间，除了浓郁的蚕桑文化，就是随处可见的古代民居群落大院了。上述介绍的大院，规模宏大，结构奇巧，装饰繁复，雕刻精美。

不管是蚕桑文化遗迹，还是民居遗迹，它们都呈现出盐亭在过往的历史中存在着深厚的农桑和耕读文化积淀。

前面说过，盐亭一地虽在四川盆地，但处于盆地边缘丘陵向高山过渡的西北地带，土地贫瘠，干旱频仍，紫土黏硬，依然处于贫寒状况。

可贵的是，寓居于此的先民不畏贫瘠、不惧苦寒，在此落脚生根、繁衍后代，居然建成了巍峨大观的家族聚居群落，一眼望不到边的复合四合院。五岳朝天，四水归堂，聚财聚人，洋洋洒洒，气势不凡。

应该说，现存的各个旺族大院，多半是成于湖广填四川之后，这就更加不容易了。

近览《浩浩举迁壮哉大别——湖广填四川》一文，再次重温了举世闻名的大迁移之惨烈。该文写道："如今的川渝人，据说80%为移民后代，而麻城孝感较之其他地方移民，人数最多。不管是'奉旨入川'，还是被迫迁徙，回望热土，谁不留下思亲情，抛洒思乡泪！"

其中写道：自宁强至广元，"城郭为墟"，居民稀少，"麋多食稼"，"荒残凋瘵之状，不忍睹"。过盐亭，次秋林驿，"在深箐中。目前种种，如地狱变相"。抵建宁驿，"竟日出没荒草中。土人云，地多虎，日高结伴始敢行"。

甚而至于，由于荒凉凋敝，所余幸存者变为了野人、飞人。该文写道，嘉庆初年，广汉人张邦伸在《锦里新编》中，记录了其先曾祖张连义于康熙甲子（二十三年，1684）迁居广汉，在凉水井从事开垦过程时，发现一个"飞人"的故事：有一天中午，张连义按惯例给田间劳作的人送酒食。"忽有人自林间飞下"，顷刻间，突然又"飞去"，不见人影。他于是大声说："你若是想来加入到我们中间来，请一同吃酒。我们都是耕田之人，不会害你的。"那人有所顾虑，不一至。张连义再次招呼说："汝系鬼，即不必来。如系人，但来何害？我辈皆新迁之户，以养生治产为业，从无害人之心，不必避。"于是，那个人从树上飞了下来，并和大家一起喝酒，酒后大醉。酒醒后，张连义问他姓名，他"以手指口舌"，想说却"不能言"。离开的时候，他"复飞升树颠，捷于猿鸟"。

凡此种种，其艰难困苦，可见一斑。

当时盐亭已淹没在深深茂密的竹林中，如地狱变相一般恐怖。人皆出没于荒草，虎狼成群，人们只有在中午日高时分，方敢结伴而行。

支撑填川来盐亭的先民们，无非靠的是勤劳勇敢的秉性，筚路蓝缕的开拓精神。此外，更重要的精神支柱，就是儒家的耕读传家精神了。

凭着这些，从湖北麻城、孝感，千里迢迢来到盐亭的先民们，方能安下心来，战胜苦寒，开创家业。

所谓"苦其心志，劳其筋骨"；所谓担当"天之大任"；所谓"穷则独善其身，达则兼济天下……"

耕读传家，其内涵为：耕田可以事稼穑，丰五谷，养家糊口，以立性命；读书可以知诗书，达礼仪，修身养性，以立高德。这在当时，被社会奉为正道。很多家族，其传家格言无非："诗书传家远，耕读继世长"或者"耕读传家远，诗书济世长"，以此来着眼于本家族的文化、家风的传承。

因此，先民们才安定下来，默默劳作，三更灯火五更鸡地苦读，以争取"十年寒窗无人问，一举成名天下知"的辉煌前程。

这些成片保留下来的大院，是每一个盐亭移民家族开拓进取、战胜苦寒，以家族血缘为纽带，共同奋斗打拼的见证。

正因为这样，培植文风、敬惜字纸在农耕社会蔚然成风，一时之间，兴建文风塔、笔塔，修建惜字宫即字库，在盐亭风行甚炽。

所谓文风塔，就是培植一地文风的塔，也称文峰塔。此类塔，系根据一地的风水状况，选择山环水回之处，位离之地，采文明之象而设之。

其取形若笔，所谓倒笔写天。寓意为以塔为笔，以蓝天为纸，以江河湖海为墨，刺破苍穹自通文运星斗，借以振一地文风，行一方文运，生一地人才。因此，各地均有文峰塔修建或奎阁、魁星阁建造。

至于字库，那就更普遍了。字库又叫惜字宫、惜字塔、焚字炉等，这是古人敬惜字纸，专门用来焚烧，以示敬畏的塔形石构或砖造焚化炉。它也一般处理成笔塔形，底部有炉口，上部留烟道，将写完或写废的字纸，不乱扔乱弃，收集起来，集中焚化，以彰显对仓颉造字的崇敬，对书写文字的尊重，这是中国传统文化文脉流传的一种形式。

盐亭堪称我国字库之乡，除了拥有全国县级达 32 座之多的字库塔外，还保存着全国唯一的塔坊合一的特殊字库塔——四川省级文保单位，蒙子桠惜墨如金字库坊。

说到字库、惜字宫，小考了一点它的来由。原来，它大概风行于我国宋代的南方，沿至明、清、民国。

我大抵推断，它应该是两宋之间，北方强敌压境，辽、金、元游牧民族相继挤压农耕社会的产物，是宋政权南迁的产物，是汉民族为主体的社会进一步强调内敛、突出民族性的产物。

尤其到了南宋，偏安一隅，中国南方得到两晋以后的进一步开发。虽然国土面积进一步缩小，但商贸、科学、经济却不输汉唐，空前地繁荣、滋长了起来。这一时期的文化气氛浓郁，程朱理学趋于成熟并飞跃。故而，承载中华文化精髓的汉文字，随着科举、功名的驱动得到了非同寻常的尊崇和敬重。

古人认为，文字神圣崇高，写有文字的纸张不应随意丢弃，哪怕废纸也需洗净焚化，将对文字的崇拜演变为对字纸的敬惜。宋人张舜民《画墁集》记载，宋人王曾之父爱惜字纸，看到被遗弃的字纸，哪怕落于粪秽之中，也要拾起用清水洗净、晾干，再予焚化。从现存的字库来看，充分印证了这一点。我国字库塔的分布有极强的地域性：北少南多。北方字库塔据说曾在新疆玛纳斯县西门、河北龙冈书院有发现，不过仅见于史料，并未留下遗迹。南方字库塔在四川、湖南、江西、贵州、浙江、福建等省都有发现，且数量众多。造成这种分布格局的唯一原因，正是两宋，特别是南宋汉文化在文字崇拜方面强调、强化，形成的风习。

四川、湖南、江西、贵州、浙江、福建等省基本都属于两宋，特别是南宋的辖地，由于在两宋已形成风气，便在元、明、清延续承袭了下来。

前面说过，四川是全国存留字库塔最多的省份。全国现存字库塔共约251座，四川省现存约195座，占全国近78%。而我们工作和考察过的绵阳市盐亭县保留并现存的字库塔达32座之多，占全省的16%，占全国的13%，属于全国现存最多、分布最广、品类最全的字库、惜字宫存留地，可谓当之无愧的字库之乡了。

笔者所在的李白故里江油市，据文物部门统计，现存字库约10座。传说李白少时读书的小匡山有一座建于清同治年间的字库塔，记得有名联：其一为"倒笔写天，气贯星斗；举杯邀月，诗惊鬼神"；其二为"书可读于台上，字应化于库中"。

很有意思，前联颇有李白文风气势，一代诗仙气贯长虹，惊天地而泣鬼神；后联是一种对读书的赞赏和惜字的规劝。

小匡山又名读书台，也名点灯山。光绪癸卯版《江油县志》载："读书台有二，一在县西大匡山，一在县南点灯山，皆李白读书处，山畔有松。点灯山一名小匡山。"传说李白于山巅夜读。其二联谓在李白读过书的读书台当然可以读书，但读书习过的字，应当焚化于字库炉中，让它飞升上天，得到敬重。

……

再来看盐亭，有悠久的农桑文化，有大量的家族大院，有遍布各地、存留众多的笔塔、字库塔。这么多文化的遗存，说明此地农耕社会历史源远流长，传统文化、文风浓郁深厚、耕读传家，家国情怀普遍深入乡里、浸润血脉。

要知道，字库就是一种公益设施，其存在非为个人邀福，实在于通过此举期盼一地文风振兴、文运昌盛。

的确也是如此，据不完全统计，自唐代以来，《盐亭县志》记录在册的举人、进士达60余人。唐朝宰相李义府和严震、唐代韬略家赵蕤、宋代诗书画大师文同、近代国学大师蒙文通、禅宗大师袁焕仙等大批先哲名流彪炳史册。杜甫、李白、苏轼等历史文人墨客纷至沓来，游历、求学，留下了《行次盐亭》等脍炙人口的华美篇章。

盐亭，"界分巴蜀"的僻壤之地，为什么能出这么多历史名流，吸引"李杜"这样的文人墨客？文章是案头的山水，山水是大地的文章。今天如珠玉碎金铺陈于盐亭山村的字库塔，其充满文化内涵的神秘面纱一旦被揭开，或许会将最好的答案呈现于世人。（引自《四川省地方志办公室》）

本文在前述中说起盐亭一地文脉的渊源、人脉的承继时亦举例道：譬如与李白亦师亦友的赵蕤，譬如受司马光、苏轼敬重的文同，譬如杰出的历史学家蒙文通，譬如有"长春笔"之誉的诗人、散文作家王尔碑等。

看来，一地的文化传承，读书好学，耕读传家，家国情怀渊源，必然影响着一地的上进奋发，以及人才的涌现，风气的形成和传递……

近读林语堂先生的《苏东坡传》，再次对蜀学和蜀党这两个概念有所感悟。结合盐亭一地的历史人物，个人认为蜀学是真正存在的，而蜀党却是强加在以书画见长、诗文著称的苏东坡身上的。

我们知道，宋朝的政治制度本来就是酿就朋党之争的渊薮。

特别是宋哲宗元祐（1086—1094）年间，以程颢、程颐为首的理学派洛党，以刘挚、王岩叟、刘安世为首的保守派朔党，与苏东坡本人都是王安石变法的反对者。然而，在王安石变法失败之后，苏东坡依然被政敌连续不断地弹劾围剿，又遭逢洛党、朔党的联合进攻，并给他竖起了蜀党首领的大旗。

实在说来，所谓蜀党本就是一种表象。一门三父子均在朝中为官，兼之所交之友多为蜀人或门人，自然而然就形成了所谓蜀党。

然而，正如苏东坡自己所说的那样："君子如麟凤，难求而不易留养；小人则易进如蛆蝇，腥膻所在，瞬息万千。"

充分说明了其以君子相交的志趣，与结党营私、蝇营狗苟者截然不同的名士本色。

再谈蜀学，由来已久。

《汉书》卷八十九《循吏传》载："文翁，庐江舒人也。少好学，通《春秋》，以郡县吏察举。景帝末，为蜀郡守，仁爱好教化。见蜀地辟陋有蛮夷风，文翁欲诱进之，乃选郡县小吏开敏有材者张叔等十余人亲自饬厉，遣诣京师，受业博士，或学律令。减省少府用度，买刀布蜀物，赍计吏以遗博士。数岁，蜀生皆成就还归，文翁以为右职，用次察举，官有至郡守刺史者。又修起学官于成都市中，招下县子弟以为学官弟子，为除更徭，高者以补郡县吏，次为孝弟力田。常选学官僮子，使在便坐受事。每出行县，益从学官诸生明经饬行者与俱，使传教令，出入闺阁。县邑吏民见而荣之，数年，争欲为学官弟子，富人至出钱以求之。由是大化，蜀地学于京师者比齐鲁焉。至武帝时，乃令天下郡国皆立学校官，自文翁为之始云。文翁终于蜀，吏民为立祠堂，岁时祭祀不绝。至今巴蜀好文雅，文翁之化也。"

文翁所开办的学官，即今成都市石室中学，是一所延绵了2000多年，未曾中断、未曾迁徙的办学机构，不仅开创了蜀学始风，还为巴蜀培养了大量人才。而蜀人不鸣则已、一鸣惊人的现象从此层出不穷。

兹汉至今，司马相如、扬雄、陈子昂、李太白、苏东坡、文同等，直至现代的郭沫若、巴金、王光祁等，若繁星闪耀，耿耿熠辉于历史的长卷之中。而盐亭一地，界巴蜀要冲，文翁化蜀以来，也是人才济济、名人如潮。

有趣的是，宋代盐亭的文同，就是西汉时开启蜀郡文化风气的文翁和西晋名贤文立的后代。

庆历四年（1044），28岁的文同以梓州举子的身份拜谒了时任成都益州知府的文彦博。文彦博看过文同的赞文后赞誉道："襟韵洒落，如晴云秋月，尘埃不到。"同时，他夸文同能秉承先人文翁的遗训，弘扬蜀学朴质醇正的文风，实属难能可贵。

尤其难得的是，文彦博还将文同的赞文传示给成都府学，即文翁化蜀兴办的成都学官，也即今天尚存的文翁石室遗址，作为范文，与当时的学子切磋共赏。

正是苏轼、苏辙、苏洵、文同等以及苏门六学士形成的坚持"通经学古，以西汉文辞为宗师"的蜀学传统的清丽之气，一扫晚唐五代以来文人学士盛行的辞藻华丽、内容空泛的艳冶文风，逐步形成了宋代蜀学的创新风气。以西汉蜀学为先导，结合苏氏三父子的《易传》以及其他儒学研究成果，奠定了蜀学厚重、庞杂的学问基础。

我在盐亭的工作时间是从 2010 年 4 月到 2012 年 7 月。这期间，仍穿梭于四川的昭化、剑阁，以及陕西南部的宁强、石泉，可谓战线长，任务重。盐亭的文物、传统建筑，给我的感觉是内容庞杂，积淀深厚，内涵丰富，令人目不暇接，浮想联翩，不忍丢弃。

然而，囿于委托给我的项目有限，只好思索多于实践，漂浮多于深入。如果有机会，当会再度去探索这个古巴蜀交界分野之地。

第七章　倦鸟归林，再探故里

18

人生的活动轨迹真是不可思议。我怎么也想不到，我年轻时在暮色苍茫中见到的那条北流的河，会在 41 年后，将托举我生命历程的小舟，沿河而下，带到三国古城昭化、天下雄关剑门……一直溯嘉陵江而上，带到汉中宁强、安康石泉……然后又南返四川回到故乡盐亭，更奇妙的是，最后，又再度来到故乡雁门山区枫橡坝。

2018 年春，江油市人大、政协找到我说，在枫橡乡的小院溪村有一处清代贡生修造的院子，很有价值，要我去看看，看能不能结合扶贫工作保护下来，发展民生，开发旅游。

这一下又勾起了我年轻时闯山河的记忆，那片深山，那沟清冽的山涧，那布满沟壑、郁郁葱葱的老林，那一片经历风霜之后如火如荼、漫山遍野、灿若红霞的枫橡林，还有远近掩映于翠竹碧树之中的山地民居，那些说着特殊方言、民风淳朴的山民们……

交通不可同日而语了，如今坐了汽车就可以直接开到枫橡乡去。

我们从绵广高速公路的厚坝站下车，从蒲家沟进去。蒲家沟又叫养马峡，是江油文胜镇一处旅游景区。近年来比较火爆，一到夏天就有绵阳、成都等地的游客前来避暑消夏。

文胜镇建于清末，原名文星乡，民国时期辖十二保。1951 年，改名为文胜乡。其乡政府驻长坪村，长坪属古地名，位于江油市西北边缘，是厚坝冲积小平原靠近西北大山区一处狭长的平坝，故名长坪。长坪西北部的大山，与平武县、江油的六合乡毗连。2019 年 12 月，经撤乡并镇，文胜镇已被撤销，将设于长坪的华坪街道、文胜镇合入了厚坝镇。

驱车进入蒲家沟，又沿着厚六公路（厚坝至六合）往六合乡进发，再从六合乡到枫橡坝。路虽通了，也是混凝土硬化路面，但线型不好，弯道多，坡度陡，也较窄，好几次错车就显得困难而缓慢。不过，全程顺利，3 个多小时光景就到达目的地了。

这让我感慨万端。要知道，当年若是要到枫橡坝，一是坐绿皮火车到雁门坝的斑竹园小站来到雁门，再步行沿青江河谷小路走 45 千米左右的山路。火车不好赶，因为车次不固定，时间不确定，开得慢不说，还经常晚点或买不到票。二就是等公共汽车班车开往雁门坝。碎石泥结路面，颠簸扬尘，见站即停，遇到沿途逢场，就拥堵了，背背篓的，抱小孩的，上下不得，人头攒动，人声鼎沸……总之，到雁门坝，已是擦黑时分了。因此，无论赶火车还是赶汽车，都需在雁门投宿一晚，第二天天明，方能上路进山。

如今的高速公路直达厚坝，也就几十分钟光景罢了，再进山，也是一路沥青黑化路面，直达目的地，便捷舒爽。

途经的六合沟有点意思，六合沟原名鹿鹤沟，一听这名就充满了山林野气。清代做过江油训导的富顺人刘宣写过一篇《小桃源记》，就是他任上游历此地所撰的，光绪癸卯版《江油县志》有录，其开篇写道："余至江油之二年，登匡山，寻太华，访太白读书台。北游圆山及观雾。得山石可为磬者，以供孔子庙堂之需。东沿涪江而下，观古所谓涪城。其明年，既西探禹穴，寻石纽村于石泉。思欲访深谷幽林，为贼氛所不及者，以居江民之老弱，亦绸缪未雨之思也……"

刘宣任江油训导大抵在清同治、光绪年间，稍早一点时期的嘉庆、道光、咸丰年间，四川曾经历了中国西南部最大的农民起义。嘉庆五年（1800）二月，白莲教起义军冉天元部由四川剑阁进至江油。

冉天元，四川通江县人，绰号"扫地王"。嘉庆元年与其叔冉文俦在通江王家寨起义，4 年后其叔战死，冉天元继任元帅，成为四川白莲教义军主力。嘉庆五年与清将德楞泰交战于江油马蹄岗，被俘，斩于成都。

清咸丰九年（1859），云南昭通破产农民李永和、蓝大顺在牛皮寨举事起义，之后转战滇、川、鄂、陕、甘五省，聚众 30 余万人，震撼了清王朝。

《江油县志》将这一段的时局变化，称为李、蓝二逆之乱。其中到达江油并有战事的主要为蓝大顺部，县志称其为蓝逆。

来江油任训导的富顺人刘宣，其时也刚履任 2 年。所谓训导，是为明、清两代文官职务。明、清两代各府、州、县学均设训导一职，在县学其官衔为从七品，其作用为帮助教授、学正，或教谕、教诲儒学生徒。然而一方训导还肩负着朝廷教化风习、宣讲圣谕的功能，大致相当于今天意识形态把握和引导的职能吧。果然，刘宣在其《小桃源记》中写道："……是年秋，朝旨命训乡愚，宣得周历乡僻，与父老子弟谈忠孝之经，俾之仇教非忠，务在各安其业。……"

由于处于"教匪"作乱的非常时期，这年秋天，朝廷下旨命令各地训导下去宣布皇上的训令，以教育那些冥顽不化的乡下愚昧之徒，不要参与"教案"，各安其业。

刘宣颇具人文情怀，他到江油 2 年间，到处寻访先贤踪迹，游览风景历史名胜。他"登匡山，寻太华、访太白读书台。北游圌山及观雾，得山石可为磬者，以供孔子庙堂之需。东沿涪江而下，观古所谓涪城，其明年，既西探禹穴，寻石纽村于石泉"。

刘宣游览完江油县西边当年李白读书学剑的大、小匡山，太华山后，又北登窦圌山、观雾山，他在观雾山寻得可以作磬的雾山石，带了一块回来，认为可以用作孔庙祭祀时的石磬。再后来，他又乘船沿涪江南下，去到绵阳，参观了古代的涪城。之后继续向西进发，到北川县的禹穴沟，拜访了大禹诞生之地——石纽村。

走完这些地方之后，正值"教匪"作乱的非常时期，刘宣"思欲访深谷幽林，为贼氛所不及者，以居江民之老弱，亦绸缪未雨之思也……"

于是就在当年秋天，刘宣顺着江油老县城的北山之麓走了百多里路，来到小市镇一个名叫养马坝的地方，再朝东进入山谷。

十分蹊跷的是，当年刘宣试图找一处深谷幽林之地，并且是战乱匪患所未能波及的偏远方域，竟与我们去枫橡坝的路线如出一辙。那就是从现在的文胜镇去养马峡（养马坝）景区，再朝东进入山谷，往东北方向前进，进入六合沟，再沿沟进入枫橡乡。

六合沟正如当年刘宣所描述的那样，"两岸矗立，岩高而溪狭"。自然，当时是不可能有公路的，所以刘宣进沟时的确是"溪中小径巨石累累，浑不辩路。十数里许，涧少阔，有居人数家。复前行十里，山势愈峻，径路盘纡上岭脊。深林密箐，立石壑砑。山鸟乱鸣，丹枫明丽。山半砌石为垒，天然城郭。李谪仙诗云：一夫当关，万夫莫开。兹信然也"。

为了逃避战乱，杜绝匪患进入，当地民众在半山中垒砌石墙，形成天然城郭。这的确是利用地势，御敌防守的好办法！此去剑门关不远，早在三国时期，蜀汉丞相诸葛亮正是在大剑山（剑门山）中段依崖砌石为门，修建了"一夫当关，万夫莫开"的"剑门关"，并在大、小剑山之间架筑了飞梁阁道（剑阁因此得名）而御敌于剑关之北的。

可见，依山就势，就地取材垒石为关，由来已久。

也正是因为路途艰险遥远，又在主要路口添设了杜绝匪患的关口，所以六合沟、枫橡坝（枫橡老地名）很少有外来人口进入，形成地广人稀的状况，躲过了历史上多次兵燹、人祸，形成了独特的语言和生活习惯。这情形，一直到明末清初，湖广填四川的大规模迁徙来临，才稍有所改变。

当年的关垒自然是消泯于历史的长河中了，不过筑关的地点大约就在文胜镇的蒲家沟与六合乡的六合沟相交的分水岭山腰处吧，因为，在刘宣的《小桃源记》一文中明确载道："径路盘纡上岭脊……循石垒斜下，渐平广……"

这就明确地描述了筑关的地点在两沟交界的高山之巅，再下到半山腰，也即属六合沟这边的半山腰，方垒石为关的。

那么，显然这座横亘在两沟之间的高山垭口猫儿垭，就是这两沟的分水岭了，关当筑于分水岭六合沟那面的半山腰。

分水，即分青江和潼江之水，如前所述，六合沟和枫橡坝五道河都是流向雁门坝的青江上游河谷，青江是清江河的支流，清江属嘉陵江水系，潼江属涪江水系。古人交通多走沿江线，因为沿江不仅有水道可利用，还便于开凿道路，在枯水季节甚至可以沿河谷直接上溯或下行。

溯青江上游河谷可以抵达阴平邪径，沿青江河谷而下可以经嘉陵江的支流清江直抵嘉陵江，也可以经剑门关关后的潼江河谷通达绵阳、绵竹。同样，雁门坝既是由青江进入清江直抵剑门、昭化等地的必经之路，也是去六合沟、枫橡坝，再达阴平邪径的河谷小道关口。

这就说明了为何在汉代就要在今江油市的雁门镇设汉德阳亭了。

算起来，一晃 11 年，我实际上很多时间，就是在蜀北和陕南的山水之间思索，在陕南和蜀北的古道和原野之间奔忙。

山，岷山、龙门山、马阁山、大小剑山（大剑山古称梁山），在四川盆地北缘看来，它们几近比肩而立、平行瞩望。剑门在东，马阁山在西，马阁山是龙门山余脉，剑门山是龙门山干支，它们都属于龙门山系，而龙门山系又是岷山的一个支脉。

水，白龙江、白水江、青江、清江、马阁水、潼江、涪江、嘉陵江，它们穿插切割于岷山、龙门山的千山万壑，易涨易退，一泻千里。古人说，逢山开路，遇水搭桥。或商贸，或开垦，或逃亡，或避难，或交往，或战争……人们亘古以来都在山水间穿行、在原野上奔忙。进入山区，前进的方式或翻越山梁垭口进入另一个河谷，或穿走河谷旁岸进入更大或更远的河谷、平川。

我再一次思考起邓艾当年的入蜀路线来。

邓艾走阴平邪径，从摩天岭下来以后，志书记其"……经汉德阳亭趣涪……"即他带领部队先来到如今的雁门坝一带，再往前走，就要翻马阁山了。此刻他的部队已绕过东边钟会重兵把守的剑门关，这地方"出剑阁西百里，去成都三百余里"，可以"奇兵冲其腹心……"

邓艾用兵之奇，就在于此！他已绕过剑门关以西百多里山路，既过关隘，又让蜀兵不知所踪，无法防备，攻取成都无疑胜券在握，旌旗弥望了。

那么，邓艾入蜀的具体路线究竟是怎样的呢？

首先，应该肯定的是，他带领部队走的阴平邪径。所谓邪径当然就不是如金牛道、米仓道那样历史上入蜀的主要道路，阴平邪径也即阴平小径，是由陇经阴平郡翻摩天岭入蜀的一处古道。

应该说，在先秦时期，由陇入蜀这处古道就存在着。金牛道为由陕入蜀的道路，是由秦国以"石牛粪金"引诱蜀王而开辟修建的，目的当然是为了征伐蜀国。

阴平道系先秦的人民沿白龙江河谷，翻摩天岭垭口（翻垭口是从分水河谷走捷径的最佳方式）进入四川盆地的一处小道。这条小道艰险异常，最高处摩天岭横亘在甘南和川西北之间，海拔 2730 米，此处山崖陡峭，古木参天。

《三国志》载："冬十月，艾自阴平道行无人之地七百余里……又粮运将匮，濒于危殆。艾以毡自裹，推转而下，将士皆攀木缘崖，鱼贯而进。先登至江油，蜀守将马邈降。"邓艾裹毡而下的地方就是在摩天岭最险峻之处。

按照这一段记载，邓艾是寒冬 10 月从阴平道出发的。

古阴平郡现属于甘肃陇南市文县地界，阴平遗址在文县的鸪衣坝。西汉时期，该处置阴平道，东汉为阴平县，三国蜀汉置阴平郡，北周时期置文州。隋、唐、宋、元，州、郡时废，明洪武四年（1371）改州为文县。

比较通行的说法是，魏景元四年（263），曹魏大举伐蜀，邓艾攻破阴平后从鸪衣坝出发踏上阴平邪径，"行无人之地七百余里"之后，抵达摩天岭，此时，供给跟不上了，眼看陷入绝境。邓艾果断地将毡毯裹在身上向积雪的陡峭的山崖下滚去，将士们见此，纷纷效仿，或攀着树木，或沿着山崖，成群结队地朝山坡下翻滚而去……

邓艾达鸪衣坝后，经阴平桥，翻摩天岭，经唐家河、落衣沟、阴平山、马转关、靖军山、清道口，就抵达了现在位于平武县南坝的江油关了。守将马邈见大军压境，只好开城受降。

这里的"……先登至江油，蜀守将马邈降"就意味着邓艾已攻下涪江边的江油戍。江油戍在今平武的南坝镇，攻下江油，就控制了涪江河谷，沿涪江河谷南下，经今江油涪江二郎峡，下江彰平原（原江油县与彰明县域内由涪江形成的冲积平原），去涪城（今绵阳）已无险可言了。

道光版的《龙安府志》载："摩天岭在县东北一百九十里，魏遣邓艾寇蜀由此。""马转关在县东七十里。"《舆地志·栈阁》载："在县东，江油左担路上，涪水崖壁上共有六阁，曰青崖、曰貘颐、曰石回、曰七里、曰东阁、曰石城。又县有二阁，曰猿臂、曰黄林。"《明统志》："邓艾伐蜀，置秦陇等阁道十二。"

问题就是这样,我们决不能拿今天的交通状况,去揣度当年邓艾所走的具体路线!如果那样,我们就一定会认为摩天岭下来后,他一定会经唐家河、落衣沟、阴平山、马转关、靖军山、清道口来到江油戍。攻下江油戍后,他一定会沿着涪江下行,经清代的煽铁沟铺、阁子铺、平驿铺、椒园子铺、桑园子铺、白石铺,就到了清代江油县的地界现江油市武都镇了,再往下就是江彰平原的中坝镇,沿涪江再下行就直取涪城(现绵阳)而奔绵竹了。

这里,我们借以思索的都是现在的,或至少是明、清以来的道路交通大致状况,这肯定是不符合当时实际的。

不要说远在1700余年前的蜀汉状况了,就是清道光版《龙安府志》所记载的关隘、铺递的名称已与现状大相径庭!如上所述,在流传邓艾摩天岭下来的路线中仅有马转关一处于《龙安府志》中尚有同名记载,其他大量的关隘名、铺递名几近失传!与现有地名对不上号,更不用说《龙安府志》所载那左担路上的六阁和"县有二阁",以及《明统志》标明的邓艾伐蜀,置秦陇等十二处栈阁了。

况且,沧海桑田,地形地貌本身就发生了很大的变化。

举个例子吧,1975年7月,四川省江油市河西乡(现属太平镇)普照村有个叫"汉王台"的地方,当地农民挖沼气池。在距地表1.2米深处,发现3件铜弩机和1枚铜棺钉,出土物移交原江油县文管所。

洗净泥土后,发现弩机上刻有铭文。再经除锈清理,铭文更加清晰,字迹多可辨识。为叙述方便,当时编写报告时将3件弩机分别编为1、2、3号予以介绍。

1号弩机,郭、望山均完好,望山无刻度,悬刀下端残。长15厘米、宽4厘米、望山高6厘米、悬刀残长8.5厘米。铭文錾刻于郭面、左侧及前端:郭面望山右侧有一"右"字,字迹较工整,錾刻较浅;左侧有"上卫十六",字迹潦草不工,刻画较浅;前端矢槽下有一"隐"字,字形较工整,錾刻较深。

"右"字似为标明方位。"上卫十六"似为部队识别,"隐"字,似在提醒发射者做好隐蔽。从其字形潦草、刻画较浅看,似为使用者所刻。

2号弩机，郭、望山、悬刀及弦钩均完好，望山有刻度。长15厘米、宽4.5厘米、望山高7厘米、悬刀长9厘米。郭面及左右两侧分别刻铭文，郭面望山右侧刻："景初二年二月一日左尚方造骑□□监作吏苏□司马张□臂师王客身师□□"；郭右侧刻"牛□""二百卅八"；郭左刻"王如□"。

景初是魏明帝曹叡年号，景初二年即238年。"尚方"，颜师古注曰："尚方主作禁器物。"《后汉书·百官制》："少府"有"尚方令一人，六百石"。本注曰："掌上手工作御刀剑诸好器物，丞一人。"《通典》载："秦置尚方令，汉因之。后汉掌上手工作御刀剑诸好器物及宝玉作器……汉末分尚方为中、左、右尚方，魏晋因之。"

铭文中的"左尚方造"，表明这件弩机是魏明帝时期掌管制作宫廷刀剑兵器的尚方负责造作的。监作吏苏□、司马张□为督造弩机的官员，臂师王客、身师□□为制作此弩的工匠。

3号弩机，悬刀已不存，矢槽前端也已残断。郭、望山、弦钩均完好，望山有刻度。长15.5厘米、宽4厘米、望山高6厘米。郭后端刻铭文："吏陈□□郭道略杨阿二游氏所作十石□重四斤。"

铭文中提到的陈、郭、杨、游诸人当为监造吏和工匠。"十石"后或为"机"字，重四斤当指弩机自重。

江油市位于四川盆地西北部，龙门山脉东南，涪江上游。江油得名始于蜀汉江油戍，江油戍当时置于现平武县南坝镇，其地沿涪江上溯，距今江油市区约70千米处。

《三国志·邓艾传》："艾自阴平道，行无人之地七百余里，凿山通道，造作桥阁……将士皆攀木缘崖，鱼贯而进，先登至江油，蜀守将马邈降。"另据《三国志·魏志》记载，邓艾伐蜀在景元四年（263）。

在2号弩机上，有明确的年款，为曹魏弩机。另两件，可能为蜀汉或东汉遗物，它们的发现地点距今江油市区6千米，距绵阳市区30多千米，在邓艾袭取江油关后直取涪城的路线上。在这段路线上，同时发现曹魏和蜀汉或汉代的兵器，据此我们推测，这三件铜弩机可能与邓艾伐蜀有关。

这次三国铜弩机的发现和初步研究，笔者曾写出专业文章《四川江油出土三件有铭铜弩机》一文，刊发于《文物》1994年第6期。该发现是邓艾伐蜀途经江油戍后去成都的重要历史物证资料。

……

后魏，武帝置江油郡，仍设南坝。西魏，置江油县为江油郡治。南宋宝祐六年（1258）徙治雍村，其地在今江油市大康镇。元至元二十二年（1285）省江油入龙州，至正中始置江油县于武都兴教镇，即今江油市武都镇。

1951年5月，江油县治由武都镇迁中坝镇。江油市境内的原彰明县，东晋宁康时自白沙戍（今湖南省湘阴县北）迁于今江油市青莲镇与九岭镇间，置汉昌县。西魏废帝二年（553）更名昌隆县。唐先天元年（712）更名昌明县，后唐同光元年（923）改名彰明县。1958年，江油、彰明两县合并为江彰县。1959年复改江油县。1988年，经有关部门批准江油撤县建市（县级）。

中坝镇位于涪江形成的冲积平原——江彰平原上。这个冲积平原是逐渐形成的。经观测，涪江出峡以后洗刷东岸，堆积西岸，经年日久，慢慢形成了江彰平原。这种冲刷堆积，可以明显看出其远古河岸的走向和痕迹。

1975年出土三国铭文铜弩机的江油市河西乡普照村汉王台，就在这条古河岸之上，原河西乡普照村汉王台属彰明县。

汉王台是一个高阜，与后来的冲积平原有一个明显的高差，至今可以看出它蜿蜒而去的形状，它一直奔向普照寺后面，向青莲镇方向而去。"汉王说"可能不确，驻兵与兵器有关，可能误将"蜀汉"记为了"汉"，将"军"记为了"王"，"墓葬"记为了"台"，弩机显系陪葬之物。

……

这道高阜大概在去青莲镇方向之后，留下了水道变迁的古地名，一曰涂家濠，二曰石牛沟。

现今的涂家濠一片良田，现今的石牛沟为两丘夹一弯山田。当年能称为"濠"，肯定是河水荡荡的样子了，因为"濠"就是水深且阔之貌，能阻人行，故古人称护城河为濠。安徽有濠水亦为河名。

石牛，是古人镇水之物，往往置于河岸或沉于河底。石牛沟无疑在古代是河流了。有意思的是，青莲镇是唐代大诗人李白的故乡，石牛沟就是因为李白的少作《咏石牛》而得名的。而在石牛沟出土了一座唐代的镇水水牛，据说就是李白童年骑咏的那座石牛，现陈列于李白纪念馆。可见，在唐代，这里就是古河道了，更不用说远在两汉、三国的时期了。但如今河流安在？沧海早已桑田了。

清道光版《龙安府志》载："汉王台，在县西北三十五里，相传汉王曾驻兵于此。"出土三国铭文铜弩机，且刻铭该弩机为宫廷"左尚方"所造，似乎这相传也并非空穴来风。虽不是汉王，也是蜀汉或曹魏将军的墓葬吧。

道光二十年（1840）"奉命来宰斯邑"的蒙古人桂星，也即当时担任故乡县令的官员，写过一篇《中坝场记》。

桂星，镶白旗蒙古人。道光九年（1829）进士，道光二十年（1840）任江油县知县。桂星时为江油邑令，虽来自蒙古，却对地方史籍、人文掌故颇感兴趣，并躬身其中，笔耕不辍。翻检县志，经桂星亲笔书写的碑记、艺文、学说，有《登龙书院碑记》《重修学宫碑记》《重修文昌宫碑记》《重修武庙碑记》《南坛碑记》《北坛碑记》《吏隐堂记》《南雁塔记》《中坝场记》《窦圌山前说》《窦圌山后说》，共十一篇。

桂星的《中坝场记》开篇就描述了该场镇的变迁："场属邑之巨镇。考古碑志，场地在双流村，即今之罗汉坝，以场有罗汉寺而名之也。兴于元，盛于明，灰烬于献贼之蹂躏，国朝康熙三年，始迁于今之中坝……"

如今为江油市政府驻地的中坝镇，是于清代康熙三年从兴于元代、盛于明代的罗汉坝双流村迁来的。罗汉坝显然是早于中坝形成的冲积平原，而原来很明显的古河岸，应该就是罗汉坝与中坝的分界线。

好了，上述事实已足以说明，随着时间的推移，一地的地形地貌、交通状况均会发生翻天覆地的变化。

再回到邓艾伐蜀的具体路线，我们可以肯定的只有两点：其一，这支部队翻越过摩天岭，这是为众多的文献和阴平邪径的必经路线确定的。其二，这支部队经过了涪江出峡后的江彰平原，沿江彰平原浅丘下的沿江台地往青莲镇方向，直奔涪城而去，经现江油市太平镇普照村汉王台，有将军殒命，葬于此地，留下了征战用的魏国、蜀汉或汉代三枚铭文铜弩机作为陪葬品。

19

仍然谈谈邓艾伐蜀的具体路线。根据文献、阴平邪径的路线决定了邓艾必须翻越摩天岭，根据考古发掘的地层资料，又无可辩驳地证实了邓艾的伐蜀部队出涪江峡口以后，沿着现江油市的江彰平原，涪江西岸台地，经过今太平镇普照村汉王台之地，向南方去了涪城、绵竹，最终去往成都方向。

关键的问题就在于这一段了，即翻越摩天岭到达江油戍，邓艾的部队是如何行军前进的？

前面说过，按照今天的交通状况来看，邓艾翻越摩天岭以后，一定会经唐家河、落衣沟、阴平山、马转关、靖军山、清道口来到江油戍。

如果仅仅是这样，那么《三国志·邓艾传》记载："艾上言：'从阴平由邪径经汉德阳亭趣涪'出剑阁西百里，去成都三百余里，奇兵冲其腹心……"《钟会传》载："邓艾追姜维到阴平，简选精锐欲从汉德阳入江由左担道诣绵竹，趣成都。"以及《舆地志·山川》载："马阁山，在县东南接梓潼界。《环宇记》：在阴平县北六十里。北接梁山，西接岷峨。昔魏将邓艾入蜀，从景谷路到龙州江油县，至此悬崖绝壁，乃束马悬车，作栈阁方得通路，因名。"这些志书有关邓艾的行军路线，就是无稽之谈了。

因为，翻越摩天岭后，邓艾就进入了青溪河谷，沿青溪河谷前行，到靖军山时，此去江油戍已经不远了，他又何必绕到汉德阳亭再经马阁山向江油戍进伐呢？关于这一段路线，经历了1700余年的变化，兼之《三国志》《三国演义》的书写描绘，以及民间的口碑传说渲染、演绎、流传，似乎已经是入情入理、顺理成章，看似天衣无缝，无懈可击了。

然而，细考起来，既缺乏文献支撑，又无力否定已有的文献陈述。

譬如，现摩天岭上的几款碑刻，一为"摩天岭"三字，此碑系地名碑，意在证明此处即为邓艾所翻越之处。另一块碑为"孔明碑"，此碑内容为"二火初兴，有人越此，二士争衡，不久自死"。二火相叠即为"炎"字，初兴，暗指炎兴元年（263），即魏元帝景元四年，蜀汉后主景耀六年，同年改元炎兴。

此碑为记事碑，但所记之事非确凿之历史事实，而来自《三国演义》。显然，此碑为《三国演义》流传于世之后，后人据此刊刻的。

道光二十年（1840）的《龙安府志》载："摩天岭，在县东一百九十里，魏遣邓艾寇蜀于此。"文献记载的事实就仅此为止，它与《三国志》记载相合。

然而此碑直接将《三国演义》第一百一十七回所描述的情节和诸葛孔明在摩天岭留下的碑碣全文刊刻于此，显然遵从的不是正史依据，而是小说章回演绎了。因此，可以得出结论，这个记事碑应当刊立于小说《三国演义》出现以后。

《三国演义》是在民间的三国故事、宋元的三国剧目、元人的《三国志平话》的基础上，由元末明初的罗贯中参照陈寿的《三国志》和裴松之所注的正史材料，运用其丰富的文学素养，以及亲历元末起义战争的生活经验，精心创作出的。

不可否认的是，《三国演义》反映了大量的三国历史事实，但演义毕竟不是历史，它正如郭沫若先生所说的那样，只能做到"事实求似"，而不可能完全"实事求是"。譬如这座"孔明碑"，就是作者为了突出诸葛亮的聪明才智、神机妙算而虚构出来的。在小说中，它引人入胜、神秘莫测；但在探究真相中，它经不起推敲、查不出依据、落不到实处。

道光二十年的《龙安府志》中，平武县附郭载："孔明碑：在摩天岭，字迹磨灭不可识。"

现在的孔明碑是重刻而立的，原碑据称毁于1935年的战火。《龙安府志》记"……字迹磨灭不可识"，那么现刻的内容无疑是照抄《三国演义》了。

可以断定，摩天岭上的孔明碑应是元末明初以后，依据《三国演义》第一百一十七回的情节，由后人附会刻制于此的了。

附会，是名人遗址最常见的手法。接下来看那段路上的"裹毡岩""写字岩""点将台""落衣沟""撑锅石""兵书石"等，除"裹毡岩"外，这几处流传的邓艾行军路线遗迹全都在青溪河谷之中，其路线指向再明确不过了。

我以为，这既与大量文献不符，又有悖兵家常识。

有一种说法是，邓艾先是意图"由邪径经汉德阳亭趣涪"，具体行动时，又调整路线，未经汉德阳亭而直接走青溪河谷了。

古人带兵讲究"谋定而后动"，对于邓艾这种熟读兵书，具有文韬武略的名将来说，焉能率性而为呢？

趋汉德阳亭无疑是出邪径后最佳路线。江油成为蜀兵西线设防之关口，剑门关为蜀国名将姜维重点镇守关口。而汉德阳亭恰好处在东西关口之间，去东剑门关及西江油戌两端均各一二百里开外的深山腹地，既是薄弱之地，又为东西皆可攻击之地，何能不去？这正是兵家所谓出其不意、攻其不备啊！

这里，要回过头去看看那个被历史误会成马长出角来的地方。原来马阁与剑阁是一对姊妹地名，剑阁之名来之于剑山，因诸葛亮在大小剑山曾造栈道，凌空凿石修建飞梁阁道而得名。

其实，栈道或阁道，早已有之。司马迁著《史记·高祖本纪》注："栈道，阁道也。险绝之处，旁凿山岩，而施板梁为阁。"诸葛亮在《与兄瑾书》中亦云："其阁梁一头入山腹。其一头立柱于水中，设横木凿岩孔而入之，竖木立于水中或崖间以撑之。如是并列，施木板于横木之上，如桥阁然。"这就是当时造设栈道、桥阁之法，至今在大小剑山、嘉陵江边还能看到当年遗留下的栈道孔洞，或据此复原的栈道、桥阁。

马阁之名来之于马阁山，因邓艾伐蜀由汉德阳亭趋此，见《资治通鉴》卷七十八胡三省注云：此山"峻峭崚嶒，极为艰险。邓艾军行至此，路不得通，乃悬车束马，造作栈阁，始通江油，因名马阁"。

稍有不同的是，剑阁先有大、小剑山，继有垒石为关而设的剑门。而马阁是因邓艾的"悬车束马，造作栈阁"之举而得名的。这就是说马阁山原本无名，因邓艾此举而名之。

现在的江油市马角镇还有马阁寺、马阁寺村、马阁水等地名、江河名，本该名马阁镇的马角镇显然也是因此而名的，绝不是发现了有长角的马而取名为马角的。

根据调查，马阁寺就在原马角坝火车站东侧，现马阁寺村也在附近，村以寺名。那附近的高山，很有可能就是马阁山了。

历史上的地名，往往因路线的重大举措而获之，剑阁和马阁就是这样。这个名字磨灭不了，这段历史隐灭不了，即使名字被弄错了，但宛若云翳，只要稍加剔拨，就会露出原形，这附会不了、打造不成，水落石出、雾散峰现。

很多研究者认为，邓艾偷渡阴平之后，就没必要再绕道去汉德阳亭了，非也。

如前所述，青溪河谷虽然好走，但不合"出其不意"，当然也就不能"攻其不备"了。邓艾是故意避开近道，进入地广人稀的深山老林之后进伐汉德阳亭的。

那么，邓艾的路线具体是怎样走的呢？我以为，他不但走了青溪河谷，而且穿插到了青江支流河谷。具体走的啥路径，无可考证。但清道光《龙安府志》载："栈阁：在县东。《方舆胜览》：江油左担路上，涪水崖壁上共有六阁，曰青崖、曰貘颐、曰石回、曰东阁、曰石城。……《明统志》：邓艾伐蜀，置秦陇等阁道十二。"

也就是说，除开江油左担路上，涪江崖壁上固有的六阁外，仅邓艾伐蜀军自造的栈阁就达一十二座！这当中很显然就包括在马阁山"束马悬车，造作栈阁"的部分了。

若按今天的乡镇状况来看，邓艾这支部队只要由青溪镇翻越山谷朝东南方向进入房石、马公、枫橡坝后，就完全可以进入青江河谷支流直抵当时的汉德阳亭，今天的江油市雁门坝了。

占领了汉德阳亭，这支部队可以沿山谷南下，再翻越从平武发脉东南向进入江油的马阁山（当时属梓潼郡管辖，后属梓潼县，新中国成立后方划归江油县，现属江油市）。

占领汉德阳亭的举动有点像后来的"挺近大别山"，是一种蓄势待发的突然举动，按既定方针完成了"……由邪径经汉德阳亭趣涪，出剑阁西百里，去成都三百余里，奇兵冲其腹心……"的军事势能。

此刻，邓艾有两种选择：一、他可以进入潼江河谷袭击梓潼；二、他可以经潼江河谷进入涪江河谷。然而，这支部队行军太艰险了，不可能与防守缜密且兵力强大的蜀军马上就硬碰硬地战斗，他急需修整和补员，以提高战斗力。

这又回到本文所陈述过的清光绪江油训导刘宣的《小桃源记》，该文中刘宣因"朝旨命训乡愚，宣得周历乡僻"而来到养马坝进入山谷。

刘宣提到的养马坝又名养马峡，位于现江油市文胜镇（2019 年合并于厚坝镇），境内老地名为安顺村的山谷围合平坝，传说因邓艾偷渡阴平后来此整军休息、放养战马而留名。

邓艾只要翻越马阁山，经沉水，很快就进入养马峡。此处高山围合、丰腴平静，历史上分属于平武、梓潼、江油边远山区，防守薄弱、人烟稀少。更要命的是，只要沿山谷西北部前行，翻过山高林密的垭口，就直逼江油戍涪江东岸！

邓艾的部队在此休养生息，待兵强马壮之后，突然出现在防守薄弱的江油戍马邈面前，马邈焉有不降之理？

夺取江油戍后，邓艾就沿涪江河谷前进。

这一段路，应该是毫无悬念和争议的。现将所有文献记载罗列如下：

《三国志·钟会传》："邓艾追姜维到阴平，简选精锐欲从汉德阳入江油，左担道诣绵竹，趣成都……"

《华阳国志》云："自景谷有步道径江油、左担出涪，邓艾伐蜀道也。"

《资治通鉴》卷七十八载："自阴平行无人之地七百余里，凿山通道，造作桥阁。"

宋人胡三省注云："今隆庆府阴平县，北六十里有马阁山，峻峭崚嶒，极为艰险，邓艾军行至此，路不得通，乃悬车束马，造作栈阁，始通江油，因名马阁。"

清道光《龙安府志》载："马阁山：在县东接梓潼界。《环宇记》：在阴平县北六十里。北接梁山，西接岷峨。昔魏将邓艾入蜀，从景谷路到龙州江油县，至此悬崖绝壁，乃束马悬车作栈阁方得通路，因名。"

清道光《龙安府志》载："左担山：在县东北一百八十里。《魏志》：邓艾入江油左担山诣绵竹。《华阳国志》：自景谷有步道径江油、左担山出涪，邓艾入蜀所经也。《方舆胜览》：自文州界青塘岭至龙州一百五十里，自北而南者，右肩不得易所负，故谓之左担路……"

清道光《龙安府志》载："栈阁：在县东。《方舆胜览》：江油左担路上，涪水崖壁上共有六阁……"

景谷，景谷道、景谷路，实际上就是青川河谷。景谷得名于白水县异称，现属广元的青川县沙洲镇。

《读史方舆纪要》载："景谷，广汉郡之白水县曰景谷。城西有景谷路达文州。"

前面提过，在先秦，经白水河谷、白龙江河谷、青川河谷入蜀是当时入蜀的主要道路。由于交通位置的重要，沙洲一地早在西汉（公元前201年）六年就设立了白水县。

蜀汉时期，景谷道西起阴平郡（今甘肃省文县），沿白水江、白龙江东南部到达今天的四川省姚渡镇，再向南行就达今天的沙洲镇，也即汉代的白水县。

景谷道往西北，与沓中阴平道相接；朝东南行至白水县与古金牛道相接，可北去中原；往南而去，由马鸣阁栈道经葭萌过剑门关可直达成都。

朝西而去，经青溪（故马盘县、青川故城）可达龙州（今平武县）、松州（松潘）、茂州（茂县）等。可以这样说，汉白水县就是当时秦、陇、蜀三省的交通枢纽。

而《华阳国志》说："自景谷有步道径江油、左担出涪，邓艾入蜀所经也。"无异已将邓艾抵达江油成之后的路线勾画了出来，即他是"径江油、左担出涪"。

"自文州界青塘岭至龙州一百五十里，自北而南者，右肩不得易所负，故谓之左担路……"（《方舆胜览》）该书又说："江油左担路上，涪水崖壁上共有六阁……"很明显，位于涪水崖壁上的左担路，实际上已在涪江河谷。

这些左担路艰险无比，它开凿于面临涪江的崖壁之上，路径盘旋迂回，狭窄陡峭，若挑担子前行路上，担在左肩，就无法换到右肩上去担一会儿，足见其途中行进之险况。

左担路又分上、下两段，若去龙州、松州、茂州，则上行北去。若下行去涪城，当然只有径江油戍南下过响岩、煽铁沟、平驿铺、白石铺、二郎峡，在今江油市武都镇出峡口去江彰平原，再过青莲漫坡渡，直取涪城，此去已无险可言了。

涪水浩渺，川流不息。历史雾瘴，灰飞烟灭。

涪江岩壁上曾建的六阁栈道，哪些是供上行龙州的，哪些又是供下行绵州的？早已消失得无影无踪了，速朽的木栈，易塌的石栈，宛如飘荡过江峡上空的白云，来去匆匆，过眼空空。

或许，带上高倍望远镜，攀爬在崖壁的羊肠小径上，砍除荆棘，拨开杂草，偶尔也会发现当年历经千辛万苦凿造出来的黑黝黝的栈道孔，你会觉得，它们也仿佛瞪着深邃迷茫的空眼在探问山川大地、探问世间烟云……

顺便谈谈上文提到的给《资治通鉴》作注的宋人胡三省。

《资治通鉴》是我国编年史最长的一部巨著，成书于北宋元丰七年（1084），作者司马光。司马光为北宋著名的政治家、史学家、文学家；《资治通鉴》历时十九年才成书。该书内容庞杂，涵盖政治、军事、民族关系，兼经济、文化和历史人物的评价等。

《资治通鉴》的目的在于通过对历史盛衰、兴亡的描述、评说，警示后世。

书成以后，宋神宗以其书"有鉴于往事，以资于治道"赐其书名《资治通鉴》，并亲自写序，降诏奖谕司马光，说他"博学多闻，贯穿今古，上自晚周，下迄五代，成一家之书，褒贬去取，有所依据"，并赏与银、绢、衣和马，擢升司马光为资政殿学士，迁范祖禹为秘书省正字。

然而，《资治通鉴》面世以来，各家注本虽夥，却苦于良莠不齐，音义、释文乖谬百出、莫衷一是，亟待良注、以正视听。

胡三省，字身之，南宋绍定三年（1230）生于台州宁海县中胡村。宝祐四年（1256）与文天祥、陆秀夫、谢枋得同登进士第。初为吉州泰和尉，后改任庆元府慈溪尉。不久，以"文学行谊"被荐，授扬州江都丞。咸淳三年（1267），应江淮制置使李廷芝之聘，任寿春府学教授，佐淮东幕府，之后经考举及格，改奉议郎，继知江陵县。咸淳六年（1270），因母去世，离任治丧。后改知安宁府怀宁县。同年，因李廷芝调任京湖制置使，胡三省回杭州。

胡三省自幼聪慧好学，受其父影响喜攻读《资治通鉴》，后应父嘱托，立志勘误该巨著。

胡三省毕其一生之力，苦攻《资治通鉴》。虽案牍劳顿，公务冗繁，仍矢志不移。他旁搜广求，登门求教，历尽坎坷，坚持不懈，初心不改。

德祐二年（1276），元军破临安。战乱中，胡三省痛失《资治通鉴广注》手稿。悲痛之余，他变卖家产，从此闭门谢客，日夜发奋，再续前志。至元二十三年（1286），《资治通鉴音注》终于全部成编。

胡三省在注《资治通鉴》卷七十八中云："今隆庆府阴平县，北六十里有马阁山，峻峭崚嶒，极为艰险，邓艾军行至此，路不得通，乃悬车束马，造作栈阁，始通江油，因名马阁。"

隆庆府是南宋和元初在四川北部设立的，范围包括现剑阁县、梓潼县和江油市东北部分地带。

胡三省关于阴平县这一个注，有点引起误会。

阴平这个地名不是在甘南的文县吗？邓艾偷渡阴平不就是从现在的文县鸪衣坝出发，翻越摩天岭走景谷道，从汉德阳亭入江油，再"左担出涪"，"诣绵竹，趣成都"吗？

怎么路上又来一个阴平县呢？且这个阴平县竟在今天的江油市境内，小溪坝镇阴平村地界。

这一注，使得本就争议不休的邓艾伐蜀的具体路线更加扑朔迷离起来。甚至，觉得是不是弄错了，既然阴平地名都搞错了，那么这个"北六十里"的马阁山的有无是不是也要打一个大问号？

的确，很多研究者据此否定了邓艾翻越摩天岭之后进伐汉德阳亭一说，认为阴平早过了，不会又回到阴平县"北六十里"去翻什么马阁山的。再者，到了青溪河谷，沿河谷抵达靖军山，离江油戍就只有六十多千米了，他又何必绕道东南，再向西翻越马阁山去进攻江油戍呢？

关于以上疑问，笔者在本书前面的叙述中已经解释得十分详尽了，此处不再重复置喙。

这里要说说两个阴平的问题。其实，胡三省没错。

他引注这个隆庆府的阴平县的确是存在的。

西晋怀帝永嘉年间，因战乱，原来陇南文县处的阴平郡、阴平县民众南迁入蜀。流寓的民众在蜀地南北聚集，其寄治苌阳县者（今四川德阳市西北柏隆镇东北隆兴场），乔治阴平县，属梁州。南朝宋时，改属益州；北周改为南阴平县，郡、县合一，是为南阴平郡。

而流寓至南宋的隆庆府，今江油市小溪坝镇阴平村处乔治的阴平县因在蜀北，也是郡、县合一，即称为北阴平郡。

胡三省是南宋、元时期人，故他称隆庆府阴平县是没错的。

其实，胡三省在《资治通鉴》卷七十八音注中关于陇南汉阴平和蜀北阴平均提到过。

胡三省在卷中注道："……若从阴平由邪径经汉德阳亭（按前汉无德阳县。后汉志：广汉郡始有德阳县，盖因汉故亭而置县也。自蜀分广汉置梓潼郡之后，剑阁县属梓潼，德阳县属广汉。续汉志以为德阳县有剑阁。今姜维守剑阁拒钟会，而邓艾欲从德阳亭趣涪，则此时分为两县明矣。然德阳亭亦非此时德阳县治，盖前汉德阳亭故处也。此道即所谓阴平、景谷道。）趣涪（趣，七喻翻。涪，音浮。）"

很明显，他解释了两个德阳县的来历。并明确告知，所谓从阴平由邪径经汉德阳亭这段路，就是即所谓经阴平、景谷道抵前汉德阳亭处攻江油戍"趣涪"的具体路线。

胡三省以阴平，指陇南前汉阴平郡，而从下文"……遂自阴平行无人之地七百余里，凿山通道，造作桥阁。（今隆庆府阴平县北六十里有马阁山，峻峭崚嶒，极为艰险。邓艾军行至此，路不得通，乃悬车束马，造作栈阁，始通江油，因名马阁）……"中的注释来看，胡注实际就是以阴平县指当时属于隆庆府管辖的阴平，即是侨置蜀北的北阴平郡来书写这段史实的。

东晋穆帝永和四年（348），东晋灭成汉后，侨置北阴平和阴平县（治于今四川江油市小溪坝镇阴平村）。后又改名阴平郡，隶秦州。刘宋明帝泰始时（465—471），改侨置阴平郡为实郡，仍名北阴平郡，仍与阴平县同设。北阴平郡隶梁州，辖阴平、平武二县。齐、梁均沿袭前朝之建置，梁天监四年，即北魏正始二年（505），北魏改北阴平郡为阴平郡，隶新置之龙州。

2001年1月，绵广高速路建设要通过江油市小溪坝镇阴平村，为了保护北阴平郡古遗址，江油市文物保护管理所与四川省文物考古研究院共同组成阴平遗址考古发掘队，对现场施工段进行了考古发掘。

经探方开挖、地层发掘，发现街坊房屋遗址、瓦当、石范、石础、石臼等建筑、生活遗址、制品。尤其难得的是，出现了陶制的排水管件，属于承插式组件，火候较高，排列有序。这显然与城市街坊相关，说明千多年前，我们的祖先已经制作并使用了排水暗管，组织实施了城市排水系统。

地层出土物颇为丰富，记得有北宋湖州造铭文铜镜，崇宁、大观铜币，景德镇青白隐青瓷片，耀州窑瓷片，以及大量的建筑瓦砾。

在清理过程中还发掘出陶罐、陶盆、陶碗等一大批生产、生活器皿。

这次发掘，虽然仅是配合绵广高速公路施工段的部分抢救性发掘，但足以反映了历史上的侨置北阴平郡、县是存在于此的，与文献上的记载吻合，地下考古实物起到了证史的重要作用。

侨置于今天江油市小溪坝镇阴平村的北阴平郡一直延续到元初，最终毁于战火。其建制时间为348年至1271年，约为923年。

经过这样的爬梳清理，结合地层的实物印证，我们基本捋清了从汉阴平郡、摩天岭、景谷路、汉德阳亭、侨置蜀北的北阴平郡、马阁山、江油戍、左担路下半段、青川河谷、清江河谷、清江支流河谷、潼江河谷、涪江河谷等一系列地名、山名、水名和它们与邓艾伐蜀的历史渊源。

路线的梗概如下：从汉阴平郡出发，翻越摩天岭，向东南进入清江支流河谷，攻占汉德阳亭，造作桥阁翻越北阴平郡附近马阁山，向西经养马峡修整，出其不意攻占江油戍。沿涪江河谷的左担道出涪，进入现江彰平原，沿平原西部台地南去，攻占涪城、绵竹，直取成都。

20

条分缕析，抽丝剥茧。我们在历史的烟岚雾瘴中，凭借文献、山水地名、口碑传说，以及地下考古资料，终于缓慢而大致地勾画出了一些历史事实真相，或者说更接近于历史事实的真相。

在上述繁复、冗长而乏味的叙述、引证之中，我们先将关注的目光聚焦到陕南，东至安康、中至汉中、西至宁强。再回到四川北剑门关，西南至汉德阳亭（今江油市雁门坝镇），西至三国江油戍（今平武县南坝镇），沿涪江南下至江彰平原（今江油市所在地的周边平原），西北至汉阴平郡。这样一个介于甘南、蜀北、陕南三省交界衔接的历史地域，众山云集，诸水荟萃，历史曾经在此演绎出一幕幕壮阔而艳丽的战争烽烟与繁华和平的画面。

俱往矣。一切都随着青江、清江、潼江、涪江、嘉陵江汇入滚滚长江。

言归正传，回到本文所言及的枫橡乡扶贫任务。

2009年，国家进行了第三次全国文物大普查。江油市文管所在位于江油市雁门山区枫橡乡小院溪村二组刺猪坝严家沟旁，距村委会东 1100 米开外的地方，发现了两处清代木构古建筑。一处呈条形四合院，一处为较大的方形四合院。因为修造院主是清代贡生，当地老百姓称其为贡生院子，简呼为"贡院"。

较大的四合院布局尚算完整。在第三次全国文物普查活动中，江油市文物保护管理所曾对其进行勘察、拍摄、测绘。经设于四合院院坝中心的位置，测得其建筑坐标为：北纬 32°15′48.8″，东经 105°04′29.2″，海拔 1042.4 米。

该四合院类别为宅第民居，建于清代。为一进四合院建筑格局。有正房、东西厢房、大门及相邻的门房，四面组成围合关系。正房和东、西厢房俱有前廊。廊檐下设雕花驼峰，廊挑下设雕花挂落，廊柱挑头设雕花镂空雀替，挑下穿枋处理成发泡面，枋面上设开光镂空雕刻花卉，两端施雕花装饰箍头，穿枋下设相对雕花镂空雀替花牙。可以看出当时修建大四合院时装饰的精细繁复。

小四合院损毁较为严重，江油市文物保护管理所未予上表统计。

小四合院建筑位于大四合院北偏东的上一级台地上。按照川北民居的通常做法，小四合院应该是老院子，因为初来创业，财力不济、人丁不旺，不可能建造得规模宏大、雕工精细、气度非凡。

小四合院整个布局呈北窄南宽的不规则条形，现仅存正房、下房。南厢房已倾圮，留存遗址，北厢房已被改建，原房屋无存。当地老百姓习惯将小四合院称为老房子，或者叫上院。将大四合院称为新房子，或者叫下院。本文以下一律称小四合院为上院，称大四合院为下院。

难能可贵的是，上院的正房虽然内部已经墙倾屋塌、一片瓦砾，但正房的门枋上却保留了老房子初创时雕刻的全部对联。

对联刻在正房堂屋的门枋上，中间两扇门的上联为：创业维艰守成仍不易，下联为：勤耕至要苦读更为先；两侧抱柱枋的对联上联是：大厦观成艰苦备尝缘父老，下联是：美轮可颂爱居安宅付儿孙。

突兀地在人烟稀少的深山老林之中出现这么大规模的两个院子。建筑宏大，雕工精细。而上院正房的门枋上，居然还存留着两副木刻对联，书法规整，笔力遒劲，对仗工稳，意蕴含蓄。

可以肯定的是，修造两处院子的主人一定是读书人了。

前面说过，被当地老百姓称为"贡院"的两个院子，实际上说的是由清代贡生修造起来供居住的院子。而清代所称的"贡院"，实为科举时代读书人考取功名的考场。

显然，这两处建在深山老林里的四合院，既不合"贡院"的规制，也不利官方"明经取士，为国求贤"。

这里远离通都大邑，交通十分不便，官府的申令很难抵达，何能招致各处士子跋山涉水前来应考？

然而，清代的贡生，不去繁华之地博取功名，也不去商贾云集、车辆辐辏市域获取商机，避开尘嚣、披荆斩棘、跋山涉水来此深山老林修房造屋、定居于此又是所为何来呢？

……

贡生，为科举时代朝廷挑选各府、州、县生员（秀才）中成绩优秀者升入京师国子监继续深造修学读书的才俊。考取贡生，意味着成为国之栋梁，可以报效朝廷，在有清一代，这是一件光宗耀祖的大事。

贡生制度始于元代，在明清两代施行并完善。

明代有四种贡生，即"岁贡"，由各府、州、县每年（或两年）选拔1—2名；"选贡"，由各府、州、县每3年或5年选拔1名；"恩贡"，因朝廷庆祝喜事而开恩选拔的生员；"纳贡"，按照朝廷规定，缴纳一定的银钱买来的贡生资格。

清代的贡生又比明代多出两种，达到六种。其"岁贡""恩贡"和明代一样。"优贡""例贡"中，"优贡"相当于明代的"选贡"，"例贡"相当于明代的"纳贡"。此外，清代还有"拔贡"和"副贡"。"拔贡"是从各省科试的一、二等生员中选拔出来的生员。"副贡"则是从乡试落榜生中的优秀者中选拔出来的，相当于一个举人榜中的副榜，所以称为"副贡"。

总之，到了清代，由科举制度演化出的"贡生"，将开科取士的范围和选拔人才的途径扩大化了，成为朝廷笼络读书人、博取天下士子恩服皇上的重要手段。

清代的科举考试分四级，即院试、乡试、会试、殿试。

院试，是参加过县试、府试后的童生，由朝廷所派的官员主考，考中者称为"秀才"。院试的第一名称为"案首"。

秀才才有资格"入泮"，即取得进学学习的资格。其中的优秀者，直接选入京师的国子监读书，即为贡生。

乡试，为每三年在各省省城举行的考试，考中者称为"举人"，举人就有了做官的资格，举人考试的第一名称"解元"。

会试，会试也是每三年会集各省举人在京城举行的考试。考中者称为"贡士"，或称为"中试进士"，其中的第一名称为"会元"，又叫"会魁"。

容易引起误会的是"贡士"这一名称。所谓"贡士"，并不等于"贡生"，而是举人经会试被录取之后的称谓。他比举人高一级，比贡生高两级。

殿试亦称廷试，是皇帝亲自对会试考中的贡士进行的面试，按考试成绩分为"三甲"亦即三等，其中一甲三名，叫"赐进士及第"。第一名称"状元"（亦称殿元），第二名称"榜眼"，第三名称"探花"。三人同称"三鼎甲"。

二甲若干名，均叫"赐进士出身"。"三甲"若干名，均叫"赐同进士出身"。如果某人在乡试、会试、殿试中均考取第一名（即解元、会元、状元同时获取）就叫作"连中三元"。

十年寒窗、一举成名，无非是为了出人头地、光宗耀祖而已。

在这一过程中，有许多寒窗苦读的儒门弟子以"诚心正意修身齐家治国平天下"的情怀来要求自己，在获取功名后以家国情怀为己任，清正严明，就像范仲淹在《岳阳楼记》中所写的那样"先天下之忧而忧，后天下之乐而乐"，做一介清官，慎独勤政，爱民如子，造福一方，政声远播，流芳青史。

果如是，则不枉苦读用功一场，实现了儒家积极入世、建功立业的良好用意。诚如《大学》所言："大学之道，在明明德，在亲民，在止于至善。知止而后有定，定而后能静；静而后能安；安而后能虑；虑而后能得。物有本末，事有终始。知所先后，则近道矣。古之欲明明德于天下者，先治其国；欲治其国者先齐其家；欲齐其家者先修其身；欲修其身者，先正其心；欲正其心者，先诚其意；欲诚其意者；先致其知。致知在格物。物格而后致知，致知而后意诚，意诚而后心正，心正而后身修，身修而后家齐，家齐而后国治，国治而后天下平。自天子以至于庶人，一是皆以修身为本。其本乱而末治者，否矣；其所厚者薄，而其所薄者厚，未之有也。此谓知本，此谓知之至也。"

那么，位于汉德阳亭，现江油市雁门山区枫橡乡小院村这上、下两处由清代贡生所修的院子，在此荒山野岭如何安排他们的营生及教育其后昆呢？

上院堂屋的对联似已标榜得十分言简意赅了，那就是：勤耕至要，苦读更为先。

明显的"耕读传家"嘛。耕读传家，是千年以来我国农耕社会儒家的传统信条，是儒家士子正心、诚意、致知、格物，达到定而后静、静而后安、安而后虑、虑而后得的必须场所和历程。

绝不要轻看"耕读传家"这四个字。

在漫长的封建社会中，它犹如一根定海神针，将农耕社会读书人的思想、道德、行为观念牢牢稳定在土地、山林、乡村、家庭之中，同时不熄其胸中的希望之火，农耕之余"三更灯火五更鸡"地苦读着圣贤书。

这就解决了一个大问题——盲目与浮躁，使乡村社会普遍地安定下来。

漫长的封建社会，在儒家入世观念的引领下，一大批读书人"进德修业"，力求达到道德修养和学业知识的共同精进。同时，不忘稼穑，劳苦耕耘，集合格的农夫与苦读的学子于一身，从而渐渐形成我国特有的耕读文化。

耕读文化的内涵，正如清代著名学者王永彬在《围炉夜话》中所阐述的那样："耕所以养生，读所以明道，此耕读之本源也。"

农忙时勤于耕作，以获取衣食颐老抚幼；农闲时苦读经典，提高学识，强化道德修养，以备家国召唤。这的确不失为一种安宁祥和、积极进取的儒家人生化境。

应该说，从孔子创建儒家学说，到耕读文化的形成，是儒家文化在历史长河中的自我淘洗、自我净化和自我扬弃之后的结果。

孔子周游列国，宣扬他的主张，其弟子子路途中问一老农夫，看见他的老师孔子了吗？老者答道："四体不勤，五谷不分，孰为夫子？"

按照宋代理学家朱熹在《论语集注》中的说法是，"四体不勤，五谷不分"是老者对子路的评价，责备子路不涉稼穑，不问农耕，只知道从师远游，谁是你的夫子？你寻找的哪个先生呢？

而读书人，像三国蜀汉良相孔明在《前出师表》中所说的那样，"……臣本布衣，躬耕于南阳"。却不忘苦读，对天下大事了如指掌，终于在刘备三顾茅庐之后，出山辅佐蜀汉，造就三分天下的大业。

长期以来，耕读，是儒家文化中传统的修炼、正心、静心、敬心……从而取得入世建功立业的本领和资格的必经过程。与此同时，也是知识分子逃避战乱，推脱宦海构陷，归隐稼穑，以寄情田园、自然山水，达到洁身自好，放松心绪的一种手段。

淡泊明志，宁静致远。读书人以这种形式完成了人生的蜕变，变得更加洒脱、旷达、智慧、宽容，学富五车而宠辱皆忘，但又志向高远、勇于担当。

这就是传统知识分子的脊梁，是中华文化博大精深的底蕴。长期以来，在中华文化的滋养下，一批批的知识分子，纵然历经坎坷，陡遭不测，苦难缠身，家破人亡……依然志存高远，依然无怨无悔、百折不挠地忠于责任、报效祖国……这应该是值得我们发扬和承继的精华。

刻于枫橡坝小院村贡生院子上院的这两副门联，中间为"创业维艰守成仍不易，勤耕至要苦读更为先"，两旁为"大厦观成艰苦备尝缘父老，美轮可颂爱居安宅付儿孙"。

中间的上联谈了艰苦创业和守成不易的问题，下联就谈出了耕读的问题，作者把勤耕摆在第一要务的位置，若不勤于耕作，就将食不果腹、衣不蔽体。然而，"苦读更为先"，又倒过来强调了苦读的重要性，这是解决精神的问题，是解决"读书明理"的大事，是通向"为天地立心，为万民请命"的境界问题。

《围炉夜话》中言："饱暖人所共羡，然使享一生饱暖，而气昏志堕，岂足有为？"这一句警言一针见血地指出：只追求饱暖，气质昏聩，志向堕落，哪里会有什么作为呢？

两旁的对联，上联为："大厦观成艰苦备尝缘父老"，说的是大厦看起来是成功了，其中的艰苦备尝的经过，全都仰仗父老乡亲的努力付出啊！下联："美轮可颂爱居安宅付儿孙"，说的是：这样值得称颂的、美轮美奂的房屋，就交付给儿孙迁居进来做安居之所吧。

这副对联，谈了儒家的父老创业，甘于奉献的精神和功绩，也谈了将新落成的房屋交付给儿孙迁居进来做安居之所的良好美意。

那么，这位在此修房造屋、兴家立业的清代贡生，为何要选择在这荒僻闭塞的深山老林里来立足繁衍呢？他又是沿着什么道路，因为什么原因，来到此地的呢？

关于董氏贡生上、下院子确切的修造年代，既无文献记录，亦无碑文可考，一时难以认定。

我们访问当地村民，村民告诉我们，这里属于枫椅乡小院溪村，贡生院子所在地为小院溪村二组，老地名叫刺猪坝，贡生院子就修建在刺猪坝的严家沟附近。

经村民介绍，我们又找到董氏贡生院子的后代，董彬先、董彬生等人，访问他们祖先修建上、下院子的情况。

据董家后人介绍，他们家族是清代早期由湖广填四川而来到此地的。祖籍为湖北麻城孝感，经青川大石坝居住后迁过来的。

经了解，董氏贡生上、下院子应为祖先董茂发所修。

2009年普查后，2014年江油市文物保护管理所又派人员到现场了解，由于董家没有遗留族谱，董茂发生卒年代已无可考，为落实董家院子更加确切的修造年代，文管所对留存的两处董家清墓进行了考察，其中有一座墓葬为董大福之墓，在其碑文后人的名字中，发现了董茂发的名字，为董大福的侄儿。可见，董茂发应为董大福的后代。

董大福墓修建于道光六年（1826），享年64岁，可见董茂发至少在道光年间已经存在。如果董氏贡生院子为董大福、董茂发所修，则修筑年代应在嘉庆至道光年间，道光在位30年，咸丰在位11年，共计41年。然后又历经同治14年，光绪33年，宣统3年，至今又过去了106年（民国1912—1949年，共37年；中华人民共和国1949—2018年，共69年）。

按照董大福的碑文来分析，可能他应为董家从湖广填四川，经青川迁来枫椅乡小院溪村的先辈了，因为碑文上排了董茂发为其侄儿，董大福去世时，距今已192年。董大福享年64岁，应该生于乾隆二十七年（1762）。设若他30岁率家由湖广填川，经由青川大石坝迁进雁门山区的枫椅乡小院村并主持修了上院，应在 35 岁左右，则上院大约修建于清嘉庆二年（1797），那么，设若 20 年后由董茂发修下院，则下院大约修建于清嘉庆二十二年（1817）。由此看来，上院修成距今约 221 年，下院修成距今约 201 年。

光绪版的《江油县志》卷十六《科名志》，记录了从宋至清光绪江油籍人士科名。其中，从明恩贡到清光绪各类贡生，计有明恩贡 2 名，岁贡 2 名；清恩贡 29 名，拔贡 31 名，岁贡 153 名。以上均无董姓人氏，仅在光绪年间有一名姓董人氏，其名董兰；为光绪年间岁贡生，未记录具体乡镇人氏。

显然，这个叫董兰的贡生与修造雁门山区枫橡乡贡生院子的贡生没有关系。因为在光绪登基的 1875 年，这里的上贡生院子早已存在了 78 年，而下院也存在了 58 年了。再者，根据当地人介绍，董家是湖广填四川而来的外来户，在《江油县志》的《科名志》中本来也查不到外籍人氏的科名。

关于湖广填四川，近年来的研究成果可谓汗牛充栋了。

根据最新的研究成果表明，四川乃至陕南的人丁锐减，应该从宋、元时期就开始了。长期的宋、金战争，导致四川人丁大量减少，紧接又是更为激烈而残酷的宋、元战争。

蒙古铁骑横扫欧亚大陆，所到之处，烧杀掳掠，一片废墟。尤其是在四川，经历了长久的拉锯战，最后在合川的钓鱼城，由余玠、王坚、王立等将士独钓中原 36 年抗击蒙古铁骑，整个四川盆地，包括陕南的汉中、安康、商洛的汉水谷地、秦巴山林，生灵涂炭，一派荒凉。

尤其是四川，人口锐减到不足南宋的十分之一！

紧接下来就是元末农民起义、张献忠剿四川等一系列战争，以及战争之后的水、旱、瘟疫……到了清初，四川全省残余人口仅约为 60 万。

《江油县志》记录一则笑话：康熙二十二年，知县万瑞麟莅任时，犹一片荒芜，户若晨星。往省谒，长官问及邑中人户若干，对曰："成万。"长官惊曰："何若是盛？"对曰："城中唯有一城隍庙、万知县而已，无他有也！"闻者不觉大噱。这虽然是一段流传在清初地方官场的一段笑话，但可以窥见，当时的江油县，在明末清初时期，特别是在连年的战争和灾荒瘟疫之后，那种无以言说的萧索、荒凉，空寂乏人的无奈苦况。

笑话的背后，是无边的凄凉，无比的悲恸，无言的哀戚……

第八章　河谷险径，迢迢填川路

21

人丁锐减，颠沛流离，漫漫填川路。这一段历史，也在这无边萧索、灾祸连绵的四川西北部深山河谷地带演绎、变化着。

这个从湖北麻城孝感迁来的董氏家族，和大多数湖广填四川来的移民一样，是清乾隆至雍正年间迁移过来的。他们没有选择陕南的平畴沃野，没有选择有"小成都"之称的江彰平原中坝场，也没有选择水旱从人、富饶美丽的天府之国川西坝子，他们谨小慎微地在深山衿严、密林环护的枫橡坝小院溪村安顿下来，开始了新的创业谋生。

我们在上院拍到董家堂屋遗留下来的祖先牌位，有一个雕刻精美的神台，朱漆描金的祖先牌位右侧刻有"湖广随来香火"六字。

左侧的字，由于照片模糊，仅可见"董氏福"三字，揣度可能为"董氏福荫瓜绵"六字。两边还有一联，上联为"世有晋……"，下联为"家藏汉……"，照片仍是下端模糊不清。"世有晋帖……家藏汉碑……"，应该是说有文脉可承，书香世家的意思吧。

很显然，这块祖先牌位和神桌应是董家从湖广迁来四川后设立的。

祖先牌位包含两个重要信息：一是说明祖先的来处，这根香火是从遥远的湖广孝感麻城传递过来的；二是说明董家祖上也是饱读诗书、深藏翰墨的书香人家。

那么，这个董氏家族为何迁到这个深山老林里来呢？

从上院遗留的祖先牌位上，以及《江油县志》所载江油历代科名名录中，未发现有关董氏家族在江油科举方面的记录。我们推测：董氏家族的贡生科名肯定不是迁到枫橡小院溪村之后径江油县乡试考取的，或许也不一定就是修建董氏贡生上、下两个院子的董大福或董茂发这两个人。

清代贡生这个科名，属于秀才经过院试之后取得进入国子监深造资格的优秀者，按照清代的规定，贡生既可以进国子监深造，也可以由朝廷委派职位。

实际上，贡生并非一个正式的功名，最多相当于取得了一种身份、一种资格，相当于今天的保送生或推荐生的概念。

在清代的六种贡生中（岁贡、恩贡、优贡、例贡、拔贡、副贡），拔贡是由地方生员中贡入国子监的一种贡生。清代初期，每六年选拔一次，乾隆时期，改为逢酉一选，即为每十二年考选一次。

考选后的优秀者，可以委以小京官，稍次点的委以教谕类使用。

选拔时，按每府学二名，州、县学各一名的额度，由各省学政从生员中考选，考选后保送入京，经过朝考合格，可以充任京官或知县、教谕之类。

其余的贡生类别，要入仕，不外乎经过三种途径：一是参加乡试、会试，取得举人、进士之类更高的功名；二是进入国子监读书，期满后考选授官；第三种原则上只针对贡生中的岁贡、拔贡、优贡。

岁贡生在康熙二十六年（1687）以后规定，凡经学政考选后，即可选授本省训导或学正职位，为七、八品官员。而拔贡生在雍正以前，一般均应入国子监读书，肄业后经考核方可入仕。乾隆初年时才规定拔贡生可以参加朝考，列于一、二等者，在保和殿复试；复试之后的一、二名，可由礼部开单引见，分别授职；授予七品小京官者，分部行走（见习），三年期满后才实授；授予知县或教谕、训导者分各省试用。就算是得到官职，也都是先见习，合格后才实授。

同治以前，优贡生虽然也可参加朝考，但没有考后直接录用的规定，所以参加朝考者很少。同治二年（1863）规定，各省优贡生可以朝考后直接任用，列一、二等者以知县或教职任用，自此优贡生参加朝考的人数才增加了起来。

至于恩贡、副贡、例贡，按律便基本上没有其直接入仕的方式和途径。

只有如前所述，或参加乡试、会试取得功名，或通过纳捐获取官职，或通过祖上的恩荫获取例授了。

从以上情况来看，董氏家族所获取的贡生资格，最后是没有被朝廷授予官职的。

因为，倘若董氏贡生（且不管一位或两位贡生）曾经被授过官职，不管是七品、八品，也不管是知县或教谕、训导，按照读书人的惯例，在墓碑上都要标明镌刻其官职，以示光宗耀祖，激励后昆的。

既然如此，董氏贡生究竟属于清代六种贡生中的哪一种，也就不得而知了。

虽然如此，但在清代能够取得贡生这一资格也是相当不容易的，相对于一般的庶民百姓，在民间已是很显耀的身份了。特别是在农村，更是凸显了尊崇，一般被呼为"贡爷"，冠以姓氏，讳了名称。譬如董家出了贡生，那就被呼为"董贡爷"，受到乡下所有人的敬重，列为乡贤，言谈举止都有分量了。

至于董氏这一脉香火，既有贡生科名，为何选择来到雁门山区的枫橡乡小院溪村的深山老林定居？其中的原委，仔细推敲起来，可能其一还是因为明末清初湖广填四川的大势所趋，其二就与当时川内匪患兵祸连绵不绝有关系了。

根据近年来的有关研究，湖广填四川差不多前后延续了100多年，从人员方面来看，以南方各省，尤其以湖广省的人居多，总人数竟达100多万人。

而湖广各县来川的人数又以湖北麻城的人占据重要的位置，枫橡乡董氏贡生院子这一家，也正是湖北麻城孝感乡人氏。

麻城人氏大量入川，首先是因为地理上的因素。湖北麻城是进入四川盆地最方便的地方，一可以沿长江直达重庆，二可以沿汉江抵达陕南的安康、汉中，再沿蜀北历史古道金牛道和米仓道进入四川。其次是历史沿袭。早在元代，就有麻城移民来四川定居，明代又继续了这种移民入川的风习。

到了清代，如前所述，湖广填四川到达了空前的高潮。从顺治、康熙起，经历雍正、乾隆高峰，直到嘉庆、道光方逐渐式微起来。

其入川的形式，一是奉旨入川。基层的实施部门甚至采取强迫捆押方式。

二是求生入川，其原地因兵燹天灾，土地丢失，求生无望，举家迁来，插占为业，另谋生路。三是经商入川，湖北湖南（合称湖广）因地利水顺，古往今来相互商贸发达，故因商而来，入川定居当不在少数。四是仕宦入川，文官武职，一纸委任，举家老小，随宦而来，繁衍生息，就地定居难返原乡。

总之，董氏贡生一家，无非以上时期和原委，便由湖北麻城孝感，千里迢迢来到蜀北。

至于为啥一再迁入深山老林，则可能与平坝土地减少、难以为继，兼之清嘉庆、道光、咸丰、同治年间，四川大量的农民起义、民间宗教起义、反洋人传教等事端屡起不止，不无关系了。

再细究一下，董氏贡生家族，又是怎样一个具体途径，来到这处深山老林里来的呢？这就不得不梳理一下湖广填四川的路径了。

湖广填四川的路径千条万条，归根到底，无非是来自水路，或是来自陆路，抑或是水陆兼程而已。而进川（含今重庆）的水路，无非是沿长江上行，或是沿汉江上行。

大致推断，董氏贡生这一家，很可能是沿汉江而来。

从长江溯水而上到当时的川东、川南，即现在的重庆巴渝地区及四川南部的泸州、宜宾等地带，比较便捷和方便。而沿汉江溯水而上首先就会到达陕南安康、汉中这一块地带。

根据湖广填四川的最新研究成果来看，溯汉江而上的迁来户首先是填了陕南。

陕南北靠秦岭，南依巴山；嘉陵江从北至南，经略阳到宁强出境；汉江源自宁强，东贯穿汉中、安康全境。从自然地理的角度来看，这块地域处于汉江河谷平原与秦巴山脉腹地之间。

陕南从西至东为今天的汉中、安康两地级市，东北角为商洛地级市。

陕南，尤其是汉中这一块，以人文地理来看，从西汉到北宋期间都是属于蜀（四川），或与蜀地密不可分。西汉时期设梁州，梁州是古代九州之一，其治所就设在汉中。彼时称南郑，唐德宗改其为兴元府，明朝时方改为汉中府。管辖范围为秦岭以南，子午河、任河以西，四川青川、平武、江油、中江、遂宁和重庆璧山、綦江以东，大溪、分水河以西及贵州桐梓、正安等地。

直到元代，这情形才发生变更，陕南与陕中（关中）、陕北正式结合为今天的陕西省，明朝至今无什么变化。

秦岭阻隔了北方的冷空气，嘉陵江、汉江滋润出氤氲水气，在北秦岭南巴山山麓的夹裹护卫之下形成了温润富庶的汉江河谷和山林密闭的秦巴腹地，陕南和关中、陕北形成迥然不同的气候，换句话说，即陕南更像南方省份。

陕南气候温润多雨，处处绿水青山，宛如蜀地、江南。此处产稻米、柑橘、竹林、山区有熊猫出没……老百姓语言、习俗多接近于四川、重庆。

陕中（关中）接近北方气候和风俗，而陕北则与陕南大相径庭，黄土高原荒凉少雨，风沙剧烈，老百姓包羊肚巾，放牛羊，道地的陕北腔吼唱着信天游……

相较于陕中或陕北，从南方湖广来的外迁户到了陕南就不愿走了，因为此地是宜居的。

陕南的地理位置还决定了它在军事上的重要性。此地有秦岭横绝，大巴山阻挡，进可逐鹿中原，退可扼守剑门奇险，以天府之国的富庶养精蓄锐。

基于此，它成就了刘邦的雄韬伟略，演绎了诸葛亮六出祁山、北进中原、东据荆州、南联孙吴等一幕幕壮阔雄浑的历史风云。

基于陕南、汉中的军事重要地位，历史上凡想割据四川、偏安一隅，必先占据陕南、汉中，而但凡国家南北分裂，陕南和汉中往往就被南方王朝控制。

直到抗战时期，陕南仍然凸显了它的重要性。它连接西北、西南两大后方要塞，诞生过中国共产党领导的陕南人民抗日第一军，抗日名将李宗仁也曾于抗战后期于豫南会战后驻汉中任行营主任。一时间，陕南成为抗战前方的后盾，具有不可忽视的战略咽喉作用。

也正因为此，陕南成为兵家必争之地，在明末清初遭遇了最大的人口锐减。

在宋金战争和宋蒙战争中，陕南都是交战双方争夺厮杀之地。特别是南宋的蜀地抗元之战最为惨烈。长达半个多世纪的抗蒙战争使陕南、四川遭到空前绝后的灾难，"千村薜荔人遗矢，万户萧疏鬼唱歌"。原本富饶美丽的陕南、四川，变得荒凉冷落起来。

《彰明县志》（彰明县 1958 年合并于江油县，1988 年撤县设立县级江油市）载："普照寺在县西十里，元至正间建，明天顺元年重修。"据普照寺碑记，明末清初发现普照寺的经过有这样一段话："普照寺原名普照庵，明末砍伐老林，发现密林中一寺，倾圮荒废。"

普照寺据说始建年代甚远，原山门曾有一联：寺古曾留唐世迹，楼高恰映汉王台。据传出生于原彰明县青莲乡的唐代大诗人李白曾游历于此寺，并留下了诗句：天台国清寺，天下为四绝；今到普照游，到来复何别；楠木白云飞，高僧顶残雪；门外一条溪，几回流岁月。

普照寺所处的位置，就是原彰明县河西乡普照村，现江油市太平镇普照村。从普照寺朝西望去，不远处就看得见涪江在远古留下的河岸，河岸之上有一处叫"汉王台"的地方，就是发现三国将军墓葬，出土铭文弩机的所在。

普照寺原山门上的石刻对联，上联的"寺古曾留唐世迹"，说的是寺庙很古老了，曾经留下唐代的世迹（指李白曾游普照寺并题咏诗句一段佳话）。下联的"楼高恰映汉王台"，指的是从寺庙内高高的楼上望去，恰好映照出古墓汉王台来。

李白是否来过唐时彰明（时谓昌隆）的普照寺，这首咏普照寺的诗是否为李白在此普照寺所提，是后人附会，还是确有其为，茫然不可考。但江油市文管所在汉王台的考古发现，的确验证了"汉王台"记载不虚，邓艾伐蜀所经路线不虚。

你看看，也许在三国盛唐，江彰平原还是生机盎然、富庶安宁的涪江冲积农耕平原，而到了明末清初，竟是荒草丛生、密林郁闭、人迹罕至之境了！

那么，陕南又是什么景象呢？

经历了宋金、宋蒙的战乱之后，陕南又遭遇明末李自成、张献忠和晚明的反复杀伐掳掠，以及清初的"三藩之乱"，最后荒凉萧疏、杳无人烟，被荒草和密林覆没，被戏称为南山老林、巴山老林……

移民进入陕南，大致是经汉水或湖北的陆路，由东至西，先至平原，再进深山。到了乾隆年间，移民基本上填满了汉水谷地平原地带，继而开始向秦巴腹地的老林地区迁徙。陕南的移民潮流，大致在道光年间进入尾声。

董氏贡生一家，若在乾隆前后进入陕南，可能湖广而来的人户已经比较拥挤了，于是只好慢慢往蜀北移动。

前面我们曾经说过，我们绝不能拿今天的交通状况去揣度古人的行进路线。

尤其特别的是，普通百姓求生存的行进路线千差万别，因人而异、因事而异、因时而异，林林总总、不一而足。

试想，在那空前规模的大迁徙年代。如蝼似蚁，成群结队，扶老携幼，摩肩接踵，沿江顺路，越岭攀崖……滚滚而来的人流，哪里能去规范他的路线，确定他的去向……

而如今，一语带过的"湖广填四川"，不过是一个人口迁移的大概指向，不过是对那段充满辛酸的历史轻飘飘的一瞥而已。

但发生在真实历史上的这一过程，映照于成千上万个不同的家族家庭，每个特殊的生命个体，该是多么铭心刻骨的一段生理和心灵的磨难和煎熬……

总之，董氏贡生家族最后选择了在蜀北山区落地生根。

根据董氏后裔的述说，他们是从大石搬迁到枫椿小院溪村来的。

大石，又名大石坝，在清代和民国时期，大石坝在川北小有名气。大石这个地方离枫椿比较近，枫椿距江油虽有一段崎岖的山道，但江油毕竟是川北商贸较发达的地方，尤其是位于涪江水陆码头的中坝场，更是富足一时的山货药材集散地，为四川四大名镇之一，有"小成都"之称。这便能辐射到周边的经济文化，吸引外来人流，大石坝和枫椿坝自然也不例外，成为可以吸引外来户居留之地。

人往高处走，水往低处流。董氏家族迁来大石，并进一步前往靠近中坝的枫椿也是入情入理的。

大石在清代，由于处于偏僻的深山区，人烟稀缺，并未建立乡一级的政权，只有两个原始村落，一个以地理状态命名，叫大石坝，一个以房屋命名，因为附近修建了一处较大的房屋，所以就叫大房子。

1921年，因地势险要，在大石坝设立了房石团练公所。1935年，中国工农红军第四方面军经过这里，发动群众打土豪分田地，建立了赤水县大石乡苏维埃政权。1939年置房石乡，属平武县第三区。1942年划为青川县第三区。1950 年改房石乡为大石乡，属青川第二区，1952 年改第二区为第三区，1954 年改第三区为大石区，1981 年地名普查，改大石区为房石区，1992 年撤房石区建立房石镇。

房石镇东邻青川县马公、石坝二乡，南与平武县接壤，西邻青川青溪镇，北接青川曲河乡。西南向，与江油枫橡乡有五道河上游河谷，经绝壁高耸、望天一线的窄卡子小径相通。

很显然，董氏贡生家族沿汉江河谷由东向西深入，到了汉中平原的最西端，经宁羌（宁强）进入嘉陵江河谷，沿嘉陵江河谷前行进入蜀北，过利州（广元），经昭化，沿清江河谷上行，达剑阁沙溪坝，溯青江河谷来到雁门坝而进入枫橡。再者，经南去马阁，再去蒲家沟养马峡，翻猫儿垭经六合沟，亦可抵达枫橡坝。

清江是一条古老的河流，古称醍醐水、清水，又名清江河、清水江、黄沙江、青竹江。

《水经注》载："白水（白龙江）又东南，清水左注之。庚仲雍曰：清水自祁山来，合白水。斯为孟浪也。水出平武郡（今青川青溪镇）东北，瞩累亘下，南径平武城东，屈径其城南，又西历平洛郡东南，屈而南，径南阳侨郡东北，又东南，径新巴县东北，又东南径始平侨郡南，又东南径小剑戍北，西去大剑三十里，连山绝险，飞阁通衢，故谓之剑阁也。张载铭曰：一人守险万夫趑趄。信然。故李特至剑阁而叹曰：刘氏有如此地而面缚于人，岂不奴才也！小剑水西南出剑谷，东北流径其戍下，入清水，清水又东南注白水。"

这段记载，准确说明了清江（又称清水河、青竹江）的发源地、流经地和汇入白龙江的状况。按照今天的地名，它应该是发源于广元市西北缘的最高山大草坪（海拔 3837 米），东经唐家河自然保护区，再流经今青川县青溪镇、桥楼乡、曲河乡、前进乡、红光乡、关庄镇、茅坝乡、凉水镇、七佛乡、马鹿乡、竹园镇、建峰乡，进入剑阁县的下寺镇后，在广元市的宝轮镇和昭化镇的边界汇入白龙江。

清江主流虽然在昭化附近才汇入白龙江，但如前所述，它由东北向西南的江水上游，有一条重要的支流青江，延续到了今江油市的雁门镇，也即古代的汉德阳亭。在今青川县的竹园镇，青竹江（上游习称）汇入清江正流，竹园镇到源头的清江河为上游，而雁门河口至大剑水汇入即剑阁下寺镇段，就称为青江下游，雁门以上的青江亦名雁门河。

而雁门河实际上又有两个源头，其一为六合乡的六合沟，另一个源头就是枫橡乡的五道河，六合沟和五道河两沟碧水在六合乡的河石坝汇入雁门河后东拐形成青江，往剑阁的下寺沙溪坝奔腾而去。

这就清楚地探明了，无论是雁门河，还是六合沟、五道河，都是清江河的支流，这些河谷也必然是清江河谷的支流河谷。

沿枫橡乡的五道河上溯，经今枫橡乡夏村过窄卡子上行，过青川的朝阳乡后就是青川的房石镇了。不难看出，董氏贡生家族正是沿着清江河谷或清江支流河谷翻越相邻河谷的垭口，来到枫橡乡小院溪村的。

从地图上来看，他们沿青川县房石镇的大石河下行，经窄卡子到江油枫橡乡夏村再东行，就到了小院溪村。

巧合的是，这些河谷道路暗含了当年邓艾偷渡阴平经汉德阳亭"趣成都"的极大可能性！

……

董氏贡生家族迁来今江油市雁门山区枫橡乡小院溪村地界之后，漫长而旷日持久的颠沛流离历程方才消停下来。

而能够修建起上院的房屋，刻下赋予家风家训的对联，就意味着宛如飘蓬般的湖北董氏一脉，终于在这片深山老林落地生根、开枝散叶了……

中华民族的生存之道是无比坚韧而强劲的，尤其是浸润了丰厚儒家文化的诗书家族，那融入血液的自强不息、艰苦奋斗、随遇而安等适应环境的品性，使他们即使落脚在青石板上也能繁衍后代，也能生存下来。历史上晋人南迁、宋人南迁、明人南迁，躲避兵燹灾祸，遁入荒山野岭后，创业重振的例子不胜枚举。

难能可贵的是，枫橡乡小院溪村的自然环境并非恶劣到难以生存的地步。这里山清水秀、森林茂密，山间河谷的小块平坝土地肥沃、灌溉便利，不但出产玉米、荞麦、土豆、红薯，开垦成水田，还可以种出香喷喷的稻米来。

从近在咫尺的深山老林砍伐来的树木，随处均可开采的山岩顽石，都是

161

修房造屋的绝佳材料。随山就势，平基垒坎，深山老林永远不缺良工巧匠，平好地基，备好材料，择日开工，一声啊吠，在掌墨师的瞅瞄关照之下，一排排扇架便兀立起来。不经意之间，一间间穿斗式构架，飘散着杉、柏馨香的房屋院落便屹立在山林田垄之间了。

前面说过，湖广填陕南、填四川的过程是先填满了陕南富庶的汉江平坝，然后才往秦巴腹地深山老林进发的。而从湖北湖南沿汉江上溯进入陕南的湖广移民，又自东而西沿汉江上游进入嘉陵江河谷到了蜀北，进而到了四川北部山区。董氏贡生一脉可能是从青竹江口溯青江河谷上行，在大石坝短暂居留之后，辗转来到枫橡乡小院溪村。

这就回答了董氏贡生一族为何来到此地落脚的问题。

再者，到了清代嘉庆、道光年间，蜀中的农民起义接连四起，烽烟绵密。

对于追求安宁平静的读书人来说，与其待在富庶平坝或通都大邑之地遭受战乱的滋扰，不如远避山林、遁入荒僻之地耕读自给，享受闲适而恬淡的岁月静好。

正如在江油任训导的富顺人刘宣那样，为了寻找"贼氛所不及者"之处，顺着江油北部的大山走去，当他沿着北山之麓行走了百里之后，进入了养马峡，接着朝东入谷，发现两岸矗立，岩高而溪窄。此时，他应该是进入了与枫橡乡毗邻的六合乡，也即六合沟了。

当年刘宣是这样描述六合沟的风土人情的："……十数里许，涧少阔，有居人数家。复前行。……循石垒斜下，渐平广，林树丛密，蕨深没人。居民时或断木为梗，横卧山间，俟其腐而生耳，以易米粟。山腹小村落曰龙池。东北行可三十里，平畴弥望，溪水交流。沿溪阛阓百十家，列肆而处，无游民，男妇皆古质，食黄粱。里长为觅稻米饭进。余问之居人，云此鹿鹤沟也。蓝逆乱时，至山口而返，自来未被贼扰，盖不知乱离为何状也。"

末了，他感慨道："……余尝读晋人《武陵源记》，旷然遐思，疑世间无此灵境，而又深信世间有此境而人迹或未之至也。即偶至焉，而以为未足奇。意将求如古之桃源，必山口仅可通人，山之桑麻鸡犬必与世殊，其居人又必阅数代而长生。真有避秦人乱，历汉、魏、晋而犹存者？无论仙源不辩，即世果有其境，人亦习居焉而相忘，谁复笔之以传来叶？今观鹿鹤沟天然奇境，生其间者以壮、以老、以至于既耄，不知有城市喧阗，何论烽燧？惟子生孙、孙又生子，自食其力，至于暮齿而已……"

追求世外桃源、人间仙境是儒家学子的梦想。从陶渊明的《桃花源记》中不难看出，他写出这一脍炙人口的名篇，无非也是寄托一种理想而已。然而可贵的是，他信笔而来的描述，是那样恬淡而闲适的一种生存状态，是那样优美而宁怡的一处山水田园，是那样一群普通而浑如璞玉般的良民百姓。此处并非仙境，居于此处的人们也并非真人神仙，他们只是比世人多了一份纯朴，多了一份率真，多了一种无为而治的生活方式。

刘宣在《江油县志》卷之二十四的《艺文志》中，以《小桃源记》写下了他对六合沟这处"世外桃源"的礼赞，他在结尾时说道："余既周察其中，羡其冈峦之雄峭幽险，谓是江油之乐乡，直与武陵源仿佛也。名之曰'小桃源'而为之记。"

时任江油训导的刘宣是清醒的。他知道世间是找不到"武陵源"的，但寻觅一处幽僻的山林，在"教匪"作乱时以藏匿父老百姓，使其不遭涂炭掳掠，岂不善哉？

同样，董氏贡生一族也是清醒的。读书人本就有浓厚的山林情结，何不如乘朝廷有"填川"之令，况又值世道不靖，干脆一步到位，寻得一处民风古质、险峻幽僻的好去处，再来躬耕其间，寒窗苦读，兴家立业，诗书传家，延绵文脉呢？

这，恐怕就是董氏贡生一族落迁于枫橡乡小院溪村的内在因素吧。

22

枫橡乡小院溪村的山水敞开胸怀接纳并滋养了从湖广跋涉而来填川的董氏贡生家族。

正如刘宣在《小桃源记》中描绘的那样，虽居深山，交通艰难，但"……余问之居人……蓝逆乱时，至山口而返，自来未被贼扰，盖不知乱离为何状也。……生其间者以壮、以老、以至于既耄，不知有城市喧阗，何论烽燧？"

正是这份世外桃源般的安宁与平静，吸引了董氏家族迁到深山幽谷里来的。

董氏贡生一族在此宁静安康，不惊不扰地过起了日子。经过勤爬苦做，精打细算，以耕读传家为家风家训，正如《围炉夜话》中书写的那样："……勤以补拙，俭以济贫。安分守成，不入下流。忠厚足以兴业，勤俭足以兴家。贫寒也需苦读书，富贵不可忘稼穑。天地且厚人，人不当自薄。……"终于，家兴业旺了起来。

直到董氏贡生家族开始修建下院时，那院子的规模与上院相比，就不可同日而语了。

根据测绘，董氏贡生院子下院，占地约2亩，为一进四面围合之单檐穿斗全木结构四合院，明清山地木构建筑民居风格。主体建筑为正房（上房），两侧配厢房，进院设八字龙门（朝门），龙门两旁设下房。

明、清时期形成的民居四合院蕴含了儒家学说的丰富理念，譬如内敛而和合，譬如亲亲尊尊，譬如礼治、德治、人治，等等。

董氏贡生院子新修的下院，自然也体现了儒家的诸多观念。呈八字敞开的宅门，入口轩敞开阔，意在应纳八方人气财气，进入四合院团拢和合。大门两扇，上雕鼓锣钱镂空花窗，寓意财源广进，门额上方，中设装板，当中划设四方，各分四块，系四维。下设装板分二块，系二仪。两侧辟花格窗两扇，收纳流通。门庭脊高约5.65米，檐高约3.2米。宅门两侧下房，脊高5.12米，檐高2.86米。在高度上突出了朝门的地位。

四合院坐北朝南。经测量，宅门布局不在中轴线上，而是朝东略偏，因院内不设影壁，在风水上避免了对冲。

四合院的正房堂屋，是全院最高级别的建筑，位于中轴线上。堂屋，在四川四合院中的功能首先是祭祀先祖，所以在它的正中后墙壁必然要设立祖先的牌位，即天地君亲师刻于正中。民国以后，设立共和，废除君主，就改君为国，成了天地国亲师五字。这一差别也就成了祖先牌位清代与民国的断代标准（当然也有至今未改君字的）。正中五字两旁，则为某氏门中宗祖，家居赐福尊神之类，再外侧设对联，对联上设横批。稍有不同的是，董氏贡生家族的祖先牌位多了一个来历，即湖广传来香火六字，强调了迁居落户前的祖脉来源。

董氏贡生院子的正房共设七间，其中堂屋设三开间，明间为堂屋，左右次间为主人居室。明间开间宽达 5.01 米，次间为 3.8 米，总开间为 12.61 米。进深为 6.7 米，前廊为 1.9 米，总进深为 8.6 米。堂屋脊高 6.9 米，檐高 4.0 米。为四合院中最宽敞高大的建筑。堂屋左右各设一梢间，开间为 4.61 米，进深 6.7 米。梢间前廊宽度仅止于厢房前金墙。梢间左右各设一尽间，开间为 3.15 米，进深为 3.15 米，不带前廊。

正房中，梢间、尽间组成的房屋脊高 6.4 米，檐高 3.12 米，均低于堂屋三间。正房两侧为东、西厢房，两侧各为七开间，分别于由北至南第二间设堂屋，堂屋开间 4.4 米，进深 4.82 米，侧廊 1.21 米，通进深 6.03 米。两侧及南梢间组成厢房主体，四间除堂屋外开间俱为 3.8 米，故厢房主体通面阔为 19.6 米，通进深仍为 6.03 米。厢房主体脊高 5.8 米，檐高 3.12 米。厢房主体脊高低于正房梢、尽间，檐高与正房梢、尽间同。厢房主体后三间开间分别为 3.6 米、2 米、4.63 米，通面阔为 10.23 米，进深为 4.82 米。最后一间与下房相连。前两间有阶沿，不设廊柱。两侧厢房后三间脊高 5.6 米，檐高 2.9 米，均低于厢房主体建筑。

除前述的宅门外，两侧东侧有一间、西侧有三间共四间房屋与宅门共同组成下房。宅门两侧两间开间东侧为 3.43 米，西侧为 2.77 米，进深为 4.63 米。西侧两间开间分别为 3.66 米、2.93 米，进深仍为 4.63 米。除宅门外，下房其余房屋脊高为 5.35 米，檐高为 2.81 米，不仅低于宅门，也低于所有四合院其他建筑。

可以看出，从上房堂屋起，上房两侧、厢房主体、厢房次要建筑、下房宅门、下房两侧的房屋高度是，堂屋最高，上房其余房屋次之，两侧厢房主体再次之，厢房次要建筑又次之，宅门两侧房屋再次之，宅门高起，但仍低于正房、厢房主体。建筑韵律为：宅门高，两侧低，两旁厢房则低、高、高、高，至正房堂屋最高结束。

按照儒家的亲亲尊尊观念，堂屋为家族共尊祖先之地，左右房屋以右为大，分别是大房、二房居室；两侧厢房以右为大，分别是三房、四房居住。以此类推，宅门两侧为下房，为下人、长工居之。既等级分明，又融合一体。

......

光阴飞逝，苍山依然。修建于清代的枫橡乡小院溪村的董氏贡生上、下院子，在青江日夜流淌的呜咽声中缓慢而坚定地消退着容颜，剥蚀着肌肤，丢失、垮塌着各种构件……

正如人世间所有的事物都会经过发生、发展、衰败、消亡一样，建于枫橡乡小院溪村的上、下董氏贡生院子在每一阵山风吹袭之下都会陈旧一点儿，每一场山雨冲刷之后都会剥落一点儿，在不经意的光阴流逝中逐渐走向湮灭无存……

更何况还有社会的风暴，它那荡涤一切、摧枯拉朽的气势是改变世态和江山的宏伟动力，是加速其从内到外发生变更、衰败、消亡的无可抗拒、客观存在的重要因素。

清代、民国、中华人民共和国……

总之，这两座上、下贡生院子终于渐次荒败下来，冷落下来。上院的房屋已濒临垮塌殆尽，堂屋的脊檩糟朽断裂，不堪重负轰然塌落，堂屋一片瓦砾；右侧在往昔已改建过，左侧的房屋荡然无存，仅留屋基。原来的左厢房不存，右厢房在早期已被改建，现在居住着一户村民，他们修建的房屋囿于时尚、囿于风气、囿于财力、囿于建筑材料的取得等，已与董氏贡生院子的格局大相径庭，风貌迥然不同。

经过了时间的流逝、世情的淘洗以后，虽说仍然是一方乡土的传人，甚至是一脉相承的董氏贡生家族的后代，但他们的社会态度、生活方式、宗族观念、宗亲关系等已发生了巨大的变化。

董氏贡生上、下院就这样加速损毁着、衰败着。

上院仅存堂屋的前金墙门枋上雕刻的家风家训对联，大概是在"破四旧"时期被部分铲除，有了破坏风气之后，雕花月枋、镂空雀替、隔扇门、窗棂或被拆掉，或被戳毁，或被撬走……

游走于山乡的文物贩子、收藏爱好者，不时光顾，或盗或买，卸下了许多往昔董氏贡生院子的精细精华……

尤其在经历了 2008 年 5 月 12 日那场大地震之后，董氏贡生院子遭到更大的毁损，房屋歪斜、垮塌、漏雨严重，经部分排危拆除，更加显得破败不堪起来。

......

进入新时代，一股重视传统村落的保护、追寻乡韵乡愁的风气逐渐蔓延于神州大地。不管是穷乡僻壤，还是天涯海角，只要有游子的故土、有先人的踪迹、有古街古镇古村落、有传统美味美食、有民歌民谣传唱……都将激起一阵阵浓郁的乡情，唤起一股股浓烈的乡愁，引人追寻，引人驻足，引人回味，引人深深陶醉其中……

乡愁是什么？著名的台湾诗人余光中那首脍炙人口的《乡愁》道尽了一个海外游子对故乡、对亲人、对亲情无与伦比、缠绵悱恻、一咏三叹的眷恋之情。

这是一种难丢难舍的情怀，一种痛彻心扉的思念，一种熏陶着浓郁的儒家文化的中华民族特有的家国情怀。

家国情怀是中华民族优秀文化的基本内涵之一。

所谓"家国情怀"，是儒家文化主体对家国共同体的一种认同，并促使其发展的思想和理念。其基本内涵包括家国同构、共同体意识和仁爱之情；其实现路径强调个人修身、重视亲情、心怀天下。既与行孝尽忠、民族精神、爱国主义、乡土观念、天下为公等传统文化有重要联系，又是对这些传统文化的超越。

"家国情怀"在增强民族凝聚力、建设幸福家庭、提高公民意识等方面都有重要的时代价值。正如《孟子》所谓："天下之本在国，国之本在家，家之本在身。"家是国的基础，国是家的延伸，在中国人的精神谱系里，国家与家庭、社会与个人都是密不可分的整体。"国家好，民族好，大家才会好"，"小家"同"大国"同声相应、同气相求、同命相依。正因为感念个人前途与国家命运的同频共振，所以我们主动融家庭情感与爱国情感为一体，从孝亲敬老、兴家乐业的义务走向济世救民、匡扶天下的担当。家国情怀宛若川流不息的江河，流淌着民族的精神道统，滋润着每个人的精神家园。

"家国情怀"是儒家文化重要的组成部分。

在今天，儒家文化对于现代社会也投射着它的影响，引起世界的注目和震撼。

正如瑞典斯德哥尔摩大学中文系教授罗多弼所说的那样："自从中国人开始追求现代化以来，儒家思想在中国文化上的地位就发生了非常大的变化，自明清时代，儒家思想在中国文化上的地位就发生了非常大的变化。每个人都应该有机会参考儒家传统提供的资源，尤其是华人和东亚人应该有这个机会，但是正如其他的文化传统属于全人类，所以儒家思想文献应该尽量翻译成各种语言，提供给大家。作为瑞典人，我必须承认儒家经典著作当中，到现在只有《论语》被翻译成瑞典文，这是我这一代瑞典汉学家应该填补的空白，从一开始儒家思想就体现为一种具有普遍性的世界观和人生观，用今天的话语来讲，在古代中国儒家思想就被理解为人类文明的核心结果，至少在中国，儒家思想被视为文明或文化的一个不可分割的组成部分。

"儒家思想给现代人提供了很丰富的资源，面对这些资源，现代人具有一个选择的自由，可以吸收资源里面的一些成分。但是不管你做出什么选择，儒家思想属于全人类的文化遗产宝库，保存和解释儒家思想文献，增进人们对它的理解是我们作为对儒家感兴趣的学者的一个重要任务，不管你对儒家思想的评价如何，了解这个极其丰富多彩的传统一定会使得你的生活更加丰富。"

事实正是这样，如何通过乡情乡愁作为纽带，保护和发掘好越来越少的传统文化、历史文物、民居、古建，让传统文化、传统文明的精华部分为现代文明服务，是摆在我们面前的重要任务。

也正是在这样的时代背景下，根据《国家"十一五"时期文化发展规划纲要》，国务院决定从2007年4月开始，开展第三次全国文物普查，普查于2011年12月结束，共用时五年。

在此期间，江油市文物保护管理所遵照有关规定，于2009年11月到2011年2月期间，对位于江油市枫橡乡小院溪村的董家大院（下院）进行了勘察、拍摄、测绘工作，将其视为新发现的"不可移动文物"进行了普查登记，该处文物归类为古建筑中的宅第民居。

接受江油市人大的任务后，我们对这处遗留在枫橡乡小院溪村的董氏贡生上、下院子做了详细的勘察测绘，对它遗留在上院的木刻对联进行了收集、抄录……证实了老百姓所谓贡生院子的遗留文化信息、传统儒家的"耕读传家"理念，同时印证了明末清初重大的历史事件"湖广填四川"的史料事实。通过这一物证资料，推断了"湖广填四川"的迁徙路线，丰富了我们的地方史料、乡土文化、地域特色。

第九章 追随匠心 回馈国宝

23

再入深山,已是回到故乡的深山了。有一种倦鸟归林的感觉,有一种游子回乡的依恋。

1965年高中毕业的我,刚脱离校园,可谓举步维艰、四顾茫然。青春稚嫩的一段岁月曾经漂泊、滞留于古汉德阳亭雁门山区的六合沟、枫橡坝这一方山水密林中,那种焦灼、无助令人终生难忘。

如今都过去了,犹如那转弯而去的青江北流逝水……

一晃就是暮年。

人生,人世,世事……

当时的我怎么也不会想到,自己将来会搞古建筑,会从事古城、古镇恢复重建、修缮保护的规划设计工作。怎么也不会想到,在人生的暮年还会再有机会来到古汉德阳亭,这个昔日通往古昭化、剑阁等蜀北关隘重镇的要津之地,来为故乡雁门山区枫橡乡小院溪村遗留的两座董氏贡生院子做一些抢救、发掘、整理、保护的工作。

……

回忆起来,刚开始接触建筑、接触民间工匠,的确是在流落雁门深山的六合、枫橡坝山间河谷中,在独自往窄卡子险路上盲目行走后又渴又饿、疲累交加的那个春夏之交的上午。我利用在枫橡小学帮梁老师代课的休息间隙,朝五道河的上游"一线天"窄卡子走去。

其间,是那位在清澈的溪水中捞掉下去的砍刀的深山农妇给我指的路,我才遇到两个解木头的解匠的。他们真诚、善良，帮了我的忙，解了我的危，给了我口饭吃。虽然他们也贫困、也疲累，却不忘保护我这个误"闯山河"的年轻人，临走还硬塞给我两元盘缠钱……令我羞愧难当，感激不尽。

后来，我牢牢记住那个送我上路的解匠临别时叮咛我的话语："一定要学好手艺，才能求得到吃。"于是我便停止了闲逛，开始了临工和学习手艺的谋生之路。我学过木匠、漆匠、泥瓦匠，也搞过美工和广告；代过课，当过"教书匠"，教过小学生音乐、美术，语文、算术和体育，也在县城中坝一家酒厂烤过酒，学过"烤酒匠"，抬过 200 斤重的酒坛子……

手艺是什么？粗浅从字面来看，大约是手上功夫、求生技艺，即用手工从事的谋生技艺。本地民谚有"天干饿不死手艺人"，"一招鲜，吃遍天"……但这仅偏重于其生存价值。时至今日，我才进一步明白了其重要意义。手艺、手艺人，工匠、工匠精神，是人类文明不可或缺的组成部分，是人类与自然、社会行生存斗争的重要遗存，是人类文明进步的必要手段，是珍贵的非物质文化遗产。

唐柳宗元《梓人传》云："彼将舍其手艺，专其心智，而能知体要者欤？"继而指出，高明的工匠是要"专其心智"的，是要把握极为全面、高深的知识的。这就证明，民间艺人，他们散落在各处，用他们巧夺天工、生动曲折的技艺，聪明智慧的才能和心血闪耀着创新与传奇。同时，高超的匠人亦可达到智者境地，"能者用而智者谋，彼其智者欤，是为佐天子，相天下法矣"（柳宗元《梓人传》）。就是说，执政者是可以用其智慧、谋略来治理天下、推动社会进步的。

当年教我学木匠的师傅姓汪，四川省射洪县人。因为射洪县在涪江下游盆地丘陵地带，生活比江油苦寒，所以县城中坝场从明清到民国都有许多射洪、中江来的手艺人，沿涪江前来谋生，安家居留，故乡称其为"下河客"。

师傅也是"下河客"，个儿不高，敦实壮硕。那天，无业的我在江油城中转悠，来到县委礼堂玩耍。县委礼堂当时设在老城堰沟边，沟边有一株古麻柳树，枝丫蔽日，浓荫匝地。平素，不开会时，礼堂空空如也，气派而空寂。师傅和师娘正在干木活。那个年代，会多，运动多。开会需要宣传、鼓动，因此做各种大小的标语框就成了热门活儿,师傅穿着短袖衫,耳朵上一边夹了支香烟,另一边夹了支木工用的扁铅笔,正埋头呼哧呼哧地用锯杀木条。

我无所事事,站在一旁看师傅二人夫唱妇随地干活,不由得心生羡慕。觉得这样干活求生也是乐事。一种想学手艺糊口的强烈愿望支撑我开口:"师傅,你们收学徒吗?我想学木匠。"师傅停了手上的活,笑眯眯地看着我,见是一个细皮嫩肉、唇红齿白的学生,就哈哈一下说:"吃得了苦啵?"我使劲地点了点头。"明天来就是。"师傅撒脱地一声应承。

我喜不自禁。

于是,我跟着汪师傅学起了木匠。如何锯断木头,如何用杀锯杀木条,如何使用斧头、刨子,如何使用墨斗弹出墨线,吊出垂直的中线,如何使用钉锤钉钉子,师傅叫我用钉锤钉钉子时,总是喊,手腕放松,后手抬高,看准,用力。一开始我不是将钉子钉弯,就是老钉不进去,按照他的叮嘱去做,很快,就得心应手,运用自如起来……

汪师傅说:"是匠不是匠,首先看模样。"说罢,用一只手将墨斗、角尺、墨签全捏在了右手,又笑着说,"木匠木匠,一只手捏三样。"我一看,他是用右手捏住墨斗,大拇指压在放在墨斗盒里的墨签上,而那把角尺,又恰到好处地穿于墨斗与墨签之间,被稳稳地卡在了一起。

一开始,我这个小手掌无论如何也拿不了三样,惹得师傅师娘哈哈笑个不止。

学习手艺,一旦开始就停不下来,触类旁通,我又涉足了漆匠、泥瓦匠、画匠、电工……总之,干活挣钱。这一时期,我有一种冲动,就是不管啥活,我都把它看成手艺,边做边学,边学边问,即使遭到冷遇、嘲讽甚至呵斥,我也放下自尊,笑脸相迎。我知道,只有学好手艺,才能在这个艰难的时节凭一技之长混营生。

一度,我在酒厂烤完酒之后,就急忙脱掉围腰,赶到一所叫工农小学的学校代课,这样就有两份工资,结余起来,再图他举。

我终于在劳动局找到了一份两年的地方国营厂矿工作。

1968 年,作为合同工,我在绵阳地区水泥制品厂所属的剑阁下寺镇的沙溪坝工地筛砂,为设在江油二郎庙镇的绵阳地区水泥制品厂生产水泥制品必备的集料、骨料。

抽空，我第一次到访震慑我灵魂的剑门。

回到二郎庙厂部，我认识了一个搞工程设计的朋友黄铿，是他影响了我，使我的人生迎来了一个新的转折，我对建筑工程的规划设计方面产生了极大的兴趣，开始了这方面的学习和探究。

朋友是上海人，毕业于同济大学建筑系。高高的个儿，坚挺的鼻梁，戴一副近视眼镜。他是个"右派"，好像是在大学里就被划定了，一毕业就进了劳改农场。稍后，被分在了四川一家大型省属建筑公司，这家建筑公司解体之后，又被分在原绵阳地区水泥制品厂的。当时，黄铿在厂里专门搞厂房、职工住房等建筑的设计工作，平素沉默寡言，喜欢看书，也喜欢绘画，有很不错的素描功夫。

厂里派性严重，但在"抓革命促生产"的口号下，尤其是关系到电讯、电力的重要设备的电杆，生产还是得继续忙碌地进行着。他工作单一，不敢涉足政治，埋头于厂内规划设计任务。

从剑阁下寺沙溪坝料场回厂，我被分到生产电杆的车间。电杆车间有两台离心机，隆隆地旋转着，旁边摆着一排排离心成型的电杆，外面罩着上离心机的钢模。每一根打好成型的钢模都通了蒸汽，在灼热的水蒸气中进行水泥电杆养护。

电杆配筋为预应力先张法，在浇注混凝土之前，对钢模两端的冷拔丝钢筋采用机械拉力产生预应力张力，浇注成型并经养护期完成之后，方将预应力钢筋剪断。开模之后，电杆成型，光洁圆滑，坚挺牢固。

电杆车间三班倒，工作枯燥乏味，单一重复。我每个班跟着师傅们卸螺栓，开模，行车脱模，吊走电杆。我们用小钢铲清理钢模内水泥痂，打油，再放好钢筋笼，推小车去搅拌机处接混凝土，倒入钢模，倒满后，行车过来，吊上离心机旋转，完成后，再吊入蒸汽养护区蒸养。如此循环，往来如一，一个班下来，已是腰酸背痛，全身乏力。

平素开会，或者闲暇，总爱凑到黄铿那儿去，看他用铅笔或钢笔作人物速写，或是一个小鹿、小猫、小狗啥的。白描随意，线条流畅，落笔准确。

172

很快，一幅头像、一个工人的动作、一只动物就活灵活现地跃然纸上。我自幼喜欢美术，也经常练练素描，因此，我非常佩服他。

在厂里，我依然坚持着多年养成的习惯，一个是晨读，一个是写作（诗、散文、小说），一个就是练习绘画。黄铿对写作不感兴趣，经常也爱看看我的画，点评之余，推心置腹地告诉我："学绘画，要有个努力方向，当个职业画家?"他看着我笑了笑。我一脸苦趣说："不可能。"说实在的，我画画纯粹就是个爱好而已。

早上，我喜欢读唐诗，或汉乐府之类，有时也背诵一下。一天清晨，我正摇头晃脑地背诵着《孔雀东南飞》："孔雀东南飞，五里一徘徊。十三能织素，十四学裁衣，十五弹箜篌，十六诵诗书……"黄铿在我的背后听着，跟着。我一回头，见是他，不好意思地笑了。

"背这个有啥用?"

"唉，身边也就这么两三本书，读啥呢?"

……

"学学建筑画图吧，你有绘画基础，我可以教你。"

"好呀!"我高兴得跳了起来。

"你来拿些书看吧。"黄铿平静地对我说。

我听后，简直有如久旱逢甘雨，汪洋得舟。暗暗下定决心，要努力向他学习，闯出一条路子来。

后来，我陆续在黄铿那里拿到了《建筑绘画基本知识》《建筑空间透视》《建筑素描》等建筑绘画方面的书籍，开始一头埋进书中，学习起建筑设计来。

在阅读建筑设计书籍之外，黄铿也有一些文艺书籍借给我看，其中《居里夫人传》一书使我激动不已。这本书是居里夫人的女儿艾芙·居里写的，文笔清丽，语言简洁，使人极富阅读兴趣。

书中，她以亲切感人的笔调回顾了居里夫人，这位影响过世界进程的伟大女性不平凡的一生，深深沉浸在那个穷苦的波兰女孩玛利娅顽强拼搏、刻苦热忱的工作态度中。这个世界上唯一获得两次诺贝尔奖的女科学家久久激荡着我的胸怀，而居里夫妇献身科学的精神、简洁平常的生活作风，也激励起我勤学苦练的意志，我更加信心满满、坚定顽强地埋头自学起建筑设计来。

更重要的是，黄铿还邀我在他的绘图室里当助手，从削铅笔开始，练习建筑的平、立、剖面的绘制，一笔一画都得到黄铿的指教，一年半载之后，我对简单的建筑设计便可以一边翻书，一边试着画了起来。我兴奋异常，建筑设计这门手艺正好把我这几年学习木工、漆工、泥瓦工等知识串联了起来，这是在一个高层次上的统合与运用，我逐渐悟到了黄铿所说的"要有个努力方向"的意蕴了。

水泥制品厂合同期满结束后，我的建筑设计亦可以勉强独自应付了，便凭一技之长到故乡的县建筑公司担任了设计预算方面的工作。我很高兴，总算结束了无业游走的局面，开始了固定单位按部就班的日子。

不过，我内心依然是不安分，躁动游弋的。我没满足于县建筑公司这个设计员职务，一段平静岁月之后，又恃才傲物地要去外面的世界闯闯。

一个偶然的机会，我接到邀请，到那个被误会为马角之名的小镇设计区税务所的职工宿舍。房屋结构简单，为单层坡屋面民居，面积也不大，主要是解决所内职工的住宿。于是，从基础设计开始，我接受委托，承担了这个连设计带施工的工程。那时候的我，在工程设计与施工方面还处于初出茅庐阶段，纯然没有追求经济效益的想法，只觉得拿到这个小小的工程，使我获得了宝贵的实践机会，我不仅要把它设计好，还要把这个职工宿舍修建好，以证明我学到的本领和实际能力。

图画好后，我请来了我先前学手艺时打过交道的木匠、泥瓦匠，和他们一起商量，踏踏实实地完成我第一个作品。由于学过设计，也亲自干过修建方面的手艺活，懂行，大家配合，做起事来，一点就通，既好交流，也不走弯路。工程不仅做得又快又好，还给单位省下一笔可观的经费，至此，因为建筑费省效宏，一时传为美谈。渐渐地，我便在建筑界有了点名气，请我的单位也多了起来，我也俨然一副能设计、会修建的小包工头模样，游走于县内外各处工地了。

…………

许多年以后回忆这一段经历，依然使我哑然失笑。觉得要是后来不发生变化，不是偶然遇见了我读初中时的杨兴富校长，一股脑儿走下去，也许我就是一个建筑工程的包工头儿，抑或更进一步发展，变成一个房地产开发商？说不定成为什么富商巨贾、地产大鳄，也未尝没有可能呢……

然而，我没有后悔，对这位杨校长，我充满了感激与怀念。

我是 1959 年考入江油二中的，当时的江油二中办在原彰明县城中，即现在的江油市彰明中学。彰明县紧挨江油县中坝场，也是一个古老的县城，清道光版《龙安府志》载："彰明，两汉时为广汉郡涪县地。晋孝武帝侨置汉昌县，属巴西郡。宋、齐因之。西魏废帝改昌隆县。唐先天元年，避庙讳，改曰昌明。后改为彰明县。宋、元因之。属绵州……"实际上，唐代大诗人李白，就属当时绵州昌明人。魏颢《李翰林集序》说："白本陇西，乃放形，因家于绵。"范传正《翰林学士李公新墓志铭》载："白本宗室子，阙先避仇，客居蜀之昌明。"

其实，我就读的江油二中就是原来的彰明县初级中学，彰明县初级中学系由原民国初年兴建的县立彰明女子小学于民国十九年（1930）改为彰明县立女子初级中学的。据此可以认为，彰明县立初级中学是 1930 年正式创立的。

细考起来，原彰明县立初级中学是在清代青莲书院遗址的基础上建立起来的。2019 年 2 月，江油市彰明中学发现了一块古碑，碑名为"书院佃户租谷租钱"，碑长 1.88 米、宽 1.02 米、厚 0.14 米。所刻内容无非佃户名字，所租田亩大小、位置及需缴纳租谷、银两数目。计有佃户二三十个。碑文最后刻："以上租谷共□□九石六斗，租钱总共二百三十两。"该碑出土时惜无年款，但字迹漫漶，剥蚀严重，确为古碑。

根据《彰明县志》记载，有清一代，县城只建有一座书院，那就是清乾隆二十一年（1756）知县胡整修建的青莲书院。可以断定，清代所建的青莲书院正在现江油市彰明中学之中。

的确也是如此，记得我在学校时，学校尚有青莲书院遗留的平房，还有一个二层木楼，叫太白楼。记得一次风雨大作，我躲在太白楼上看书。周边当时尚有李白的诗碑和画像碑（后搬入江油李白纪念馆）。估计学校沿用了清代的青莲书院吧。直到 1986 年，这座二层木构太白楼，方由笔者（当时在江油县文管所）受命做出整体搬迁方案，并主持搬迁入青莲镇的李白胞妹李月圆故居粉竹楼，改作为李月圆纪念建筑——粉竹楼。

1958 年，彰明县与江油县合并，先名江彰县，随即复名江油县。1988 年江油县撤县设立省辖县级市。

我就读这所初中，如前所述，创办于 1930 年。1953 年为省教育厅直属的彰明县立初级中学。江、彰合县时，一度改为江油治城初中、江油第二中学，1988 年学校改名为江油市彰明中学（完全中学）。2011 年调整为优质初中教育，为具有高中的完全中学，仍名为江油市彰明中学。

杨兴富任校长时，学校改名为江油第二中学。杨校长原任彰明县文教科科长，后调入江油二中任校长，正是我考入江油第二中学的 1959 年。杨校长是临近中华人民共和国成立时参加革命的，家庭比较富裕，刚从高中毕业，他文化较高，写一手好字，还懂绘画和音乐。当时，国家正面临"三年困难时期"，师生都定量供应口粮，菜和肉食异常紧张，农村普遍饥荒严重，水肿病流行。杨校长带领师生开荒种地，养猪养羊，记得当时彰明城外北河坝、东山（又名常山），都有我们师生种的蔬菜、粮食。俗话说，瓜菜半年粮，加上自己喂的猪、养的羊，极大地改善了我们的生活，学生们吃饱了肚皮，脸上也有了红润的颜色。

记得当时学校团队生活也较为活跃，每周结合生产劳动，都要召开共青团、少先队学习、竞赛活动，黑板报、武术比赛、体育比赛也搞得有声有色、热火朝天。

我年龄小，读书较早，又从小喜欢书画，便担任了学校少年先锋队大队部壁报委员，负责全校少先队的黑板报、壁报的编排出版。杨校长看到我的壁报、黑板报图文并茂、书画俱佳，很是关心和器重，由此给他留下了较深的印象。

三年初中毕业后，我考入江油高中，离开彰明来到县城所在地江油中坝镇读书，此后再也没见到杨兴富校长了。

1979 年，我当时接到马角铁路上一个职工幼儿园的任务，正熬更守夜地忙乎着。

著名诗人木斧先生曾写过一首关于江油地域的诗，大抵写到江油以上就进入了山区，地名却开始称"坝"。一路而上什么小溪坝、厚坝、马角坝、雁门坝……的确如此。

马角坝在当时非常热闹，因为成都出川的宝成线走到这儿就进入大山区了。当时铁路还没有电气化，更不用说后来的动车、高铁了，火车头就是个烧煤的蒸汽机头。前面就是古汉德阳亭雁门大山，全是上坡路，山高路险。因此列车到了马角，就要在后面加上一个火车头来加大马力，前拉后推，才能顺利爬完这段山路。此外，还要加水、加煤地忙乎好一会儿，因而，那个时节，成都铁路局特意在此设立了马角机务段，有很大一帮子工人和干部在这儿，加上家属、子弟，一时间马角机务段成了马角镇举足轻重的大单位。

此外，马角还盛产石灰矿和水泥黏土，好几家大水泥厂都把矿山设在这儿，好几家小水泥厂、建材厂、磷肥厂也建在镇上附近，一时间烟尘滚滚，机声隆隆，人流、车流溢满了道路，煞是风光忙碌……整个马角镇显得拥挤繁忙、人丁兴旺。

我在铁路幼儿园的工地上夜以继日地工作着。一个休息日，去马角街上买点日用品。马角镇就是沿马阁水的一条街道，铁路与集镇隔河相望，有小桥相互通往。我刚跨过小桥来到街上，迎面就碰上了我读初中时的杨校长，多年不见，异地相逢，欣喜异常，我亲热地招呼、问好。杨校长还记得我的名字，就喊着我的名字问我在这里做啥，我回答说在马角机务段搞铁路幼儿园设计施工，一语未了，杨校长就说：

"你赶快到我那里来。"

"啥事？"

"我们的教学大楼开工了，基础都挖开了，图纸却还不完善，施工也缺内行，你去帮下忙。"

"好的。"我赶紧应承，说是一忙完这里，立刻就去。

……

我将铁路幼儿园的图纸熬夜绘好交给施工队伍后，就来到江油一中，当时杨校长正在江油一中任上。

赶到江油一中，我看见教学大楼已开挖了，负责施工修建设计的是一中的总务老师赵锡荣。赵老师很能干，精打细算地管理着一中的房屋修缮，以及学校桌椅板凳、黑板、讲台等的修理，当然基建项目也是他一手操办的。

不过这一次，他却遇到了大麻烦。毕竟，新建教学大楼与平素的翻房检漏、补墙粉敷等小工程不可同日而语。草草开挖之后才发现，这是一个关系到十几个班学生上课，达三四层楼高，占地数千平方米的大工程，他那点经管小修小补的建筑设计水平，确实无法驾驭这样庞大的工程了……怎么办？施工队伍已进场，天天催着要图纸，赵老师脑壳都急大了。

那是 1979 年，改革开放刚上路，小城江油在规划设计上还很不正规，全城也找不到一家像样的勘察设计单位，我初中的校长见到我，病急乱投医，解危救难般地就把我拉到工地上来了。

好在我在黄铿处学了点东西，又经过了一两年社会实践，摸爬滚打之后，有了点底气。我和赵老师一起商量，弄明白了教学大楼的规模、均布荷载、层高等基本参数，便从地基设计做起，开始了教学大楼的设计工作。

我在江油一中担任着既要设计，又要现场施工的工作。学校给我算天工，每天 9 元钱，每个月底打条子领工资。因为同时要监管现场施工，我基本没有礼拜天和节假日休息，赵老师和杨校长通情达理，给我发全月工资，即 270 元一个月。这在当时可谓高得有点离谱了，因为普通的教员不过 50 来元月薪。我是他们的 5 倍了，我很满意，全身心投入了基建工作当中。

主体工程快完工的时候，县上主管文教工作的领导来视察了。短短的时间内，江油第一中学发生了很大的变化，一座巍峨的教学大楼拔地而起，随便走走，上下楼层一看，观感状况良好，工地井井有条，大家十分满意。经过随同而来的技术人员核查图纸、现场质量抽查，得出设计合理，质量优良，建材合格，砌体、钢筋混凝土梁柱达标规范的验收结论来。

主管文化教育的副局长姓夏，向随行陪同的杨兴富校长、赵锡荣老师问起设计和施工的具体情况时，杨兴富校长指了指坐在绘图板面前的我，不无骄傲地介绍："这是我在原江油第二初中任上的学生，专门在县建筑公司搞规划设计的，幸亏他及时赶来工地，既当设计师，又是施工员……"

"对头，对头，石老师来的时候，基础刚开挖，我们人手不够，懂行的人也不多，全靠他了，几乎节假日都守在工地上……"一旁的赵锡荣老师也感激地补充着。

我忙谦逊地站了起来，口中不迭地说："应该的，应该的。杨校长是我读初中的校长，看得起我，请我来帮忙……"

夏局长握住我的手："谢谢你，辛苦了！"随即转头对杨校长说，"教学楼完工后，把他给我留住，人才难得嘛，正是用人的时候……"现场爆发出一阵爽朗的笑声。

正是这一表态和这一席话，我生命历程的小舟，开始了一个簇新的变化，驶进了另一段波平浪阔、天朗气清的征程。

24

我被文化教育局留了下来，给县上各学校搞搞规划设计，检查检查城内外学校的建筑质量。短短的几年，记得给好几所中、小学，师范学校，都搞过规划设计，有教学楼，也有礼堂、音乐舞蹈排练厅、食堂、宿舍等等。在局里一直干到1982年，一天，夏局长找到我说，要组建故乡的文物保护管理所了，局里研究，把我安排到新组建的江油县文物保护管理所去，因为我是搞建筑设计的，懂修建，准备将来修缮古建筑、文物。

"你是1965级的老高中生，读书时学的知识扎实认真，又有多年的实践经验，相信你在新的岗位上，一定能认真努力，踏实工作，做出一番成绩来……"还是在江油一中教学大楼工地上发现我的那个"伯乐"，个子高高，说话干练，行事洒脱的夏局长，语重心长地给我谈了调动工作的这番话。

新组建的江油县文物保护管理所一共5人，其中有两名派驻窦圌山。当时，文管所虽然发文成立，但还没有办公地点，也没有文物保管库房。实际上，早在20世纪50年代，故乡的文物保护管理工作已经随着新中国的诞生被重视并开展了起来。只不过，这一方面的工作由文化馆在代理，还没有成立专门的单位来分管。

江油开化和建制较早。清光绪版《江油县志》载："虞、夏、商为梁州之域，周、秦为氐羌之地，汉为广汉郡置刚氐道。蜀汉为江油戍兼置广武县，属阴平郡。晋为平武县地。宋、齐因之，属北阴平郡。梁大通初，杨杰、李龙迁于此筑城。后魏，武帝置江油郡。西魏置江油县为江油郡治，废帝二年置龙州。隋开皇二年郡废，大业初改州为平武郡，义宁二年改龙门郡，寻为西龙门郡。唐武德初为西龙门州，贞观元年为龙门州。初为羁縻，属茂州，垂拱中为正州。天宝元年复为江油郡。至德二载升都督府，改灵应郡。乾元元年复为龙州，属剑南道。中和初改为圣县。宋初仍为龙州江油郡，政和五年改为政州。绍兴元年复为龙州，属利州西路。端平三年兵乱，宝祐六年徙治雍村，在今江油县西南二十里。元至元二十二年省江油入州，至正中始置江油县于武都兴教镇，即今县治地，属广元路。明洪武六年徙治青川，并入梓潼。十三年复置江油县，属剑州。嘉靖四十五年改属龙安府。国朝因之，顺治年间并入平武，康熙元年复置县，编户二里，雍正八年拨平武让里并入江油，隶川西松茂道。嘉庆二十五年隶成绵龙茂道。"

江油历史悠久，为入蜀要道金牛道与入蜀邪径阴平道必经之途，自古为兵家必争之地，历史文化丰厚。同时，又为李白出生地，有大量李白居家、读书、求学、游旅遗址遗迹。因此，地面、地下文物，历史文化遗址遗迹众多，分布广泛。古建筑、名胜，也很有特色。早在1956年，窦圌山云岩寺西配殿飞天藏殿和其中的飞天藏就被公布为四川省级文物保护单位。1988年，整个云岩寺被公布为全国重点文物保护单位。云岩寺所在的窦圌山，为川西北名山。窦圌山风景区是剑门蜀道国家级风景名胜区的重要组成部分，是四川省著名的丹霞地貌风景区。窦圌山集险、奇、幽、秀于一身，位于成都、九寨环形旅游线上，吸引着四川境内外众多的游客前往游览观光，因此，在改革开放后的1982年，为了李白故里、窦圌山云岩寺的文物保护和旅游事业的发展，组建成立了江油县文物保护管理所。

记得刚来文管所不久，国家文物局和省文化厅就开始了对窦圌山云岩寺飞天藏及其藏殿的大型维修工作。1982年，文化部文物局同意四川省文化厅、文物局对江油飞天藏维修工程补助三万元的意见，下拨三万元，开始对飞天藏进行全面维修。

1982年，我第一次见到了当时省文管会地面文物工作队队长李显文先生。维修工作由四川省文物保护管理委员会文物工作队队长、古建筑专家李显文先生主持。要维修飞天藏，首先要对藏殿进行维修，经现场会商，决定藏殿维修方案分四步进行：

第一，打牮拨正。

经过现场勘测，飞天藏殿的四根里围金柱中，后两根严重下沉倾斜，用经纬仪测定：左后内柱下沉 25 厘米，向西倾 28 厘米，左后内金柱向西倾斜 50 厘米。必须牮正抬平下沉柱子，加固柱基后，再进行梁架归位工作。

第二，保护飞天藏安全。

为保障飞天藏殿在牮正工作中的安全，在牮正前，必须加固飞天藏。决定用架杆和木板支撑围护，以防止朽椽、坏檩或其他木构件下落打坏飞天藏。待房屋牮正后，即对飞天藏进行全面测量、绘图、拍摄、编号等工作，为维修飞天藏做好准备。

第三，加固飞天藏殿基础。

为使打牮拨正后的飞天藏殿不再发生位移和下沉，必须将藏殿基础重新加固，改善其弱基状况，使柱子承载状态得以彻底改变。

第四，挖沟排潮。

由于飞天藏殿处于云岩寺大雄殿院内最低的位置，长年受到雨水的侵蚀，地基潮湿，周围的水沟又经常壅塞积流，排水不畅，对飞天藏殿和飞天藏造成危害，必须予以疏通和改善。

方案一经确定，对飞天藏及其藏殿的维修就全面铺展开来。

于是，在四川省文物工作队队长、古建专家李显文先生的主持下，在地方党、政部门的支持下，成立了飞天藏及其藏殿维修施工小组。李显文先生担任总指挥，原江油县建筑公司经理、支部书记严华沛同志，江油县文管所罗顺祥同志以及老木工黄清元师傅为成员。

当时的窦圌山，交通落后，水电不通。经集体研究，决定排除不利因素，为维修工作创造条件，其具体步骤如下：

一、解决窦圌山供水和照明问题。

窦圌山山高路险，山上的生活用水全靠山沟、山涧沉积的地表泉水及少许水井供给，这些自然水源，严重受气候制约，一遇天干，就要跑很远去挑水，有时甚至断流，连基本用水都成问题。一旦开始维修，必然影响到进场工人的生活和工作，更不用说消防安全的用水了。因此，寻找水源，建蓄水池，保障施工的基本用水便成了首先要解决的问题。当然，紧接着的问题便是照明用电，窦圌山当时不通电，晚上照明全靠煤油灯，走夜路靠手电筒，甚至靠火把和松明。对于一个大的维修工程来说，在殿、堂内外起码要满足施工照明，否则测绘、查病害都是无法进行的，更不用说维修过程中使用电动机械来撤卸、归安沉重的构件了。

维修指导组当即决定用一定资金，解决水、电问题。于是在窦圌山后山中部低洼的山村，找到了一股常年不断的山泉，兴建了蓄水池，再抽水上山，解决了生活和施工用水。又在山下将高压电接上山顶，解决了窦圌山、云岩寺的照明问题、施工用电问题，为维修的正常开展创造了条件。

二、撤卸飞天藏殿的关联建筑，撤卸屋面屋盖、脊饰及妨碍纠偏牮正的围护墙体。

在动工之前，先用栅栏将施工范围圈起来，防止游人、闲杂人员进入施工现场，以免发生伤亡事故，影响施工进度。同时，将历年以来随意搭盖的连接飞天藏的廊房、通道予以撤除，使飞天藏殿与周围的木构建筑脱离了不应有的连接，这样既排除了维修飞天藏的障碍，又留出了防火距离，使西配殿飞天藏殿显得通透、疏朗，便于维修工作的进行。与此同时，开始撤除屋面小青瓦和脊饰，使屋面荷载减轻，以利打牮拨正的进行。

三、打牮拨正，重做基础。

屋面荷载减轻以后，施工人员采用牮杆、木楔支撑了所有沉降的梁枋。需要提升的柱子，采用了电动、手动葫芦。同时，对整个梁架用钢丝绳、紧线器进行加固、捆绑，以防在提升、纠偏的过程中发生歪闪、散架等现象。这一工作的进行，由李显文先生统一指挥，发号施令。李显文先生不顾安危，立于殿中，对照手中的数据喊道："某号柱开始提升!"相对应的某号柱早已有就位人员，闻听号令之后，手动、机械、木楔一起紧张有序地运作起来。"停!"一声号令，戛然而止。

于是，又开始了另一号木柱的提升工作。就这样一厘米、两厘米……缓缓地有条不紊地将所有柱网控制在一个维修方案设计的等高线水平上。再将牮杆、木楔随即支撑住。紧接着，开始了拨正、归榫、复位工作。

这一工作进行得更加严密仔细，除了采用卷扬机、绞磨机外，按老木工的经验，添设了若干组"地扒子"，以延缓动作、平衡受力，避免构件因突然传来过猛的力量而发生意外。拨正工作和牮杆、木楔的配合一起进行，当松则松，当紧则紧。在李显文先生的统一口令下，偏倾的梁柱缓缓被扶正，脱落裂开的榫卯渐渐归位闭合，最终整个柱网达到了设计要求的数据。

"停！"一声令下，人工和机械的力量全部停顿下来，为了防止回弹，施工人员紧张地垫好木楔，钉好榫卯的临时抓钉，再将钢丝绳、紧线器张拉到位。经李显文先生逐一检查，测量人员核对现场数据后，大殿的打牮拨正工作才停止下来。

接下来就是全面开展更换柱础的工作。

中国木构建筑较大的弊病就是浅基坑、弱基础。在建造木构建筑时，基坑一般不深，由于是木柱，为防潮受腐，也不可能有埋置深度。持力层的形成也很简单，往往是基础开挖后，就地用灰土（黄泥、石灰、砾石、碎砖、砂的混合物）分层夯实，再放上柱础就形成了。

这样做成的基础，在干燥状态下，埋入地下的持力层是有一定强度的。然而，由于其主要胶结材料是由气硬性材料石灰（碳酸钙）形成的强度，一旦因漏雨或进水伤及基础，就会造成持力层软化下陷，引起柱子的不均匀沉降，造成梁柱歪闪倾斜、脱榫移位，还会造成埋入土中的木柱受潮腐朽，加速建筑的破坏。

因此，改善基础，使维修归位的木结构保持纠正后的状态，就成了当务之急。

按照维修设计方案，所有受力柱均须逐一开挖，浇筑 C15 基础混凝土以改善受力强度。而这一过程不可能一次完成，只能一根根地开挖，浇混凝土，达到一定强度后，按轴线、标高定位柱础，再将柱子落于新做的基础上。这一过程要随时注意人身安全、梁柱安全，直到所有柱子偷换成功，整个基础置换、重做完毕，才算最后完成。

四、换修屋面木基层、补换斗拱、挖补墩接梁柱。

飞天藏发生沉陷、偏倾，引起屋面开裂、下陷，以及瓦、脊饰滑移、掉落，漏雨加剧，进一步加速了基础的软化和不均匀沉降。因此，在基础加固工程完工后，必须进行屋面木基层的维修，更换糟朽的椽、檩，将滑移脱榫的檩条归位，下陷的椽桷升平，形成正常的排雨坡度和举折效果。与此同时，对部分尚可使用的糟朽构件进行挖补和加固。

由于飞天藏殿历史上经过多次维修，屋面变化较大，在后期的维修中，屋面的举折已形成清代的陡峻风格，翼角起翘的弧度也明显加大。在维修过程中，通过梁架的调平，柱头的归安扶正，重新调整了屋面的举折，使其恢复了平缓的举折外观。同时，为了与宋式的斗拱匹配，将清代所做过分起翘的翼角发戗木去掉，按宋式的老角梁、子角梁做法重做了翼角，从而使高高起翘的翼角平缓下来，与屋面一起，再现了宋代出檐深远、举折平缓的屋面风格。

其后，专门烧制了仿宋土筒瓦，将原来容易滑动的小青瓦换为了筒瓦，重做了仿宋脊饰。

在此基础上，全面检查了上下檐斗拱、内外梁柱，对糟朽部位进行了挖补、替换、墩接，刻槽加铁箍等工作，并对打牮拨正重做基础后的梁架、柱子进行了全面的铁件加固工作。

五、加固、重砌维护墙，辟直棱窗改善通风，重砌保坎排水沟。

飞天藏殿维修基本完成后，如前所述，其殿堂所处的地势较低，为彻底改变其容易积水受潮的状况，首先加固重砌了四周的维护墙，对垮塌开裂的部位给予了修补或用原砖按原样重砌。在正面的两次间，清代维修时封死了，仅留大门进出，很不利于排潮透气，此次仅做槛墙，增加了两个大直棱窗，使殿内通风及采光都得到好转。

同时对四周的排水沟进行了疏浚和加大坡度，对沟沿保坎进行了加固重砌。保证在暴雨季节也能及时排水，不致遭受洪涝灾害和潮气侵蚀。

通过以上五项维修措施，飞天藏殿排除了险情，对进而维修飞天藏本身提供了条件和必要的安全保证。

飞天藏是整个云岩寺的核心，是云岩寺古建筑的精华，也是维修工程最重要最关键的部位。

飞天藏的维修按以下步骤进行：

一、搭架照明，弄清病害。

排除了藏殿的险情之后，按飞天藏的维修施工要求，对飞天藏的四周搭设了施工脚手架，安放了上人的架板，绑牢了上下的木梯，然后对各部位牵设了照明线路，安装了大瓦数的灯泡。开关一开，顿时，千年未睹的飞天藏真面目，就十分清晰地展现了出来。李显文先生偕同刘钊、朱小南、王小灵、范雪松等省文管会年轻专业人员住在当时条件很差的山上，统计构件、查找病害、测绘制图⋯⋯条件十分辛苦。

几个月以后，飞天藏维修的准备工作终于完成，维修方案也最后敲定，李显文先生交代了具体的施工步骤，就离开了窦圌山。

二、编号定位，挑选工匠。

当时，所有残存的木雕人像还在飞天藏上，由于怕腰檐以下，特别是八面板壁上的精美木雕人像损坏及丢失，文管所组织了专业人员对八面板壁作了编号拍摄。对天宫楼阁偏厦、行廊及龟头屋中的人像进行了挂签编号。

对残损的缠龙、腰檐斗拱、天宫楼阁等构件，取下了部分样件，寻找工匠依样复制。这就开始了挑选工匠的过程。木工、雕工通过试做，确定其能否承担修复飞天藏这一艰苦细致的工作。很多能言善语的应聘工匠，上山一摸，就失去了风采，飞天藏两万多个构件，看得他们眼花缭乱，飞天藏出至九跳的腰檐斗拱，密如蛛网的如意斗拱叫他们丈二和尚摸不着头脑⋯⋯就这样，一批批的工匠乘兴而来，又扫兴而归。要知道，在当时的县城，很多工匠不仅是这辈子，就是上上辈子的祖师爷，也没摸过这般繁复、这般精细的活儿！

最终，几个四川江油矿山机械厂的老模型工，接了承做斗拱及天宫楼阁并安装的活儿；几个安县的老雕工，接了修补华板、缠龙柱的活儿。在专业技术人员的指导下，开始了维修工作。

三、校正中轴，开始安装。

飞天藏的维修工作开始上路了，几个矿机厂的模型工都是老师傅了，他们使出做模型那种一丝不苟的技艺来，硬是把小小的斗拱、断落须换上的勾栏、雁翅板等构件做得分毫不差、一模一样。与此同时，按照撤换下的斗拱组合样式，在专业人员的指导下，他们终于弄懂了斗拱的组合，每一朵斗拱的正、斜拱，昂，枋等构件的关联、反顺⋯⋯而安县来的几位有传统工艺的老雕工，在补配镂空雀替，写生花卉华板、缠龙柱等雕作工艺上也仿制得栩栩如生、几可乱真。

万事俱备，只待安装。但经测量，飞天藏的中轴严重偏倾。原来，如前所述，飞天藏的全部重量，就靠这根50厘米直径的中轴来承担。中轴通过藏针部位的铸铁针珠，落入铸铁针臼中，宛如一个硕大的单珠轴承，其宽约一厘米的间隙中注入菜油，人力推动，缓缓运转，其余各方全部悬空。而其上部，约束中轴，不使倒塌的构件，仅为两块巨大的厚木枋，它们并排相合固定于横梁之上，中部都掏成半圆形，相互组成圆环，飞天藏的中轴就穿过此圆环，宛如门轴套于门枢中那样约束着中轴运转。天长地久，缓缓运转的中轴，竟将两块巨木磨出近一米直径的大洞，且不成圆形。一块离边仅十来厘米，一边还有30多厘米。好险！如一味地磨将下去，横梁一旦磨断，后果不堪设想。

显然，中轴不正，亟待校正。否则，安上去的构件会因为藏身偏差而就位不当，不能完全合缝。同时，又进一步造成藏轴的偏倾。

好在扶正飞天藏中轴并不太难。将八方悬空的最下方受力横梁通通支撑起来，然后用木楔调整其水平，直到每一方的横梁都处于水平状态，飞天藏的中轴自然也就垂直了。

然后是修补上面被藏轴旋得过宽且不规则的巨木板洞，让其间隙相等，约束着藏轴在一个正常的摆幅中运转就成了。

最后一次吊正中轴，暂时不松木楔，固定好藏身，安装就全面开展起来。

飞天藏及其藏殿的维修尚未完全结束，新成立的文物保护管理所又得到四川省文化厅的通知，要求派一名工作人员到峨眉飞来殿参加文物保护工作培训，所里派了我参加。

这次会议是以项目带培训，四川省文物管理委员会、省文物考古研究院全面主持这一重要任务。决定将省内各县市古建筑较多的文博单位干部召集起来，共十多名学员，参加到飞来殿维修工程中来，结合现场的施工工程技术，进行为期3个月的学习、实践、现场培训工作。飞来殿维修工地为各地来的学员提供实习场所，在工程实例中学习、掌握古建筑基本知识，学习古建筑勘察、测绘工作。为全省的文物保护工程培养技术人员，储备技术力量。

会议就设在峨眉县飞来殿工地现场。

时任国家文物局古建筑专家组组长的罗哲文先生，亲自在抓峨眉飞来殿和江油窦圌山飞天藏这两个重要修缮工程，李显文先生说，罗哲文将其命名为"双飞工程"。罗哲文先生希望改革开放以后首次的文物保护工作能够促进文物保护事业快速发展和腾飞。

罗哲文先生，1924年出生于四川宜宾。1940年，罗哲文先生16岁，高中刚毕业，就考入了时在四川宜宾李庄的中国营造学社，师从著名古建专家、建筑教育家刘敦桢、梁思成、林徽因等，从事古建筑勘察测绘、研究工作。1946年，罗哲文先生到清华大学由中国营造学社和清华合办的中国建筑研究所及建筑系工作。1950年后，先后任职于文化部文物局、国家文物局、文物档案资料研究室、中国文物研究所等单位，从事中国古代建筑的维修保护和调查研究工作。

我第一次认识罗哲文先生是1982年夏秋之交，天气炎热。刚组建不久的文物保护管理所接到省文化厅、四川省文物管理委员会的通知，罗哲文先生因为四川的"双飞工程"，要亲自来窦圌山云岩寺考察飞天藏。所里决定由我和省上来的一位同志一起陪同他上山。

记得省上是派朱小南陪同罗哲文先生到江油的。当时窦圌山还不通公路，我们上山需要赶汽车到武都镇，东渡涪江后沿阳亭坝的田间小道步行爬山。这里所谓阳亭坝是从武都镇渡涪江后的一个田坝，当时设阳亭乡。阳亭在窦圌山脚下，属窦圌山之阳。如前所述，阳亭也是古代因窦圌山之险于此设亭盘查守卫吧。

罗哲文先生当时已58岁，但步履轻快，精神矍铄。他脖子上挂着一个相机，衣着朴素，四方脸上洋溢着亲切的笑容。和我们一一握手之后，也不多话，催促着上山。

陪同他的朱小南和我的年龄差不多，当时也在四川省文物管理委员会。朱小南在清华学习过古建筑，和李显文老师一起在省地面文物工作队工作。记得他当时有脚疾，走路爬山不得力，我们一行乘渡船过涪江之后，沿着田间小道缓缓向窦圌山走去。

罗哲文先生平易近人，也很健谈，我们一路都在谈古建筑，谈文物保护，他的博学、认真，给我留下了很深的印象，也极大地鼓舞了我这个初涉古建筑、文物保护工程追梦人的信心和勇气。我暗暗下定决心，一定要像他们那样，接过开创者梁思成、林徽因、刘敦桢等先辈们的爱国热忱，将中华民族宝贵的文物、名胜、古建筑保护好，并力争在这个领域奋力拼搏，奉献自己微薄的力量。

我们走的上窦圌山的老路，完全是田埂土道、石板小径。进入山麓丘陵之后，山路蜿蜒地经过韩同庙遗址、望仙亭遗址、望乡台遗址……沿着上前寨门的斜长石径明灭闪现。侧身而望，刀砍斧切般的窦圌山城墙岩扑入眼帘，壁立千仞，气势恢宏。

此刻峰顶在望，隐隐约约看得见石峰矗立、飞檐曲翘、铁索横空。一行三人已是步履蹒跚、气喘吁吁、大汗淋漓，好不容易进了前寨门。

窦圌山前寨门修筑于清咸丰年间，《江油县志》艺文志有本邑附生欧培沄所撰《书圌山收寨事》，开篇即言："咸丰庚申秋冬之交，蓝逆窜扰川东南，蔓延数州县，所过糜烂……是宜筑寨于圌山，多用团丁固守，以与邑城相掎角……"

记得寨门有一石刻对联："地籍云岩成保障，天生石壁隔烽烟。"横批刻"福地仙关"四字。寨门全为石条砌筑，除中门洞开外，两旁俱是悬崖陡坎，坚固异常。

过前寨门后，经过盘旋崎岖的九倒拐山路抵达云崖、剖石险径，再达游山客弯香梗如弓、插香祈福的岩腔路，就比较平顺地到达云岩寺山门了。

当夜，于云岩寺留宿。那时候，整个云岩寺还不通电，也没有自来水，吃水就到附近的山泉氹中去挑。寺庙房屋在土改后就分给了当地圌山村就近的农户，经所里事前联系，其中一户为我们准备了晚饭。挑灯用膳后，歇寺庙西客厅吊脚楼。风动楼摇，闻三峰之上檐铃飘空，宛如仙乐。当时尚无电灯，三人于古寺如墨寂寥中，彻夜长谈，渐入梦境。

第二天，罗哲文先生考察了云岩寺，在飞天藏前停留徘徊、转动查看，并不住地用相机拍摄、用卷尺测量，啧啧称赞之声不绝于耳，热爱、珍惜之情油然而生。随后，又全面看了云岩寺各殿，再登临峰巅，看了窦真、鲁班、东岳诸殿和相关亭阁、景点，方下山而去。

罗哲文先生回京以后，"双飞工程"开始启动。我在第二年年底，即1983年11月，赶到了四川峨眉县飞来殿工地，开始了省文化厅、文物考古研究院委托李显文先生主持，以峨眉飞来殿落架大维修、香殿整体搬迁为目的，以项目带培训的学习过程。

峨眉县飞来殿又名峨眉山大庙飞来殿，大庙坐落于峨眉县城北的飞来岗上，坐西朝东，原为道教宫观，明万历年间始供佛像，道佛合炉，故称大庙。建筑依轴线、随地势，山门建于清康熙二年（1663）、九蟒殿建于明崇祯五年（1632）、香殿建于元至治二年（1322）、飞来殿建于元大德二年（1298），此外尚有清虚院门、凌霄殿等附属殿宇。

其中，飞来殿为大殿，原供奉有东岳大帝铜像。大殿始建年月无考，根据庙内现存的"宋淳化四年重修庙记"来看，有可能初建于唐，重修于北宋淳化四年（993）。大殿原名为天齐五行庙，再建于元大德，改名东岳庙，明万历中重修。明崇祯八年（1635），嘉定知州郭卫宸题写的"飞来殿"匾额悬挂至今。1984年飞来殿落架大维修时，于一角梁铁昂栓刻有"元大德戊戌年"等字样。

记得当时工地学习一开始，我就给当时的《成都晚报》寄去了一篇名为《峨眉山麓的明珠》的散文，该文于1984年9月10日刊出，全文如下：

在雄奇秀丽的峨眉山麓，一颗失落的明珠——峨眉大庙的飞来殿，正响彻着叮当的凿石声、哗哗的刨木声。只见殿宇内脚手架林立、能工巧匠们忙着斗拱的撤卸修复，台阶的复原安砌。古老的建筑群正值紧张的修复过程。

飞来殿位于峨眉县城郊两千米，坐落在一个突兀而起的山丘——飞来岗上。传说上古时候，这儿原是一马平川，突然一天，一座小巧俏丽的山岗从神灵居住的峨眉山"四峨峰"巅飘然而至。与此同时，在一个风雨交加，电闪雷鸣的夜晚，惊天动地的一声巨响，天明以后，风停雨住，一座巍峨大观的宫殿竟在飞来岗上矗立起来。根据县志转录的元代以来的碑文记载，飞来殿建筑群始建于唐，经宋末兵燹后，元泰定四年重建。其中，飞来殿矗立于五级台阶之上的最高处，面阔三间，进深三间带前廊，高十二米，外观雄伟、气魄恢宏。当心间二柱施两根泥塑缠龙，盘旋扭曲，怒目相视，龙身、首一气呵成，张牙舞爪，探头藏尾，加之鳞片鎏金，周身彩绘，更显得金碧辉煌，流丹溢彩，势若揽云拨雾，极为生动。这样精美的泥塑缠龙在四川属于历史最久、保存最完美的泥塑之一，是罕见的工艺品。

四川盆地由于气候潮湿温润，历史上又屡遭兵燹，宋元时期的木构建筑保存下来已较为稀少。因而，飞来殿具有一定的历史价值、科学价值和艺术价值。因此，省有关部门决定对它进行修缮复原。

"叮当，叮当"，一声声清脆的凿石声仿乎在向人们宣告：要不了多久，峨眉山麓这颗一度失落的明珠，又将重放光彩！

我在飞来殿工地一直学满 3 个月，腊尽春回，新的一年来临。工地上艰苦忙碌，十分紧凑，好像春节也没有要回家度假的样子。李显文老师就在附近的殿堂铺着行军床睡觉，我们也在寺庙中食宿、开会、勘测、绘图……

接近春节时，飘起了漫天雪花，我呵着手跺着脚，一边画图，一边看书、翻讲义，间或也要到工地上走走看看。工地上，工匠们忙碌着。

在培训期间，承担飞来殿修缮复原的这批工匠，都是多次参加省内古建筑维修的老师傅，木工墨法精湛、技艺纯熟，石工技术良好、工艺细致，在现场解决了我们许多疑难问题。李显文老师更是亲自编写古建筑讲义，刻写蜡版，油印出来，供我们阅读学习。由于我先前与绵阳专区水泥制品厂黄铿先生学过工、民建设计，后来又有多年的建筑工程设计、施工经历和经验，对于建筑测绘、方案绘图等并不陌生。因此，对于古建筑的实测、查找病害、编制修缮设计方案、绘制设计图等，很快就触类旁通，掌握了要领。李显文老师很高兴，到了培训班后期，他不仅给了我辅导部分学员古建筑学习的任务，还交给了我一些峨眉飞来殿修缮工程中诸如梁架铁件加固、屋面木基层复原加固的工程设计方案图的绘制工作。

在雪下得最大的一天，我利用周末休息去了峨眉山。峨眉天下秀，雪中的峨眉更是银装素裹分外妖娆。当时去峨眉，交通还不是很方便，大部分地段只能步行。记得当时赶了一段公共汽车到报国寺，然后步行到伏虎寺就开始爬山了，经雷音寺、中峰寺，大约 3 小时之后到了清音阁。双桥清音，是峨眉山著名的十景之一，隆冬节令，涧水已有冰冻，铮 叮咚如鸣佩环。双桥如弓，一亭空翠。毕竟严寒，寂寥之中，游人稀少。不过空气格外清新舒爽，令人特别惬意。其实，冬天的峨眉也并不凋零，竹丛啦、麦吊杉啦、许多不知名的耐寒乔灌啦，依然是绿意盎然的样儿，衬着皑皑白雪显得更加妖媚夺目。寺庙附近的几株梅花迎着寒风怒放，雪里梅花别有一番风韵。

那天，北风呼啸，雪花漫山遍野。我不敢爬得太远，仅达万年寺，前往洪椿坪途中看了看在风雪中哄抢游客食品的猴子，就转身下山去了，回到飞来殿工地已是暮色苍茫。

培训班结业回单位，我对古建筑，对文物维修、文物保护工程，有了粗浅的认识。对云岩寺古建群、青林口古建群，青莲李白故居的李白纪念性建筑，全县其他地方的古建筑、传统民居、古遗址，也有了较深的了解和把握。总之，我对在江油县文物保护管理所的专业工作有了一定的底气，逐渐进入了自己的专业角色，明白了专研的兴趣和努力的方向，按我自己的说法，是从一般的工、民用建筑设计，逐渐过渡到中国古建筑、文物保护工程的专业勘察设计、研究的领域。

正在这个时候，全省掀起了一股在职干部报考大专院校，重新学习专业知识，充实干部队伍的潮流。改革开放之后，各单位人才奇缺，技术队伍单薄空泛，亟待充实提高，以适应国家发展前进的迫切需要。于是，省内外的大专院校，面对各行政部门、事业单位开设干部培训班、招收专修生的举措便应运而生，风起云涌。

我和广元分来江油商业局工作的孙广德，过从甚密。广德兄喜欢读书，酷爱音乐，拉一手颇为娴熟的小提琴。由于志趣相投，我们成了好朋友，常常一起散步、合奏（我也喜爱二胡和提琴），间或也天南海北、漫无边际地彻夜长谈……

我们得知可以报考，进入大学学习的消息时，一致决定要抓紧时间，复习迎考。我们觉得，经过了老三届报考大学之后，这次的成年在职高考，对于我们来说，就好比是末班车了，谁不想登上车去，获得这难得的机遇，圆自己的大学梦呢？

我和广德兄约好，一起复习，一起赴考。1984年，我已经36岁，广德兄长我2岁。我们都是1965级的高中毕业生，在职场摸爬滚打，单位按部就班，十多年了，"忽如一夜春风来"，我们的心中再一次涌起了波澜，扬起了风帆。

不顾炎热，我们请了假一起商量着复习迎考。

功夫不负有心人，考试后，我们都被录取了。广德兄在单位搞财会，被当时设在成都的四川财经学院录取。我考入了设在重庆北碚的西南师范学院历史系文博专修班，学习历史、文物、博物馆知识，也学习古建筑和考古概论等有关文博方面的知识。

人到中年，忽获录取通知书，不啻喜从天降，我俩都有点儿范进中举般手舞足蹈、局促无措的感觉。凑巧的是，我和广德兄都考了各自专业的全省第二名，我们庆幸复习认真，终于如愿以偿地进入了高校。

当时，我们都已有了家庭，广德兄有一女，我也有了一个 9 岁的儿子。开学时，我把在读小学四年级的孩子交给了刚退休的母亲代为照管（母亲是江油税务局的干部，土改时参加的税务工作），按照西师入学通知书的要求，匆匆收拾了行李就出发了。

到重庆北碚赶的是傍晚的火车，第二天一早到的学校。

我开始了两年的大学生涯。

第十章　茫茫人生路，不懈求索中

25

位于重庆北碚的西南师范学院坐落在一片浅丘之上，林木丰茂，环境清幽。校园充满了园林意趣，各个系掩映在花木扶疏的林荫之中，分别以梅园、兰园、竹园、菊园等特色植物群落命名。我们历史系在桃园，成片的桃林遍布各处，桃花开时宛如漫山遍野粉红的霓霞。

我进入学校的第二年，也即1985年，西南师范学院更名为西南师范大学（后再更名西南大学）。因此，到1986年我们毕业的时候，也就变成了由西南师范大学颁发毕业证书。

当年我读书的西南师范学院，在更名为西南师范大学后，又于2005年与西南农业大学合并，组建为西南大学。现在的学校主体在重庆市北碚区，占地8000余亩，校舍面积187万平方米；设有38个教学单位，103个本科专业；有28个一级学科博士学位授权点、51个一级学科硕士学位授权点，1种专业博士后，24种专业硕士学位，27个博士后科研流动站（工作站）。另有荣昌校区，位于重庆市荣昌区学院路160号，占地526亩，为西南大学多学科高水平特色校区。总之，现在的西南大学，是教育部直属，教育部、农业农村部、重庆市共建的重点综合大学；是国家首批"世界一流学科建设高校"，国家"211工程"和"985工程优势学科创新平台"建设高校、"双一流"农科联盟成员高校；入选国家"111计划"、"2011计划"、"百校工程"、卓越农林人才教师培养计划、卓越教师培养计划、国家大学生创新性实验计划、国家级大学生创新创业训练计划、国家建设高水平大学公派研究生项目、国家大学生文化素质教育基地、中国政府奖学金来华留学生接受院校。

西南师范大学的前身可以追溯到清光绪三十二年（1906），当时清政府在重庆开办了第一所正规的师范学校——官立川东师范学堂。民国二年（1913），川东36县联合设立的川东师范学堂更名为川东县立联合师范学校。民国十九年（1930），川东师范学校改名为川东联合县立高等师范学校，增办二年制高等师范专科。中华人民共和国成立后，1950年，以四川省立教育学院、国立女子师范学院为主体，分别组建了西南师范学院与西南农学院。

我考入后的1984年，正是1950年组建的西南师范学院延续阶段。西南师范学院本来就有设立专修科的传统。新中国成立后，为了适应大西南各方面人才的需要，西南师范学院先后开设图博科，为各地急需的图书馆、博物馆、考古、文物方面培养了大量的人才，后来学校也曾在20世纪五六十年代开设过图画科，招收初中毕业生，实行5年制教育，培养基层美术、艺术方面的工作人员。

1984年9月，当时重庆市尚未直辖。可能因为整个四川都缺乏文博业务干部，于是便委托具有创办图博专修科经历的西南师范学院，招收具有高中学历的文博在职往届毕业生，考入2年制专修科学习。我所在的班级为历史系文博专修班，简称文博班。学生来自重庆各县、成都各县，以及原四川省各地、市、县的文博单位，除了三十多名考试录取的学生外，又招收了十多名文博进修生，共50多名学生。

长达两年的学校生活，我受到了极为重要的教育和熏陶。在课堂上，我如饥似渴地听老师讲述，对所有的学科都深感兴趣，特别是古代中国史、古文字、中国陶瓷、中国书画、中国古代钱币、中国古代铜镜、中国古代建筑……我都听得津津有味，并记下了大量的笔记。

对于古建筑课程，我是特别上心的。先前因为在培训班学习过，有了些粗浅的认识，再系统地学习起来，就显得驾轻就熟了。除了学校的老师外，作为外聘古建筑老师，学校也请来了成都省文管会文物工作队长、省文物局文管处长李显文老师，讲了许多文物保护工程实践中宝贵的经验和具体问题，深受班上同学们的欢迎。

更为重要的是，西师的图书馆成了我另一个无声的课堂。我沉浸在它庞大无比的书籍、资料中，惊讶着、采撷着、吸收着……深恨生命短促，光阴不够。几乎每个礼拜天，我都和西师那些青年男女的莘莘学子一样，提着一个水瓶，带着两个馒头，抢座位，查书号，排队借阅，忙着摘录，编卡片、忙着抄写……

在西师，我还有幸接触到浓郁的文学氛围。系上有读书会，经常组织阅读好的文学作品，有新闻爱好小组，经常交流新闻报道、新闻特写、讨论报刊稿件需求。学校还经常组织诗会，著名的西师外语系教师、诗歌评论家、诗学研究家吕进，经常与校内外年轻的诗人们促膝谈心，共同探讨诗歌创作的得失与经验。记得当时《绿色的音符》作者、有果园诗人之誉的重庆著名女诗人傅天琳，就应邀到学校为诗歌爱好者讲解诗歌创作体会，介绍创作心得和灵感体念……西师还有个校刊，专门刊登学生的文学创作，新闻、随笔、诗歌、散文、小说，多种形式和体裁的作品都发，还有微薄的稿酬，很得莘莘学子的喜爱和好评。

1985年，正值第二次全国文物普查阶段。第二次全国文物普查是1981年秋开始的，1985年进入全国文物普查的尾声。为了核实文物普查成果，重庆市文化局委托西师历史系文博班的学生承担市境内各地的文物复查任务。我班20余人，分为6组，参与工作。大家不顾炎阳和淫雨，踏遍了重庆各区县的山山水水……任务完成后，我写了《文物考察拾零》一文在校刊刊出，受到了学校师生的关注。接着我又有《落叶·晨读·夕阳》一组散文诗在校刊刊出。除了校刊之外，我开始向全国各个刊物投稿，先后在《四川日报》《山西青年》《四川农民报》《成都晚报》《少年文艺》《中国环境报》《散文》发表散文、随笔、诗歌。

紧接着，我开始了小说创作。我第一个短篇小说《五柳先生》刊发于《红岩》1985年第6期。写的是一个崇拜魏晋名士五柳先生的知识分子辛酸的心理路程和坎坷的人生经历。写完以后，自觉还颇满意，便怀着惴惴的心情，赶了公共汽车到重庆市区《红岩》编辑部去投稿。当时的《红岩》杂志编辑部设在重庆市中山三路重庆村30号，我按照地址找过去，经观音桥到牛角沱再到重庆市体育馆附近，就到了编辑部的大门口。我首次到这样的大型杂志社投稿，心中很是忐忑不安，就在大门前徘徊起来，一时不敢贸然进入编辑部去。

这时，我看见一位老同志，年龄约莫六十岁，正迈着不疾不徐的步子，背着手往编辑部走去，便鼓起勇气，上前叫了一声"老师你好"，那人转过头来，一脸和善地打量着我："有啥事吗，小伙子？"

"请问你是编辑部的老师吗？"

"对呀。我这不正去上班吗？"

"麻烦你帮我带一个小说，我要投稿。"匆匆说完，我递给他稿件，脸红得像柿子，心也咚咚地跳个不停。

老师接过稿件，翻了两页看看，又瞧了瞧我，目光落在我的校徽上。

"西师的学生？"

"嗯，对头。"

"好的，我帮你带进去。"说完，正要迈步，又漾着笑容说，"我是杨甦，你记下我的名字。"怕我不清楚，又拿过我随身的本子，写下杨甦二字。

"再见。"杨甦老师进门回头对我招招手。

"谢谢杨甦老师，再见。"

三个月后，天气已比较炎热了，班上同学去校邮政办带回了我的包裹，拆开一看，是整整 5 本《红岩》杂志。我的小说刊用了，编辑部寄来了赠刊。

《红岩》是双月刊大型杂志，我止不住激动的心情，翻开油墨飘香的目录后，在短篇小说栏目，赫然看见"五柳先生，黄石林，113"一行字，我急忙翻到第 113 页，看见了变成铅字的小说，一口气看了起来。顿时，仿佛周身涌起一股热流，我沉浸在无比喜悦与难以言说的兴奋之中。

"哦，我成功了！"我举着鲜艳封面的杂志跳了起来，同学们也涌上来，翻阅着、议论着，分享着这意外的惊喜。

后来，我在一次《红岩》召开的小说创作会上才知道，杨甦是一名著名的老作家。1939 年开始发表作品，曾任重庆市作协副主席，先后担任过记者、编辑、副主编……著有短篇小说《灌风楼夜话》，组诗《被虐待的土地》，评论《诗·诗人·时代》等著作，为中国作家协会会员，既是一位老革命，也是一位优秀作家，老一代文艺工作者。

真有长者之风啊……我再一次回忆起与杨甦不期而遇的情景，觉得杨甦老师是那样随和、朴素，平易近人。我不由得肃然起敬，沉浸在老一辈文艺工作者高尚的人格和平等待人的优良品质中。

后来，在短短两年的西南师范大学生活中，我再也没有机会见到素昧平生的杨甦老师，但心中对于老一代文化干部、创作先辈那种诚挚、谦逊、毫无杂念扶掖后来人的优良作风和高尚品质，充满了崇慕和深深的敬意。

每念及此，我都会更加努力，更加奋发！于是，我在《红岩》上又刊发了中篇小说《啊！筏》和短篇小说《葫豆花开吧，菜子黄》。在《现代作家》（四川文学）刊出短篇小说《小沙弥》，在《青年作家》刊出短篇小说《迹印》。

转瞬到了1986年，我在西南师大的学习结束了，我毕业了，回到单位，又回到文物保护琐碎而又纷繁的日常事务中。刚巧遇上文化旅游大发展的年代，以文物古迹为重要资源，江油作为李白故里，更是加快了文物名胜旅游景区的开发和建设。

那一段时间，李白故居青莲镇太白祠、陇西院和武都镇的窦圌山云岩寺都掀起了文物修缮，景区、景点建设的高潮，作为在文管所专门搞文物保护修缮，古建筑、传统建筑规划设计维修利用的技术干部，又经过国家在职带薪考入大学进行业务专业的培养和深造，我责无旁贷地全身心投入了县境内的文物巡查保护工作，并主动承担了大量的修缮方案、规划设计工作，前述的将原彰明县青莲书院的太白楼搬迁到青莲镇李白故里粉竹楼，也就是在这期间完成的。

1988年2月24日，国务院批准江油撤县设市（县级），新成立的江油市党委和政府进一步加强了李白文化的发掘和文物旅游事业的开拓、建设力度，我也更加忙碌起来，常常是往南跑到李白故里青莲李白故居、九岭、方水青莲古瓷窑遗址，往北跑到武都镇窦圌山云岩寺，来回一百多千米奔走忙碌。

如此一来，"文学梦"只好让位于中心工作。业余爱好，自然不可能挤占正规的上班时间。我的文学创作激情，也只好摁下了暂停键。

当时，我已加入了四川省作家协会。好风送路，风正帆悬，正是一往无前的光景，却不得不将文学创作停了下来，忙于眼前分内的工作。

好在，沉迷于文物、古建筑又是另一番情趣，也让我乐此不疲，兴味盎然。

中国自古有文史不分家之说，远在汉代的史学家司马迁就给我们做了最好的典范。他漫游各地，采集传闻，收罗口碑，了解风俗……以如椽之笔画写时代史诗，被后世尊称为史迁、太史公、历史之父。鲁迅先生誉其著作《史记》为"史家之绝唱，无韵之离骚"。

中国诗歌的黄金时代，唐代诗人王维更是将诗、书、画熔于一炉，后人赞他参禅悟理，学庄信道，精通诗、书、画、音律等，并推其为南宗山水画之祖。苏轼评其为："味摩诘之诗，诗中有画；观摩诘之画，画中有诗。"更不用说闻名天下的江南园林、名胜，哪一处不是出自文人所造之园呢？

交汇融通，灵感共振，这不就是西方人所谓"通感"吗？考察历史文物，接触、修缮古建筑、传统建筑，在历史中搜寻，在随处可见的匾额、楹联、题记、诗词中阅读、玩味、学习、领略其丰厚的艺术、哲理，读万卷书，行万里路，学以致用，不也可以用他山之石攻克历史、文化、文学等领域的未知高地，从而获得灵玉瑰宝吗？

这一现象，在刚刚过去的 20 世纪中，林徽因、梁思成两位中国近现代杰出的古建筑大师、古建筑专家、建筑教育家、中国建筑史开创者面前，尤其体现得淋漓尽致。林徽因短暂而绚丽的一生，不仅为我们的历史文物、古建筑的研究做出了卓越的贡献，还为我们留下了大量优美的诗句、清丽的散文。梁思成同样文笔刚健、言辞华美，但更重要的是，他把毕生的精力、无穷的智慧都奉献给了我国古代建筑的考察研究，古建史的探索、创立与完善中。

与此同时，我深感荣幸的是，我在从事李白故里文物、文化事业中，接触并追随了数年重庆大学的赵长庚教授。他的出现，使我人生的历程受到极大的感悟和熏陶，我对历史文物、文物的保护、中国历史文化，以及庞博的中华古典诗词、古典文化的认识和理解，有了一次彻底的提高和升华。

26

我与赵长庚教授相识，始于 1988 年，当时，江油刚刚撤县设市。一时间，市委市政府干劲十足、意气风发，上上下下、各行各业都感染着一种要奋发勇为、干一番惊天动地的大事业的氛围。市上领导更是提出了要以发掘、传承和弘扬李白文化，从而推进新型城镇化和全域旅游建设进程为己任，以此为契机，在世纪之交，全面激发出创新、开放、幸福、大美的诗城江油的灿烂光芒和光辉前景来。

在此背景下，市委市政府提出制定"李白纪念体系总体规划设计"的设想来，并决定由当时的江油市文化局牵头组织完成。

赵长庚先生，重庆大学建筑城规学院教授（原重庆建筑学院），是我国近代城市规划理论思想研究的先驱，是西部地区城市规划学与风景园林学的首席专家，也是西蜀历史文化名人纪念园林研究的绝对权威。作为巴蜀地区建筑学的开创者，赵长庚先后对四川盆地著名的风景旅游区峨眉山、青城山做过总体规划设计，对重庆和成都一批历史文化名人纪念园林做了精心的探索和研究。聘请他担任"李白纪念体系总体规划设计"首席设计专家，是当之无愧，十分合适的。

有缘的是，赵长庚，以长庚作名；李白，字太白，小名长庚。清王琦《李太白年谱》："惊姜之夕，长庚入梦，故名白，以太白字之。若青莲居士、酒仙翁又其所自号者。"我国古代把金星称为太白星，或太白金星。早上出现在东方时叫启明星，晚上出现在西方时叫长庚星，实为一星，故李太白又称李长庚。

赵长庚先生来做"李白纪念体系总体规划设计"，不是千年相逢的盛事吗？会到赵长庚教授时，我们都开这个玩笑。先生说："不可比喻，此长庚非彼长庚，我是凡夫俗子，来给谪仙、谪仙故里人民服务来了。"哈哈哈哈，赢得大家一片笑声、掌声。

说到李白纪念体系，也不是当时才开始筹划的。在李白的出生之地江油市青莲镇，遗留着多处李白的遗址、遗迹，历来为江油人民所珍惜、传承、保护。早在唐代，因李白入长安为待诏翰林，地方官员就曾于其出生地修建翰林府，设金马门、白玉堂、青莲池。池边有二桂花树，树上各有一鸟巢，两巢并列，人称凤凰巢。于是，民间流传李白故里在今太白祠东，林家院子桂花园一带，曾有金马门、白玉堂、青莲池、凤凰巢等纪念李白的建筑和园林，此说经久不息，一时传为佳话。

然而，这些华丽堂皇的建筑、优美传奇的园林，早已湮灭不存。

青莲镇位于现江油市南15千米，距今绵阳市40千米。《彰明县志》赞其地："涪江中泻而左旋，盘江迂回而右抱"，天宝山、太华山、红岩山偎侍其旁，山环水绕，绿野平畴，风景秀美。

青莲古称清廉，因其境内盘江及其支流古号"青溪""濂泉"而得名。后来，因李白号"青莲居士"，便改"清廉"为"青莲"。自宋时起，沿用至今。

宋淳化五年（994）《唐李先生彰明县旧宅碑并序》载："先生旧宅在青莲乡，后往县北戴天山读书。今旧宅已为浮屠者居之。"也就是说，其旧宅已为寺庙和尚们居住使用。

不过，到了宋元符年间，时彰明县令杨天惠，因崇敬乡人李白才逸气高，除著《彰明逸事》以资怀念外，还在李白旧址重葺了太白故居。

历史的旋涡又将宋代的太白故居卷泯得荡然无存。再经元、明的战火兵燹，明、清的动荡匪祸，到了现在，诗人李白的故居仅遗留下了清代重建的纪念建筑和纪念遗迹。计有陇西院、粉竹楼、太白祠、名贤祠四处建筑。有李白衣冠冢、李月圆墓、洗墨池、磨针溪等遗址。1961年，四川省人民政府公布太白故居为省级文物保护单位，包括陇西院、粉竹楼、太白祠。1980年7月，四川省人民政府重新公布太白故居为省级文物保护单位。

其中，陇西院在青莲场外东天宝山麓。现存的山门、部分房屋为清乾隆五十三年（1788）重建，《彰明县志》载："陇西院，在县西天宝山尾，以唐天宝时李白为陇西布衣因名，邑令陈谋有碑记，详艺文。"光绪二十二年（1896），有所增修。山门遗留石刻对联，中门为：弟妹墓犹存，莫谓仙人空浪迹。艺文志可考，由来此地是故居。右门是：旧是谪仙栖隐处，晃闻昔日读书声。左门是：太华直接青莲宅，天宝遥看粉竹楼。后陆续维修、添建、搬迁许多建筑。

粉竹楼在场东太华山下，仅存山门，为清道光十七年（1837）重建。山门有石刻对联，正门为：月圆徽音不远，谪仙何时归来？右门是：日斜孤吏过，帘卷乱峰青。左门是：月冷江干成胜迹，风来海标识高贤。后搬迁原彰明县青莲书院太白楼内，完善其园林绿化设施。

太白祠距青莲镇东南约一千米处，建筑坐西朝东，周围绿畴红墙，盘江环绕其西侧流过。太白祠为乡人祭祀李白之处，历经兴废，现存建筑为清乾隆四十二年（1777）彰明县令廖方皋重建。《彰明县志》载："太白祠，在县西十五里青莲乡，邑令廖方皋有碑记，详艺文。"太白祠为二进四合院格局，大门进去后为一进，有小径直达过厅，过厅两侧为厢院。穿过过厅为二进，两侧设厢房，中为大厅。建筑全为清代穿斗木构。过厅前，有古桂二株。

名贤祠兴建于清同治年间。《彰明县志》载："名贤祠，同治八年（1869）建，供奉有青莲先生神位。"《彰明县志》又载："太白固有墓，墓并不在蜀，而彰明人曰：此固其桑梓地也……于是相议为衣冠墓，具章服如唐制，敛以诗集，筑于仙人旧馆之右，环植花木。碑题：唐翰林学士李太白之墓。"而谓"仙人旧馆"可知，名贤祠原系少年李白读书处，现存名贤祠为二进四合院，清代穿斗木结构。当时除供奉李白外，也同时供奉彰明历代乡贤。

如前所述，李白衣冠冢筑于名贤祠右侧。清同治年间的李白衣冠墓早年已毁，1963年，该墓重新培修，立"唐李白衣冠墓"之碑。墓周植塔柏、桂花，旁置一多孔怪石，传说为当年李白出生时，太白金星坠落之陨石。

李月圆墓在天宝山之南麓，陇西院之东北，原墓碑题为："唐旌表节义淑人青莲学士妹李月圆之墓"，后毁。1963年整修重建，碑题为："唐李月圆之墓"。

洗墨池在粉竹楼后东向约一千米处，为一泉水井。井呈方形，边宽0.7米。水质清冽，有气泡自井底涌出，形如蒲花，故称蒲花井。相传李白兄妹当年读书习字，曾于此井洗砚，久之水呈墨绿，故又称洗墨池。

磨针溪在天宝山南侧路旁，有新建"启知桥"于此。传说当年李白年幼贪玩，一次逃学遇见一老妪在溪边磨铁杵，顿生好奇，驱前相问："婆婆为何磨铁杵？"答曰："磨针。"李白惊道："铁杵焉能磨针？"婆婆不紧不慢地说："只要功夫深，总有一天铁杵会磨成针的。"李白听后，深受启发，从此不再贪玩，发愤读书上进，终于成为大唐著名诗人，被誉为"诗仙"。

这之后，"铁杵磨针"流传千古，成为激励后人发愤读书的典范。近年来，磨针溪除新建启知桥外还修建有磨针亭，供游人缅怀、游赏。

除了以上遗物、遗址、遗迹之外，太白故居青莲镇还有部分已毁不存的纪念建筑：

太白楼，位于青莲镇劳动街，楼五层，重檐歇山，为镇中之高标建筑，建于清乾隆年间。其下可通行人，为过街楼。原楼上祀魁星、文昌，有李白塑像。有联云：诗格压盛唐，仰仙风道骨，岂让前贤唯独步；文名齐杜老，美玉堂金马，伫看后世快同声。

文昌宫，建于宋代，几经毁葺，现存建筑为清末穿斗木构。

文风阁，建于清代，用以振兴文风，使灵气不至外溢，望青莲文风常在，该阁毁于民国。

遗址遗迹尚有：

石牛与石牛沟。石牛沟在青莲镇伍家坡西南一千米处，因出土唐代石牛而获名。石牛现藏于李白纪念馆保存。相传李白少时有《咏石牛》诗作：

> 此石巍巍活像牛，埋藏是地数千秋。
> 风吹遍体无毛动，雨打浑身有汗流。
> 芳草齐眉难入口，牧童扳角不回头。
> 自来鼻上无绳索，天地为栏夜不收。

漫波渡。清同治年间的《彰明县志》中又称青莲渡，志书载："青莲渡，县西南十五里……吾彰青莲场之大渡口，旧名漫波渡……上通松、龙、阶、文，下达成、绵、夔、巫。往来行旅，舍此无他途……"清道光版《龙安府志》载："漫波渡，在盘江之下。"漫波渡为一古老渡口，亦称漫坡渡，原名蛮婆渡，方志载："李白母浣纱于此，有鲤跃入篮中，烹而食之，遂孕而生白。"

在江油市境内，还有许多有关李白的纪念性建筑、遗址、遗迹：

读书台。在江油市太平镇西北，距市区 10 千米，又名小匡山、点灯山。孤峰秀拔，下临让水。传说李白少时曾于此山读书。

窦圌山。《江油县志》云："窦圌山，在县东北十里，两峰耸立，铁索为桥。所谓圌岭飞桥也，唐窦圌字子明隐居于此山，故名"，李白曾游窦圌山，并题"樵夫与耕者，出入画屏中"绝句。

大匡山。大匡山又名匡山，位于江油市大康镇西北，距市区 20 千米。山势险峻，林壑幽邃。清光绪癸卯版《江油县志》载："大匡山，在县西三十

202

里，一名大康山，又名戴天山。杨天惠《彰明逸事》云：'李白本邑人，隐居戴天大匡山。'吴曾《漫录》云：'白尝读书于大、小匡山。'杜甫寄白诗：'匡山读书处，头白好归来。'太白集有《访戴天山道士不遇》诗。《名胜志》云：'高耸亭亭，形如匡字'，今有匡山书院，光绪十四年，知府蒋德钧建。"

戴天山。《江油县志》载："戴天山，在大匡山顶。上有饲鹤池故迹。即李白访戴天山道士不遇处。瓦砾累累皆是，其为当日寺观可知。"

李白在匡山十年，读书习剑，与赵蕤亦师亦友，学文习武，修仙学道。原匡山上有匡山书院、李白祠、太白楼、双桂堂、中和殿，凡者联成一气，浑然一体，亭台楼阁，蔚然大观。惜毁于 20 世纪 50 年代。

这些遗物、遗迹，在赵长庚先生来江油之后，均一一了解，并亲往探访，把握第一手资料，进行汇总、研究。赵长庚先生幽默地说："李白读书之处有三，陇西院读小学，读书台读中学，匡山则是读大学、读研究生的功业了……"

除了以上闻名的景区、景点外，尚有月爱寺。在匡山之南，距城区约 7 千米。东临让水河，南与普照寺遥望，寺名"月爱"，取"李白爱月，月爱李白"之意。寺旁有一古井，相传为唐遗。井盖有七孔，月出，井水呈"七星伴月"之观，故名"七星井"。传李白少时读书经此，常赏玩。

普照寺。位于月爱寺之南，距城区约 7 千米，寺名来自"神光普照"。原名普照庵，不知始建年月，重建于元至正元年（1341），明天顺元年（1457）复建。李白曾来此题留《普照寺》一诗。原寺山门曾留一联："寺古曾留唐世迹，楼高恰映汉王台。"联中"唐世迹"，指李白题诗，"汉王台"为古迹，传汉王葬于此。道光版《龙安府志》载："汉王台在县西北三十五里，相传汉王驻兵于此。"

彰明旧县，即今彰明镇，原有长庚寺、青莲书院、太白楼、大雅亭等，惜均毁。

原彰明县周边还有许多遗物、遗迹。

云龙塔。隔涪江与青莲镇，天宝、太华二山相望。其塔位于今龙凤镇涪江边山坡之上，坐落于距龙凤镇西 5 千米处的云龙村。该塔建于清咸丰十年（1860），为时任彰明知县陈维境筹资主持修建。塔为九级楼阁式石砌，坐西朝东。塔身呈八角形，层层上收至顶，高31米。塔内无实心柱。二至七层各辟四小窗，开窗各层错位，八、九两层实心无窗。塔门上立书刻"云龙塔"三字，下有对联："阳冰可信前身是，□□□□后代昌。"横额题"圣德同文"四字。据考，该塔为知县陈维境仰慕李白，为重振彰明文风所建，寄望李白故里飞龙上天，金榜题名，荣耀乡梓。对联中"阳冰可信前身是"即指为李白作《草堂集序》的李白族叔李阳冰，可以证明先辈李白的辉煌事迹。"后代昌"自然是寄望李白故里后代文运昌盛，人才辈出。

螺蛳塔，原在青莲天宝山，与云龙塔隔江相望，已毁圮不存。据说此塔形如螺蛳，旋转向上故名。螺蛳塔多层设塔孔，据传曾刻有一趣联："塔内点灯，层层孔明诸角亮。池中栽藕，节节太白理长根。"这又是一个江油地方发音对联，和前述马阁一样，这里的"角"读作"葛"。于是，上联谐音三国人物诸葛亮。下联则指唐代大诗人李白，"理长根"谐音"李长庚"。因李白生时，其母梦太白金星入怀，遂生白，字太白。而太白金星又名长庚星，故李白又被称为李长庚。

紫云山。又名紫山，《彰明县志》载："紫山在县西南三十里，接兽目山，中隔盘江为一邑巨镇，山色隽异，日出时光彩耀目，绵亘二十四里，入安绵界。"紫山为原彰明八景之一，名"紫山耸秀"，上曾有古道观。李白在《题嵩山逸人元丹丘山居》有句"家本紫云山，道风未沦落"，即指此山。现在江油市香水乡、八一乡境内，峰峦叠秀，古木滴翠，常有紫云结其上，故名紫云山。

还有武都的灯笼洞、太白洞，小匡山让水河对岸的石磬洞、石磬寺，等等。

历史上的李白纪念体系，延绵不断，流传不辍。

春晖投射，激流勇进，旧貌新颜。

1962年，是故乡唐代大诗人李白逝世1200周年。四川省政协第二届委员会第三次会议上，著名诗人戈壁舟与戏剧活动家、民间文艺家肖崇素，画家、书画鉴定修复专家赵蕴玉等几位文化界省政协委员一道联名提案，在李白故里江油修建李白纪念馆，这件重大提案被四川省政府接受。同年6月，省文化局发出《关于筹建唐代伟大诗人李白纪念馆计划》，随即江油李白纪念馆筹备处成立，江油县委决定：宣传部部长何澄海任筹备处主任，副县长张泰任副主任，县文化馆馆长欧小白具体负责筹建工作，包括选馆址、收集资料、征集字画等工作。时任四川省人民政府副省长、老一辈无产阶级革命家张秀熟同志非常关心筹建工作，十余次来信，对建馆方案提出指导性意见。

1962 年 5 月，四川省人民政府决定在李白故里为唐代大诗人李白筹建纪念馆。同年 7 月，李白纪念馆筹建处正式成立。1963 年春，郭沫若先生题写了"李白纪念馆"馆名，同时撰书了"酌酒花间磨针石上；倚剑天外挂弓扶桑"楹联。

此外，四川省文化厅还推荐了一大批国内有名的书画家，由李白纪念馆筹备处发出征稿函，广泛征集李白诗意画和相关的书法作品。一时间，老舍、邓拓、何香凝、陈叔通、章士钊、沈尹默、潘天寿、丰子恺、傅抱石、李苦禅、程十发、范长江、陈半丁等纷纷寄来书画作品。而今，这批佳作早已成为李白纪念馆的珍贵文物，镇馆瑰宝。

李白纪念馆 1979 年 5 月破土动工，1982 年 5 月邓小平同志题写了"李白故里"四个大字。1982 年 10 月 23 日，初步落成的李白纪念馆向中外游人开放。

李白纪念馆占地 4 万多平方米，坐落于江油市西北郊昌明河畔，是一处为纪念唐代大诗人李白而修建的仿唐古典园林建筑庭院。既有盛唐的恢宏大气，又有江南园林的秀婉幽静。

李白纪念馆"筹备时间长，征集文物多，集资建馆快，学术研究好"，共收集李诗版本、碑刻拓片、诗书画印、研究成果等五千余件，集陈列、研究、旅游接待、纪念会务于一体。近年以来，举办多次各种陈列展览，接待过数百万国内外研究学者，瞻仰、参观人士，为促进李白文化、国内外文化交流起到了重要的作用。

李白纪念馆、与李白纪念馆隔昌明河相依的太白公园，成了一道江油市对外展示的、新时代纪念李白体系的亮丽风景线。

应邀前来的赵长庚先生，选择在林木掩映的李白纪念馆中的李白研究会小院中，开始了他的"李白纪念体系总体规划设计"工作。

几乎每天，他都戴着老花镜趴在图板或办公桌上。谢吾同是他的研究生，朝夕相随，伴随着他。当时，我作为文化、文物方面的专业干部，又刚从西南师范大学文博专修科毕业回单位，便被派往协助赵长庚先生工作，给他提供有关的文史资料，解答地方有关问题。同时，也按照组织上的要求，关心、解决赵长庚先生的生活、起居，外出考察、调研中遇到的各种问题。

赵长庚先生在生活上十分简朴，但工作起来却特别努力认真。根据他的研究生谢吾同的回忆，当时"我和导师就寓居在江油李白纪念馆大树环抱的古典式庭院——晓雅斋。短则一月，长则三四月。参与了先生安排的从李白生平研究到人文精神求索再到设计表达的全过程。工作进入深度状态后，先生安排我和他同住二楼的一间会议室，两张床分摆两端，中间是一张作为工作台的大会议桌，师徒两人之间得以充分交流，还兼听闻晓雅斋前昌明河坝的流瀑与花香鸟语以及不时飘来的古琴声，这样的学习工作自然是一种享受。当然晚上的时光稍难熬些，因为赵先生的作息习惯较特别。他晚九点睡（此时我生怕影响他睡眠）至凌晨，起来工作（此时我刚睡）至三点再睡，5：30先生就彻底起床工作了"。

初识赵长庚先生，就留下了难以忘怀的印象。

先生微黑肌肤，前额丰润宽阔，毛发稀疏。身材不高，略胖。见面一握手，和善爽朗之气扑面而来，寒暄几句，幽默风趣油然而生。再一深叙，诗、书、画、文，信手拈来，引经据典，侃侃而谈，宛如磁石，不由令人顿生仰慕敬佩之意。

所谓谈笑风生，不正是此种感觉吗？先生谈锋甚健，长联诗词，倒背如流，点评景点，入时入微。当时的我，闻言如醍醐灌顶，追随恨相见甚晚，便紧跟其脚踪，旁侍其左右，一晃三四年，受益匪浅，启迪颇丰……

27

赵长庚先生，今成都崇州市人。在天府之国的腹地，川西平原的西南方，距成都约40千米的地方，有一个富饶美丽的小城——崇州，就是赵长庚先生的诞生之地。

崇州，历史悠久，开化较早。远在汉高祖元年（前206），就在当时蜀郡大江（金马河）以西和今大邑苏场以北地区设置了江原县。唐垂拱二年

（686），拆江原县置蜀州，领晋原、唐隆、青城、新津四县。其建制历史长达2200多年，唐代诗人王勃著名的诗句"海内存知己，天涯若比邻"（《送杜少府之任蜀州》）就是在这儿写下的。

南宋绍兴十四年（1144），升蜀州为崇庆军，为军事重镇，亦领数县。宋代的行政区划实行三级制，即路—州—县。州级单位有府、州、军、监。当时，崇州为州级单位崇庆军。淳熙四年（1177）因高宗赵构时潜藩于此，乃升为崇庆府，以示崇庆之意。

元至元二十年（1283），改其为崇庆州。清代继称崇庆州，不领县，隶成都府。民国二年（1913），废州为崇庆县。1994年6月，经国务院批准撤县设市，为省辖县级市，成都市代管。

实际上，赵长庚先生的出生地，也不在崇州城中，而在临近青城山的崇州街子古镇。赵家，是街子古镇赵家店子的一户农家。民国九年（1920）三月四日，一个春光明媚的日子，赵家喜得贵子，一阵婴儿呱呱的啼哭声打破了赵家的宁静，为赵家带来了无比的喜悦。正如网页上的赵长庚纪念馆开篇所说的那样：

> 珠落玉盘：牛筋的血脉，"哇……哇……"，生了，终于生了！门外焦急地问："是个啥子？""恭喜牛筋，是堂屋楠木方桌上摆的那个"，屋内传来助生婆的声音。牛筋回头一看：好一个青花大茶壶。总算没白折腾，我爸爸来到了这个世界，那是民国第九年三月的一天。

先生网上的纪念馆实际上就是一张网页，好像是赵洪宙所为。长庚先生有二子，长子赵洪宇，为西南交大教授，我们因业务交集，曾蒙过面。二儿子赵洪宙在重庆市园林建筑规划设计院工作，无缘结识。这篇出自其手的赵长庚纪念馆文章，质朴而率真，又充满令人忍俊不禁的幽默之感。开篇就极为生动诙谐，不妨继续借录如下：

> 我爸爸的爸爸，老牛筋，晚年得子，盼了多少年，胡噜！一下子，实现了，该有的都有了，实在太高兴了。急忙从家里喂的几只黄花老母

鸡中选出两只，宰了，给月母子炖起，我奶奶是二房太太，之前也跟大房一样，尽生女（封建意识）。

"牛筋，到镇上去，给我和幺儿买点东西回来。"奶奶在床上小声地说。感觉得到，有种自豪感，爷爷当然十分乐意。

今天赶场，赵家店子到街子镇有几里地。一大早，我爷爷随同几个远亲近戚男人帮，带上各自的家伙、行头，赶场去咯。

该买的买，该卖的卖，弄得差不多了，老地方，整个九斗碗，少不了来两罐崇阳大曲，当地的名酒。当时玻璃瓶是稀罕之物，比罐装的贵多了，没敢点。大家高兴、高兴。

酒足饭饱，都有几分醉意，那几个男人，继续各自的事情去了。只有我爷爷，惦记着家里，独自往回走。一个老烟杆，足有一尺半长，叼在嘴里，布烟袋挂在杆中央，一甩一甩的，合着走路的节奏，手里拎着堂客要买的东西，哼着川西小曲……音乐细胞在我们这代有遗传，这是后话。

晃晃悠悠，悠悠晃晃，小路两旁，黄色一片，望不到头。几只采蜜的小蜜蜂闻到酒味，油菜花也不顾了，尽往他脸上扑。"耶……! 嗝……"，路上被一个石头包绊了一下，一个饱嗝涌出，化解一点醉意，清醒了许多。

心想：孔老夫子，各位列祖列宗，虽然我赵某文化不高，但是，我有儿子了，可以当文化人了，我赵家的血脉，有人继承了，我要把他培养出来。让他多读书，继承我的家业，买田，买地，进城开铺子。二天，搬到省城去住，找个好媳妇，子子孙孙，无穷尽也。子子孙孙，无穷尽也。子子孙孙，无穷尽也。……

好一个农民思想家，你想远了，但确实是农村人几千年来的朴实想法，人类文明因此得到发展、进步。汪、汪、汪、汪，几声狗叫，到家了。别人家的狗是见着生人才叫唤，咱家的大黄狗就是不一样，越是亲，越叫得欢，顺便摇几下尾巴，是个狗才。后来陪着我儿时的爸爸耍了好几年。

这下老爷子的酒也完全清醒了，一切恢复了正常。天有不测之风云，自从有了幺儿，爷爷更是起早贪黑地干，没命地干，快六十岁的人，被累趴下了，卧床不起，也不知当时是得的什么病，估计是中风，民间郎中整些草药，吃了几服，也没见好，开玩笑，这个病，现在都不好治。眼看不行了，把两个同母生的大女子、两姐妹，叫到身边，断断续续做了很多安排："……你们妈妈身体也不好，弟弟交给你们了。"为了抚养这个宝贝弟弟，从此两个姐姐终身未嫁，当时都只有十几二十岁。不嫁，有点残忍，据说是她们自愿的，与托孤无关，错过了婚期，也就算了，后来跟着弟弟脱离了农村，生活过得也还不错。只是苦了大孃，六一年困难时期，是累死了，是病死了，或是饿死了，都难说，反正非正常死亡。至此，为抚养弟弟，两个孃孃由村里最有文化的人给改了名，一个叫辅臣，另一个叫弼臣，这是有典故的。之前叫什么，不得而知。两个孃孃，一个老实本分，有使不完的劲儿，另一个聪明能干、会算账，里外把好手。她们完成了爷爷交给的赵家历史使命。但是，血脉传到我们这一代，危险了，一笑了之。

······（以上摘自网页）

看将起来，他们的爷爷和川西坝子任何一个普通农民差不多，传统而执拗。不过，这位老爷子的执拗似乎比常人还略胜一筹，故而得了一个"老牛筋"的雅号。由于晚年得子，爷爷如愿以偿，心情十分惬意舒爽。

因绊了一跤而清醒了许多的赵老爷子，醉意顿消。一边走，一边谋划起赵家兴旺发达的大业来。

这的确是当时，一个还算富裕的庄户人最直撇，最平常而简单的想法。赵洪宙因此评论道："好一个农民思想家，你想远了，但确实是农村人几千年来的朴实想法，人类文明因此得到发展、进步。"

是啊，有想法，有谋划，到底是一个开头，尤其是"可以当文化人"了，这一闪射出耀眼光芒的想法，注定了赵长庚先生未来的精彩人生。

可以说，就凭着这一个别开生面的想法，一下子就将血脉延续、人脉承继上升到文脉升华、家国情怀、国运兴盛层面来了。

少年的赵长庚没有辜负父亲的希望，也没有辜负他两个姐姐的关爱和辛劳。他的出生，就是这个传统的中国家庭的最大幸福。因为是唯一的男孩，他成了一颗耀眼的明珠，是众望所归的家族寄托。

父母的偏爱，两个姐姐无微不至的照顾，使他心无旁骛、埋头读书、用心学习，养成了勤学苦练的好习惯。

年幼的赵长庚天赋惊人，他过目成诵，记忆绝佳。虽然赵家是一个普通农户，不可能让他去到优裕、良好的学校读书，但他十分珍惜学习的机会。即使在附近学堂，也十分苦读用功。

他努力做到"凡是学堂里能接触到的书籍，统统读上好几遍，遇到不懂的地方，就四方寻找答案，直到吃透每一处语中含义为止。尤其是对文学古籍，他特别感兴趣，一次便花上几个月的时间反复翻阅，最后就连书页上都留下了一道道明显的手印痕迹……"〔杨黎黎《赵长庚教授学术思想研究》（上篇）〕。

这种从小养成的发愤苦读、力求甚解的习惯，伴随着先生整个人生。以至于几十年后，他成了教授，授业解惑、教育学生的时候，也以此作为激励他们的主要准绳。这里，我们见到了中华民族传统文人孜孜不倦、认真求学的可歌可泣、顽强拼搏的精神，见到了传统儒家"故天将降大任于是人也，必先苦其心志，劳其筋骨，饿其体肤，空乏其身，行拂乱其所为，所以动心忍性，曾益其所不能"的克己、慎独的精神。

唯有克服一切困难，认真读书，方能"曾益其所不能"，承担祖国、人民交于自己的"大任"。

古人说："读书破万卷，下笔如有神"，一个"破"字，表明读书好比攻城略地，最后攻克了、消化了、理解了书中的难题。如果能够这样，写起文章来自然就"下笔如有神了"。

赵长庚先生从幼年就养成了良好的求学习惯，并在从事教育的漫长一生中坚持以这些行为准则来要求他的学生。他还常常告诫他们："书痴者文必工，艺痴者技必良。"正是这种坚持不懈的努力，使他从少年时代起就显露出超越常人的理解力、记忆力，尤其是对古代诗词歌赋的消化融通、化解运用能力，更是达到了出神入化的境地。

川人总是要走出盆地的。"川人不鸣则已，一鸣惊人"，这是四川才子李调元说的。当时，四川刚经历了明末兵燹、灾害饥荒，民不聊生，一蹶不振。川人进京考试做官往往寥寥无几，备受歧视。李调元为重振川人信心，以骄傲的口吻列举了辞赋大家司马相如、天下文宗陈子昂、一代诗仙李白、旷世奇才苏东坡等文坛巨擘、国家栋梁，列举了川人的勤奋好学、才气冲天的豪迈情形，表明了四川自古人杰地灵。一番妙论使学子信心大振，人心大快。

先生读书于蜀中，肯定延续了此番熏陶，接受了此类激励。

我与先生交往期间，先生也往往诙谐幽默地告诫我们："要不鸣则已，一鸣惊人。要不飞则已，一飞冲天。不要一鸣嘎嘎嘎，一飞噗噗噗……"言未毕，我们都笑了起来。他是在说，要有踏实功夫，真才实学，机遇到了，才会有如大鹏，一鸣惊人，一飞冲天，做出一番宏伟、光辉的事业。如果华而不实，夸夸其谈，就会像鸭子那样，一张嘴就露出浅薄和庸常，只会贻笑大方。倘若再要逞能一飞，更露馅儿了，噗噗之声，离地不高，起点甚低，是无法做到志存高远的。

语言风趣，态度真诚。我们被深深地迷住了。

我们知道，少年的赵长庚，就是这样饱读了经史子集，胸怀了凌云之志，走出故乡去探索新天地的。

1939年，19岁的赵长庚先生开始了他不同寻常的求学经历，考入燕京大学，进入了燕京大学文学系学习。

燕京大学创办于1919年，由四所美国及英国基督教教会联合在北京开办，是近代中国规模最大、质量最好、环境最优美的大学之一。学校的创始人为司徒雷登。司徒雷登是美国人，但他出生于中国杭州，后来为美国基督教长老会传教士、外交官、教育家。司徒雷登的父母均为美国在华传教士，司徒雷登本人也从1904年起开始在中国担任传教士，曾参与建立杭州育英书院（即后来的之江大学）。1908年任南京金陵协和神学院希腊文教授。1919年起，司徒雷登担任燕京大学校长、校务长。1946年任美国驻华大使，1949年离开中国。

在清末民初的历史条件下，燕京大学虽然是教会学校，但在教育方法、课程设置、规章制度、人才培养等诸多方面，都有不错的表率。经有关评论，认为该学校对中国近代高等教育的发展产生了深刻的影响，在中国高等教育史上留下极为显赫的名声，并一度与北大、清华比肩，被誉为"中国教会大学之首""世界一流大学"。更为重要的是，五四运动、西安事变、国共内战、学生运动……近现代中国几乎所有重大事件都和燕大有关。

燕京大学的风气也很正派，它一开始就摆脱了狭隘的宗教氛围，充溢着浓郁的学术自由、思想开放的风气，同时具有较强的包容性。在办学的规模上，它提倡少而精。表面上虽有十八个院系，但学生仅 800 人左右。不过，从它的教学水平和教育质量来看，丝毫不输于清华、北大等当时中国著名高等院校。学生要想考入"燕园"，是非常困难的。

与此同时，根据有关资料介绍，燕京大学的"学费、宿费、杂费，一学期一百五六十元"，这在当时显得十分昂贵，一般人家的子弟望而生畏。于是，能进入"燕园"的学子，其家庭都是非"贵"即"富"的绅粮大户或豪门巨宅之家，再者就是城中大贾、海外富商的子弟了。

像赵长庚这样的蜀中农户学子，尽管在两个姐姐节俭、勤劳的操持之下家境还算殷实，但要负担这样庞大的学习费用，还是显得很吃力的。

好在，当时的燕京大学为奖掖家贫学子，设立了名目众多的奖学金，这对于家境相对贫寒的学生来说，无异于雪中送炭、绝渡逢舟。赵长庚一如既往，一头扎进浩瀚的求知海洋之中，以优异的成绩，来博取机遇和生存。一晃四年，1943 年，赵长庚在燕京大学取得了文学学士学位。

正如《赵长庚教授学术思想研究》（上篇）中所说的那样：

在燕京大学举世闻名的国学文学系当中，受到了多位名师的指导，这四年的燕大生活带给赵老师至少三个方面的体会和感想。

1.节俭的生活作风

燕京大学培养了赵长庚教授节俭的生活作风，为他今后无论是在"文化大革命"风暴中屡遭摧残迫害导致居无定所，而不为贫困交加的生活困境而消磨了人生斗志；为他在迎来安定祥和的生活环境时，依然以勤俭持家治国为人生理念打下了信念基础。根据记载，燕京大学里，虽然有不少大官阔佬的子弟，但是不管家里寄来多少钱，均由学校的斋务处（类似于现在的财务处）统一管理，学生花钱都会采用记账的形式。

这样的教学理念是为了培养学生的"寒士之风"。所谓"寒士之风"，是指贫困的读书人节俭自律，不事侈靡，生活简朴的精神。

赵长庚教授之所以如此受此精神的影响，一是受亦儒亦农的贫寒家庭环境的熏陶，二是中国历来以勤俭为美德的传统观念文化所根植……此精神一直伴随着赵长庚教授的一生。甚至在他的晚年生活条件渐渐好转之后，都不忘朴素持家、勤俭报国的理想，以免丧失进取精神而导致功亏一篑……

2. 广泛的兴趣爱好

燕京大学培养了赵长庚教授高尚而广泛的兴趣和爱好，这不仅为他日后的建筑、规划、园林事业打下了坚实基础，也使他能够积极乐观地去面对人生旅程中的阳光灿烂和风雨挫折。在燕大求学期间，除了其本专文学中的诗词歌赋、论证散文外，赵先生也展现出了其过人的绘画才能及体育才能。

……但是对于绘画，赵长庚教授是到燕京大学时才有机会接触到的，但这并不妨碍他对绘画一见钟情的喜爱，以及迅速在这个领域展现出他那过人的天赋。正因为当时其表现出来的过人功力，有幸得见的人都对那绘制精美且构思新颖的作品表示啧啧赞叹，因此，毕业时，大家才劝服他在文科毕业后转而研究建筑学。使建筑、规划、园林领域多了一位通才……

除了文学和绘画之外，赵长庚教授竟对体育运动也十分热衷。赵长庚教授热爱爬山和长跑，以此锻炼自己的身体和意志力。根据张淑良老师的回忆，赵先生认为如果当年没有一个好身体，怎么搞那些野外的调研，怎么能四处游学传道，怎么能抗住身体精神的双重打击。

赵长庚教授这种健康、广泛的兴趣爱好，在无形之中也培养了他积极乐观、敢于进取、豁达宽容的性格。这样的性格特征使赵先生在颠沛流离的艰难困苦和"文化大革命""反右"一系列无比凄惨的境遇中，勇敢地战胜了生命中的泄气与消沉……不仅始终保持着积极乐观的生活态度，还始终幽默风趣地面对所有人……

3. 人生的转折点

燕京大学的四年文学生涯，成了赵长庚先生的人生转折点，使其坚定地选择了建筑这个方向，并一直走下去。

赵长庚教授因其从小展现出的文学天赋，而选择就读燕京大学的文学系，本准备以国学研究，作为自己终身为之奋斗的目标。因为其一向严谨向上的学习态度，且从小又受到良好的家学教育，再加上他过人的天分，我们有理由相信他在燕大的学业一定非常优秀，且无可挑剔。但自从他展现出其深厚的绘画功力，在被众人称赞、钦佩之后，周遭的同学开始向他推荐建筑学科。之前的赵长庚教授对于建筑学完全陌生，但在了解该学科之后，这门集艺术与工程技术于一体的学科深深地吸引了他，于是做出一个惊人的决定，将四年积淀的国学基础作为扎实的根基，以人文的角度做园林做规划做建筑，将中国古典文化精神与建筑规划园林设计的学理贯通起来，转向建筑学领域的研究与发展。这样一个决定，一定程度上使他赢得了伴随一生的美妙爱情和幸福婚姻，更使建筑领域出现了第一位同时拥有文学学士学位和建筑学学士学位的专家。

为了实现学习建筑学的梦想，1943年，23岁的赵长庚先生考入了中央大学重庆校区建筑系。中央大学，沿于清末创建的三江师范学堂。该学校筹办于1902年，1904年正式开学。清光绪三十年（1904），学校易名为两江师范学堂。校址初设于南京北极阁以南。

后期沿革历经多次校名变更，直到教育家、书法家李瑞清出任校长后，方规模迅速扩大，优良校风蔚然形成，进而发展成为东南第一学府，为中国孕育出一批诸如著名科学家周仁，国学大师胡小石、陈中凡，国画大师张大千等一批优秀人才。

1928年，学校更名为国立中央大学。抗战期间，学校南迁，中央大学迁至重庆沙坪坝、成都华西坝等地办学。与此同时，一大批教授、文化人、教育家、大师涌入四川、西南，辗转各地，教书育人，传道授业。

赵长庚先生有幸师从过徐悲鸿、吴冠中、冯纪忠等大师，从而眼界大开，见识陡增，开始了他人生中最激情飞扬、突飞猛进的阶段。

　　赵长庚先生在中央大学学习的四年，是该校建筑系最鼎盛的时期。由于抗战，知识分子内迁，一大批名师荟萃到大后方。鲍鼎、刘敦桢先后出任建筑系主任，一批优秀的建筑学家、教授，譬如童寯、杨廷宝、黄家骅、谭垣、李慧柏、徐中等担任了建筑系的教学工作。

　　赵长庚先生在这里接受了初步的建筑教育，系统地学习了建筑学、规划学以及大量的建筑艺术概念基础，譬如节奏、比例、尺度、色彩、肌理、对比、调和等有关建筑的表现形式、手法处理方面的素养。当时，中央大学建筑系流行一句名言，"开口不谈节奏感，此君未入匠师门"。如此，把建筑视为凝固的音乐，就如音乐家在传授乐理一般，寻找、发现其韵律感，和谐感，从而激发其创作灵感和创作激情。把枯燥无味的建筑学尽可能量化、形象化，从而显得生动活泼而兴味盎然。

　　此外，当时的建筑教学还有意识地注重空间环境营造。在他们看来，中国建筑自古就是一种空间艺术、环境艺术。19世纪90年代的早期，西洋建筑也终于突破了雕塑似的"造型艺术"，开始进入对空间和环境的研究。当时的中央大学，虽然延续了西方的教育模式，但在教学过程中很早便发现建筑教学不可能止于形体，"应该看重开发学生的空间思维和环境意识"。中国古代建筑中的精粹便是风水学术，而所谓风水，实际上就是空间艺术和环境艺术与心理学等的综合，来阐释和研究中国建筑，这就显得更加开阔和深入了。

　　与此同时，赵长庚先生还在这里接受了严格的手绘训练，对建筑绘画原理进行了深入的学习和领会。对于线描与轮廓、透视的原理与表现方式、重心、焦点、调子、配景……无一不亲力亲为，一丝不苟地严格要求自己，务必达到准确、精细、活灵活现。

　　与先生在一起的时候，我曾惊异先生的手绘功夫，忍不住赞叹其炉火纯青、下笔如有神的眼力和手上驾驭线条的超凡能力。先生淡淡地一笑说："这是几十年练习的结果哇。"我想，万丈高楼平地起，我除了从小喜爱绘画外，学习、反复练习，尤其是中央大学建筑系的严格训练和教育，起到了决定性的作用。

　　在中央大学建筑系，除了以上的基础教育外，还特别强调手绘的渲染功夫。建筑的平面、立体、剖面、透视、效果图，都要通过手头渲染来体现它的最终光影氛围和总体效果。这种对于绘画功底的重视和要求，造就了建筑师的崇高品位，使其作品"并不单纯为了表现建筑构思，主要还在于提高艺术素质，加深美学体验"。

事实上也是如此，在 20 世纪 90 年代，我在原绵阳水泥制品厂和当时接受管制的"右派分子"黄铿有过一次短暂的接触。黄铿是在 70 年代末落实政策重新工作的。80 年代，黄铿出任绵阳市勘测设计院院长，当时我已在江油县文教局搞预算设计工作，为江油修建大剧场一事，曾赴绵阳请教过他有关剧场设计的问题。

后来，他去了美国。大概是 1996 年吧，他回了趟绵阳，我见到了他。

当时，已经流行电脑绘图了，用电脑做效果图，经打印彩喷，一张张光鲜漂亮的彩打效果图，在房地产开发商的楼盘展示处缤纷夺目，分外吸引眼球。

我问黄铿："在美国，还有人手绘建筑效果图吗?"

"有呀。"

"那一张电脑效果图和一张手绘渲染图价格哪个贵呢?"

"这么说吧，比方，一张无可挑剔的电脑打印图一美元，那么一张好的手绘渲染彩图就值一百美元。"

"啊!"我惊呆了，它们的价格差，后者是前者的一百倍!

第十一章　与赵长庚先生一起学习、工作

28

赵长庚先生于 1947 年毕业于中大建筑系后，即到成都艺术专科学校任教。1938 年，当时四川江油县双板人李有行与沈福文、雷圭元、庞薰琹等在成都成立"中华工艺社"。1940 年，中华工艺社与四川省立戏剧教育实验学校、南虹艺术专科学校合并为四川省艺术专科学校，李有行任校长。后改为成都艺术专科学校。

李有行，1905 年生，早年毕业于国立北平艺专，后到法国里昂美专深造，曾获毕业设计奖。回国后，曾受聘国立北平艺专教授。抗战时，回四川创办四川省立艺术专科学校。

李有行家双板乡原属江油，故很长一段时间其籍贯填写俱为四川江油人。中华人民共和国成立后，双板乡于 1953 年调划给梓潼县管辖。李有行在成都艺术专科学校任校长时，与赵长庚先生为同事。

赵长庚教授在成都艺专授课，并担任教务委员。1952 年，全国院系调整时，调入重庆建筑工程学院。

……

事实上，关于赵长庚先生的过往，结识他以前，我知道得很少，更多的是后来相处后逐渐知道的。一个是同行们的介绍，一个是重庆大学所发的研究文章。先生的夫人倒是会见过的。那是先生带着重大的研究生谢吾同，住在江油李白纪念馆小雅斋，运作李白纪念体系规划设计的日子。先生的夫人张淑良操心先生的饮食起居，数度来探望过。

　　夫人也是园林艺术方面的学者，是赵长庚先生在中央大学的同学，夫人温文尔雅，一袭旗袍，迈着细碎的脚步出入李白纪念馆。我们会面，她颔首微笑，言辞不多，知性而含蓄。

　　李白纪念馆占地40余亩，亭、堂、馆、舍，花木扶疏。既有盛唐雄风，复有园林意趣，是赵长庚先生的弟子、原供职于四川省勘测设计院时的建筑师张文聪先生规划设计的。小雅斋为园内小院，又别有一番幽静和雅致，其中有住宿。先生和谢吾同住在里面，工作在附近的李白研究会馆。

　　李白纪念馆开馆后，小雅斋接待过许多文化方面的领导，记得我陪同四川省作协原党组书记陈之光小住过，问他感觉如何，他呵呵一笑，说晚上竹影婆娑，月光泻地，很有点聊斋的意境。

　　……

　　说先生在中大读建筑系是他人生的转折点，还有一重意义，就是他在这儿相识相知了他的夫人张淑良先生，并最终与其结为伉俪，组建了幸福的家庭，育养了后代。这里，兹摘录杨黎黎《赵长庚教授学术思想研究》文中一段以飨大家：

　　　　赵长庚教授的一生虽然不平且艰难，但是幸福的爱情和美满的婚姻成为他内心的唯一支撑。这个成为他内心坚强后盾的人，便是张淑良，张先生。

　　　　1946年的一天，他们相识在赵长庚先生在中央大学就读期间。两人均为四川崇州人，是同乡。张先生有个表叔也在中大就读，而当时张先生到重庆去考试，准备升学。在其表叔的介绍之下，赵先生便以老乡的身份来关心和照顾张先生，就这样，两人在荫荫校园之中相识了。

　　　　不过，二人的爱情萌芽要接受来自多方面的考验。首先来自各自的家庭内部。在那个年代，这样的相识相恋并不多。子女的婚姻大多为自家长辈所安排。他们这种"前卫、新潮"的恋爱模式，自然少不了经受家庭传统的考验。其次，来自传统观念的挑战。门当户对的婚姻概念至今仍是社会的主论调，更何况在当时。赵长庚教授是地主家庭出身，虽相对宽裕，但并不富足，用张先生的话说，就是"老坎地主"。而张淑良先生家，虽然也是地主，但在地方上比赵先生家更有名气，也更有权有势……赵先生其实在当时，对张先生的感情是有所顾忌的。

毕业于中大建筑系，怀揣着燕京大学文学学士和中央大学建筑学学士两个学位的赵先生，喜结良缘，开始了新的人生之路。

不过，命运给予的也绝不会全是眷顾。本来，赵长庚教授学的建筑，他的夫人学的是园林；一个钟情于建筑，一个陪衬以园林，志同道合，夫唱妇随。但一开始，赵长庚教授就去了西南联大、成都艺专建筑科，而张淑良先生却去了重庆，搞的也不是园林专业，而是农业研究。两地分隔，志趣难合。

直到 1952 年，全国院系调整，赵长庚先生方回到重庆与夫人团聚。赵长庚教授所在的重庆建筑工程学院建筑系，是如今重庆大学建筑城规学院的前身，是由原重庆大学、西南工专等院校的建筑系合并而成的，是全国最早的八大建筑院系之一。赵长庚教授在重庆建院传道授业，后由于国家城市规划建设方面的需要，又被派往上海同济大学进修城市规划专业。

接下来的路途，充满了挫折与坎坷。赵长庚先生被派去进修时已满 37 岁，近不惑之年。他毫无怨言，开启了新的征程。拥有深厚文学功底和扎实建筑学素养的赵长庚教授，虚心学习，奋力前进，终于成了我国起步较晚的城市规划方面的第一批专家学者。

从同济进修回来以后，赵长庚教授勇挑重担，与同事白深宁教授一起组织筹备并开办了重庆建院城市规划专业。他们亲自整理编著了城市规划原理课程的讲稿，安排挑选了一批优秀教师，做了大量的工作，打下了坚实的基础，终于在 1959 年正式招收了该校首届城乡规划专业本科（五年制）学生。为国家城乡规划建设培养人才做出了卓越的贡献。

然而时乖命蹇，另一场人生的灾变又劈头盖脸地朝他扑来。起先，赵长庚除了教学以外，还是校务委员、教导主任，学院负责人之一。在学院研究"并系"期间，他被要求参加"并系"研讨会。夫人知道他心直口快，怕他口无遮拦，一时兴起，说错话，得罪人，引来横祸。故而把他挡在家里，不希望他去开会。

哪里知道，一不留神，赵先生就去开会发言了。在会上，专家学者都认为"并系"有许多优点，正如杨黎黎文中所说的那样，尽管赵长庚教授不是"并系"的倡导者、领头人，只是赞成"并系"的决定，但他将大家的观点合并起来，提出了"并系"的十大优点，弄得全场轰动。知情的老师和同学们全都欢欣鼓舞，甚至将帽子和衣服都往空中抛甩，大赞赵老师说得好，总结得好。

沉默是金，难得糊涂。这些世故良言、醒世金句全然没能阻止他直言无忌、疾恶如仇的快人快语，夫人闻言大惊失色。很快，先生被定为重庆建工学院最大的"右派"，一下子就褫夺了一位学者的全部激情，摧损了一个正值壮年的生命的瑰丽光芒……

地脉、人脉、文脉，决定了地域文化。对于个体生命来说，血脉、文脉又极大地影响着一个人的性格、素养、命运……

先生的执拗，来自父亲"老牛筋"的血脉。这根坚韧的牛筋，在文化的洗礼后，或许显得颇为理性了一点，但其拗劲儿却是一脉相承的，毫无减弱的征候。

然而，这根牛筋，在时代的磨砺下，终于被消磨得柔软起来，以至于逐渐失去了往日的执拗劲头。1955 年至 1977 年，整整 22 年，赵长庚先生屡遭挫折，渐失锋芒。1957 年以后，先生被下放到峨边改造劳动。就这样，他们夫妻聚少离多的日子又开始了一次漫长的分离。

峨边，位于四川省西南部，峨眉山南麓，大渡河之滨。这里高山林立，环境险恶，条件极差。赵长庚教授在此地的沙坪农场接受劳动改造，经受着身体和灵魂的淬炼。

难能可贵的是，先生并未因境遇的恶劣而自弃和消沉，在峨边的艰苦劳作中，他依然达观冲和。他以一颗善良的心去感受周边的人和事。他发现，身边很多工作人员和工人都很善良和纯朴，并没有因为他的特殊身份而歧视他，这令他感到特别欣慰。

基于此，他的心中又充满了光亮，觉得还是要抓紧十分短暂的休息时间，来做一点有益的事情。于是，他又开始博览群书。研究诗词，探访先贤，思辨疑难，以究其理。

甚至携笔带纸，涉足旷野，写生作画。在自然中，体味诗情画意，发现机理妙趣……就这样，先生的学识、思维，文化积淀与修为，不但没有荒废，反而淘洗出另一番别开生面的乐观与旷放的情愫来，令人拍案称奇和油然敬佩。

……

在与赵长庚教授相处的日子里，我经常看他作画，他也经常纠正我的建筑素描。我曾好奇探问他的笔何能如此神奇精妙，他淡然回答："这是几十年的功夫哇。"

啊，我顿悟。人，在顺境和逆境都能锲而不舍、如琢如磨，焉能不得正果？

这一时期，夫人张淑良先生也历经磨难，因丈夫的牵连和家庭出身问题被下放到潼南农村劳动。一个由她支撑的家，面临崩溃和解体。二人天各一方，孩子无人照管，相互牵挂，衷肠难述。

苏轼的《江城子·乙卯正月二十日夜记梦》云："十年生死两茫茫，不思量，自难忘……"此时的他们更是愁肠百结，忧思萦回。

音书中，赵长庚先生说要前去看望生病的夫人。彼时，张老师已是骨瘦如柴，高烧不退。但夫人回应说："你就这样，已经很严重了，你还要再请假过来怎么可能？你怎么能过来呢？"

她拒绝了赵长庚先生的看望，为使他放心，她故意隐瞒了自己的病情。就这样，他们在远方各自磨砺着生理和心理，坚持着、淬炼着生命和意志。

赵长庚先生没有农活经验，体力也不济。但他尽其所能主动去承担一些又脏又苦的活儿，他跳入粪池挖粪挑粪，一边开朗地笑，一边自嘲："努力改造！"为自己打气，强撑着，坚持着。

然而，磨难和砥砺远未结束。接下来的十年特殊时期，更是风险浪急，迅雷不及掩耳。已经离校多年，于偏远之峨边劳动改造，仿佛被遗忘了的赵长庚先生，一夜之间，竟被戴上建院"头号反动学术权威"的头衔，重新作为批斗重点，一下子又成为涡旋中心，热点对象。

这期间，赵长庚教授及其家庭饱受的滋扰、伤害，历经的流离、屈辱，难以言说。

然而，一个知识分子，一个饱读诗书的文化人，除了物质方面的窘迫之外，就是漫长的精神孤独了。

亲朋远避、学生叛走；嘲弄嬉笑、谩骂怒斥；几近崩溃。而众多的书籍，堆积的文稿，历经之后，不是囊括一空，就是付之一炬，终归荡然无存……

所幸尚有夫人相伴，子女偎依。虽然最后一次搬家，全家七口的全部家当，竟到一人力板车就拉走了的境地，但夫妻依然相濡以沫，家庭依然不离不弃……

春雷震天，苦尽甘来。所有的经历，所有的过往，对于人生来说，都是警醒，都是激励，也都是宝贵财富。

生性开朗豁达、博闻强记的赵长庚教授重新工作，焕发青春，变得愈加精力充沛、乐观善良。

陪伴先生在江油研究李白文化，制定"李白纪念体系总体规划设计"的短暂四年中，我见识到一个忠厚长者的睿智和机敏，博学和谦逊。

伴随先生在江油的工作期间，先生从不挑剔起居、饮食，总是随遇而安。领导每每安排他去招待所餐厅就餐，他往往一挥手，放笔之后说："走，石林，去城中随便吃点东西。"不好违拗，我陪着他，在市井中寻觅小吃，品尝风味。他说，一地自有"四乡"，一曰"乡情"，二曰"乡贤"，三曰"乡音"，四曰"乡味"。不掌握这"四乡"，何来一地规划设计特色？更何况是孕育大唐"惊天地，泣鬼神"的诗仙李白故里？

……

在规划工作刚开始阶段，先生除一头沉溺于文献、资料中外，就是用脚来丈量李白故里的山水、遗迹、遗址了。

江油的风光是迤逦唯美的。富庶安谧的江彰小平原阡陌绿野，城市俨然。李白故居青莲，涪江左旋，盘江右抱。太华、天宝、红岩，诸山遥相呼应。李白旧宅陇西院，纪念场所太白祠，李白妹妹居所粉竹楼，以及磨针溪、洗墨池、月圆墓……星罗棋布，散布于山林、田畴之间。周围的高山，譬如观雾山、窦圌山、莹华山、大匡山、戴天山……不但林壑幽美、崖壁奇绝，而且文物丰富。李白遗迹、遗址，随处可见，口碑、传说，俯拾皆是。

先生殚精竭虑、沉迷其间，往往坚持舍车步行、攀爬到位，以能寻幽探微、访古涉趣。

我讶异他的体力和精力，居然在74岁的高龄，还能不辞辛劳、不舍巨细，将崎岖小道一一踏遍。叹服他每到一处，除了拍照之外，还要详察碑文，细辨真伪，收集传说、掌故，记录民谣逸事，忙得不亦乐乎，兴味盎然。

江油的地形宛若一片柳长的树叶，这片树叶呈东北向西南摆放。其上部被剑阁、青川、平武三县由东北、北、西北包抄，均为高山峻岭地带。中部东与梓潼为邻，西与当时的安县、北川相连。地貌以浅丘为主，中间为涪江冲积而成的江彰平原，为历史上江油、彰明旧县城所在地。南部则与绵阳、北川、梓潼毗连。

李白出生、成长之地，也在这片树叶的西南部，即青莲镇。当着手"李白纪念体系总体规划设计"时，谈到李白是否出生于西域碎叶时，赵长庚先生急忙摇头，连呼荒唐、不可能。他说，"在当时，要把一个5岁的娃儿，用步行逃难的方式从万里迢迢的碎叶带到青莲乡来，早拖死了！"

然后，他风趣地说，"李白在青莲镇出生、发蒙，和妹妹李月圆读书写字，有李白故居、蒲花井、洗墨池为证。在小匡山读小学，有点灯山遗迹为证。在大匡山读大学有大明寺宋碑、匡山书院遗迹为证……"引得青莲镇的领导们一阵哈哈大笑。

基于这个认识，他要我与他做伴，从青莲出发，沿李白读书、求学的足迹一路求索、跋涉而去，感悟、寻找李白遗迹，我当即欣然赞同。

陪同先生行走的路线，是从含增镇出发上金光洞，到莹华山，再到戴天山，访匡山书院遗址，达小匡山经大康乡，访旧县坝……当时，粗劣的公路只通到长城钢厂三分厂大门处，余下的路程就只有步行了。记得是夏天，含增镇派文化专干鲁顺东带路，与我们一同前行。

鲁顺东开朗热情，他给我们每人找了一根杵路棒，陪着我们有说有笑地沿清澈湍急的盘江朝西北部的深山走去。那时候，盘江还没有梯级开发，一江野马似的浪涛，释放着无拘无束的狂浪劲头。沿路草木苍翠，几处临江的危岩，孤悬挺拔，极富野趣。

鲁顺东是本地山民后裔，五大三粗、孔武有力，读过书，很能干，也极热情善谈，赵教授对他很是满意。大家一路欢声笑语不绝。尤其难能可贵的是，他还能识别许多中草药，一边不时用杵路棒拨开草丛指给我们看，一边夸张地介绍着隔山撬、九牛草之类的功能特效，惹得我们哈哈笑个不停，几乎忘记了疲累。尤其重要的是，他在前面不断地用杵路棒拨打两边的草丛荆棘，说是打草惊蛇，以免少走山路的我们遭到毒蛇、蚂蟥侵袭。果然，有一两次，我看见林草中，有乌黑或青翠的长老倌，遽然飞逝，没入茂密的林木之中，不禁使人一阵后怕，也对鲁顺东这位开路先锋充满了感激。

经过一处跨越盘江支流峡谷、高高架起的石拱桥，沿江而行的路程就结束了。鲁顺东说，现在要沿着从莹华山、金光洞、银光洞流出的拱桥沟这条山涧溪流朝山上爬去。

我望了望壁立峭拔的山峰，在骄阳的照射下，刀砍斧切般的岩壁矗立横陈，巍然傲岸，极有气势。岩壁上隐隐约约，一个硕大无朋的洞穴镶嵌其上。鲁顺东指着洞穴对我们说："瞧，那就是金光洞。"接着，他指了指洞壁的上方说，"那儿的岩壁上，还天生出了一个巨大的太极图图案，所以此山又名乾元山。"

此刻，阳光已经把岩壁全部罩住，岩壁在阳光的照射下，生发出璀璨的光芒，一片金光闪烁。哦，我们顿时明白了，这就是金光洞的来历。赵教授说："李白好道，来前我查了下志书，金光洞，传说是哪吒前往洞主太乙真人还骨修道学艺之处，幽深莫测，神秘莫测……李白少年是否来此周游过呢？"

一番仰望之后，我们奋力向上攀爬而去。

山路愈见艰险，道路愈见崎岖，我们一行大汗淋漓。赵教授摘掉草帽，用它扇着凉风，脱得只剩白短袖衫的肥胖身躯，挥汗如雨。忽然，走在前面的鲁顺东，不知是挥棒震动了树木，还是砍路牵扯了枝条。总之，一窝山林中的马蜂被他搅动了，被激怒了，嗡嗡嘤嘤，嗤嗤啦啦，恶狠狠地朝我们扑面而来。赵教授见此，吃惊不小，一屁股跌坐在山路之上，护着头喊叫起来，我和鲁顺东慌忙赶来，一面争先恐后地用衣服遮住先生，一面安慰说："不怕，不怕，一会就过去了……"

还是鲁顺东，点燃了一个进洞备用的煤油火把，左支右燎，挥扰驱赶好一阵子，才算平静了下来。

马蜂被驱走后，我们沿着拱桥沟向上攀登。远远看到金光洞，但进入密林小路跋涉，却又不知金光洞去向，完全落入重叠的山峦和蜿蜒的路径之中……翻过一山又一山，绕过一湾又一湾，总是见不到"庐山真面目"。

再次落入谷底，又吃力地爬上另一处高坡后，终于，我们窥见了金光洞前那一处前突的山峦轮廓。这个洞很是奇特，首先，它成洞的位置很高，几乎在乾元山的顶部。而洞前又伸出一抹山梁，作为洞的前区。山梁宛如金光洞长长的舌头，后宽前窄，而两旁俱是危崖，只有前端右侧有一个小径可以攀登，我们一行正是沿着这条线一般的小径攀爬上来的。

在故乡，金光洞很是传奇。金光洞又叫天仓洞，据说洞中有天然生成的"荞面"（实为观音土，多食丧命），洁白而细腻，每逢灾年，人们争相去洞中掘食。《江油县志》载有嘉靖壬子明代保宁同知叶松《游天仓洞记》。金光洞又名太乙洞，据说封神榜中的太乙真人就是在此修道成仙的。而江油广为流传的哪吒三太子，也正是在此洞拜太乙真人为师，用莲藕做出替身，还魂成仙的……

为了做好"李白纪念体系总体规划设计"，赵长庚教授正是奔着这些源远流长的道家传说，来收罗少年李白好道缘由的。

那个时候，洞前那株直扑悬崖的古娑罗树尚在，气势非凡，枝丫横陈，博大磅礴。听外婆讲过，原先驻洞道士养有一只神鸡，脚杆有小孩手腕粗，一大早，噔噔跑上高高的娑罗树，引颈一啼，天下的公鸡便陆续司晨起来……

……

挥汗如雨，我们到底来到了神奇的娑罗树之前。

我们打量着这棵具有传奇色彩的"娑罗树"，看见它主干硕大，约莫二人合抱粗细。根系发达，一直伸向洞内。其枝柯更是盘曲虬结，苍劲古朴。那干从洞口延伸出来，似要跌倒似的向悬崖绝壁扑去。整个树冠，老柯新枝，蓊郁苍翠，充满了蓬勃的生机。它的皮稍像柏树，但呈浅棕色。其叶，却又不像柏树叶，而是羽状的，像极小的洋槐叶样。尤其有趣的是它的果，形如小橄榄，碧绿光滑。

洞中道者说，这就是"娑罗树"，和月宫里那株一个模样。我们姑妄听之，相视一笑。觉得愧惑的是，囿于自己浅陋的植物学知识，我一直到这株古树毁坏不存，也未弄清它的种属、学名。

娑罗树有如金光洞影壁，金光洞就在娑罗树之后。洞口宽二十余米，高近三层楼房，甚是高大宽敞。我们朝前迈进，一步、两步……忽觉冷风扑面，寒气逼人。赵教授连呼奇怪，谓恍入月宫广寒之界……

我们是一大早从江油出发的，正是暑天，气温在 30℃ 左右。抵洞口时，约莫下午 4 点，洞外依然骄阳似火，何来如此凛冽之风呢？

正踌躇间，一位银发红颜、着长棉袍的老者呵呵笑道："快穿衣服，当心着凉。"随即拿来厚厚的三件军用棉大衣。

穿好棉衣，擎着竹筒棉纱做成的煤油火把，我们抓紧时间，进洞考察。

事先先生翻阅过志书，对明代叶松的那篇游记中"……唯石之奇有太乙真人静定处，有张三丰藏身处，有蟠龙形，有象鼻形……行百余武造一小佛刹甚庄严，石像皆宋元以前故物……"句特感兴趣。结合江油市文管所第一次全国文物普查时在洞中发现宋代金光洞道教石刻造像的实例，我们着重寻查了这批为数不多的宋代石刻，发现这些造像头部着莲花髻，或戴远游冠。斜领执笏，着汉式宽袍大袖衣物，与著名的飞天藏木雕人像异曲同工，具有重要的价值。

我们无心细看洞中千奇百怪的钟乳石，以及传说太乙真人修炼之处的石床、石灶、炼丹池、九转宫等处，匆匆出洞来时，已是晚霞满天，暮云合围时分。赵教授婉拒了道长的用膳留宿盛情，说是还要从乾元山后山小道赶去莹华山看看。

告别金光洞道长，趁着天色尚明，我们向莹华山攀爬而去。山路蜿蜒，荆棘遍布，危岩绝壁，险象环生。

莹华山又称荌华山，在乾元山后面，海拔 1829 米，高于金光洞所在的乾元山，传说是道教祖师莹华老祖修炼之地，上有清末民国四年（1915）鲁姓人家倡修筒拱石构殿一座，内置粗劣的莹华老祖石刻造像。旁边，有清末民初所建穿斗木构道教殿宇，山高苦寒，在此修行不易。

天很快就黑了，所幸我们一行也行将到达。此时，大家饥肠辘辘，口渴难耐，疲累交加。还是文化专干鲁顺东干练，他告诉我和赵教授慢慢来，随即快步向道观跑去，说是给我们烧开水，准备晚饭。

我陪同赵教授走拢时，已是晚上 9 点光景了，接过道长递过来一人一个水碗，说是早就烧开晾凉的白开水，我们实在渴了，就在昏黄的油灯下捧碗大口喝下，其间喉头稍有异物感，也顾不得许多了。后来，我就着灯光一看水碗，居然卧着一两只小蝌蚪！追究原委，说是山高无井，吃的是观前水凼承接的雨水，常有山蛙或癞疙宝在塘中产卵……啊哟，不经意间我们竟喝下了蝌蚪！

晚餐，鲁顺东叫山下送来的腊肉、蔬菜，丰盛可口。当晚酒足饭饱，鼾卧道观，蝌蚪在腹中居然安好无事。

从莹华山下来，按照赵长庚先生的计划，还要去大、小匡山，顺道考察一下李白《访戴天山道士不遇》的戴天山，再看一下与匡山毗邻的太华山。

据说，南宋时期，江油县城从今平武南坝迁至大康乡旧县坝时，抗元名将余玠曾命龙安府在匡山和太华山之间一处险峻的隘口上修建抗元设施，命名为"魏门关"，并将原治于今平武南坝的江油县迁到匡山之下的大康乡（当时叫雍村）来。至今，在卫门关山下，还有"旧县坝"之名存焉。光绪癸卯版《江油县志》关隘志载："魏门关在县西太华、大匡二山之顶，极险峻，相传雍村置县时，曾为关于此。一作卫平关，俗呼鬼门关。"

……

按照赵长庚教授诙谐的说法，少年李白先在故乡青莲场随父亲大人、私塾先生和妹妹一起磨墨习字、读经吟诗，故有兄妹同用的洗墨池遗迹，是为李白读小学阶段。后来他沿着雍村河（又名平通河、大康河，即古廉让水即小江）北上来到小匡山，那是读中学阶段。小匡山孤峰峭拔，古柏环护，传说李白当年夜读，山头灯火不灭，故又名点灯山。而后，李白又朝深山进发，来到大匡山，与亦师亦友的东岩子赵蕤隐居在此，十年读书习剑，呼鸟饲鹤，是为李白的大学阶段。

《江油县志》载："大匡山在县西三十里，一名大康山，又名戴天山。杨天慧《彰明逸事》云：'李白本邑人，隐居戴天大匡山。'吴曾《漫录》云：'白尝读书于大、小康山。'杜甫寄白诗：'匡山读书处，头白好归来。'太白集有《访戴天山道士不遇》诗。《名胜志》云：'高耸亭亭，形如匡字。'今有匡山书院，光绪十四年知府蒋德钧建。"（清代龙安知府湘乡人蒋德钧所建匡山书院已毁不存）

此一段志书所载，似乎是说大匡山就是戴天山，但同一书中又有："戴天山在大匡山顶，上有饲鹤池故迹，即李白访道士不遇处。瓦砾累累皆是，其为当日寺观可知，旧志谓在太华、天仓二山之顶似误。"

李白《访戴天山道士不遇》诗为："犬吠水声中，桃花带露浓。树深时见鹿，溪午不闻钟。野竹分青霭，飞泉挂碧峰。无人知所去，愁倚两三松。"根据志书所载，结合李白诗意，显然两山不可能为同一山峦。"极有可能是在大匡山之顶。"赵教授在现场作出结论。可惜，大匡山之顶我们实在无法攀登了。

近日，有人考察得出，戴天山在江油市大康乡，就在青年李白读书处的匡山之北。今天的江油地图上标为"吴家后山"。吴家后山的最高峰约2100米，山顶处有个大洞，名"灵泉洞"，最顶上还有一个无人居住的小庙，门额上书"神龙山"三字，并写明是"一九九七年农历六月初四"所建，是"太白星君道观"。这就是今天的戴天山，当地人又称之为"盖天山"。很有可能，老百姓所称的盖天山就是当年李白访道士不遇的戴天山。

我们是从莹华山下来以后前往大匡山的。而我们一路寻访过来的道教名胜金光洞、银光洞、朝阳洞，就在现称为吴家后山的西坡。赵教授很有感触地说："可以看出这一带山峦自古就道风炽盛，而李白自小好道，显然是受到故乡道风的影响，连李白自己也说：'家本紫云山，道风未沦落'（《题嵩山逸人元丹丘山居》）。"而紫云山又名紫山，就矗立在李白故乡青莲场的西部，与天仓山、莹华山、大匡山比肩连襟，遥相呼应。

我们一行要到大匡山，是不可能从莹华山旁边过去的，那里当时还是老林，没有道路。尽管疲累、口渴、炎热，我们一行还是要从莹华山下到一个叫吴岩寺的寺庙后，走赵家沟，才能去大匡山。顺便说一句，吴家后山、吴岩寺，这些名字都是清末民初后才出现的。传说吴三桂"冲冠一怒为红颜"之后，背叛清廷，是为"三藩之乱"，吴氏一支避祸遁入戴天山老林，久之就称之为吴家后山了，而吴氏家庙建于险峻的半岩之上，亦被呼之"吴岩寺"。

吴岩寺下赵家沟一带，路甚险。一边悬崖，一边峭壁，山路陡峭逼窄，先生行走缓慢艰难，可谓拼尽全力矣！

待我们一行从大匡山下来，大康镇党委、政府闻讯，为我们准备了午餐。记得当时书记姓邓吧，一见面就递给我们一人一块红瓤沙甜西瓜，我们如获至宝，快冒烟的喉头直欲滋润吞咽，也顾不得客气了，接过就大快朵颐起来。事后，邓书记说："赵教授的确渴得不轻，他老先生的一牙西瓜啃得都快见青皮了。"大家一看，发出了一片笑声。

后来我才知道，先生也并非渴得非要把一牙西瓜啃到那样极致的地步，这是他的饮食习惯。我在很多次陪同他用餐时，都觉得，其一，他不挑食，其二，就是不浪费。古人说，一箪食，一瓢饮，当思来之不易。赵长庚先生正是以这种态度来对待食物的。

我们知道，赵长庚先生出身于庄户人家，虽然他父亲勤劳节俭，置办了一定的田地房屋，可惜后来一病不起，临终将他托付给两位姐姐，两位姐姐承担了全部家务和农活，这样的窘境迫使年幼的先生养成节俭的习惯。后来，赵长庚先生考取了燕京大学，这所以节俭的生活作风著名的学府，又一次强化了这个本来就很节俭的学子。

也正因为这种节俭的生活作风，使赵长庚先生在日后的艰苦岁月里仍然能淡然自若。

……

从青莲故里，到"樵夫与耕者出入画屏中"的窦圌山，从含增的金光洞、乾元山、莹华山，到大康的大匡山、小匡山、戴天山，再到龙凤镇的云龙塔……先生是沿着少年李白读书、求学的脚步，一步一个脚印地搜寻、验证、踏勘、辩读……再对着地图，苦思冥想，翻阅资料，仔细推敲……

忽然一天，在案头上，他用红笔、直尺，一横一竖地勾画起来，紧接着，他惊奇地发现，江油的李白纪念体系，自古形成。他说，从戴天山下的大匡山起，向西，有金光洞；向东，有大康旧县坝、武都窦圌山、太白洞、灯笼洞。到南边的点灯山（又叫小匡山）之南，有月爱寺，月爱寺之南，有普照寺，再南就是李白故居青莲古镇。古镇中，纪念内容甚多，有粉竹楼、李白衣冠冢、陇西院，西南有太白祠、漫波渡，隔涪江之南面有云龙塔高耸，似为纪念体系的结束。

我们一看地图，豁然开朗。接着，他又兴致盎然地谈起如何把历史上的纪念体系与新建的李白纪念馆、太白公园有机地融合起来。

赵长庚先生关于《李白纪念体系及太白故里文化古镇——青莲镇总体规

划》是 1978 年开始实际考证和收集资料的，1989 年 8 月 5 日，在李白纪念馆召开了规划论证会。与会者一致认为，李白是名垂宇宙、饮誉千古的伟大诗人，搞好李白纪念体系的总体规划，把李白故里的文物遗址纳入纪念体系，对江油市及青莲镇的文化、旅游、经济发展、集镇建设都具有重要意义。通过论证，规划得到一致认可。

在规划中，有关李白，先生说："李白是名垂宇宙、饮誉千古的伟大诗人。"李白诗中的境界，仰之弥高，钻之弥坚。李白的诗，势如排山倒海，气如贯日长虹。崇尚老庄，宗法自然，是庄周、屈原以来集浪漫主义之大成者，开拓诗坛中之现实主义，解放个性，破齐梁余习，冲击形式主义，扫清唐诗障碍，厥功甚伟。先生感悟道：

"李白非飘逸，怒潮倾九天。滔滔翻四海，滚滚荡千年。切切忧邦国，安社稷也。殷殷念危艰，济苍生也。何由借酒力？诗性笃真传。"

先生认为，今之陇西院系清乾隆年重修。今陇西院门前有一联云："弟妹墓犹存，莫谓仙人空浪迹；艺文志可考，由来此地是故居。""此地是故居"，可能指刘煦作《旧唐书》把李白误为山东人而言。青莲乡方是李白的故乡。李父家道富有，高卧云林，不求禄仕，其在青莲坝的房产地业当不止一处。陇西院可能是陇西人的会馆，李客初来，即寓于此间，李白幼年读书亦于此。有一联云："太华直指青莲宅；天宝遥看粉竹楼。"在太华山上是指不出陇西院的，因为太华山在天宝山之北，而陇西院又恰在天宝山之西南麓。而太白祠、林家院子、桂花园在太华山上，恰能指明。至于"天宝遥看粉竹楼"，那是无问题的。因此，两者都可能是李白居住过的地方。

曾和先生探讨李白求学之路，从青莲到小匡山、大匡山，当是从青莲经原河西乡普照寺沿让水河上行，途经月爱寺，贪玩七星井，再沿让水河上行，便来到小匡山。而翻小匡山而去，后面就可以到大匡山了。

如前所述，故乡的李白纪念体系早已有之，大小匡山一线相连，经月爱，有七星井李白看井中月传说，有李白咏普照寺诗为证（尽管存疑，但普照寺原山门曾有一联云："寺古曾留唐世迹；楼高恰映汉王台"，"唐世迹"即指唐李白吟诗一事，而汉王台在普照寺以西山边，《彰明县志》记："汉王台在县西北三十五里，相传汉王驻兵于此。"江油文管所曾于此发掘出两件蜀汉和曹魏铭文铜弩机）。而赵教授所言云龙塔为古代李白纪念体系风水收刹一事，则在云龙塔塔门存一残联："阳冰可信前身事；□□□□后代昌"，其中"阳冰"显系李阳冰代序李白之事，下联虽残，但就意境来说，无非是"李白故里后代昌"之类了。

一脉相承，从戴天山、匡山、点灯山，到月爱寺、普照寺，再到青莲坝李白故居，一直下去，收于隔涪江相望的云龙塔，这就是赵长庚先生考察出来的古人李白纪念体系气脉走向。

29

和赵长庚先生在一起的日子，聆听他的教诲，受益匪浅。哪怕是平素，我们也喜欢和他聊天，听他摆龙门阵。当然，最主要的就是听他谈景区、景点，谈风景名胜，谈古建园林，以及景区名胜的掌故、楹联、诗文……有时候聊着聊着，他会猛然提出一些问题，启发我们思考，在我们百思不得其解时，他又娓娓道来，开悟点化，使我们茅塞顿开，恍然大悟……

有一回谈到园林风格，他说，北方园林有帝王之气，江南园林有书卷之气，那么，巴蜀园林有何特色呢？一时间，我们茫然。

"巴蜀园林有仙家之气。"良久之后，先生作了解答。

北方园林场地开阔，讲究中轴对称，景线运用丰富，格调严谨、凝重，特点突出前朝后寝。园林手法上多用"一池三山"、仿景缩景……总之恢宏大气、雍容华贵，有帝王之气。

江南园林历史上多为文人所造，主张回归山林，其建筑黛瓦粉墙，格调淡雅素净，布局自由，结构不拘定式。布局上，长于叠石理水，水石相映，良多趣味。兼之花木扶疏，曲径通幽，更多楹联、嵌刻，点缀其间……总之，颇具文人风格，书卷之气扑面而来。

巴蜀园林，别有韵味。巴蜀多仙山，李白说："蜀国多仙山，峨眉邈难匹。"以峨眉、青城为代表的仙山，充满了仙家之气。峨眉、青城山上的建筑、园林与幽涧林壑融为一体，就地取材，随山就势，相生相和，飘逸空灵。"峨眉天下秀"，"青城天下幽"，一秀一幽，绝了俗尘，断了市嚣，是修身养性之处。巴蜀园林正是循此而创，虽设于闹市，亦以有灵秀之风为佳……

231

一席话，使人明白晓畅，思路清晰。后来我见到峨眉诸如洪椿晓雨、双桥清音等景区，青城山天师洞、上清宫等景点，以及随处可见的步桥雨亭后，感到这些景区和直接用原木、杉皮组景的桥、亭、廊、榭形成一股油然而生的"仙风道骨"之感，方明瞭赵长庚先生所言不虚。

先生告诉我们，风景名胜所含的内容很多，但不外乎自然景观、人文景观，或二者的综合。风景名胜的区域也有大有小，大到面积可达几十或上百平方千米，小到树木几株、池水一角、岩石亭楼、匾额诗章亦可组成佳构。但风景名胜因不同的地区条件、历史条件、民族条件、经济条件、规划手法等，又有不同的内容。因此，对待风景名胜的赏识问题，就不仅是亭、台、楼、阁，山、水、林、木，吃、喝、玩、乐的问题。而是在游赏之中，提高认识，深入探索，虚心学习，提高对风景名胜的鉴赏能力。指点江山，激扬文字，以天时、地利、风韵、人和等不同的条件来鉴赏风景名胜。在风景名胜的感染中，提高我们的精神境界，对风景名胜的规划保护，提出中肯的意见。

天时，是人们游赏时间的安排问题。阳春三月，杂花生树，群莺乱飞的时间当然好。但烟雨中的漓江，残雪中的断桥，不身临其境，就不易领略它的境界。所谓天时，就是在不同的季节，不同的天候，不同的日光、月色来欣赏景观，从而获得诸多效果。如春夏秋冬，如阴晴雨雪，如朝暾夕曦，如星光夜色，如清风吹拂，如烟雾迷离。许多有名的景色，多从不同的天时之中体现出来。正所谓"水光潋滟晴方好，山色空蒙雨亦奇"了。

地利，是指景观的客观条件。如"江作青罗带，山如碧玉簪"的漓江风光；如滚滚的长江三峡，巍巍的万里长城；如秦俑，汉武陵。举凡山水、林木、花卉、建筑、桥梁、名胜、古迹、舟车、人物，均属地利范围。其中复可分为自然景观和人文景观。自然景观乃天成地就，非待人力之造作者。人文景观，是人类因文化设施而成的景观。至于节日气氛、街市景观、民族风貌，虽属人文范畴，但称为社会景观，较明白易晓。无论自然景观还是人文景观，都是客观景观存在的实体或虚体。实体是可视可触的景象，如山岳河湖，花木亭榭；虚体是可听可读的景观，如逸闻逸事，联韵诗文。柳宗元说："美不自美，得人而彰"，是人巧与天工合一的问题，即一处景观之中，有天工的部分，复有人巧的部分。所谓景观，是有景有观。通过人们的观赏或其他感官的感知，方产生景的效果。如四川有"峨眉天下秀，青城天下幽，剑阁天下险，夔门天下雄"的说法。这秀、幽、险、雄四字，给四处风景增加了色彩神韵。因景生情，借景发挥，虚实相生，使景观向文化方向深化，具有更高的景观意义。

风韵，是景观的文化性问题。如苏州的寒山寺，因高僧寒山、拾得而著名，复因张继的《枫桥夜泊》诗：

> 月落乌啼霜满天，江枫渔火对愁眠。
> 姑苏城外寒山寺，夜半钟声到客船。

从此，诗韵钟声，脍炙人口，寒山寺的名气更大了。再如黄鹤楼、滕王阁，也因崔灏的诗、王勃的序增加文采风韵，身价大涨。成都望江楼薛涛井也是一处因文采风韵而发展来的风景名胜园林。

景观，观景，景有不同，观也有不同。同一景观，因观者的文化素养、年岁经历、心情气质而有不同的感受。此所谓"仁者见仁，智者见智"，进而提出"人和"的问题。所谓人和，是指在景观的欣赏中，考虑自己与景观的亲和能力。掌握对象，深入对象，抓住时间，来认识景观的价值。在平凡之中能见不平凡，在不平凡之中能见普遍真理。所以，好书不辞百读，好景不辞百看。从中获得领悟，提高自己的亲和能力。苏东坡说："三百六十寺，幽寻遂穷年。所至得其妙，心知口难传。""得其妙"，是有领悟，"口难传"，是到了妙不可言的境界。

天时、地利、风韵、人和四个因素中，最主要的是人和，即人同景观的亲和能力。欣赏景观，要有美术家、摄影家的眼力。从构图、从色彩、从层次、从光影变化来审视环境。从广阔的环境中看开散景观；从闭合的环境中看幽静景观；从窗框、门框、桥洞中看框景；从树林中、镂空的隔断中看漏景。因时、因地均有无尽之观。加上耳、口、鼻、身、意，六境共用。抓住瞬息万变之机，收罗无穷无尽的景色。这要等待有心之人，触景生情，因情联想。"念天地之悠悠，独怆然而涕下"，还要历史学家、地理学家、哲学家的精神，在景的观赏中，研究它的历史沿革，发展条件。研究它的地形地貌、生态平衡，研究它的布局组景……从中领悟一些哲理，获得一些景观环境与人的成长关系，明晓一些钟灵毓秀的原理。

在具体的园林景观欣赏中，可分为几个层次。首先是单体或个体的欣赏，如望江楼中欣赏薛涛井，欣赏崇丽阁，再看看笼竹或其他竹类盆景，如斯而已，不能深入下去。如能放开眼界，领略"无波古井因涛重，有色遗笺举世珍"和"桐叶萧萧古井秋，名笺犹自见风流。陆沉多少神州感，莫认兰亭是盛游"，从无波古井、有色遗笺到萧萧桐叶、陆沉神州，由形的欣赏转到了境的赏识。高层次的欣赏是"物、我"同化的赏识，如钟祖芬为崇丽阁撰写的楹联借崇丽阁倾吐了自己的满腔愤懑。说古道今，放开手笔，嬉笑怒骂，意气纵横。具有强烈的激情和哲理，具有非凡的艺术感染力。这是发自肺腑，用生命换来的绝唱。

再如观赏新都桂湖。桂子天香，芙蕖玉叶自然是可观可赏的。但君子爱莲，才人折桂。莲花艳丽不娇，桂花小而香浓。莲桂是品德与才华的表征，意义就提高了一层，所以杜甫的《蜀相》中最后一句是"长使英雄泪满襟"，让后来的英雄们也落了满襟的伤心泪。再如范仲淹的名篇《岳阳楼记》。其中没有局外观景，而是景我同化，悟出"先天下之忧而忧，后天下之乐而乐"，忧乐双情，传为名教。

因此，我们探讨风景名胜，特别是历史文化性质较强的风景名胜，还要在史、书、画、游几个字上下功夫。

史是研究风景名胜的发展史，研究它的兴衰成败、沧桑岁月。熟悉过去，方能掌握今天；掌握今天，方能展望未来。除研究风景名胜本身的历史发展和规划布局外，还要研究与风景名胜有关的不同时代的人士，如对新都桂湖的研究，就一定要研究杨升庵以及黄峨夫人。了解愈宽，掌握愈深，方能有较中肯的赏识。

风景名胜往往都有诗章题咏，特别是历史文化名胜区中，诗章题咏尤多。诗章题咏的内容较宽泛，举凡诗词、文章、联额、书法等均可纳入。它们的内容，或状景写情，歌咏风月，叙述历史，追怀往事；或吊古伤今，慷慨陈词，分析景色，导游景区。如登岳阳楼，不能不读范仲淹的《岳阳楼记》；如登滕王阁，不能不读王勃的《滕王阁序》；如探讨新繁的卫公东湖，《新繁县志》上载有东湖的春夏秋冬四景诗，以及十二景点的多人题咏，都是不能不读的；如研究成都杜甫草堂，对诗圣的"诗史"，就不能不恭敬地学习了。格律诗讲求语言精练、声调铿锵，平仄节奏都要合乎规律，而且蕴含深厚，有画外之景，言外之音，不但可以帮助我们了解风景名胜，而且有些成为风景名胜的重要组成部分。

画是对风景名胜中造型景观的欣赏。画家进入风景名胜中，能绘多少画幅；摄影家进入风景名胜中，能拍多少镜头。当然，移步换景，全在各人的掌握和要求。但在风景名胜中，画面的丰富和画面的贫乏，呈现的效果却各有不同。因此研究风景名胜的画面，或组景，或借景，都值得深入探索。人们不可能点石成金，但点石成景有很多例证。为了便于大家认识欣赏，往往有八景、十二景。承德的皇家园林避暑山庄，不是有康熙的三十六景和乾隆的三十六景，共为七十二景吗？新繁东湖也有十二景。而且一景又有多韵，把诗和画结合起来，造成"诗情画意"的境界。在杜甫的诗中，如绝句"两个黄鹂鸣翠柳，一行白鹭上青天。窗含西岭千秋雪，门泊东吴万里船"是一句一景，四句联合起来构成浣花草堂所在环境的大景观。其中色彩词有黄、翠、白、青，数目词有两个、一行、千秋、万里，特别是第二联有千秋的过往，有万里的辽阔。几样平常的东西，在杜甫笔下幻化出无穷的意趣，表现了诗人陶然的情绪，又触动了流寓中的乡情。用这样的画意诗情来观赏景色，随处成景，在平凡中看出不平凡来。

游是游赏的问题。在寓教于游、寓学于游、寓养于游的游赏中，给人们以深刻的启示。风景名胜中，内容非常丰富。无论从历史上、诗情画意上，均可发挥教育、学习、养性、育身的作用。通过具体景观环境的赏识，从科学技术上、诗歌文学上、美学艺术上乃至哲学理论上，都可以提高人们的思想境界，丰富人们的精神世界。

赵长庚先生在谈起风景名胜、园林景观的时候，时常引用诗词、文赋，楹联匾额，认为这些传统文化是深入了解一处风景名胜和园林景观的最佳内容。熟读它们、研究它们，是赏析、品味该处风景名胜和园林景观的绝佳资料，应当予以重视。

我们知道，赵长庚先生自家乡私塾起，就非常喜爱中国传统古文、诗词。后来考入燕京大学文学系，依然主攻国学、古文、诗词、歌赋等，毕业时获得了文学学士学位。可以说，赵长庚先生在这方面的造诣是极为深厚的。

有着这样的传统文化根基，赵长庚先生在看待中国传统文化名胜及其景区景点时，对于景点遗留的诗词文赋、楹联匾额，便具有一种特殊的敏感和关注，认为这些文化现象、遗迹，不仅仅是景观的点缀、附庸，而是景观的重要文化内涵，是景观"点石成景"的文化升华，是理解景观来历、立意最佳的诠释，是领悟景观价值、获得审美享受的良好途径。

赵长庚先生在谈到景观与楹联相映成趣、联袂生辉时，往往难掩激情，陶醉其中。他记忆惊人，背诵起诗词、长联来，摇头晃脑、一气呵成，使人望尘莫及、叹服不已。

他对著名景区的长联，更是铭记在心，信手拈来，出口成诵，如我们经常听到的青城山建福宫长联：

溯禹迹奠岷阜以还，南接衡湘，北连秦陇，西通藏卫，东峙夔巫。葱葱郁郁，纵横八百里舆图。试蹑屐登上清绝顶，看雪岭光腾，红吞沧海；锦江春涨，绿到瀛洲；历井扪参，须臾踏蜗牛两角。争奈路隔蚕丛，何处寻神仙帑库？丈人峰直墙堵耳！回思峨眉秋月，玉垒浮云，剑门细雨，尚依稀绕襟袖间。况乃夜朝群岳，圣灯先列宿柴天；泉喷六时，灵液疑真君唾地。读书台犹存芳躅，飞赴寺安敢跳梁！且逍遥陟檐卜岗，渡芙蓉岛，都露出庐山面目，难遽追攀。楼观互玲珑，今幸青崖径达，问当初华渚姚墟，铜铸明皇应宛在。

自轩坛拜宁封而后，汉标李意，晋著范贤，唐隐薛昌，宋征张愈。烈烈轰轰，上下四千年文物，漫借瓶考前代遗徽，记官临内品，墨敕亲颁；曲和甘州，霓裳同咏；鸾章翠辇，不过留鸿爪一痕。可怜林深杜宇，几番唤望帝归魂。高士传岂欺予哉！莫道赵昱斩蛟、佐卿化鹤、平仲驰骤，悉缥缈若遐荒事。兼之花蕊宫词，巾帼共谯岩竞秀；貂蝉画像，侍中与太古齐名。携孤琴御史曾游，吹长笛放翁再往。休提说王柯丹鼎，谭峭跐鞋，那堪他沫水洪波，无端陶尽。英雄多寄寓，我亦碧落暂栖，待异日龙吟虎啸，铁船贾郁定重来。

赵长庚先生一字不差地背诵完这副长联之后，告诉我们，这副长联是清代李善济给青城山建福宫后殿所撰的。李善济是清末人，为四川通江县才子，时任灌县视学。清宣统二年（1910），李善济为建福宫第三殿内柱，撰写了这副394字的长联，并书丹。长联气势磅礴，挥洒自如，具有极高的文学价值、历史价值，被赞为"青城一绝"，现为国内第三长联。赵长庚先生给我们解说：

> 这副长联，上联宛如展开了一幅硕大无比的长卷，以大鹏展翅苍穹的气势，极目远望，俯瞰了大禹治水导江以来的岷山雄姿、天府之国。再纵目四顾，或掠过衡山湘水，或远眺陕陇高原，或瞩目康藏边陲，或直达夔门巫峡、滔滔逝水之长江……再投眸葱葱郁郁，纵横八百里的沃野，欣见一片无与伦比的优美壮观景色，使人目不暇接。倘若穿上登山履，尝试着攀登到上清宫后面的顶峰，再居高环视，更是景象森列：只见远处的皑皑雪峰，迎着朝阳，幻作漫天红霞，吞没了茫茫沧海。奔涌的锦江，带着一江春潮，直绿到东海仙山瀛州去了……我仿佛又飞升到上苍，去触摸井星、参星，不一会儿，就踏遍了环蜀之境，顷刻之间便来往于相争路隔蚕丛之地。哪里去寻找神仙的帑库？丈人峰直耸云天有若绝壁堵在面前。回头一想，峨眉山的秋月，玉垒关的浮云，剑门的细雨，就像仿佛还萦绕在我的襟袖间一般。更何况，当夜朝群岳之时，漫山的圣灯照耀着天上的列宿，山崖上喷涌着六时之醴泉，山岩石壁流淌着灵液雨露。唐代高道杜光庭的读书台还留存着他芳香的足迹，飞赴寺中哪里敢再有跳梁之举？暂且逍遥地登上蘑卜岗，走过芙蓉岛吧。我虽大致看清了它们的"庐山真面目"，但却难以将这些道院交错、楼阁玲珑、隐现出没山林的圣地一一游遍。如今，能有幸踏着青山翠崖，亲历观赏，不禁涌起思古之幽情。忍不住要问，当年少昊和虞舜降生地的华渚、姚墟何在？也许，铜铸的唐明皇像应宛在人间吧。
>
> 你看看，这铺陈，这气势，这胸襟，这反思，这追问……步步紧扣，

环环相连，可谓俯瞰环野，傲视苍穹，出入天地。一句话，写尽了青城山地灵。

而下联：追述了轩辕黄帝于青城设坛，自拜赠宁封为五岳丈人以后，历代都有高贤在此留踬。汉晋隋唐宋以来，有李意书传标名，范长生于此称贤，薛昌于此隐居修道，张愈辞官隐居白云溪。在风云际会的历史中，青城山留下了四千年的文物史迹。我翻阅了版本古籍，凭借古书文献，很快就查到了前代有关记载：唐碑刻有唐玄宗亲笔诏书，记述了由内品官毛怀景从京师专程到青城，敕令飞赴寺归还侵占。前蜀王衍携太后太妃游青城，衣袂灿若云霞，缥缈似仙人。王衍依《甘州曲》填词，令宫人合而歌之，其情景与唐明皇当年乐工奏《霓裳羽衣曲》相仿。前代帝王凤鸾龙辇，张翠御驾，幸临青城，宛若鸿爪雪泥，转瞬即逝。可怜深山杜鹃，声声呼唤望帝，招其魂归故里。那晋人皇甫谧所写《高士传》，记述其中众多的奇人奇事，焉知不是欺人之谈？且不说隋朝嘉州太守赵昱，深入犍为潭中斩蛟，为民除害之后，归隐青城大面山；唐代青城道士徐佐卿羽化白鹤，飞长安沙苑，虽中御箭而安然返回。宋时西陲大将姚平仲，亡命遁逃，骑骡奔隐青城，结交仙家道侣。这些故事都有点虚无缥缈，似近远古无稽。而后蜀的花蕊夫人，作宫词百首，彰显巾帼英才，可与纪念宋人谯定幽居而名的谯岩相媲美。于丈人观道壁，有宋时画家孙太古所绘《碧落侍中范长生举手整貂蝉像》，用貂尾蝉文做装饰的帽子，戴在侍中范长生的头上，神情奇异飘逸，令范长生与孙太古一同扬名。宋代殿中侍御史赵抃，任成都知府时，曾携琴载酒游青城并吟诗句。蜀州通判陆游也曾数次来青城，并写下"再到蓬莱路欲迷，却吹长笛过青城"的诗句。不用提唐时蜀人王柯那一段隐居青城翠微山得道飞升之事，他那炼丹之鼎至今还在呢。五代道家谭峭，居南岳炼丹，丹成，抛跐鞋于东海，入青城仙去。

上述那些帝王将相、高人隐士、画师才女、仙人羽客，都经不住墨水滔滔，全被付之东流。世间英雄宛如过客，稍纵即逝，我自己虽然不才，亦暂栖天地之间，只待将来能龙腾虎跃叱咤风云，再重访旧踪，像五代时仙游主簿贾郁那样，再到青城来寻幽探胜。

下联似乎也豪气凌空，比肩上联，甚或略胜一筹。下联连珠般地牵出与青城有关的历史人物，一下子涉及二十余人的光辉过往；既有修仙悟道者的执着，又有巾帼英雄的柔情；既有驰骋疆场的豪放，又有笑傲林泉的自如。总之，排空而出的阵势，写足了青城山一地的人杰。

这副长联，立意雄奇、对仗工稳、平仄协调、音韵铿锵，透彻地展现了岷山、岷江，八百里纵横天府之国，巍巍青城，大好江山钟灵毓秀，人文荟萃的恢宏场面。使人不由心情激荡，豪情满怀，沉醉在祖国山河之中，沉醉在天下之幽的青城山美景之中……

30

昆明大观楼的长联，也令赵长庚先生津津乐道。同样，他也能对此联倒背如流。大观楼始建于清康熙年间，位于滇池之畔；西近华浦，濒临滇池草海北滨，遥对西山。凭栏远眺，山光水色悉收眼底；沙鸥云集，烟鹭掠空。其叠阁凌虚，层楼映水，良多雅趣。一时间，文人墨客争相登临，填词作诗，相互酬答。但多显庸常，了无佳作。直到大观楼的长联出现，方如横空出世，霹雳闪耀，使这一湖滨名胜，锦上添花，名声大振！试录如下：

上联：五百里滇池，奔来眼底，披襟岸帻，喜茫茫空阔无边。看东骧神骏，西翥灵仪，北走蜿蜒，南翔缟素。高人韵士，何妨选胜登临。趁蟹屿螺洲，梳裹就风鬟雾鬓；更苹天苇地，点缀些翠羽丹霞，莫辜负四围香稻，万顷晴沙，九夏芙蓉，三春杨柳。

下联：数千年往事，注到心头，把酒凌虚，叹滚滚英雄谁在。想汉习楼船，唐标铁柱，宋挥玉斧，元跨革囊。伟烈丰功，费尽移山心力。尽珠帘画栋，卷不及暮雨朝云；便断碣残碑，都付与苍烟落照。只赢得几杵疏钟，半江渔火，两行秋雁，一枕清霜。

长联共180字，无一字多余，无一词累赘。赵长庚教授神采飞扬地告诉我们：

　　长联作者为孙髯，字髯翁，号颐庵。清康熙二十四年（1685）出生，逝世于乾隆三十九年（1774），享年89岁。孙髯为云南昆明人，祖籍陕西三原。孙髯幼时随父流落昆明，颖慧好学，诗文超群。因赴童试，不愿受搜身之辱，愤然离去，从此不涉科举，终生为一平民。他虽无一官半职，却心系家国民生，人间疾苦。晚年贫困，卖卜为生。

　　长联约作于清乾隆三十年（1765），时官场腐败，民不聊生。诗人有感而发，愤而疾书，一气呵成。诗人在上联感叹道：五百里浩瀚的滇池，奔涌入我的眼底，不由使人敞开衣襟，脱去巾帻，欣喜满怀地看着这茫茫无边的空阔湖面。你看那东边的金马山有如神骏驰来，西边的碧鸡岭恰似凤凰展翅。北面有灵蛇蜿蜒，南端有仙鹤飞舞。才子骚客们，何不乘此良辰美景登楼一望？观赏那如蟹小岛，如螺汀洲。梳理起薄雾中垂柳的风鬟雾鬓，目光再投向那些连天的水草，无边的芦苇，还有点缀其间的翠鸟红霞……尽情地观赏吧，切莫辜负湖岸周边金黄的香稻，晴空下万顷的沙滩，还有那夏日里艳丽的荷花，春光明媚中婀娜的杨柳。

　　上联重在赏景。作者在我们眼前，铺开了一幅湖光山色、田园沙滩的巨幅画卷，饱含着激情让我们观赏。这是诗人面对滇池风物，敞开胸怀的诚挚推荐，在这令人心旷神怡的良辰美景面前，但凡热爱大好河山的文人学士，怎能不漾起纯真的家国情怀，无边的忧乐深思？进而，诗人再次激发情愫，由己及彼，发出感叹，要大家不要枉费了美好的胜景，将赏景推向一个高潮，其情真意切，瞬间涌出笔端，跃然纸上。

　　下联重在叙旧。作者勾画出一幕幕云南的历史烟云，将数千年往事注到心头，一一细数，桩桩品评；诗人举起酒杯，望天长叹，那些曾经叱咤风云的英雄，至今在哪儿呢？试想汉武帝曾为辟身毒道以通天竺，于长安凿昆明湖操练水军。唐中宗李显收复洱海，立铁柱记功。宋太祖赵匡胤版图挥玉斧，划西南于界外。元世祖忽必烈跨革囊率大军筏渡金沙江，统一云南。这些丰功伟业，真是费尽了移山填海的心力啊。然而，虽然刚耸立了珠帘深重、雕梁画栋的殿宇，却经不起几场暮雨朝阳的侵袭，最终只剩下一片废墟，任断碣残碑，寂寞在苍烟落照里。一声感叹，透彻心扉，凉遍世情；到头来，只不过留下几声稀疏的钟声，半江暗淡的渔火，两行孤寂的秋雁，一枕清凉的寒霜。

大观楼长联气势磅礴，挥洒自如，妙语连珠，朗朗上口。上联写景，激情；下联写史，伤逝。如诗如画，有声有色。联想丰富，情感充沛。力透纸背，令人掩卷长思，浮想联翩，太息不止……

由于这副脍炙人口的长联，远在边陲昆明的大观楼声名遐迩、流传甚广，远远胜于其雕梁画栋、飞檐凌空的建筑和使人应接不暇、心旷神怡的湖光山色，被世人誉为"海内第一长联"。

倘若没有这副长联，我们不仅埋没了一个惊世骇俗的诗人才子——孙髯，埋没了一处使人赏心悦目、情牵梦绕的绝佳名胜，这再一次体现了中华传统诗词楹联文化的博大精深，体现了文人点景能够使景观升华，形成珠联璧合的辉煌效应。

中国传统的古典风景名胜，往往用文学艺术来丰富内容、渲染风情，尤其是楹联匾额使用较多，例如昆明大观楼这副长联，甚至可以单独成景，其价值更在景观之上，使人一咏三叹，沉浸其中，获得高端的审美享受，久久难以忘怀。

赵长庚先生还钟情于成都望江楼崇丽阁的另一副长联。先生告诉我们：

崇丽阁，建于四川成都望江公园内，俗称望江楼，始建于清光绪十五年（1889）。崇丽阁临濯锦江而建，取晋代大文学家左思《蜀都赋》"既丽且崇，实号成都"句中"崇丽"二字为名，以赞叹其宏伟富丽。该楼为全木穿斗四重檐楼阁式建筑，一、二层为四面，三、四层为八方，雕梁画栋，碧瓦黄脊，玲珑堂皇。为成都历史文化名城地标，与望江公园内流杯池、薛涛井、泉香榭等景点相得益彰，成为成都著名的文化旅游名胜。

崇丽阁长联，现悬刻于阁中，全联共 212 字，为清末四川江津钟耘舫所撰。钟耘舫，字祖棻，自称铁汉，号铮铮居士。

钟耘舫出生于清道光二十七年（1847），卒于清宣统三年（1911），享年 64 岁。他自幼熟读诗书，因家贫，补廪后，即在县内阚氏祠堂设馆授徒，聊以谋生。因先后侍奉卧病的祖母和父亲达十七年之久而误了功名。《江津县志》谓其："性情真挚，平生不作欺人语"，"性豪爽，博于交"，"刚简而不能谀"，"与人直言不讳"。清同治年间，江津关庙庙产被强占，钟撰联抱不平，锋芒直指豪强。光绪初，因撰联讽刺县令被逼远走成都避祸。其间，作《锦江城楼联》即后来的崇丽楼长联。据说，因江津新县令武文源构陷，将其拘禁于省城成都枭署待质所。

嗣后，此联为四川总督岑春煊所知，惜其才，救其出狱。钟耘舫出狱后，挥书刻木，将此长联悬挂于望江公园崇丽阁之上，遂传诵开来，风采延绵不绝。其联文如下：

上联：几层楼，独撑东面峰，统近水遥山，供张画谱，聚葱岭雪，散白河烟，烘丹景霞，染青衣雾。时而诗人吊古，时而猛士筹边。只可怜花蕊飘零，早埋了春闺宝镜，枇杷寂寞，空留着绿野香坟。对此茫茫，百感交集。笑憨蝴蝶，总贪迷醉梦乡中。试从绝顶高呼：问问问，这半江月谁家之物？

下联：千年事，屡换西川局，尽鸿篇巨制，装演英雄，跃岗上龙，殉坡前凤，卧关下虎，鸣井底蛙。忽然铁马金戈，忽然银笙玉笛，倒不若长歌短赋，抛撒些闲恨闲愁；曲槛回廊，消受得好风好雨。嗟余蹙蹙，四海无归。跳死猢狲，终落在乾坤套里。且向危楼俯首：看看看，哪一块云是我的天？

上联写自己登楼怀古。诗人登上层楼，抒发感慨：虽几层楼，却单独撑起了东面的山峰，将远山近水，通通收入画面，供人观览。它聚拢了遥远西部葱岭的白雪，它消散着松潘白水江上的烟雾，它烘托着丹景山的彩霞，它渲染着青衣江的雾霭。在登楼眺望中，时而有诗人吊古，时而有猛士筹划边防。只可怜那花蕊夫人，早已香消玉殒，掩埋了春闺宝镜。枇杷巷中冷落寂寞的薛涛，也空留着其绿野香坟。面对着这茫茫尘世，不禁使人百感交集。我笑那些愚蠢的贪花蝴蝶，总葬送在醉生梦死中。我尝试着登上绝顶高处，振臂一呼：问问问！这半江的风花明月，究竟属于谁家所有？

上联，借登楼之景抒情，感叹了世事的无常，英雄的迟暮，美女红颜的悲凉易逝，嘲笑那些贪花恋色之徒的愚蠢可悲，最后，登高叩问苍天，这半江的风月，到底谁家所有，何人能够把控！悲愤之情溢于言表。

下联写追怀巴蜀风云变幻，历史人物。诗人越过千年，历数西川变局，浏览那些恢宏伟业，鸿篇巨制。透过历史的烟云，他仿佛看见一幕幕装扮上演的英雄：有卧龙孔明出岗；有凤雏庞统殒坡；有洛阳令董宣，执法严明，打击豪强，威震四方，被颂为"卧虎"；有公孙述称白帝于巴蜀，不过井底之蛙鸣而已。就这样一会儿金戈铁马，一会儿银笙玉笛地闹腾，我看，倒不如写一点长歌短赋，抛撒一些缠绵的恨意和闲愁，独自在曲槛回廊中散步，享受这和风细雨里的宁静。我感叹自己憋屈的处境，四海虽大，却无处可归，就像被捏在别人手里耍猴戏一般，始终落在圈套中挣扎。且向危楼俯首叩问：看看看，倒映着江面的白云啊，哪一片是容得下自己的天空？

下联，以怀古自嘲，一腔悲愤，抒发了人间悲哀。时局风云变幻，过眼苍狗白云。英雄们轮流登台，或初出茅庐，或陨落阵前。有的励精图治，造福一方，卧关下虎；有的夜郎自大，急功近利，如井底之蛙。忽然金戈铁马，轰轰烈烈地征伐；忽而满堂银笙玉笛，细吹细打地庆贺。但这一切于诗人毫不相干，只得登楼抒愤，叩问苍天，哪里有自己的一席之地？

书此联的钟耘舫，十分擅长诗词楹联，尤其擅长联，被誉为"联圣"。根据有关记载，其长联代表作有212字的《题成都望江楼联》（即《崇丽阁长联》），1612字的《江津临江楼联》或称《拟题江津临江城楼联》，890字的《六十自寿联》，现悬于成都望江公园的《锦江城楼联》。钟耘舫一生共创作楹联4000余副，大多佚失，其中的《振振堂文集》，仅编收楹联1856副。

值得一提的是，钟耘舫学贯中西，知识渊博。据介绍，他曾在江津县城设馆授学20余年，除讲授传统经史子集、诗词文赋外，还讲授数学、物理、化学、英语、法语，十分重视西学。曾著有6000余字的《东西洋赋》，是当时罕见的介绍世界地理文化和科学普及的著述，被誉为四川的《海国图志》。与此同时，钟耘舫还提出教育救国的主张，开巴蜀风气之先的《招隐居传奇》

二卷，语言尖锐辛辣，有力地嘲讽了帝国主义列强对中国的凌辱和掠夺。

当代学者常治国评价钟耘舫时曾说道："我国文化史上书圣有王右军，画圣有吴道子，茶圣有陆羽，诗圣有杜甫，联之有圣，非钟耘舫夫子莫属！又说他'老不忘民族兴亡，是陆放翁气象；写百姓疾苦，是杜工部心眼；忧国忧民，吐坎坷人生，有三闾大夫旨趣；驰骋想象，精骛八极，有李青莲韵致。傲骨刚肠，直言破立，千载文人笔调，至此为雄'。"

赵长庚先生对钟耘舫的崇丽阁长联也极为欣赏，他说："此联是一位铮铮铁骨的硬汉不畏强暴的泣血控诉！是绝笔般的力作！文笔不压于髯翁，而悲壮豪放过之。"

赵长庚先生说："一个时代的文学成就，造就了一个时代的高峰。汉赋、唐诗、宋词、元曲、清联，都是那个时代最高的文化造诣和结晶，他们在文学史上永远闪耀着神秘的幽光，引人入胜，引人叹服，不由读来，沉浸其中，拍案叫绝！"

清代末年，文人学士开始沉迷于楹联创作，一时间，各景区名胜、城楼高阁，悬挂佳联名对成为风气。而领骚者，如前所述，有昆明大观楼昆明人孙髯180字的长联；有贵州贵阳甲秀楼贵阳人刘蕴良题贵阳甲秀楼206字长联；有清代武汉人潘炳烈题武昌黄鹤楼350字的长联；有清代四川通江才子李善济给青城山建福宫所撰的394字的长联；有清代直隶南皮（今河北南皮）人，著名洋务派代表人物张之洞题屈原庙香妃祠408字长联……

不过撰写长联集大成者非清末四川江津人钟耘舫莫属。除了赵长庚先生拍案叫绝的崇丽阁212字长联外，尚有悬挂于成都望江公园的890字的《锦江城楼联》，还有悬挂于江津的1612字，迄今为止全国最长的楹联《江津临江楼联》。

根据研究（参见《名联欣赏》《湖北其他名胜》《四川成都名胜都江堰》），在清代末年，出现了钟耘舫这样的文人学士，他们将长联推向了一个空前的发展阶段，其艺术特色和主要贡献在于：

一是极大地拉长了楹联的新闻篇幅。楹联属格律文学，上下联要求对仗，写长不易，故通常楹语在五十字以内。孙髯首开长联风气，大观楼联蔚为大观，字数之多冠于海内。而钟耘舫更以空前的勇气和才气，再一次大大拉长楹联的篇幅。《拟题江津临江城楼联》长达1612字，近十倍于大观楼联，堪称楹联创作的恢恢奇迹。仅就篇幅论，其在楹联史上的地位恰如诗中之《离骚》。有了更大的框架，自然更能容纳更多内涵。

二是极大地扩展了长联创作的思想内容。以前的长联，多均为名胜联或挽联。内容主要是写景、述史、抒情之类，且行文多粗犷的概括之笔，精雕细刻较少。而钟氏的长联，题材空前阔大，内容无比丰富，其中有深厚的历史，广阔的社会，生动的人生，写尽乾坤沉浮，国势盛衰，以及物态人情，悲欢离合。如六十自寿联，不仅道尽自己六十年的悲惨人生，更纵横捭阖，把鸦片战争以来60余年的喋血战火、国难民愁，都做了痛快淋漓的披露与刻画。小自蚊眉蜗角，大至天文地理，无不兼容并包，收聚笔下。可谓心游万仞，精骛八极。前人曾评曰："……其气象蓬蓬勃勃，怪怪奇奇。百灵毕集，笔足以举，力足以扛，词足以远，识见之超，胸罗之富，令人叹息不置。"

三是极大地丰富了长联的表现艺术。钟氏的长联，艺术上挥斥自如，得心应手，无论是气势、学识、情感、文采，无不超越前贤，后人也难以望其项背。其气势恢宏、震古烁今。"将上马杀贼，下马作檄，开拓往哲之心胸，推倒亚洲之豪杰。"（《六十自寿联》）大有李白海浪天风之势。其学识过人，骇俗惊世。"近十二万年后，跟踪蹑迹，眠侬斫玲珑别式乾坤。"（《拟题江津临江城楼联》）其情感强烈，泣鬼伤神。"看看看，哪一块云，是我的天！"（《题成都望江楼联》）其文采斐然，无出其右。修辞上多种手法并用，语言精练、圆熟老练自是不说，又极富表现力和创造性。尽管如此鸿篇巨制，音韵上既平仄合整，对仗复工稳之至，前人曾评其《六十自寿联》曰："通畅一气，曲折排夏，亦挺亦秀，亦豪放，亦诙谐，科诨并杂，美不胜收。悲懑之怀，直令千古英雄为之泪下，真大观也。"这段话极好地概括钟氏长联在艺术上多方面成就。

我们可以毫不夸张地说，在清代末年，钟耘舫的长联，集中倾吐了那个时代的民间疾苦、家仇国难；无情地抨击了清末民不聊生、腐败无能的时政积弊；口诛笔伐了一大批贪官污吏；泣血哭诉了底层百姓沉冤难平、走投无路的悲惨现实。对清末的统治阶级震动极大，具有极强的民主性、战斗性。为推翻最后的封建王朝、酝酿辛亥革命，做了较大的文化铺垫和心理准备。

……

就这样，和赵长庚先生一起工作、一起学习，听他的教诲、拜读他的研究文章，听他对中国古诗词、文赋、楹联、点景等的一系列见解、高论，我感到既充实又兴奋。1988年认识接触他起，倏忽之间，5年过去了。其间，除了协助他四处走访、调查有关李白的文物古迹，完成《李白纪念体系总体规划设计》外，我还跟他上了窦圌山，对其进行了全面勘察和初步的整体规划设计。赵长庚先生不顾73岁的高龄，坚持杵杖爬完了窦圌山的全部山林，并详细调查了云岩寺寺庙，最后做出了窦圌山风景名胜的总体规划。规划中，他将窦圌山一共划为十个景区，即天梯景区；缆索景区；云岩寺、星辰车景区；圌岭飞渡景区；白鹤山庄、鹤湖、溜索、悬桥、层楼叠翠景区；南山增秀、胜迹重辉景区；镜台夕照景区；鄰池夜月、百花深处景区；天蟾朝圌景区；唐道寻幽景区。他诚挚地对我说，窦圌山很有名气，远在抗战时期，国画家吴一峰就沉迷于窦圌山的迷人风景，常常来窦圌山写生、绘画，一时人称"吴窦圌"。不过，作为川西北名山，窦圌山与青城山、峨眉山相比较，还是弱了许多，最主要的就是弱在景区范围太小，当然，由于景区太小，旅游和鉴赏的深度和广度也受到极大的影响。所以，做大景区，做深景区，是窦圌山目前的要务。

然而，囿于各方面原因，行色匆匆的赵长庚教授只画完了一张"窦圌山风景区总体规划鸟瞰示意图"和几处单体景点的方案图外，就离开江油了。其间，他还简单地做了一下江油含增镇的白龙宫景区规划示意，应绵阳市文化旅游方面邀请，对原泗王庙文物保护单位做了一些保护、规划方面的工作和初步规划设计工作。

31

协助赵长庚先生在江油完成《李白纪念体系总体规划设计》告一段落后，我仍然忙于省内各地的文物保护工程的方案设计。当时，经绵阳市编委批复，同意成立绵阳市古建园林研究所，我在里面担任业务副所长，主持有关业务方面的工作。先后参与过绵阳李杜祠、碧水寺、马鞍寺、鱼泉寺、平武报恩寺广场、西门城楼、回龙寺以及三台的郪江古戏楼、云台观、琴泉市等绵阳市境内的文物保护工程保护方案设计。

其时，赵长庚教授尚在江油，是最后等待《李白纪念体系总体规划设计》接受各级主管部门会审验收的阶段，较为清闲了点，经绵阳方面邀请，由我出面，带着他一起到了绵阳，帮忙对属于绵阳文管所保护管理的泗王庙及乐楼保护单位，做了一些建议和规划设计工作。

再之后，就是和赵长庚教授长别了。记得是 1996 年，赵长庚教授回到了重庆，我们之间见面的机会就几乎没有了，只是偶尔传来先生患病的消息，心里十分挂念。不过，脑幕中，依然浮现出的是一位敦实微胖的老者，黑红的面容上漾着如常诙谐睿智的笑容，侃侃而谈，开怀而乐……诗词、文赋、楹联、典故，信手拈来，出口成诵。点评景点，议论得失，不吝赐教，推心置腹，不拘一格，大度雍容，谈吐自若的样儿……

唉，我始终没有准备好他会永远离我们而去。

苍天不公！世事无常。

惊闻先生于 1998 年 2 月 4 日与世长辞之时，我陷入了无尽的追念与哀思之中。

············

记得与赵长庚先生最后相别是 1996 年的暮春，绵阳的泗王庙及乐楼的修缮复原方案完成后，我们在绵阳碧水寺绵阳文管所与黄光兴所长交换完意见，大家对方案图、说明都比较满意，评审会顺利地结束。中午，绵阳文管所准备了丰盛的午餐，赵长庚先生略微喝了一点酒，显得很是兴奋和快乐。

饭后，我们在碧水寺凭栏喝茶。俯瞰着一江盈盈的春水，赵长庚先生说："我们坐的这个地方，后倚龟山，前临涪江，极有气势，是为碧水寺。"碧水寺历史悠久，始建于唐，原称水阁院，有清泉于崖隙沥沥涌出，澄澈清明，故呼为碧水崖，崖壁原有唐代摩崖石刻造像，现大殿内犹存唐代观音立像一尊。高 3.13 米，观音头戴华蔓冠，额中有慧眼。双眼微合，神态安详；衣饰璎珞，下着长裙。左手持净瓶，右手执杨柳枝，体态丰满，雍容祥和。颇具盛唐造像风韵。此外，尚有部分摩崖石刻佛龛造像，龛为圆拱形，造像为深浮雕，俱为唐代雕刻。

先生告诉我们，他入中央大学建筑系学习时，古建专家刘敦桢先生正是他们的教授。他本人也师从刘敦桢先生。赵长庚先生是 1943 年取得燕京大学文学系学士学位的，同年，因同学佩服他的绘画功力，建议他入中央大学建筑系深造，他欣然从议，进入重庆中央大学学习。

其时，因抗战退入西南大后方的刘敦桢、梁思成等营造学社的古建专家一行，刚于 1939 年 8 月至 1940 年 2 月，完成了川、康古建筑调查。

在刘敦桢先生的《川、康古建调查日记》中，记述了 1939 年 11 月绵阳一行：

11 月 21 日　星期二　阴

九时访县政府王君。十时出北门，西北二公里许至西山观。观负山面阳，大殿三间，清道光十五年建。传蜀汉蒋琬墓即在观下，有碑记其事，但确实地点不详。碑侧有止云亭，亭之东、西，就石崖开凿道教石龛，除一部分埋入土中外，露出者尚有八十余龛，大小不一，可资记述者如下：

(1)最大之龛，为隋大业六年（610）所镌，中置天尊像一，趺坐，下裳垂床前，手形与佛教无畏式完全相同，背光亦然。两侧侍像拱手执圭，其下各刻一狮，姿态依稀仍为隋式，就目下所知范围，当推此龛为道教石刻之最古者。

(2)另一小龛下，镌大业十年造像，有文记四十余字。

(3)隋龛之东，有一独立龛，较大，虽无年代题记，但雕刻手法，确为初唐作品，其两侧浮雕犹精绝。洞壁涂朱，像涂青、绿二色，犹可辨识。

(4)隋龛之西，有一小龛，刻建筑物一间，柱上各置华拱一跳，屋顶作四注式，具鸱尾，似隋、唐间物。

(5)止云亭下有摩崖一段，旁刻铭文，乃唐咸通十二年（871）造。

(6)隋龛与独立龛间，有宋绍圣丁丑年（1097）游人题名。

(7)隋龛以西诸小龛，铭记可辨者，有至□二年及至元六年（1340）二处。其须弥座皆饰以狮头及繁密之卷草。与大业十年一龛无轩轾，难于索解。

下午二时返寓，四时至盐市街永安公寓访陈济生先生，观其所藏汉墓石扉，扉上刻兽首。另一石案，似祭桌，平面长方形，上列酒杯二列，每列四具，与余购置江口者一致，酒杯间有碗二盘一。自美国波士顿博物馆所藏铜镜外，当以此案为最古矣。以上二物皆至城东白云观附近崖墓出土。闻未开掘之墓，尚在多数，拟宜设法保护，或速以科学方法发掘，以免为人盗取破坏。

晚六时，函敬之等。本日阅报，始悉日寇至北海登陆，有袭南宁企图。

11 月 22 日　星期三　阴

上午九时，迁居永安公寓。十时出东门，渡涪江，东北行约三公里，越仙人桥，折西南约二百米，调查汉平阳府君阙。二阙巍峨对峙麦垄中，皆具子阙。西南负小山，川陕公路即经山下。东北面小河，墓似在山上，惜年久无痕迹可寻。阙下半截入土约一米，经发掘，知壁体下尚有台座。座面刻间柱、栌斗，与雅安高颐阙一致。壁体表面所浮刻之柱，皆二柱并立，前未曾见。柱与柱间原有题记，但为梁中大通三年（531）造像所毁。壁上雕栌斗、枋、拱（有直拱与曲拱二种），俱为川阙常制，惟拱□隔刻双耳线。现斗拱间所缀之人物，已模糊不清，屋顶亦损毁不全，似不及高颐阙保存之佳。然雕刻技术，有川中其他汉阙之非及者。

(1)壁面浮雕，简单生动，确出高手。

(2)梁大通造像中，有三像刻于西北。其衣纹对称，下裳向左右翘起，作三叠式，仅见于北魏初期与日本飞鸟期造像，乃稀世珍也。

下午五时工作毕，返城已薄暮冥冥矣。

九时往测绘陈济生先生所藏汉墓石扉及祭桌。十时出东门，涉涪水，东南行三公里，至白云洞。洞在涪水东岸山上，有二崖墓，已经发掘，即陈君藏品出土处。北端一墓，分内、外二室，外室之顶作覆斗形，中央长方形之面上，刻斗八藻井二组，井格配置，极似朝鲜大同江诸墓。此二墓现有苦行僧六人居内，由彼得知附近岩墓情形。诸墓外仅有小洞，略可辨识，而多数均未经发掘，不能入内。

下午一时，莫、陈二生赴平阳阙补摄照片，余与思成返城，至旧文庙，因驻军不得入。旋赴县政府辞行，并往邮局，托将以后信件转寄广元，因明日即离此地也。

晚思成拟稿复林斐成，托代计划存放津件手续。

绵阳气候早晚稍凉，而空气尤干燥，盖已离成都盆地，地势稍高，农作物麦多稻少，宛若北方景象矣。

初入川睹蜀中墓葬多用石室，颇引为异，月来调查嘉定、彭山、绵阳等处岩墓，数量之多，令人咋舌。始悟汉时蜀人埋葬，多就山开穴，后乃易为石室，盖除石料丰富外，习尚流传，亦不失为一因也。

从以上摘录的内容来看，他和梁思成先生仅仅在绵阳停留了两天。11月21日考察了涪江西岸的西山观、止云亭（子云亭），11月22日考察了涪江东岸的平阳府君阙、白云洞岩墓，后行色匆匆地离开。

"哈哈哈哈，刘敦桢、梁思成两位先生，当年由于时局艰难，经费拮据，交通阻困，仅在绵阳停留两天，看了两岸的摩崖石刻、岩墓，却与我们坐处的碧水寺唐代佛教石刻造像失之交臂！"赵长庚先生呷着茶，风趣地感叹道。

那个时候，他们的路线是从昆明出发，先至重庆，再到成都，然后再往川北绵阳，沿新修的川陕公路到达梓潼、剑阁、广元考察。以后沿嘉陵江南下，经重庆、贵阳，返回云南……

由于交通闭塞，路程迢遥，信息落后，这些古建研究的先驱们，不仅与我们坐在这儿的碧水寺摩崖石刻失之交臂，还与四川境内江油云岩寺的宋代飞天藏及藏殿，以及散存各处的元代木构建筑、明代建筑无缘相见……

我们一边在碧水寺凭栏品茗，一边漫谈着古建筑保护、名胜景区景点的开发和利用。

突然，赵教授话锋一转，把头一偏，指着东边的龟山说："在唐代，著名的越王楼就矗立在那儿。"

接着，他背诵起李白的一首少作来：

危楼高百尺，
手可摘星辰。
不敢高声语，

　　恐惊天上人。

　　越王楼始建于唐高宗显庆年间，为唐太宗李世民第八子李贞任绵州刺史时所建，楼高29.4米。李白在蜀中生活了二十多年，少年李白熟读诗书、精于吟咏，曾遍游故里，留下不少诗作，据说这首诗就是少年李白游绵州越王楼时留下的五言绝句。宋人彰明县令杨天惠在其《彰明逸事》中写道："时太白齿方少，英气溢发，诸为诗文甚多，微类《宫中行乐词》体。今邑人所藏百篇，大抵皆格律也。虽颇体弱，然短羽缛襹，已有凤雏态……"而这首诗正是这样，虽语近平淡，却已显露出如雏凤般绮丽的才华来。

　　当时，李白尚年少，而后来流寓成都的杜甫，也为越王楼发出了感慨：

　　　　绵州州府何磊落，
　　　　显庆年中越王作。
　　　　孤城西北起高楼，
　　　　碧瓦朱甍照城郭。
　　　　楼下长江百丈清，
　　　　山头落日半轮明。
　　　　君王旧迹今人赏，
　　　　转见千秋万古情。

　　是啊，唐朝初年修建的这个越王楼，也是很壮观的，天下文士纷纷前往览胜吟唱，除唐代的李白、杜甫、于兴宗、卢栯外，还有宋代的陆游……在唐代，越王楼与黄鹤楼、滕王阁、岳阳楼、鹳雀楼都是唐代的文化名楼。赵长庚先生谈兴盎然，他指出，一代名楼可惜于唐末宋初，遭遇大火，损毁严重，后于元时进行了大规模修葺。明时，再度重葺，后又毁于火患，终荡然无存，而今空余龟山越王楼空台了。

　　在座的绵阳文管所黄光兴所长及其他同志也谈到绵阳政府准备重建越王楼，重建之前要会同省上有关部门，对越王楼遗址进行考古发掘等相关事宜……

不觉之间，已是一江晚霞，盈盈江水带走了整天的光阴，也带走了我们和赵长庚先生最后的惜别。

我记得，与赵长庚先生分别时，他摸出了一沓名片，郑重其事地赠给我，语重心长地道别："今后，你可以直接用它介绍我，一旦江油、绵阳需要我，你可以代表我先处理，我接到电话，就会及时赶过来……"

…………

我很感动，一时语塞，眼睛潮润起来。

再后来，我依然如常忙碌，不敢轻易惊动赵长庚先生。

再后来，就是遭遇了 2008 年的"5·12"汶川特大地震……

震后，忙于省内外救灾，就更无暇他顾了。

第十二章　凝想诗仙路，追寻太白迹

32

在奔忙中思索，在思索中奔忙。我突发奇想：当年李白"仰天大笑出门去"，走出巴蜀盆地，走的是哪一条道呢？

我再一次推敲起李白走出故乡的足迹来。

我总觉得，李白当初走出巴蜀，或许和当年的我一样，在探索中进入故乡这条北流的河。

我想象着李白水路出川的航程。

一开初，他把眼光朝向了涪江，溯涪江北去，拜访了远在今平武县南坝镇的江油尉厅，写下了《题江油尉厅》诗。他在匡山读书习剑时，便经常游历附近的山林。譬如：拜访匡山之上的戴天山道士，写下了《访戴天山道士不遇》；寻访匡山脚下隐居的雍尊师，写下了《寻雍尊师隐居》；东渡涪江，攀登窦圌山，留下"樵夫与耕者，出入画屏中"的绝句。

在决定溯江而上之前，他曾乘船在涪江中流连，寻幽探奇。他乘小舟逆流而行，在穿过涪江出今武都镇的峡口后，江面变得狭窄起来，两岸连山，略无阙处。一条小径崎岖斗折，是为著名的阴平邪径左担道入蜀后下半段。

左担道在左担山上，清道光版《龙安府志·山川》记载："在县东北一百八十里。《魏志》：邓艾入江油左担山诣绵竹。《华阳国志》：自景谷有步道径江油、左担出涪，邓艾入蜀所经也。《方舆胜览》：自文州界青塘岭至龙州一百五十里，自北而南者，右肩不得易所负，故谓之左担路……"而左担道的下半段，在今武都峡口以上涪江六峡处。

据传，他曾在江岸边一处天然石洞中挑灯夜读，而神奇的是，石洞的对岸也恰有一洞，该洞也是天然生成，洞门口还悬着一个石灯笼，百姓呼其为灯笼洞，而将李白读书的那个洞称之为太白洞。清光绪版《江油县志·山川》载："太白洞有二，一在大匡山顶，一在登龙桥畔……"李白停船进洞，曾在洞中游历，并挑灯夜读。

传说，李白在读书时，灯突然熄灭，正着急时，对岸洞门口的石灯笼竟发出光芒，端端照在了李白手捧的书卷上，解了诗人的难，使李白又可以在太白洞内诵读下去。此后，便留下了"灯笼洞对太白洞，灯照太白把书诵"的佳话。

涪江中的太白洞，在登龙桥畔。《江油县志·津梁》载："登龙桥，在县北八里，通龙安路。"登龙桥架设在通往涪江的山涧之上，原为一石拱桥。过登龙桥后即可通往去龙安的道路。清光绪时，龙安府已设置在今平武县城所在地盘龙坝，距离当时的江油县城武都，约有240里山路，此去平武沿江山道，崎岖陡峭，路途遥远。应该说，过了登龙桥，就踏上了阴平古道左担道的下半段，也即过了江油戍前往江彰平坝去绵阳的最后一段险路。实际上，这条路前面，就进入涪江六峡了。

溯涪江再往上行，山势愈加险峻，绝壁扑面，峡谷幽长。据勘查，落差近50米，河床平均纵比降达2.5‰左右。旧时，从平武县的煽铁沟往南算起，依次为石门关、平驿、观音、唢呐、二郎、藏王寨六峡，颇具长江三峡风貌。

而一旦上行过了煽铁沟，经响岩坝后，就到了今天的平武南坝镇，在唐代，这里就是江油尉。清道光版《龙安府志》载：涪水关，在县东。《华阳国志》：平武县有关尉，先主时置。《唐志》：江油县有涪水关。其实，这里的涪水关指的就是江油戍，它在三国时就由刘备设置了。唐代时，依然设尉，尉是县一级的军事戍守机构。

李白正是过六峡而上，来到当时设于今平武南坝镇的江油尉，写下了著名的《赠江油尉厅》。六峡的险阻，为诗人后来写《蜀道难》做了艺术上的酝酿和情感上的铺垫。

而李白后来到剑门关，显然是经汉德阳亭，即今天江油市的雁门坝镇，沿那条北流的河——青江河，顺流而下，再到今天剑阁新县城所在地的沙溪坝,溯大剑溪爬上剑门关。

这样走,是便捷而又轻松的。首先,步行抵达离故乡不远的汉德阳亭,也即今天江油的雁门坝,就看到那条北流的青江河了,乘船而去,顺水顺风,下行快船,轻轻松松就抵达剑门关山麓前的大剑溪处。舍舟,沿大剑溪登山而去,半日就可攀至剑门。

游完剑门关下山到江边,登船清江,又是顺风顺水的下水船,须臾便抵达嘉陵江畔的昭化,即唐时的葭萌县。

……

在昭化古城工作的日子,我曾在闲暇时反复吟诵李白那首《送友人》,这首诗使我发出思绪万端的感慨。我总觉得,李白或许就是于720年左右从剑门关游历下来,再到了古城昭化,流连一段时间,在这儿送走了他的好友,留下了这首饱含离愁别绪、脍炙人口的《送友人》:

> 青山横北郭,白水绕东城。
> 此地一为别,孤蓬万里征。
> 浮云游子意,落日故人情。
> 挥手自兹去,萧萧班马鸣。

这种感觉,是我在完成昭化古城的恢复修缮设计期间涌起的,并与日俱增。我看昭化古城周边环境,还处在田园风光之中,还处在大山大江的外围环境之中。它四面环山,三面临江,山环水绕,山水相连,关城一体,似若古意依在……不禁遥想千年,往事蹁跹,仿佛看见了年轻的诗人在江边伫立,独自惆怅在与友人惜别挥手远望之中……

我沉浸在李白的诗情画意之中,《送友人》起头一句"青山横北郭",就让我感受强烈。

昭化的西北方向为烟堆山,又名翼山。这座山山势逶迤,山形优美,为昭化古城的风水来脉。横斜在古城西北面,有若屏障,扑入眼帘,声势夺人。

继而起来的"白水绕东城",描述的不就是白龙江由西向东汇入嘉陵江的状况吗?白龙江古名"桓水""羌水""白水"。《尚书·禹贡》中云"……西顷因桓是，浮于灊（嘉陵江），逾于沔（汉江）"，其中的"桓水"，就指今白龙江。远在《水经注》中早已标明，白水即白龙江。

白龙江、清江河、嘉陵江在此汇合，宛然一体，有如臂膊，将昭化古城挽住。昭化古城就坐落在嘉陵江、白龙江与笔架山、牛头山以及翼山这些自然山水形成的太极图阳极的鱼眼上。

要知道，千多年前的李白，要送友人出川，从昌隆（后改彰明，今属江油市）出发，若走青江河谷，不失为最佳路线。因为它只要北行百来里，就到了汉德阳亭，青江出汉德阳亭后朝东南流出，后转东北而去，流至大剑水河口（又称黄沙河）。大剑水河口至白龙江称下寺河，亦叫清江河或清江。清江汇入白龙江后再融入嘉陵江，顺嘉陵江而去，在渝州（今重庆）入长江就可以出川南下或北上了。总之，一到距昌隆（彰明县现属江油）不远的汉德阳亭，就会看到拐弯北去的青江，上了船，便一路顺水顺风而去，达清江，去白龙江，就抵达昭化了，再顺嘉陵江南下，入长江，不是就可下江南、游神州了吗？何乐而不为呢？

可见，在昭化（唐时葭萌县）与友人一别，上船而去，的确是"孤蓬万里征"了。

……

我再到汉德阳亭已是半个世纪之后了。

记得50年前，我在雁门山区最偏远的枫橡乡小学结束短暂的代课生涯之后，一度盲目地在深山转悠，企图找到一条走出群山环抱的小道，那种彷徨，那种焦虑，那种无奈……无法用言语来述说。

我远没有李白那样洒脱，他有一个富商父亲做后盾，可以五岁诵"六甲"，十岁观"百家"，少长之后行侠仗义，"日散千金"，广交朋友，云游四方……

然而，与李白一样，我不甘心就这样走投无路，一事无成。我欣赏李白的"天生我材必有用"，欣赏李白的"仰天大笑出门去，我辈岂是蓬蒿人？"……我没有忘记奋斗，我没有放弃苦读、求知……

……

再次来到枫橡乡街上，我寻找当年我寓居的那座乡供销社小阁楼，可惜枫橡乡的老街坊早已拆去,荡然无存。代替黛瓦木柱的老街坊,变成了平顶方正,贴瓷砖的"火柴盒"的现代小洋楼建筑。我伫立良久,仿佛又回到那些个就着昏黄的白炽灯或煤油灯如饥似渴般看书的夜晚来……然而,年华如水,时过境迁,物易人非,终怅然若失。

……

如前所述,此时,为了完成市领导的委托,我拜访了故乡雁门山区枫橡乡小院溪村的上、下两座"董氏贡生院子",并开始了对它进行踏勘、拍摄、测绘、研究工作……

33

对于远处江油市偏远山区的枫橡乡小院溪村的这处董氏贡生在清代修建的上、下院子,前面我已对它的现状、来历,以及勘察、测绘后它的规模状况,它的历史价值、文化价值……花了许多笔墨来描述。

枫橡乡位于江油市西北边缘的龙门山脉,属于雁门山区的深山地带,地貌为高山、河谷,海拔在 2000 米左右,最高山峰为轿子顶,海拔为 2356 米。

枫橡乡处于大山深处,山高土薄,地瘠人贫。到目前为止,它广阔的95.2 平方千米的辖区范围内,居住人口还不到 3000 人,也就是每平方千米仅30 人左右。

然而,由于它位于四川盆地西北边缘,紧邻平武、青川、北川这些古代民族杂居、民族贸易、交往走廊的高山河谷地带,处在茶马贸易小道、清江河谷小道、阴平邪径古道这些古代民族走廊、贸易互市捷径、军事奇袭秘道以及兵燹、匪患避祸等桃源仙境之地,又使它以及与它相邻的六合乡(鹿鹤沟)、雁门镇(历史上的汉德阳亭)蒙上了一层神秘而具有特别的历史意义的雾瘴和轻纱。

我们有幸梳理清楚了以下问题:

1. 先秦时期,秦、陇、民间,以及中原政权西、北部的民族部落与蜀地的交往、贸易、迁徙通道,主要走水道以及民间土道。具体到蜀西北这一方,主要是沿白水而来,即从白水关沿白龙江,到昭化,溯清江上游至青江到汉德阳亭,再由汉德阳亭进入潼江河谷,然后进入涪江河谷,最后入蜀,为一路。从白水关至昭化（土基坝古葭萌）进入嘉陵江，再沿嘉陵江而下进入蜀地为另一路。

民间土道（或称碥道），即本文前述的翻垭口的小道。它实际上也是沿深山河谷在行走，为了捷径，或者需要进入另一个河谷时，往往要翻越垭口（两山之间低一点的豁口）再前行。

这种道路，小而多变，不能承载大量的车马辎重，不适应大规模的征战需要，但民间交往，商贸互市，小规模的进犯、侵袭乃至管辖，却是能够利用上述道路进行的。

……

譬如著名的"青川木牍"的发掘出土，就是例证。

1979 年，在紧邻枫橡乡的四川省青川县乔庄镇城郊，农民王文聪在郝家坪挖土建房，发现古物残片，而引起该处"战国墓群"的发现和发掘。

1980 年，四川省博物馆和青川县文史机构联合清理和发掘了这批战国墓群。通过发掘，出土大量的陶器、铜器、漆器、竹木器等生活用器为主的随葬品。其中尤为珍贵的是发现了先秦时期的"木牍"二件。木牍出土于 M50边厢之中。在编号为 M50：16 和 M50：17 两件木牍中，后者残损严重，文字已不可辨识。而长 46 厘米、宽 2.5 厘米、厚 0.4 厘米的 M50：16 木牍，则保留较好，字迹清晰，且正背两面均有书写的文字。其文字如下：

二年十一月己酉朔日，王命丞相戊（茂），内史□，□□更修为田律：田广一步，袤八则为畛。亩二畛一百（陌）道。百亩为顷，一千（阡）道，道广三步。封，高四尺，大称其高；埒（埒），高尺，下厚二尺。以秋八月，修封埒（埒），正疆畔，及发千（阡）百（陌）之大草；九月大除道及除澮（浍）；十月为桥，修陂堤，利津□。鲜草虽非除道之时，而有陷败不可行，相为之□□。

木牍的大意是：（秦武王）二年十一月初一，秦王命令丞相甘茂和内史□，百姓邪僻不守法，现对《为田律》加以修订：农田宽一步，长八步，就要造畛。每亩两条畛，一条陌道；一百亩为一顷，一条阡道，道宽三步。封高四尺，大小与高度相当；埒高一尺，基部厚二尺。在秋季八月，修筑封埒，划定田界，并除去阡陌上生长的草；九月，大规模修造道路和难行的地方；十月，造桥，修筑池塘水堤，使渡口便利和畅通，消除杂草。不在规定修筑道路的时节，如道路破坏不能通行，也应立即修治。

可以明显地看出，位于蜀地西北部的现青川县一带，由于地近秦、陇，在先秦已被秦侵袭征服，当地已被"取譬（秦律），更修为（蜀地）田律"，即更修《为田律》，来管理和使用土地。

据考证，木牍成书于秦武王二年（前309），系战国中后期。武王元年（前310），甘茂伐蜀，二年定相位。M50：16书王命丞相而不称帝，下文正疆畔的"正"，不避秦皇政之讳，其时间下限，当在秦始皇称帝以前。

2. 前面说到在江油市的西北雁门山区设立汉德阳亭一事，从上述情况看来，其一，汉德阳亭临近青川，与秦地接壤，先秦时已受秦控扰，于此设亭很有必要。其二，因为这些深山老林，看似人烟稀少，却暗通秦、陇小道邪径。兼之民族杂居，犯边侵袭频繁。为防止清江河谷上游青江河谷、青竹江河谷而来的犯边侵袭，为疏通、防范沿清江而上下攻击或绕过葭萌关、剑门关等防守要道，设亭与此，内控沿青江、清江河道而来之敌，外防沿清江河谷的上、下之敌，保障蜀内地的安全，是很有必要的举措。

3. 从青江河谷上游分支，即枫橡乡的五道河以及六合乡的六合沟，这两条青江的上游河谷，有两条道路可进入蜀北内地。一条是顺着它们的下游在河石坝处，两支流汇合后，再向下行便到了历史上的汉德阳亭即今雁门镇，南下即可进入潼江河谷、涪江河谷。第二条就是溯六合沟河谷而上到六合乡的龙池村，翻猫儿垭山口即进入养马峡即今江油市文胜镇蒲家沟的安顺村，即可进入潼江河谷、涪江河谷。

4. 从马阁即现在的马角镇所属的岗堡、鸡竖沟、观音沟，经原始森林穿越梅花洞，也可到达六合沟的龙池村，再翻猫儿垭进入养马峡，即今文胜镇安顺村。那么，三国时期的魏将邓艾，到达汉德阳亭后在马阁束马悬车很有可能就是由此进入养马峡，潜伏下来，稍做休整，再经西北部翻越山口就达江油戍，即今平武南坝镇。

5. 前面提到在清代同、光时期做过江油训导的刘宣曾写过一篇《小桃源记》，文中记述的小桃源所在地，就是江油市雁门山区的六合乡。当时也叫"鹿鹤沟"，江油方言中，"六、鹿"，发音均为"鹿"，很可能后期就将"鹿鹤沟"讹传为"六合沟"了。而六合乡就是以六合沟命名的。《小桃源记》中描述此地说："……沿溪阛阓百十家，列肆而处，无游民，男妇皆古质，食黄粱。里长为觅稻米饭进。余问之居人，云此鹿鹤沟也。蓝逆乱时，至山口而返，自来未被贼扰，盖不知乱离为何状也。"

陶渊明写的《桃花源记》中写道："……自云先世避秦时乱，率妻子邑人来此绝境，不复出焉，遂与外人间隔，问今是何世，乃不知有汉，无论魏晋。"实际上，五柳先生的《桃花源记》，是一种虚构，是晋人遭遇战乱之苦后，对安定平和生活的一种向往和寄托。

清代江油县训导刘宣却是带着寻找"为贼氛所不及者，以居江民之老弱"之目的来此地的。他不辞辛苦，跋山涉水地来到养马峡，翻越猫儿垭，进入鹿鹤沟，终于找到了被他誉为"小桃源"的理想之地。

这个叫鹿鹤沟的地方，倒不是虚构的，它地处高山河谷，在猫儿垭垒石为关，以险据守，从而使"蓝逆乱时，至山口而返，自来未被贼扰，盖不知乱离为何状也"。

刘宣没有遇见"不知有汉，无论魏晋"之人，只言"男妇皆古质"，推断起来，最多也就是明、清初期的原住山民吧。可见，这地方一定有世居此地、聚居而处的原生村民，他们虽随朝廷变换而改变，却很少流动，只是自给自足，由里长管理，与外界交换有无而已。

6. 董氏贡生家族，也正是沿着这些历史上早就可以通达的小道，顺着汉江河谷、嘉陵江河谷、青江河谷、清江河谷，随着清代湖广填四川的浪潮，逐渐迁徙于有小桃源之称的六合、枫橡坝这些安宁、富庶，人烟稀少，民风古朴的深山老林里来的。

34

青川木牍中提到的那个秦王命他更修田律的丞相甘茂，在战国时期也是很能干的。甘茂本是楚国人，其出生之地为下蔡，属今安徽颍上甘罗乡。甘茂少时曾就学于史举，习百家之学。后经张仪、樗里疾引荐于秦惠文王。

正是这个甘茂，在周赧王三年（前312）协助左庶长魏章略定了汉中之地。这是一个极具远见的举动，为秦灭巴蜀，进而崛起奠定了更加厚实的基础。

在春秋后期，秦国依然是被诸侯各国瞧不起，不屑与之会盟的野蛮落后的四塞小国。

秦的立国，比诸侯各国晚了三百多年，秦人嬴姓，自号少昊之后，为华夏族西迁之族。周孝王因其族非子，擅长养马，遂将其封为附庸，封地在今甘肃东南，渭河上游一带叫作"秦"的地方（今甘肃张家川东），秦国因此封地为名。

西周末，礼崩乐坏，荒淫昏聩的周幽王烽火戏诸侯被犬戎杀死于骊山，秦襄公因护送周室的继任周平王从镐京迁都洛邑有功，被其封为诸侯。赐封地于今陕西岐山至沣水之间。秦人虽囿于偏僻的雍州，但有崤函险关可守，且多年面临西戎的围困厮拼，造就了骁勇好斗的强悍品性，后经秦穆公的励精图治，秦孝公的商鞅变法，司马错伐蜀，东征西讨之后，使秦国国力强盛起来。

……

有意思的是，前面提到过我工作的陕南石泉县，竟然在战国时期，出现了一位纵横家的鼻祖，兵法集大成者，道家的代表人物之一，著名的谋略家鬼谷子。

鬼谷子隐居于汉水之滨的云雾山，修道教学，谋篇布局，旋转乾坤，掀起了周末的狂澜，拉开了战国的帷幕。

鬼谷子以他惊人的智慧，超凡的才辩，育养了苏秦、张仪、孙膑、庞涓、商鞅、吕不韦、白起、李牧、王翦、甘茂、乐毅、毛遂、赵奢等五百多位奇才、精英。

有关鬼谷子隐于石泉的记载，除当地留有诸如鬼谷岭、青溪、鬼谷田、藏经洞、鬼谷洞、石狮、石碑、石雕等遗址、遗迹和口碑传说外，还见于当地志书。明代的《兴安府志》（兴安，今安康。明隶陕安道，领石泉县）记载："鬼谷子岭在云雾山，相传先生隐处，有废址，其铁棺尚存。"清代康熙、道光以及民国时期的《石泉县志》，均有对鬼谷子遗迹的记载。

261

唐末五代前蜀人、著名道士杜光庭，在其《录异记》中写道："鬼谷先生者，古之真仙也。……居汉滨鬼谷山，授道弟子百余人，唯张仪、苏秦不慕神仙，好纵横之术……"

关于鬼谷子究竟生于何处，确切的出生、隐居地望，历史上颇具争议。名为鬼谷的地方，主要有颍川阳城（今河南登封），扶风池阳（今陕西三原），河南淇昌、汝阳，湖北当阳，山东蒙山等。

然而，根据近来有关研究，认为还是以介于古代秦、楚交界之地，秦岭南麓现陕南安康市石泉县的云雾山鬼谷岭的可能性较大。其一，此地的鬼谷岭为历史上秦楚交替控制之地，而鬼谷子在战国时属楚人，当时的石泉县正为楚国管辖。其二，云雾山上的鬼谷岭其名由来已久，从未变更，至今尚有遗址、石雕、碑刻，碑刻上还有有关鬼谷子隐居授徒的记载。其三，大量的史料、志书记载了鬼谷子在汉水之滨的云雾山鬼谷岭修道授徒的事迹。

这些记载中，以最接近战国时代的较为可信。如《战国策》和《史记》。在《史记·樗里子甘茂列传》中，司马迁记载了纵横家苏代和秦王的一段对话。苏代曰："甘茂，非常士也。其居于秦，累世重矣。自崤塞至鬼谷，其地形险易皆明知之。……王不若重其赞，厚其禄以迎之，使彼来则置之鬼谷，终身勿出。"

苏代为苏秦的弟弟，苏秦死后，苏代继承其兄，游说于战国。这时，那个被张仪和樗里子引荐给秦惠文王的甘茂，为秦王修改了《为田律》，协助左庶长魏章略定了汉中，与司马错一起平定了蜀乱。在秦已是劳苦功高了。新接位的秦武王对于羁绊之臣甘茂并不放心，而苏代投其所好，进言将甘茂终身软禁于鬼谷，这个鬼谷，也正是位于石泉县云雾山的鬼谷岭。

石泉县云雾山鬼谷岭距县城 30 千米，海拔 2008 米，是石泉县的最高峰。云雾山山势险峻奇特，气势磅礴，主峰为五座山峰拱卫，俗称五龙捧圣。由于山高林密，常年云雾缭绕，飞泉瀑布，深涧幽谷，是隐居修道的绝佳之处，为道家名山，素有"小武当""南终南山"之称。战国后期，秦武王即位时，很可能鬼谷岭已在秦国控制之下了。

第十三章　历史的俯瞰与现实的穿插

35

就这样，在历史和现实中穿插，在时间和空间中驰骋。从现代的家乡雁门山区扶贫，踏入我青年时期的一段困惑，一段探索。

从清代担任江油县训导的刘宣，进入我们前后经过的"小桃源"——鹿鹤沟（六合乡）、枫橡坝（2019 年已并入六合，仍称枫橡乡），感喟历代的草民避匪避难，艰难求生，为求安宁，不惜遁入深山老林……

而不为五斗米折腰的陶渊明，那个"少无适俗韵，性本爱丘山"的田园诗人，一丝古琴余音又绕世千年，拨动了清儒小吏江油训导刘宣的心弦，他不惜深入江油北部山区，行百里山路，终于探得一处"自来未被贼扰，盖不知乱离为何状也"的"小桃源"，为的是"以居江民之老弱……"

那个远从湖北麻城孝感迁来蜀北深山老林的董氏贡生家族，一迁青川，二迁大石坝（房石），三迁枫橡乡小院溪村，终于落地生根，始修贡生院子上院，复修贡生院子下院。他们家族的迁徙轨迹，清楚地表明了清代早中期"湖广填四川"的风云变幻。而追踪他们的填川路线，又清楚地看到早期清代移民正是沿汉江河谷而来这一路径，他们先填满了陕南，再去填四川，同时他们进入广袤的蜀北山区腹地，又凭借着嘉陵江支流清水江河谷及其上游青江河谷而缓慢、艰苦、漫长地跋涉，最后抵达目的地。

这个饱读诗书的董氏贡生家族，混迹于"湖广填四川"的大潮，不辞辛苦，千里迢迢而来，除了清朝的政令所迫，不也正是为了避匪、避祸，求得一个平静、安宁的时日吗？

我们驱车进入刘宣所经之山谷，经养马峡、六合沟，去枫橡乡，探访第三次全国文物普查发现的清代贡生遗留在小院溪村的上、下院子。

……

由是，我横向梳理与同济大学阮仪三教授、林林博士合作规划设计的昭化古城、剑门关景区，回溯我去宁强，进陕南，去安康、石泉的足迹生涯……

我的思路跳跃闪腾，我的联想扑朔迷离，沿着嘉陵江，我梳理其网络一般的河谷支流；回味了少不更事，初入雁门即汉德阳亭的往事；探索邓艾伐蜀的具体路径，从青江河谷小道、清江河的水道至葭萌关、剑门关，结合错误的马角（马阁）地名，推测古人的交通状况，猜想邓艾的行军路线……

起源于陇交界于蜀的岷山；属于岷山山系的蜀西北缘的龙门山；介于关中平原与汉水谷地之间，为嘉陵江、洛河、渭河、汉江四水分水岭的秦岭；以汉江谷地为界，成为蜀、陕分野的大巴山。陇南、蜀北与陕南，诸山荟萃，交融互连，摩肩接踵……雪峰挺立、山势逶迤，绵延不止……在我的脑幕回旋流动，在我的眼帘张扬奔驰……

而汉江，另一条与嘉陵江情同手足的大江，又西连东牵地将巴蜀、陕西、甘肃、湖北，乃至江南牵绊起来。

在长江的众多水系支流中，如果说嘉陵江是一个丰盈温柔的女儿，那么汉江就是一个颀长健硕的汉子。

汉江是长江最长的支流，全长 1577 千米。它发源于秦岭南麓陕西省境内的宁强县，有三源，中源漾水、北源沮水、南源玉带河，流经勉县称沔水，东流至汉中始称汉水，从安康至丹江口古称沧浪水，至湖北丹江口市到襄阳以下称襄水，又名襄江。

汉江流入江汉平原，在武汉市汉口汇入长江。汉江在中国历史上占有重要的地位，与长江、黄河、淮河齐名，常被称为"江淮河汉"。

更重要的是，汉江河谷是中国历史上著名的交通、军事、民族、文化交融通联的走廊。通过这个走廊，将西北以长安为中心的关中平原，东北以洛阳为中心的伊洛平原，东南以武汉为中心的江汉平原，西南以成都为中心的成都平原联系在一起。从而使中原文化、秦陇文化、巴蜀文化、荆楚文化、江淮文化、岭南文化，乃至通过南、北以及海上的三条丝绸之路将西域文化、波斯文化、希腊欧洲等域外文化通通牵连、收揽，在此碰撞、融合，兼容互鉴，最后形成了独具特色的汉水文化，奠定了汉文化的基础。

如前所述，远在战国时期，这种文化交融的影响就显露了出来。隐居汉江之滨讲学授徒的鬼谷子，以穷尽天文地理、掌控世风人情、善变人心机遇之旷世奇才，育养出苏秦、张仪、甘茂等一大批弟子，撼动战国局势，造就一代强秦，终于一统天下。

随之而来的两汉，更是进一步强化和彰显了汉水文化的强烈张力和无与伦比的生命力！

楚汉相争，崛起于汉中的刘邦，封汉王，"王巴蜀、汉中、都南郑"。丞相萧何进言："汉中，语曰'天汉'，其称甚美，愿王王汉中，收用巴蜀，还定三秦，天下可图也。"刘邦信然。他隐忍于汉中河谷，经营"天府之国"，进而定鼎长安，终于继秦之后，一统天下，造就了西汉的繁荣与强盛。

而兴起于南阳的刘秀，趁新莽末年绿林赤眉起义之机，起事图举，进而定都洛阳，建立东汉，开创光武中兴，进入全盛。

两汉四百余年的统一和强盛，使汉民族、汉文化为主的中华民族在世界民族之林闪耀出璀璨夺目的光芒！

……

嘉陵江发源于陕西秦岭北麓凤县代王山。和汉水比较起来，嘉陵江的水势丰沛，流域广阔，支流特别丰富。嘉陵江干流流经三省一市，她诞生于陕西省，经陕西凤县入甘肃，再回流陕西，经略阳、宁强县出陕入蜀，经广元、阆中、南充，在合川进入重庆市。

如果说岷江发源于四川，哺育了川西、川南，润泽了天府之国，造就了锦城成都，而嘉陵江则发源、润泽于陕西，进入四川，腕臂于川北、川东，孕育成熟了山城重庆。

嘉陵江将流域里的大山、丘陵，装扮得丰润娇美。她不吝乳汁，灌溉着大面积的荒丘与山林；她不辞劳苦，冲撞于崇山峻岭，切割于陡岩深谷。撒一路水电明珠，串一处处重镇名城。进入蜀境以后，从蜀北门户广元、历史文化名城阆中、川北心脏果城南充，直达现国家直辖市重庆。

嘉陵江汇合了八渡河、西汉水、白龙江、渠江、涪江等主要支流，全长

1345 千米，干流流域面积 3.92 万平方千米，流域面积 16 万平方千米，是长江水系中流域面积最大的支流。

嘉陵江又称渝水。大致可以这样说，岷江流域孕育了蜀文化，嘉陵江孕育了巴文化。巴蜀文化是我国古代灿烂文明的组成部分。巴蜀之地分分合合，巴蜀文化、经济永远密不可分。

像这样，我们宛如航拍般于广袤的蜀北、陕南，汉江、嘉陵江流域扫描，于秦巴腹地爬梳，在密如蛛网般的支流河谷和富庶的冲积平原间穿行……我们用长镜头聚焦它的散枝末叶，我们用广角镜头审视它的历史源流。

……

最后，我们依然将目光降落于江油市雁门山区枫橡乡小院溪村的两座上、下贡生院子。

诚然，这两处建于清中期的穿斗木制四合院，于全国第三次文物普查时期做了调查登记，上了文物保护登记表。2018 年，江油市人大牵头，又组织有关人员对其原址进行了多次考察、探讨，试图将这些传统文化的遗存与当地的自然景观融合起来，开发旅游、民宿、山村康养休闲……从而为老百姓谋福利，使当地山民能脱贫致富，繁荣一方。

但是，枫橡乡小院溪村毕竟处于雁门山区最远的大山深处，太偏僻，太贫瘠。交通不便，人气低迷，财力单薄，要想一蹴而就，立竿见影，是十分不现实的。

怎么办？

保护是第一要务。自然景观资源是这样，人文景观资源也是这样。

对于人文景观来说，有，总是略胜于无的。

旅游开发事业发展到今天，各地不知生搬硬造了多少景点景区。牵强附会，无中生有，借花献佛，打造开发，组合经营……但事与愿违，许多看似气势磅礴、呼风唤雨、惊天动地的举措，花了大把钞票，掀起了阵阵热浪，搅动了各类媒体，获得了一时的轰动效应，引来了可观的人流，取得了一时的红利……但在时光的冲洗下，宛如劣质的胶片，迅速褪色，宛如泄漏的气球，立马萎缩，留下一堆建筑垃圾，冷落至无人问津。

旅游是一个踏实、艰巨、集多学科学问为一体的事业，需要的是长期的培养、细心的呵护，它有它的保护期、培育期、成长期、壮大期，直到成熟期。绝不能急功近利、拔苗助长，更不能见利忘义、损毁根本。

什么叫根本？就是它的文化内涵，就是它的景观特质，就是它的审美品位。你一见到它就怦然心动，流连忘返，欲罢不能。它牵动你的情绪，引起你的共鸣，滋生出你的乡愁！

1972 年 11 月 16 日，联合国教育、科学及文化组织大会第十七届会议在巴黎通过了《保护世界文化和自然遗产公约》和《关于在国家一级保护文化和自然遗产的建议》。后文指出："考虑到在一个生活条件加速变化的社会里，就人类平衡和发展而言，至关重要的是为人类保存一个合适的生活环境，以便人类在此环境中与自然及其前辈留下的文明痕迹保持联系。为此，应该使文化和自然遗产在社会生活中发挥积极的作用，并把当代成就、昔日价值和自然之美纳入一个整体政策。"

此后，《关于历史地区的保护及其当代作用的建议》《保护历史城镇与城区宪章》等一系列国际公约相继公布和生效。各签约国都采取了积极的措施，保护本国的考古遗址、历史园林、历史城镇和街区，这些行动取得了显著的成效，恢复了城市的活力。到 1993 年，联合国教科文组织先后公布了 358 处文化和自然遗产。这些文化和自然遗产，浓缩了不同民族历史文化和各个地区自然风貌的精华，它们和现代化城市统一、和谐地相处在一起，成为城市的亮点，增添了城市的历史厚重感和亲切感，改善了城市的居住环境，重写了城市的个性特色，成为城市"可持续性发展"的重要支撑。

人类发展到今天，前辈留下来的文明痕迹，已消失得差不多了。如何让这些文明痕迹与我们的现实生活保持联系，如何让曾经灿烂的历史文化和天然秀美的自然遗产在我们的现实社会中发挥积极作用，是摆在今天所有地球人面前的迫切问题。

非常遗憾的是，20 世纪 80 年代以来飞速发展的城市，以旧城改造和房地产开发为主要着力点的城市，其发展举措值得反思，有点急功近利，甚至是离谱了。

可以这样说，除了国家公布的"历史文化名城"和各地刻意保留的文物建筑和一些老街以外，一般的城市几乎找不到富含历史文化、地域传统文化的原汁原味建筑了。不仅如此，就连体现当地历史文化建筑风貌的建筑也荡然无存，造成大量"千城一面"的同质化建筑，使人感觉到了此城如同到了彼城。一城的发展结果，竟然与另一城相似，还谈什么地域建筑文化特色，谈什么"可持续发展"呢？

我们的城市规划建设已经失误了，正如我国建筑学和城市规划学的泰斗、两院院士吴良镛先生在其《广义建筑学》中指出的那样："20世纪以其独特的方式丰富了建筑史，但许多建筑环境却难尽如人意，始料未及的建筑性破坏也屡见不鲜，建筑文化和城市文化趋同现象和特色危机更是日趋严重。而建筑形式的精神意义在于植根文化传统的内在理路，建筑学的发展在于综合利用多种要素以满足人类住区需要的完整现象，需要对未来的建筑学体系重新加以系统整合，这就是广义建筑学所提出的背景意义。"

"中原失礼，求诸四夷。"那么，我们只好把目光投射于城市的周边，广大的乡村，甚至于边远地带、深山老林、穷乡僻壤了。第三次全国文物普查正是做的这一重要工作。

所以，我们再来看江油市雁门山区枫橡乡小院溪村这两处清代遗构上、下贡生院子，就别有一种意味在心头了。

它是遗留下来的非常重要的人文景观、旅游资源。它与"长在深山人未识"的青山、绿水、危岩、奇石、深涧、红叶等相得益彰，组成了不可估量的旅游文化潜质，值得保护，值得开发。与此同时，它又构成了一个地域特定的历史文化建筑风貌和自然风貌的精华，是我们改善居住环境、重写城市个性特色的重要借鉴和支撑，是需要抢救性保护的不可复制、不可再生产的宝贵的建筑文化、传统文化方面的实证资料。

36

地球每天飞速地变化着，温室效应带来了太多的坏消息，气温不断升高，极地冰层加速融化，海平面慢慢上升……飓风、暴雨，洪水、泥石流，干旱、高温，沙尘、荒漠化。

人类面临着可持续化的挑战，许多重要的事情需要迫切地去做，节能、减排，人进沙退、植树绿化，防止水土流失，防治荒漠化，保护水源，保护生态，保护物种……

除了面临自然的挑战外，人类自身也面临不断的挑战，譬如：贫穷、饥饿，动乱、变革，战争、瘟疫……

把握大势，胸怀天下，大国担当。在竞争中求共赢，携手共创人类美好未来。以习近平同志为核心的中国共产党，带领中国响亮地提出了"构建人类命运共同体"的倡导，就是要在这个纷繁复杂世界中，在这个充满机遇与挑战、强权政治阴魂不散、金融风暴此起彼伏、战争阴云时常笼罩的世界中，做出响亮回答，提出中国方案，当好稳定之锚！

人类命运共同体概括说来就是"五位一体"，即从政治、安全、经济、文化、生态5个方面来描绘人类命运共同体的美好愿景，建设一个持久和平、普遍安全、共同繁荣、开放包容、清洁美丽的世界。

中华文明源远流长，东方智慧博大精深、圆润包容。中国文化深厚勃发、吐故纳新……在世界所有古文明中，只有中华文明没有断裂、没有变异。

2019年7月6日，杭州良渚古城遗址申遗成功，被列入世界遗产名录。良渚古城遗址从学术上实证了中华五千多年文明史。

大致可以这样说，青铜文化绽放了诸如殷商、两周，包括古蜀的三星堆、金沙等3000年前灿烂的中华文明，而钱塘江流域、环太湖流域从1936年以来陆续发现的精美玉器正是中华文明5000年前辉煌的象征。

这就是底气，这就是自信！

在这之前，我们关于考古学意义的实证材料仅印证了殷商，即3000多年前的历史。而这之前相当于夏文化的实证资料，譬如距今5300—4300年前的良渚遗址文化，一直尚未被国际学术界认可，如今终于完成申遗，出土的实物与司马迁最早记载的史料相互印证，全世界的考古学家、各国人民一致认定，人类有据可查的史前史将提早到5300余年以前！这就雄辩地说明，我们所傲然挺立的中华文明，被我们炎黄子孙一脉相承地传承了下来，并至今自立于世界民族文化之林！

新时代，我们坚持四个自信：道路自信、理论自信、制度自信、文化自信。

文化自信是一个民族、一个国家以及一个政党对自身文化价值的充分肯定和积极践行，并对其文化生命力持有的坚定信心。

历史是一条流动的长河，而纷繁复杂的考古资料，正是这条长河流动、变化、发展遗留下来的实证，它宛如一段链条，一头连着源头，一头连着现在。而这段链条不缺失、不掉落，正是证明了它旺盛的生命力，使我们对未来持有信心！

从这个意义上来说，江油市枫橡乡小院溪村发现的清代董氏贡生上、下院子木构建筑，正是江油这个地域一定历史时期的实证资料，是川西北地区山地民居中清代四合院山地民居的实证资料。

它实证了清代的川西北山区四合院民居木构建筑，实证了清代早中期"湖广填四川"的历史事实。以祖先牌位书写的"湖广传来香火"六字实证了董氏贡生家族长途迁徙的历史。与此同时，它还实证了清代延续明代的科举制度、贡生制度。贡生院子上院门楣上的木刻对联，实证了儒家家教家训的耕读传家、勤俭持家、创业维艰、守成不易等理念。

因此，它虽处偏远，虽已破败，行将消失……但它提供的文化信息是不可多得的第一手资料，是珍贵的，是值得重视和保护的。

近日，有幸阅读了一篇纪念乡土建筑研究专家、已故西南交通大学建筑与设计学院教授季富政先生的文章，题为《散落在巴蜀大地上的乡愁——忆"巴蜀古镇之父"季富政先生》，很有感触。

文章是一个朋友推荐的，一篇由"图图妈咪"署名的网络美篇文章。作者是季富政先生的弟子，也是一位乡土建筑研究者，文章情深意笃，图文并茂，充满了对乡土建筑研究专家、"巴蜀古镇之父"季富政先生的追思、赞美与怀念。文章中写道：

> 季富政先生被民间称为"巴蜀古镇之父"，主要是源自他几十年巴蜀古民居与场镇的走访、踏勘、记录、拍摄和精心绘制、积累下的所有文献和著述成的专著。这些宝贵的、抢救性的资料，都将成为后来者必读的典籍和我们乡镇规划、村落保护的第一手资料。
>
> ……季富政先生生前踏遍了一千多处巴蜀古场镇、村落，很多地方已经是永远消失、再也不能亲见踏足的古镇、古村、古民居，古风

古貌······

　　三峡大坝淹没之前的古场镇是他留给后世最珍贵的历史记忆，除了早年的一千多个胶卷，他留下更多的是文字和大量写实钢笔画。我们永远无缘再见的场景都留在了先生的笔墨之间。他手绘的无数三峡古场镇、古建筑钢笔画堪称一绝。忠县黄金油坊、老龚滩吊脚楼、原大昌古镇、石柱、西沱······黑白之间的青砖黛瓦白墙、桨声灯影、古桥桡渡······从他的笔下汩汩流出。其实，比起直接拍照，绘画过程往往要浪费工时许多，但对季先生说来，却是他最大的爱好和享受。

　　季先生是一个有情怀、有坚守的人，文章中记录的一段他的自述，清楚地表明了一代知识分子冰清玉洁、坚韧执着的崇高品质。文章介绍说：

　　······那年有次开会，一个日本女人走到先生面前，突然噗通一下就跪下来了，吓得先生赶紧拉她起来："要咋子，要咋子？"先生带着浓重的地方口音和我讲述自己的书画奇遇。后来一问，才说是要把先生的全部三峡场镇民居钢笔画原图全部买走。先生说："那咋行呢，你拿走了我啥子都没得了，三峡边上的村子全都淹了。我画不成了，这给多少钱都不卖的。"我们哈哈大笑，笑完时，对先生的"小气"，很是赞许。

　　不过话又说回来，日本人这种心思绝不仅仅是"视之如珍宝"可以了结的。在 20 世纪 30 年代，中国著名的建筑学家、建筑教育家梁思成，建筑学家、作家林徽因夫妇二人也是中国古代建筑研究的开拓者，就遇到了同样的问题。

　　那个时候的日本学界，就曾叫嚣断言："中国已不存在唐以前的木构建筑，要看唐代木构建筑，只能到日本的奈良去。"而日本近代建筑史史学博士、曾著《中国建筑史》一书的伊东忠太甚至说："究广大之中国，不论艺术，不论历史，以日本人当之皆较适当"，言下之意是中国人不具备研究自己的历史和艺术的能力。

　　梁思成夫妇没有轻信这一武断的结论，他们坚定地认为，在中华大地上，一定能够找到尚存的唐代木构建筑。接下来，他们二人查资料、找线索，沉浸在浩瀚的典籍之中……终于，他们在看了法国汉学家伯希和在敦煌石窟按实物拍摄的《敦煌石窟图录》中发现了端倪。

一个偶然的机缘，当他们打开这本图录以后，在敦煌 117 号洞窟中，发现了一张唐代壁画。其中有一座叫"大佛光寺"的建筑吸引了他们的注意力，点燃了梁思成夫妇发现中国唐代建筑的希望。于是"按图索骥"，他们在有关资料中查到了五台山《清凉山志》记载。

紧接着，1937 年 6 月，梁、林二人带着助手莫宗江、纪玉堂前往五台山，找到了大佛光寺。当时的实地勘察异常艰苦，当他们爬上佛殿的天花板时，"……天花板上面覆盖着厚厚的一层尘土，可能是几百年来积存的，到处散布着蝙蝠的尸体。我们戴着厚厚的口罩，在黑暗和恶臭中一连测量、绘图和用闪光灯拍照几个小时。当我们终于从屋檐下钻出来呼吸新鲜空气的时候，发现背包里爬满了臭虫，我们自己也被咬得伤痕累累。可是我们的发现的重要性和意外收获，使得这些日子成为我多年来寻找古建筑中最快乐的时光"。

终于，经过艰苦的现场工作，结合大佛光寺大梁题记、石经幢铭文，梁思成先生做出了结论："这是我们这些年的搜寻中所遇到的唯一唐代木结构建筑。不仅如此，在这同一座大殿里，我们找到了唐代的绘画、唐代的书法、唐代的雕塑和唐代的建筑。其中的每一项，都是稀世之珍，集中在一起它们就是独一无二的。"

梁思成、林徽因他们用自己的实际行动，回答了日本人的言论。一直延续到今天，中国建筑、建筑史的研究成果层出不穷，可我们这个一衣带水，自古以中华文明为营养成长的日本民族，总有一两个自以为是，高人一等的"聪明人"要接过我们的东西来说事，来凸显自己的高贵和能耐，虽屡遭拒绝而不知谦让、悔改……

迄今为止，中国已发现佛光寺、南禅寺、天台庵、广仁王庙（五龙庙）四处唐代木构建筑及一大批宋、辽、金时代的中国古代木构建筑，并对他们进行了全方位的经常性的修缮和保护；对它们的历史价值、科学价值、艺术价值进行了深入的、卓有成效的研究。这些研究成果，享誉世界，为丰富人类文明，为增强我们的民族自信、文化自信、历史自信、科学自信，做出了巨大的支撑和无可估量的贡献。

从这个意义上说来，枫橡乡小院溪村的清代贡生院子的勘察测绘和初步研究自然是很有必要的。

总之，对于这个僻居深山老林，独处人烟稀少之地的清代董氏贡生上下院子，应该及时保护下来，让它在机缘成熟的时候发挥作用。

试想，当交通变得更为便捷的时候，当人们休闲出行更方便的时候，人们更迷恋的是什么？是宅在家里看电视、玩手机、打游戏、上电脑⋯⋯还是逛商场、遛大街、进影院、吃大餐⋯⋯

这一切司空见惯，重复交替、日复一日的城市生活，终于使人厌倦乏味。而密密麻麻的高楼大厦，重重叠叠的水泥森林；摩肩接踵的人流，炎热蒸腾的柏油马路，快节奏、强拼搏的工作、学习状态，又压得你喘不过气来⋯⋯这一切，给人一种强烈的出逃愿望，走出城市，走出水泥森林，重归大自然，必然是工作、学习之余涌起的强烈愿望。

而在交通状况大为改善的不远将来，驱车或乘车去一趟枫橡乡小院溪村，不过是一两个小时的光景。

下得车来，启眼一看，满眼苍翠，空山鸟语，层峦叠嶂，清涧深潭⋯⋯更为舒畅的是微风徐来，清冽新鲜的空气，一下子将你的五脏六腑清洗得干干净净、清清爽爽，你沐浴般地沉浸在这仙境般的山谷中，顷刻之间，烦恼殆尽，疲累消除。

信步前往，你会看到山野的民居。百年老屋，穿斗梁架，宽檐疏廊，青瓦泥墙⋯⋯随山就势，掩映山林，是那样相生相和，那样和谐包容⋯⋯吃一两顿粗茶淡饭，喝一两杯自酿醇醪，在宿鸟和山涧的细语中沉沉睡上一两宿好觉，再把脚泡在溪水中，在手机或平板电脑上写点微信，敲点文字，你不啻活脱脱一个旷达超脱的仙境"山人"吗？

自然，这是炎夏。然而，冬日进山也妙趣无穷。雪山红枫，冰凌封冻，山风呼啸，寒气逼人，此刻围着火塘，煨着老荫茶，炖着腊猪脚干豇豆、洋芋，香气扑鼻。听山里人摆龙门阵，或三五好友围炉长谈，或独自冥思遐想⋯⋯天晴了，堆雪人，打雪仗⋯⋯

做这样短暂休整，恢复你的心智，荡涤你的心身灵魂之后，一身轻快，再投入学习和工作，岂不快哉！

这让我想起了海德格尔的思想和写作生涯。他在《我为什么住在乡下？》一文中这样描述道：

南黑森林一个开阔山谷的陡峭斜坡上，有一间滑雪小屋，海拔一千一百五十米。小屋仅六米宽，七米长。低矮的屋顶盖着三个房间，厨房兼起居室、卧房和书房。整个狭长的谷底和对面同样陡峭的山坡上，疏疏落落地点缀着农舍，再往上是草地和牧场，一直延伸到林子，那里古老的杉树茂密参天。这一切之上，是夏日明静的天空，两只苍鹰在这片灿烂的晴空盘旋，舒缓、自在。……

我只是在季节变换之际，日夜地体验它每一刻的幻化。群山无言地庄重，岩石原始的坚硬，杉树缓慢精心地生长，花朵怒放的草地绚丽又朴素的光彩，漫长的秋夜里山溪的奔涌，积雪的平坡肃穆的单一——所有这些风物的变幻，都穿透日常存在，在这里突现出来，不是在"审美的"沉浸或人为勉强的移情发生的时候，而仅仅是人自身存在整个儿融入其中之际……

严冬的深夜里，暴风雪在小屋外肆虐，白雪覆盖了一切，还有什么时刻比此情此景更适合哲学思考呢？这样的时候，所有的追问必然会变得更加单纯而富有实质性。这样的思想产生成果只能是原始而骏利的。……

夜间的工作之余，我和农民一起烤火，或坐在"主人角落"的桌边时，通常很少说话。大家在寂静中吸着烟斗，偶尔有人说起伐木工作快结束了，昨夜有只貂进了鸡棚，有头母牛可能早晨会产下牛犊，某人的叔伯害着中风，或者天气快要转了……

海德格尔主张诗意地栖居。他遁入寂静的山林，为的是阅读与思考，为的是倾听山民质朴的倾谈……

自然，已经完成了学习期和奉献期的人们，即已经退休的老人们，就相对洒脱得多了。他们完全不受节假日的约束，或夫妻同去，或结伴前往；小住一段，融入山民们的生活，吃住一起，避暑围炉，享受别样的夕阳生涯……

早几年，江油以上的平武县豆叩乡楠木园村，有做得较为成功的农家乐，我在 2002 年去体验过，那时候，我的小女儿才 12 岁。在《楠木园、山猫、山狗、贵宾犬及其他》一文中我曾描述道：

去平武豆叩寺测绘古建筑的公共汽车上，遇到一伙去楠木园避暑的教师，以女性较多。一路上絮絮叨叨地谈了很多楠木园的好处：诸如山林的茂密啦，涧水的清洌啦，伙食的可口啦……不一而足，当然，最重要的一点没忘掉，那就是夸赞它凉快。用他们的话说，就是一早一黑凉生生的，晚上还要盖被子！哇！你听听，好吸引人啰！

于是，一股挡不住的诱惑油然而生。在干完豆叩寺大殿的测绘和摄影摄像后，我在电话上命妻、女速赶到楠木园，一家人来消消夏。

楠木园并非一个旅游景点。很多地方，一旦成为旅游景点，也就迅速地变味儿了。所幸的是，楠木园还是一处原生态山村。这地方离平武县的豆叩镇 5 千米光景，从公路边进沟，有简易山道通入。

据说，楠木园是江油发电厂炒热的，先是有亲戚到江电托人找医院生孩子，后，山里人为表感激，邀人去山里看看。哪知厂里人一去之后，宛如到了桃源仙境，连呼山美、水美、空气美，人美、情美、伙食美……硬是叫人乐而忘返，不想归去。

自此之后，厂里人络绎不绝，像走亲戚一样。这状况逐渐蔓延开来，楠木园，也就成了小有知名度的休闲避暑好去处。

今年大热。去楠木园小住，更是颇有吸引力的了。

我们一家在公路口找了个火三轮，一路颠进沟去。只见山林如织，层峦叠翠。不一会儿，就将炎天暑气甩在了沟外。一股山风吹来，周身顿生凉意，小女夸张一呼：好爽！

我们去的这家坐落在沟的最末处，清一色的青瓦木柱吊脚楼，掩映在山林竹丛之中，小道蜿蜒通往门户，显得别致而又幽静。

主人姓焦，原来在村上当过会计，我便喊他焦会计。妻说，大凡在村上当过干部之人，都是精明能干的，一看，果然不错！房屋高大，檐廊宽展，猪牛存圈，鸡鸭成群……瓜棚豆架、鲜果菜蔬，井然有序，四周干净，室内清爽……

此刻，一只山猫喵喵地过来了，小女即刻忘了疲累，蹲下身子逗玩起来。山猫不像宠物猫那样慵懒，一副矫健的样儿，颜色是麻格麻格的，眸子特有光。只是这只猫，一只脚坏了，弯了爪子在跑，小女便问，焦婆婆说，是套鹿子的夹子夹坏的。

婆婆说，这猫带着夹子硬是跑了回来。

"没医吗？"

"医啥？都十来年了，自己好了的，还生了四窝哪！"

小女惊呆了。

还有奇的呢，一会儿，两只小猫出现了，一只肥健，一只羸弱。小女又好奇了。我一唤小猫，老猫便怒气冲冲张牙舞爪地跑来，嘴里也呜呜着敌意，"它护儿哩。"婆婆说。我们一家都被逗乐了。

那只山狗也很有趣，我们一到，它便汪汪吼叫不停，焦会计骂一句：豹壳子！它便悻悻地一边去了。山狗高大强壮，颜色也是麻格麻格的。我揣度，焦会计那句"豹壳子"是很厉害的骂法，简意大约是："你个不识大体的东西，客人来了你也乱叫，谨防叫豹老倌拖去吃了！"

好在，我们一进屋，它便不再叫了，小女便与它逗玩起来。

擦黑时分，江油国土局又来十多个人，山林屋舍中更加热闹起来。

来客中，一位姑娘带了一只贵宾犬。那犬毛色雪白，长吻黑眸，周身被修剪得雍容华贵，一副高贵派头，主人放将在地，一声"狮狮！"那小家伙尾巴摇得像一朵花，绕在主人四周，兴奋不已。

山狗也发现了狮狮，但露出毫不在乎的模样儿，只淡淡地望了望，那意思是，"没啥了不起的，好看不中用的玩意儿"。对于山狗的矜持和冷漠，狮狮先是采取对等外交，对山狗的雄姿英发不屑一顾。"我是啥身份？再说我来者是客，你岂有妄自尊大之理？"

但不一会儿，狮狮终于耐不住寂寞了，屁颠屁颠去讨好山狗，山狗倒也大度，不计前嫌地领着狮狮绕屋走宅，穿堂入室地厮混起来，狮狮哪见过这般宽泛、生趣盎然之处？便跟了山狗，耳鬓厮磨，如影相随，玩乐起来。主人先是吼叫，还是飞跑回来，但旋即又难分难舍，复又飞跑而去，如是再三，主人终由它去了。

晚上，狮狮干了个坏事。不知是因为诧床还是因与山狗的游玩还没尽兴就被女主人吼去关门闭户睡了而不满。总之，它精精细细地将女主人的名贵鞋咬了个稀烂。

主人一觉醒来，大动肝火，连声斥骂。同伴开玩笑："能咋的？咬都咬了，难道叫它写份检讨给你？"

我起了个大早，为了看周围的花雕古墓，听鸟叫，看猪牛、鸡鸭……可巧发现了一窝猪娃，粉团团的十来个小猪，煞是有趣，忙去喊还在贪睡的小女。

小女尚未起来，忽又听得小猪一阵凄厉之声，忙去母猪圈看，不见了一群猪娃和那头老母猪。正纳闷间，小女起来了，也说看猪娃。俄尔，圈里一阵嘈杂。老猪小猪都回来了，十几个小猪娃胯下血糊糊的，一齐扑倒母猪狠命地吮吸起来。

焦会计啊焦会计！你硬是个精明能干之人，来人客气的，恁忙，你一大早，眨眼工夫竟把猪娃全骗了。

小女明白后，很是愤愤不平："你人类凭啥一念之间就可以把猪娃的性别改变了？"

只是这些可怜的猪娃却浑然不觉，扭动着血糊糊的后胯，叫叫嚷嚷地争奶吃，全然不知疼痛，那模样儿又把我们逗乐了。

临走，小女还在念叨："晓得那只瘦小的弱猫猫得活不？""那些猪娃……"

哈哈哈哈，我和妻都笑了。

你看看，不需要繁复的房屋，不需要精美的摆设，几家干净清幽的山地民居，几处竹林、树木掩映的小院，几样农家简简单单的食物，几只原生态的猫狗鸡猪，几件山居琐细小事，组合起来，竟也那样生趣盎然，有滋有味，引人入胜。

37

谈到民居，谈到城市和山地民居，我很感慨。也不过几十年光景吧，我所居住的小城就全不见一处原先的建筑了。许多深宅大院，许多市井小院，许多前店后院……统统灰飞烟灭。

高楼建起来了，商场、大厦春笋般地往天空拔高，几年工夫，脚踩不到了土地，眼望不到了天空，我们居住的环境彻底变了样儿。

先说河流吧，儿时，小城所依偎的涪江是很宽大的，那水流也极清冽，真可谓一江碧水，浩浩荡荡。

倘若沿江而行，会看到许多用江水来做工的设施，最简单的莫过于水碓了。那是一个用竹木搭起的茅棚，用江中卵石砌就的水渠和小水坝，江流带动一个前端有铁锥的杠杆，缓慢地朝一个石臼啄去，沿江人家用它来踏辣面、舂糍粑……

复杂点的那就是梳花船了，梳花船是一艘艘停在江边的大船，有码头自岸边通上船去。船的两边都有两三个大木轮，湍急的江流将木轮冲得飞快地转动，这动力传到设在船上的梳花机上，就能梳出雪白的棉花，或加工好旧棉絮来。由于省力效宏，梳花船造得很多，鳞次栉比，蔚为大观。那嘈嘈杂杂的机杼之声，应和着江流，奏出小城的交响。

江上的交响，其低音部，自然是磨坊了。磨坊往往造在用石堤砌筑的截江水渠上，水势凶猛，木轮飞旋，走得近了，声如闷雷，震耳欲聋，摄人心魄。

磨坊碾米磨面，供人果腹。梳花船梳出雪白的棉花，织布御寒。水碓舂出小吃、调料，提供小城风味……一盈江水，不仅养育小城儿女，还要劳作终日，硬是宛如母亲河了。

忽然之间，江流变细了，水质浑浊了，水碓、梳花船、磨坊也消失得无影无踪了。再变化下去，修了梯级电站了，水流由缓慢变为静止，江面宽倒是宽阔起来，但却是一汪死水了……

我们告别了清贫，追逐着富足和享乐……

但我们很快惊呼：环境污染，能源危机，气候反常……

于是，我们怀念丰沛清冽的涪江，怀念日夜奔流、发出欢快哗哗之声的涪江，怀念水碓、梳花船、磨坊及其他简单清洁天然动力……怀念那个永远可见鹅卵石的潺湲江流，那些个个淹没于芦花、桤木林、草丛的江心小岛，它们将我们一个暑假的欢乐，调配得心满意足、尽情尽兴！

再说城墙吧。我们当娃儿的时候，城墙还在，不仅城墙还在，六个城门洞都依然完好。我在关于中坝镇一文的《老镇》中描述过它：

说镇老，而不说其古，是因为它毕竟只是雍正三年方兴造起来的。这之前，场不在此，而在双流村，彼时也不叫中坝镇，而叫双流场。双流村也早不存了，由于河道的变迁，原地早已不存双流，元、明之时双流场改称罗汉场，因场有罗汉寺而名。《江油县志》说："罗汉场……兴于元，盛于明，灰烬于献贼之蹂躏。"

老镇水系发达，地形如船，因河水环绕，其中为场，故名中坝。古人筑城兴场，讲究一个风水关系，嘉庆五年，中坝筑城，为保场镇安康，城取龟形，辟两个东门，两个西门，宛若龟足，北门为头，瞻望北斗，南门为尾，衔指朱雀。神龟长寿，暗佑该城绵绵无寿期。

稍后，市绅们又担心船惧风浪，于是于场首筑灵官楼，高耸如桅，谓之能定舟心，不虞倾覆。

老镇一度为川西北巨埠。光绪版《江油县志》载有道光县令蒙古人桂星所撰《中坝场记》谓："……上通陕、甘，下极闽、广，西北至松、茂，东南届潼、保。凡山之珍，海之错，陆之土药，水之广货，滇、楚之布、葛、铜、锡，雍、兖之枣、栗、秫、菌，舟运车负，罔不毕集。而其地又产附子，为直省所仅有。故名驰远近，人皆呼小成都云。"

老镇货物丰盛，舟楫繁忙，车辆辐辏，可见一斑了。直到民国二十四年，红四方面军攻占中坝以后，对此地的大米、布匹、盐、豆瓣酱之丰富都赞不绝口，许多回忆录都说，进草地之前，在中坝补充到很好的给养。

这情形一直绵延到50年代后，宝成、成渝铁路修起，水运渐次让位于陆运，才稍有变化，但赓即又是三线建设，老镇大兴土木，接纳了各

279

地的建设者，旧城改造，人口倍增，终成今天拥有 20 多万人口的江油市。

老镇的变化中，多了气派和宏敞，也少了许多精巧与灵秀。要是城墙不拆多好？要是灵官楼保留，北门和东门及城中的许多四合大宅院保留多好？要是那些雕刻精美、殿堂轩敞的诸多会馆保留多好？

还有那已被填死建房的曾经清粼粼的穿城堰，尚在多好？河岸曲折，晓风残月，不似今天的水泥陡堤大阳沟般的昌明河该多好？

完整地保留老镇，另辟新城又该多好？

访澳时见凡是百年老屋，皆立牌保护，一点不嫌它低矮陈旧，兀立城中，引为风景。可我们，几乎是平地涌新城，地产商滥用欧陆风格，一股脑儿将老镇抹掉了，岂不惜哉、痛哉！

记得当时一圈的城墙可以跑通，我们从东门的梯道上去，把童趣和精力一整天消磨在城墙上，捉迷藏、摘枸杞子、采野菜……疯玩之后，小城也全黑下来，亮起了荧荧的灯光，我们方尽兴而归。

前面提到过的宅院，那也是叫人扼腕痛惜。小城会馆林立，宅院栉比鳞次，从东门数起，陕西会馆、江西会馆、广东会馆、湖广会馆、禹王宫……宅院如廖家铁门槛、严家院子、朱家院子，经鱼市口往闹市走，堰沟边的麒麟吐水院子、樱桃院子、王家院子、白果树院子、南门观音阁院子，一直到北门上的花龙门院子、小姐绣楼院子……毫不夸张地说，那些院子都是几进几出，雕梁画栋，立木高架，门窗精雕细刻，庭院花木扶疏……假若精心保护下来几处，搞成会馆、民居民俗博物馆，该是多么的珍贵和隽永啊！

关于小城、江河、乡村、山地和城市民居的变化、记忆和对比，使我开始涌起深深的怀旧情愫。这，就是我们对居住状况和居住环境迅速变化的留恋和思索，就是民居情愫。前些年我写过一篇《民居情愫》的散文，2004 年 1 月 9 日刊登于《中国文物报》，我在文中写道：

> 晨起动征铎，客行悲故乡。
> 鸡声茅店月，人迹板桥霜。

槲叶落山路，枳花明驿墙。

因思杜陵梦，凫雁满回塘。

夜读唐诗。温庭筠在《商山早行》中为我们描绘出一种客行在外的思乡情绪。诗中散发着浓郁乡情的民居风致，使人一下沉迷并深深为之沉醉在这优美的艺术意境中。我们感受到的是我们民族特有的氛围和情调，勾起我们对山村、对旅途、对明月、对寒霜、对故乡、对旧日乡间的平和及物候有序等的怀想以及"只可意会，不可言传"的特殊情愫，这，应该是一种关于民居的情愫。

转瞬之间，我们离开了青瓦木柱，田园村庄，山乡古镇。进入了高楼大厦，繁华都市。现代化的进程和电气设备提供了方便和舒适，但却令我们一下子丧失了许多千百年来与自然，与人和，与民族传统，与乡风乡俗，以及种种让人留恋而难以割舍的物质或非物质的需要。

在水泥森林中，在封闭的单元房中，我们有一种窒闷的感觉，我们渴望往日那些能看到天，能踩到地，哪怕是有一方小天井也好的居住环境。渴望邻里早晚相见，和睦寒暄的环境，但我们也深知，在现代化的进程中，这些环境，只会与我们渐行渐远了。这时，我们就很自然地怀想起小溪、竹树、山林茅舍、荒村野店以及布满寒霜的阡陌，繁星满天的夜空、冰封的堰塘、流淌的小溪，甚至四合院、小天井、雕花窗牖、古井石栏来。

我们渴望物候有序，渴望久违了的"霜满天""打黑凌"的严寒，渴望秋高气爽的晚秋；我们惧怕"桑拿天"，惧怕"暖冬"，惧怕一年四季躲在空调房中，"天晴即夏，遇雨即秋"……

我们走出楼群如织且千楼一面的居住环境，当我们寻找并徜徉在简陋而质朴的山乡古镇，踯躅于竹篱茅舍的村落野径，我们的目光便倏然为之一亮，心扉好似在清新的空气中浸润过一般舒爽。

我们顿悟道：原来，先进的不一定是最好的，落后的却蕴含着合理的，甚至值得珍惜的……

我们的眼帘中展现出一幅幅生动的图画，那雄峻的高山，那潺潺流过的小溪，那伸展延绵的翠绿田野和浅丘，那混合着柴草之香弥漫开来的轻烟般的晓雾或晚霭……而那散落在阡陌林盘之中，隐掩于竹丛茂林之下的青瓦粉墙，木柱茅檐的民居，活动着村姑健美身影，喧嚷着小伙开朗欢笑，如王维诗中所写的：

空山新雨后，天气晚来秋。

明月松间照，清泉石上流。

竹喧归浣女，莲动下渔舟。

随意春芳歇，王孙自可留。

那样清新、空灵的山林村居境地。

这些充满着人和、安宁的民居中，淳朴的生活画面，生动欢乐的寻常百姓日月，甚至老人闲谈咳嗽、舍下鸡鸣狗吠……竟是那么和谐，那么近情近理地镶嵌其中，任时光流洗而保持着形貌的默契及与一方乡土相生相合的灵性！

每当此时，我们回忆和想象的琴弦，必定奏出一种田园牧歌般的华彩；而我们在现代社会人际交往中，被扭曲了的魂灵，备受折磨而显得麻木疲惫的身心，必然会得到一种慰藉和安抚。我们徘徊流连，如饮醇醪，如醉其中。许多生活应该或不应该是什么样子的感喟，充斥、叩问着我们被感动的胸臆；许多临时涌起的筹划、打算，如水如潮般地拍击着我们的思绪……

是啊，民居给人的感受是复杂的，它不仅有美好的感情回忆、纯朴亲情的追寻，也有淡淡的乡愁、挥之不去的怀旧，以及丢失的懊丧、对浮华人事的烦悲……

然而，可叹的是，我们所能看到的民居正在迅速地变化甚至消失。而保留下来的，如丽江、平遥、周庄、西塘、乌镇……又被套在了利益的铰链中，让过度开发、长官意志折腾得不堪重负，或面目渐非。

我们保护民居，自然不仅仅是满足人们越来越强烈的怀旧情愫，更不仅仅是为了获取旅游效益，无限度、无止境地追求一方一地的利润。

我想，它能够提供的首先是我们勤劳智慧的各族人民如何因地制宜、因材施用而建造居住环境的实证。古人根据气候地形，或在山坡，或在水边，利用岩石，开挖土穴，巧借古木……建造了那么多历久不衰，灵巧多变，居住方便，气韵爽朗的村庄、乡镇、居所……无一不是我们处理居住环境借鉴和学习的榜样。

　　自然，民居所用的材料，为什么能不受辐射、不被污染，不也启发我们在追求豪华装修、采用前卫材料中的思考吗？

　　当然，更不用说那些体现我们民族特有的性格、特有的风范的建筑艺术、空间技巧、比例尺度、通风透气等手法的应用了。

　　建筑师啊，少一些方正无味的火柴盒，少一点缺乏人性的空间设计，少一点盲目地崇洋媚外、东拼西凑……多一些民族风韵、以人为本，多一些人性化处理，多一些园林意趣，多研究、多照顾一下人们的民居情愫吧！

是啊，我们修缮保护传统建筑、古建筑、民居、传统村落、古镇、古城，不是目的、结果，而是手段、过程。

保护的目的主要是借鉴、是利用，从而使其品质升华，使它们为提高广大人民群众日益增长的精神、物质文化生活的需要服务，使我们民族悠远而漫长的历史中的那些精华、特质，源远流长，历久弥新，薪火相传，长盛不衰。总之，不要再因我们的种种忽视、失手、过失，造成无穷的懊悔、遗憾……

第十四章　懊悔与回归展望

38

说到这种种的懊悔、遗憾……不禁使我们一再想到我国建筑、建筑教育的一代宗师，著名的建筑学家、建筑教育家梁思成与林徽因。

前些日子，一则梁思成在北京的故居遭拆毁，而其女儿梁再冰反应冷漠的消息引起网议纷呈。而梁再冰只说了一句话："我父母想保护的是北京城，而不是他们的房子。"

这一句平淡的回答，犹如一颗投入深潭的石头，使在场的记者和来到北京总布胡同3号旧居围观的人们哑口无言，坠入了透彻心扉的哀伤之中……

梁思成、林徽因二位先生，一生颠沛流离、备尝苦辛，从美国学成归来，就投入我国古建筑、文物的研究保护。他们一生没有一处房产，没有半点积蓄。他们不畏艰险、不辞劳苦，骑着毛驴，背着行囊、书籍，在国民政府微薄的研究经费支撑下，先后踏遍了中国的15个省、200多个县，去测绘、拍摄、研究中国的古建筑。

这些历经唐、宋、元、明、清各个朝代的两千多处古建遗构，诸如建于唐代的山西五台县佛光寺大殿、南禅寺大殿，天津蓟州区辽代独乐寺观音阁、天津市宝坻辽代建筑广济寺、河北正定辽代建筑隆兴寺、山西应县辽代木塔、山西大同辽代寺庙群上下华严寺和善化寺、河北赵州隋代安济桥（赵州桥），无一不是中华民族的瑰宝！

梁思成、林徽因参与朱启钤所开创的中国营造学社，对中国古代建筑进行全面的勘察、测绘、研究工作。在抗日战争中，与刘敦桢等同人退居四川宜宾李庄。又于 1939 年，开展了烽火岁月中的绝唱——营造学社最后一次古建筑调查，即川、康古建筑调查。

由于当时的交通、通信、经费等诸方面的限制，如前所述，计划对四川的成都、重庆、川北和嘉陵江流域以及康定的雅安、芦山及川西南的 13 个县进行古建筑调查，也受到严重的影响和制约，有点跑马观花和浮光掠影的遗憾。但在那个国难当头的年代，能够克服时艰，如期推行，也就实属不易了。

正是由于这一波中国古建筑研究的先驱、开创者在大后方的古建筑调查，为后来的文化、文物工作者做出了榜样和典范，推动了新中国成立前后四川、西南各地的文物勘察保护的热潮，带动了中华人民共和国成立以后的文化、文物事业的飞速发展。这之后，四川、西南发现了诸如江油窦圌山云岩寺宋代飞天藏、阆中五龙庙文昌阁、永安寺、观音寺、蓬溪宝梵寺、鹫峰寺等一大批宋、元、明木构建筑，至今得到保护，成为国宝单位。

难以忘怀的，是这一批老一代传统建筑保护者、研究者的敬业、刻苦以及艰苦卓绝的奋斗奉献精神。

我曾看见过一张林徽因在硕大的斗拱间细心测绘古建筑的照片。林徽因是名门闺秀、一代才女，她美丽温婉、才情横溢。既工建筑，又擅诗文。一个弱女子，攀爬梁架，不惧尘灰，用纤纤素手，专心致志地描绘着复杂古建的场面，确实令人钦敬不已。

退到李庄后，梁思成、林徽因都病了。梁思成先生因年轻时候的一次车祸，导致脊椎受伤，脚踝疼痛，穿着钢背心。林徽因先生患了肺结核，潮热、咳嗽，浑身无力。

工作条件简陋，经费拮据，生活贫苦……但他们仍在病痛的煎熬下，忘我地工作着。

二战最后关头，梁思成、林徽因还参与了日本古建筑的保护，为美军标明了大量日本京都、奈良地区建于相当于中国唐代时期的大量古建筑，使这批日本珍贵的唐风建筑有幸保存下来，也为我国建筑史研究提供了宝贵的实证资料。

新中国成立后，他们更是全力以赴为国家效力，诸如参与设计国徽，参与设计人民英雄纪念碑……

尤其令人感动万分的是他们在保护北京古城上所做出的努力。为了保护北京古城墙，梁思成先生亲自做出了北京城、古城墙的保护方案，建议全面保护古城，另建新的行政新城。

为了保住行将拆毁的北京城墙、城楼，梁思成先生数次跑到城墙上痛哭，觉得"拆掉一座城楼像挖去我一块肉，剥去外城的城砖，像剥去我一层皮"（《整风一个月的体会》梁思成）。然而，他们的努力仅仅将"团城"保护了下来。

在以后的日子里，梁思成和林徽因一次次为北京的古建筑被拆毁而与当时的副市长吴晗争论，但无可奈何，他们势单力薄。

但是，事实证明，真理往往掌握在少数人手里！

梁思成、林徽因的努力没有白费，新的行政中心雄安新城的建设，不也投射出当年梁思成先生避开旧城、另建新城的思路吗？

故宫、颐和园、北海……现存的胡同、四合院，可以喘一口气了，将拥有较多的传承、保护的空间和全新的理念了……

北京尚且如此，那么，散处全国各地的古建筑、古民居、古城古镇、传统村落的保护，其任务该是何等的艰难和不易。

好在，党的十九大以来，记住乡愁、继承发扬传统文化的势头方兴未艾，这无疑给文物保护，传统民居、古镇古城的保护工作注入了新的动力，指出了新的努力方向。

不忘初心，坚持文化自信。接过老一辈文物工作者治学谨严、坚持原则、艰苦奋斗的优良传统薪火，踏踏实实、点点滴滴地做下去，终究会见到成效的。

在这个意义上，我们有理由坚信，遗留于雁门山区枫橡坝乡小院溪村的董氏贡生上、下院子，一定会得到有效保护，并被合理开发和利用。

行文至此，毋庸质疑的是，无论遇到再困难的问题，现存的文物、古城古镇、传统建筑、传统村落、传统民居，我们都应该竭尽全力去保护。而保护的首要目的，就是保护我们民族的历史文化，保护我们屹立于民族之林的文明发展过程和范例，从而增强我们的民族自信、文化自信，开创更加美好的未来。

那么，对于江油市雁门山区枫橡坝乡小院溪村这两座清代贡生上、下院子，我们究竟应该怎样来保护它们呢？

首先，我们应该认识到它们是具有十分重要的价值和潜质的。也许，它们给我们的感觉是陈旧、破烂、行将垮塌销毁的断壁残垣，与山西的乔家大院、王家大院，四川的刘文彩庄园比较起来它们简直不值一提。然而，一个地方留存的东西，就是这个地方地域文化独特的、唯一的载体，是它经过漫长历史留下来的实证。因此，它具有无可非议的排他性，是不可代替、不可再生的。

此外，由于时间的流逝、我们的失误，我们身边可以保留的东西已经越来越少，为了不让时代的印迹荡然无存，我们有责任保护好它们，将之流传给后代子孙，以实证说明历史就是这样变化之后形成的。

对于董氏贡生上院，我们建议保存现状，抢救性地保护上房。由于现状仅剩堂屋和右次间的前襟墙，第一步，搭设临时性的避雨棚，以防止前襟墙彻底垮塌腐朽。第二步，清理室内垮塌的梁架，请工匠编号后及时清理梁架排扇，并按照文物维修原则对垮塌的排扇逐步进行修复。第三步，待修复完毕之后，立架上梁，对上房进行复原。第四步，对于上房部分已无法复原的梁架按照"原材质、原样式、原工艺"的三原则就地重做。

厢房，仅剩左边的基础，可以按照基础的尺寸，以厢房稍矮于上房的原则，以"三原则"的恢复重建方式，对其进行复原修建。待左厢房完工以后，根据对称的原则，就可以恢复重建右厢房。

关于下房和朝门，根据场地限制，基本就是与上房对称的围合关系。按照规矩，下房又要比两边厢房稍矮一点。但朝门又要高起来。

由于上院修造的年代要早一点，兼之家族刚从青川县的房石坝迁移过来，财力不济。所以董氏贡生上院规模不大，院坝天井也较窄小，即川西北呼之为"马槽天井"的样式。难能可贵的是，上方门楣上镌刻的对联，记录了这个家族艰苦创业的历程，其中有关耕读传家、守成不易、艰苦创业等儒家家教家训的内容，是儒家修身养性的实证资料，对于了解儒家积极进取、"立志"和"志于学"的人生理念很有启迪。保留这些对联，恢复重建以后，再设立说明牌加以解释，就可以以此来赏识董氏家庭创业、律己、积极进取的修身养性精神了。

下院的地势开阔，规模宏敞。在全国第三次文物普查的时候，它应该是保存得相对完整的，有朝门、部分下房、左右厢房、上房。但是经历了"5·12"汶川大地震之后，又经历了灾后重建，董氏贡生下院被拆除掉了，在拆除后的原址上重新修建了建筑。

左右厢房均有垮塌现象发生，正房两侧也垮塌厉害。正房后襟墙因系采用就地取土的方式，人工夯筑起来的夯土墙经不住风雨侵袭，兼之无人居住之后，缺乏翻修，已全部垮塌殆尽。

关于下院的恢复重建，我们认为，在目前情况下，应该还是容易的。首先，应该对现存的正房、左右厢房做抢救性的保护和修复。对槽修毁坏部位，进行揭顶修缮。当然，修缮的原则依然是"原材质、原工艺、原样式"的三原则做法。其次，对于彻底垮塌毁损的建筑，只要原基础在，相邻的原木构建筑在，恢复重建就是可能的。

好在，由于有第三次全国文物普查的宝贵资料，有测量数据和照片，保留了复原的依据。

按照此次扶贫的任务需要，江油市古建园林研究所会同成都文物考古研究院，做出了董氏贡生上、下院子完整的实测图、恢复重建复原设计图，为雁门山区枫橡乡小院溪村这两处重要的人文资源的保护和利用提供了保证。

毫无疑问，我们保护文物、传统建筑、传统村落、传统民居的意义，均在于合理利用。保护是手段，利用是目的。如何利用？从历史角度来说，我们用它来证史，也就是前面提到过的"考古学意义"。从文化意义上来说，我们保留了我们民族的建筑文化、建筑审美文化、居住文化、聚群生态文化、迁移政治经济文化、家族繁衍文化、家训家教文化，以及由它衍生的中华民族儒、释、道等方面的思想、文化……

这就从物质的层面追溯到了精神的层面，产生了所谓"赏识"的问题。

笼统地来说，我们保护下来的物质文化都归于了人文景观。它与自然景观一起，形成了吸引我们前往观赏赞叹、流连驻足的依据。

我们在这一过程中，通过空间的移动和时间的流动形成了"旅游"，而旅游的过程也就是获得一种审美情趣的过程。自然，审美也是有层次的。第一个层次是悦目：杂花生树，莺飞草长，春意盎然。扑入我们眼帘的就是一派春色，不由得眼前一亮，我们感受到了愉悦。

第二个层次是悦心：

> ……若夫，淫雨霏霏，连月不开。阴风怒号，浊浪排空；日星隐曜，山岳潜形；商旅不行，樯倾楫摧；薄暮冥冥，虎啸猿啼。登斯楼也，则有去国怀乡，忧谗畏讥，满目萧然，感极而悲者矣。
>
> 至若春和景明，波澜不惊，上下天光，一碧万顷，沙鸥翔集，锦鳞游泳，岸芷汀兰，郁郁青青。而或长烟一空，皓月千里，浮光跃金，静影沉璧，渔歌互答，此乐何极！登斯楼也，则有心旷神怡，宠辱偕忘，把酒临风，其喜洋洋者矣。

《岳阳楼记》上所描绘的景色就到了悦心的层次，心情或悲或喜，景观深深触动了观赏者的心绪，引起了观赏者的共鸣，情景交融。

第三个层次是悦志：范仲淹先生得出结论，"……是进亦忧，退亦忧，然则何时而乐耶？其必曰，'先天下之忧而忧，后天下之乐而乐乎！'噫！微斯人，吾谁与归？"

这里，范仲淹先生就跳出了一般人的窠臼，脱颖而出地将审美层次升华到最高阶段，即悦志阶段。完成了对景观的赏识过程。

景观的赏，实际上就是观赏、欣赏。这个过程动用了我们人类的感觉器官。我们看到的景色，听到的风雨水流、鸟语蝉鸣、人欢马叫……闻到的花香、清新的空气，尝到的美味佳肴，触摸到的柔软清风、细雨飘洒，碰撞到的朋友拥抱、欢乐嬉戏……这些，都是我们完成观赏、欣赏的必要经历和必须手段。而与此同时，我们也就满足了审美层次的悦目和悦心。

要达到悦志，即完成识的过程，就不会是那么直接和简单了。如前所述，识，是认识，是提高，提高到志向的层面，提高到理想和道德的层面，提高到哲学的层面……这就需要观赏者自身具有较高的修为、修养，学识、境界了。正如撰写《岳阳楼记》的北宋一代名臣范仲淹先生那样，通过对岳阳楼的赏识,得出"先天下之忧而忧,后天下之乐而乐"的思想和节操。激励千古、后世传颂的"忧乐双情"意识,是勤政爱民的丰碑,值得承继和发扬。

关于赏和识,重庆大学赵长庚教授对此多有研究。他认为,文人点景的过程非常重要,虽不能"点石成金",但可以"点石成景"。

同样是一个景点,经过文人点景之后,顿然产生了巨变,从而起到不可估量的作用。景点景区因此风韵大增,从而流传天下,经久不衰。譬如前面提到过的苏州寒山寺,因有高僧寒山和拾得而闻名。也因为唐人张继的那首诗:

> 月落乌啼霜满天,
> 江枫渔火对愁眠。
> 姑苏城外寒山寺,
> 夜半钟声到客船。

从此,诗韵钟声,月落乌啼,寒霜满天。这情景动人心魄,魂牵梦绕,欲罢不能……以至于每年吸引大量国内外游客前往寒山寺体味观赏。

再如杭州西湖的"断桥残雪",起初因唐人张祜的《题杭州孤山寺》一诗中有"断桥荒藓涩"一句,道出了断桥残雪的风韵,后历经多人题咏,在渗入《白蛇传》中缠绵悲怆的爱情故事之后,方演化为流传千古、脍炙人口的爱情之桥。

可以看出,通过文人的诗词、题咏,民间流传故事的酝酿熏陶,极大地激发出景观诗情画意的联想,使景区景点、风景名胜一下子变得隽永而缠绵,婉约而深沉,虽经岁月的淘洗、沧桑的变迁,依然常驻人间、发人深省、撩人胸怀、激荡情愫。这,就起到了点景的宏大效果。

文人还以气吞山河、傲岸江山之势,以穿越千年、评点伟业之姿,指点江山、激扬文字。写尽了景色万变,览胜登临的风致。点出了流光飞逝,世态炎凉的悲情,更有振聋发聩、催人奋进、励志担当的宏大效果。譬如范仲淹的《岳阳楼记》、王之涣的《登鹳雀楼》,譬如前面谈到的孙髯昆明大观楼长联、李善济的青城山建福宫长联、钟耘舫的崇丽阁长联……

前者婉约，后者豪放。

然而，尤其后者这种大格局、高手笔，意气纵横、说古道今的点景写意，具有强烈的激情和哲理，使人结合眼前的景色，禁不住浮想联翩、心驰神往，具有非凡的艺术感染力和精神、志向的激发作用，这就使审美层次达到了最高的境界，即悦神悦志的阶段。

……

自然，我们的旅游赏识，不可能要求每一个人都能达到悦神悦志这样最高的审美层次，但在旅游的过程中，逐步提高我们识的水平，更深层次丰富我们的精神世界，也必然是通过祖国大好河山的景色，历史文化、文物名胜的珍贵遗产，唤起我们高尚的思想情操、博大的胸怀、无私奉献的精神，为建设社会主义精神文明、物质文明服务的崇高目的之一。

39

最后，我们可以设想一下雁门山区的旅游开发状况。目前，一条重要的旅游线路正在形成，那就是厚六路。从厚坝到六合乡。从江油到厚坝走中雁路，路况较好，是硬化的水泥路面或黑化的沥青路面，这一段路在厚坝以下，和绵广高速与成西高铁大体平行，因此，它实际上也是旅游道路。

从江油出发到厚坝大约 34 千米，开车半个小时即可到达，此外，沿途有新安、小溪坝、厚坝三个去绵广高速公路的收费站。有中坝、厚坝，两处成（成都）、西（西安）高铁车站。因此，这一条路线是极具旅游价值的。

厚坝，江油市辖镇，四川省小城镇综合开发试点镇。1984 年建镇，距市区 34 千米，面积 58.9 平方千米，人口 2.6 万。附近有青林口古建群、重华老君山古硝洞遗址两处国家文物保护单位。

更为重要的是，厚坝、小溪坝一带，正处于历史上古金牛道与古阴平道的交会地带。在此地，大山、小块平原、浅丘依附杂陈。它位于剑门关与古江油戍（亦称江油关、涪水关）之间。

潼江的主流和支流从龙门山脉中流出，于丘陵中勾画出一块块富庶的冲积平原，被称为厚坝、阴平坝、小溪坝、长坪……

剑门关的雄奇，江油戍的险峻，至此已遥隔一两百里，退可守，进可攻。

去金牛道内趋成都，可成蜀中霸主；出剑门关外据陕南可以逐鹿中原，问鼎九州。与此同时，扼江油戍，可防蕃夷内侵；出阴平道，可得陇望蜀，图一统大业。于是，此处便不免留下一些历史的烟瘴、消亡的城池、地层的文物，以及口碑逸事。

在阴平坝，当地农民在耕作层经常拾到瓦片、瓷片。年事稍高的人可以指出哪里是点将台、插旗包。在阴平坝附近，还流传着皇后山、饮马池的传说、地名。乡民们会如数家珍地告诉你，哪一座山曾有一位皇后藏匿住过，还有饮马的甘泉之池。

从阴平坝、小溪坝上溯，即进入厚坝、长坪。长坪为一古地名，面积大，出产丰饶，现名文胜、百胜。再往西，即为老君山藏王寨大山区。此一带又有逮王庙、藏王寨之说。逮王庙在一丘陵之上，现仍留有一寺庙，民间传说在此逮到了一个王，后人于此立庙祭祀。而藏王寨所在的老君山是一座方圆一两里的大山，最高海拔牛心山2246米。横亘于江油市与平武县交界的西北角，为涪江与潼江分水岭。藏王寨据说因藏过王而名，至今残存望乡台、过皇梁、皇立垭、皇帝岩、御马池、保王庙、寨子山等遗迹。其上山势陡峭，林莽苍茫，新中国成立前后均有人上山垦殖、伐木、挖硝。在生产活动中往往发现古兵器、锈箭镞等物。

藏王寨又名唐王寨。流传故事说，在唐王朝两次避蜀逃亡中，有一个王在此避难隐藏于山中。之后，此山便被称为唐王寨了。唐王朝的两次避蜀，一在安史之乱的玄宗至德元年（756），安禄山进攻潼关，唐玄宗携杨贵妃、杨国忠匆忙逃出长安，至京西马嵬驿，兵士哗变，诛杀杨国忠，玄宗被迫缢死杨贵妃，然后沿金牛道入剑门关，直奔成都。在古蜀道上演绎了一曲红颜与江山的悲调。诗人白居易有《长恨歌》记载此逸事。晚唐时，黄巢义军于广明元年（880）十一月破潼关，进入长安。僖宗率宦官田令孜等逃奔成都，是为唐王朝二次避蜀。在史籍中，均不见二度避蜀中有何王室成员进入老君山藏王寨去匿藏，因为既入剑门关，去成都的富贵乡已是坦途，确无必要再去荒山僻野躲藏了。另一传说是明朝建文帝（朱允炆）于建文四年（1402）"靖难之役"攻下南京之后，仓皇出逃，入蜀于此山避难。关于建文帝的传说实在太多，几乎在各省都有那么一些大山，流传他曾逃亡寓居，但可信程度不大。那么，究竟是哪一个王曾逃上此山呢？藏王寨既名，总有其实吧，历史的迷瘴如经常缠绕其伟岸峻拔山峰的雾岚，在这一方弥漫飘浮。

阴平坝现属江油市小溪坝镇，它北临剑门关。东近梓潼，南望江油、绵阳，西通阴平古道、古江油戍。如今，它静静地躺在潼江的怀抱中，已是阡陌纵横，禾薯遍地。小村疏落其间，一派静谧平和景象。

可是翻开史料却发现，原来此地竟有千余年的建城史，一度郡县并置，繁华昌盛，人丁兴旺。

史料记载，西晋时，刚氏道与平武县均隶阴平郡（今甘肃文县）。

惠帝永安元年（304），巴氏李雄据成都建大成国，史称成汉。怀帝永嘉六年（312）八月，"阴平都尉董冲、逐太守王鉴，以郡叛降于李雄"（《晋书·怀帝记》）。《华阳国志·汉中志》载："永嘉末，太守王鉴粗暴，郡民毛深、左腾等逐出之，相率降李雄。晋民尽出蜀，氐、羌为杨茂俊所占有。"这时，刚氏道、平武县、江油关遂归成汉割据政权，但表面上仍隶阴平郡。因为，当时的阴平郡已于永嘉末南下侨置，治今四川省江油市小溪坝镇阴平村。

由于永嘉末，本位于今甘肃文县的阴平郡侨置于今江油市小溪坝阴平村，故江油小溪坝阴平得名。如前所述，历史上阴平有四：一在陇西南，即今甘肃文县；二在今江苏沭阳县西北；三即乔迁到现江油小溪坝之阴平；四为梁时侨置的南阴坪郡，当在益州（现成都附近）的现德阳市西北。今江油市小溪坝阴平村为当时的北阴平郡所在地。

这个曾经郡县并置的阴平，从西晋永嘉末年开始，历经东晋、刘宋、北魏、南梁、西魏、北周、隋、唐、五代、宋、元才毁于兵火，其建城史达千余年之久。

拨开历史的烟云，原来这一带，在现今的良田沃野、荒丘僻壤之下，竟然埋着街坊酒肆、朱门衙署……一度邻里喧嚣、市声盈天。那么，或许有哪门子皇室，哪门子国戚，绕开金牛道，来此流连几天，既避正道上的追兵战乱，又可在入剑门关去成都的途中休整数日，进而避祸上山，休养生息，以求一逞呢。历史不能凭空臆造，口碑亦非全是空穴来风。

20世纪末的西部，开发的进军号角在这片广袤而贫瘠的大地上奏响。

一条高速公路，恰在历史上的金牛道和阴平道之间被划进了现代生活。

为了连通古利州（广元）和古绵州（绵阳），古人先是"五丁开山"，进而"金牛开道"，"天梯石栈"方勾连。抗战时始筑的川陕公路（108国道）沿嘉陵江，过明月峡，穿剑门关，入翠云廊，进七曲大庙，去梓潼……虽成通途，且有古柏围护，但坡陡路窄，堵车厉害，依然一个"蜀道难"！

好了！绵广高速，绕开翠云廊古柏，既保护了活的文物，又调整了线形，加宽了路面，来去双车道，坦荡穿行，直达绵阳、成都，为西部经济的发展增添了一根强劲的脉络。

机缘千载难逢。于是，在路面施工中，我们有幸亲近历史，使沉寂千年的文化层重见天日，为世人述说沧桑，感悟茫茫岁月。

在阴平坝的文物调查中，我们在地层中收回了北宋大观通宝、崇宁通宝，收回了带柄菱花镜，收回了铜烛台。在一面铜镜的铭文中，赫然书道："湖州真石家念二奴照子。"

湖州，隋仁寿二年（602）置，因地濒太湖而得名，治所在乌程（今吴兴）。湖州产名镜，湖州的铜镜能从江南输入阴平坝，足见当时此地商贸繁盛，也足见此地虽非通都大邑，亦是一重要市井了。

在此段地层中，曾发现大量瓷片，多有刻花、印花，釉色美艳晶莹，不乏官窑烧造之物。有一两个碟，显然是耀州窑之器、景德镇之品，惜已破碎。一些烧造规整的硬陶施釉排水管，有承插口，很有可能为街坊排水之用，一眼便可看出其唐、宋风格。这证明，我们历史上的城市，早就开始采用防腐耐用的陶管来做市镇排水设施了。

最让人激动的是，1999年11月24日，在此地域的厚坝柏胜犀牛村（古阴平辖地，原长坪），村民在挖地基时，距地表80厘米处，发现3件大型铜器。村民当即报告厚坝镇人民政府，镇政府赓即电告江油市文物保护管理所，文管所连夜派员接洽，第二天对现场进行了清理，收回了文物。

此三件铜器一为铜罍，二为两件双耳衔环铜瓶。铜罍出土时仅存甑，甑为圆形，平口外扩，呈微束腰状，底部下凸。有2附耳，腰部有2夔龙衔环。

甑外壁纹饰繁复精美，共分3个区，每区纹饰均由底纹加凸起纹两层组成。颈部口沿有二层外扩素面，底部为精细的勾连云纹，上层为兽面和涡纹。

294

在腹部中央，有对称两个开光图案，其外用菱花饰边。一为翼龙腾飞，中央有双翼之龙曲身回首，振翅腾空。周围为山形纹。二为犀牛望月图案，正中一回首卧牛，周围为水波纹、山形纹。图案上方，牛之视线所及，有一圆月，下托3个卷云纹。月旁有13个圆点，是为星星。下部宽度和纹饰与颈部同。

该甑高32.5厘米、口径35厘米、腹径29厘米、底径31厘米、外凸底径17.5厘米，属于很气派的大器了。

双耳衔环铜瓶中，有一完好，有一缺颈部。本器物由颈、腹、底足三部分组成，其中颈部可拆卸。铜瓶侈口，外斜唇，束颈，平肩，鼓腹，喇叭状圈足。颈下部有2夔龙吐水衔环耳。颈口沿下部为素面，颈中部由二弦纹分为三个区。上、下区为精细的勾连雷文、中区为球纹底，上有兽面纹。颈底部、肩上部为一圈浅浮雕山纹。肩部为精细的水波纹底，上有涡纹、瓦当纹。腹部为精细圆、勾连雷纹组成图案纹底，其上有变形兽面纹、海螺纹、涡纹。圈足中部，两弦纹间，由等边三角形、云雷纹组成连环六边形图案，等边三角形的交点由小乳丁纹突出做上部纹饰，上下边框各有一行方形云雷纹。

铜瓶高70厘米，口径12.5厘米，腹径26厘米，底径21厘米，气势不凡，造型精致，装饰纹样繁复细腻。

当地老百姓告诉我们，该处在1960年曾挖出一批铜器，大小与现在出土的东西相当，与现在出土的地点相邻，惜在当时以废铜卖给了废品收购门市部，已杳无踪影。

显然，这批铜器可大致断定为宋、辽、金时代的仿礼器。因为，犀牛望月或者称为吴牛喘月图案，出现和成熟均在宋、辽、金时期，此种图案多见于金所产铜镜。

吴牛喘月的典故出自东汉的《风俗通》，《太平御览·卷四》亦转引，大意是："吴牛望见月则喘，使之苦于日，见月怖，喘矣。"南梁时期，刘孝标注："今之水牛唯生江淮间，故谓之吴牛也。南上多暑，而此牛畏热，见月疑是日，所以见月而喘。"《世说新语》亦载此典故："满奋畏风，在晋武帝座。北窗作琉璃屏，实密似疏，奋有难色，帝笑之，奋答曰：臣犹吴牛，见月而喘。"

金人铸吴牛喘月（犀牛望月）铜镜图案的目的，据说是嘲笑南宋，因其偏安江南，便将其比作吴牛，而强势的金王朝则犹如太阳，宋畏金，如吴牛喘月耳。那么，此批仿礼器，是金人所为？考虑到蜀西北地近陇、陕，宋、辽、金时期，正在金的势力范围之内，两军交错，互有得失，亦有可能。

笔者隐隐觉得，这样的铜仿礼器，绝非民间、民力可为（也不敢为），恐怕为王朝重器，抑或是有僭越野心的王室所为。

看来这古道，王、皇后、藏王之寨的传说，是有点名堂的。

出土犀牛望月铜瓶这批仿铜礼器的古长坪，现属江油市西北厚坝镇的山丘平坝，富庶而僻静，地处金牛道与阴平道之间。从长坪西进，即至藏王寨，其间林壑幽美，溪水丰沛，且有全国文物保护单位古硝洞遗址。

再顺沟上溯，即进入养马峡。如前所述，此一带地方，可能为三国时期邓艾由阴平古道奇袭江油戍休整之地。此地又名安顺场，至此，进右手沟的新修公路正是由厚坝去清光绪江油训导刘宣所称"小桃源"的鹿鹤沟（六合沟）即六合乡的厚六公路，再往前，就到了可赏红枫、可观董氏贡生上下院子的枫橡乡了。

厚坝到六合的路一旦修通，就意味着江油雁门山区最边远的一个乡——枫橡乡的交通有望解决了。

当年我坐土公路上的汽车到雁门，要花上一天时间，在雁门住上一晚，第二天一早上路，到枫橡还有 45 千米，足足要爬一天山路，才能到达。路彻底修好以后，到枫橡乡，再到小院溪村去董氏贡生上、下院子，不过是 2 小时以内的车程而已，自然就方便多了。

可以设想，江油市的大旅游路线是这样：以李白文化为主线的青莲镇太白故居、诗歌小镇，结合江油市中心的李白纪念馆、太白公园，是来江油旅游、体味少年李白及其出生之地的绝佳旅游路线。

与此同时，围绕李白文化为主的旅游资源，应将李白在江油附近的少年成长、求学、游踪贯穿起来，作为李白故里独有的历史文化资源，山势幽美、雄奇的自然景观和人文景观加以整合、提升、强化后，大力宣传推出。具体就是将李白幼年发蒙的磨针溪、天宝山，少年苦读的点灯山（小匡山），青年隐居读书学剑十年的大匡山、戴天山，题写"樵夫与耕者，出入画屏中"的窦圌山，全部珍珠般地串联起来，推送给以青少年为主的广大旅游受众，作为爱国主义教育、人才磨砺成长教育的基地。

这当中，窦圌山开发最早，名气最大，是一个老景区了。窦圌山风景旅游区是剑门蜀道国家级风景名胜区的组成部分，集自然景观与人文景观于一体，险、奇、幽、秀于一身。云岩古寺、圌岭飞桥、飞天宝藏……都是百游不厌的胜景瑰宝，李白游山后，题下绝句："樵夫与耕者，出入画屏中。"著名的重庆大学教授、风景园林专家赵长庚先生，曾对全山做过一次规划，重新划分为十大景区。笔者曾数次陪同赵教授上山，踏勘奇峰幽径，写生景点草图，收集原生植物……惜近年以来，开发力度不够，管理经营欠佳，今后应该在当年赵教授工作的基础上，加大研究，加大投入，使窦圌山再现辉煌，建成如李白所赞美的那样，成为大家争相前来观赏的天然画屏、奇绝盆景，瞻仰李白游踪，观摩全国最早的、唯一的宋代道教转轮经藏的旅游景区。

对于李白的幼年成长、发蒙的磨针溪、天宝山，已结合李白故居、青莲诗歌小镇一起进行了规划建设，但在旅游路线和分设的李白成长、求学、游踪中，又可以作为一个起点，串联起来对待。

大、小匡山本来是李白求学、游踪中亮丽的一抹风景线，其中，小匡山孤峰卓立，投影让水河，隔岸石磬洞，景观独特，山水俱佳，惜规划建设滞后，仅恢复了部分质量不高的建筑。大匡山山势雄奇险峻，飞泉瀑布悬挂其间，乔松滴翠，林壑幽美。可惜的是，没有抓紧赵长庚教授所做的旅游规划深入下去，目前为恢复匡山大明寺做了一些建设，资源、环境整合欠佳。亟须按照赵长庚教授当年做出的《李白纪念体系总体规划设计》的思路做后续工作，方能完善。

大、小匡山应该是李白青少年成长、求学、游踪的遗迹、遗址的重要组成部分，做好这一部分的开发和利用，对于江油旅游开发中李白文化的核心内涵和丰富亮丽的外延拓展将起到不可估量的推动作用。

与此同时，完善和强化大康镇大小匡山这一线，还可结合佛爷洞景区、百合花基地、旱丰村吴家后山辛夷花海，形成围绕李白青少年成长、求学、游踪的集成旅游效应，相互吸引扩大，相得益彰地做强做大效果。

李白青少年成长、求学、游踪的路线收尾应该是窦圌山。从窦圌山下来，再扩大至武都引水工程库区，将观雾山、极乐寺、涪江六峡整合起来，与李白家族从陇入蜀、投奔李龙迁家族的路线串联起来旅游品赏，同时也是对涪江峡谷两岸及新形成的高峡出平湖的自然景观与人文景观的有机整合与利用。

江油旅游与省内外联通接轨路线，北上可以沿绵广高速去厚坝下车，领略古阴平郡遗址，访青林口古建筑群，瞻仰红军桥、红军标语等红色革命文化。再驱车长坪，寻访犀牛村宋代铜器出土遗址，沿厚六公路进养马峡、蒲家沟做避暑休闲游，体味邓艾偷渡阴平、奇袭江油戍的三国历史文化。再进六合沟体味小桃源、龙池峡谷。清水江支流河谷，赏枫橡乡枫叶，尝小院溪村山民农家菜饭，看董氏贡生上、下院子的山地民居风貌，品贡生上院家风家训对联，追溯"湖广填四川"移民史，体味儒家耕读传家、艰苦奋斗、守业有成等求索思路，领略清水江、嘉陵江、汉江水陆通道与移民迁移跋涉的苦难经历……

此处有二途：去平武，可由养马峡探索邓艾偷渡阴平，寻迹三国文化。进蒲家沟、秦家沟翻垭口去平武响岩坝、南坝江油关，考察古江油戍，探索江油名称的来历。再去平武游深山宫殿报恩寺。寻访王朗自然保护区、泗耳自然保护区、小河沟自然保护区、白马民族风情等景观名胜。

去青川，可由枫橡坝乡去青川房石镇，即到了水清且美的清江上游江畔、鸡鸣三省的金三角青川县姚渡镇、紧邻的陕南青木川古镇。再去游青溪古城，寻访唐家河国家级自然保护区、阴平古道省级风景名胜区、白龙湖国家级风景名胜区。

北上还可以按照剑门蜀道风景名胜的路线，去昭化古城，游剑门关、翠云廊、千佛岩摩崖造像、明月峡栈道……

南下，从李白故居、青莲诗歌小镇出发，去绵阳、德阳、成都……交通方便通达，景区名胜应接不暇，风景文物美不胜收。

总之，作为李白故里，人杰地灵，文物丰富。紧紧抓住李白文化这条主线，整合、提升、强化现有的旅游文化资源，进一步做好文化、旅游的融合工作，江油的旅游文化事业，就能够走出困境，再创辉煌。